10 杯酒贺新凉

烽火戏诸侯 著

青岛出版集团 | 青岛出版社

图书在版编目（CIP）数据

雪中悍刀行. 10，杯酒贺新凉/烽火戏诸侯著. 一青岛:青岛出版社,2021.12
ISBN 978-7-5552-9744-4

Ⅰ.①雪… Ⅱ.①烽… Ⅲ.①侠义小说一中国一当代 Ⅳ.①I247.5

中国版本图书馆CIP数据核字（2021）第082616号

XUE ZHONG HANDAO XING 10 BEIJIU HE XINLIANG

书　　名 雪中悍刀行10 杯酒贺新凉
作　　者 烽火戏诸侯
出版发行 青岛出版社
社　　址 青岛市崂山区海尔路182号（266061）
本社网址 http://www.qdpub.com
邮购电话 18613853563　0532-68068091
责任编辑 李文峰
特约编辑 孙小淋　万红红
校　　对 郭金乔
装帧设计 千　千
照　　排 梁　霞
印　　刷 三河市良远印务有限公司
出版日期 2021年12月第1版　2022年2月第2次印刷
开　　本 16开（710mm×980mm）
印　　张 16
字　　数 273千
书　　号 ISBN 978-7-5552-9744-4
定　　价 39.80元
编校印装质量、盗版监督服务电话 4006532017　0532-68068050

目录

第一章

胭脂谱上评胭脂
百岁江湖说百年

冬去春来，莺偷百鸟声。幽州境内的驿路两旁纷纷吐绿的草木丛中，经常可见成群结队的小巧的黄莺鸟穿梭其中，可惜北凉民风彪悍，没有那入春时分便要去听莺啼“黄簧”的文人雅士。

道路上，一辆马车缓缓向北行，车厢内的女子的手上多了个从低矮的枝头上摘下的莺巢，女子偶尔掀开帘子去看一看沿途的风光。一路行来，马车的主人为了赶时间，很少在城池里停歇，所停之地皆是前不着村后不着店。女子最尴尬的莫过于人有三急，她第一次想要如厕，碍于脸面不好意思开口，只好夹紧双腿，咬牙苦苦坚持了半个时辰。早已察觉异样的同车男子偏偏不开口。当她终于憋不住下车如厕，低头坐回车厢后，还听他说了个恶劣的笑话。他说以前有个官员微服私访，结果在荒郊野岭时肚子不舒服起来，每次有点儿念头就要马夫帮他寻一处幽静的地方好方便。马夫替官老爷接连找了几个地方，可官老爷每次解开裤腰带蹲下后就又不想了，到后来每当官老爷问起找没找到地方时，马夫就说没找到，于是官老爷终于支撑不下去，跳下马车后边跑边脱裤子，好不容易舒坦了，回来的时候感慨那儿真是一块风水宝地啊。同车男子最后还火上浇油地问了她一句，是不是找到风水宝地了。她在回来的途中顺手摘了只由松针、草穗编织而成的莺巢，听到问话后就狠狠地将它砸过去。男子单手画圆轻轻接过莺巢，笑着递还给她，将功补过地说了件自己的糗事。说他当年游历时，一次无意间去茅厕，听到隔壁动静不小，百无聊赖，就出口调笑道“兄弟，你是不是吃大蒜了”，结果等了片刻，他蹲着的茅房被一名脸如冰霜的女侠用剑拆掉小门，吓得他差点儿掉进茅坑，赶忙用手护住裆部，还被那女侠冷着脸威胁要砍断他的三条腿。这真是祸从口出啊。如果不是他急中生智，猛然间松开手，让那女侠好好见识了一番何谓雄风大振，将其吓退，恐怕免不了吃一顿饱揍。

裴南苇看着他说这混账话时少有地流露出得意扬扬的表情，哭笑不得，就没有再跟他计较什么。堂堂北凉世子都这么狼狈过，她这个早已不是靖安王妃的女子，也就懒得装女侠了。

这趟北行，路途中一直有游隼掠帘传递密报，徐凤年自然没有说那些重要的军情，不过一些无伤大雅的秘闻尽数说给她听了。例如青羊宫里的青城王吴灵素如今入京受封，分去了天师府那位羽衣卿相的半杯羹，得以与其分别执掌南北道门。一向高高在上的龙虎山众人似乎受不了这等委屈，很快拿出了撒手锏。据传掌教赵丹霞修成了道教里最为艰深的玉皇楼，与老天师赵希翼父子二人悍然联袂飞升，然后朝廷马上准许京城里的青词宰相赵丹坪担任南方道门掌教，并且破例恩赐天师府里的年轻道士赵凝神入朝为官，成了一名比黄门郎更让人眼馋的天子近侍起居郎。还有一桩事与庙堂无关，纯粹是江湖人江湖事——爱吃剑的老剑客终于出了一剑，却不是武帝城的王仙芝亲自出手，而是任由自己的四名嫡传弟子挡剑，前三名公认为天纵之才的徒弟都无力抵挡，最后是被那位一直被师弟遮掩锋芒的大徒弟于新郎以刀挡下此剑的。此事震动江湖，这名刀客立即被视作可让顾剑棠大将军全力一战的顶尖高手。

听到这些让江湖儿郎热血沸腾的隐情内幕，裴南苇没有半点儿兴致，左耳进右耳出，只当作解闷的小段子。

临近边塞，马车在青案郡稍作停留，徐凤年特意带着裴南苇在一座酒楼吃了顿当地独有的青精饭。所谓“青精饭”就是将南烛树叶捣烂取汁浸米蒸熟的饭食，其色泛青，香气诱人，只是盛饭的大青花碗竟然碗口阔近一尺，看得裴南苇目瞪口呆。她豁出去才吃了小半碗就实在咽不下去了，徐凤年将自己那一碗一扫而空，之后还不客气地拿过裴南苇的饭碗，依旧吃得津津有味。徐偃兵先前没有进入酒楼，露面时身边多了一名身穿缎面便服的中年男子。还在低头吃饭的徐凤年向他招了招手，示意相貌清奇的男子坐下。男子落座后轻声说道：“末将参见世子殿下。”

徐凤年放好空碗和筷子，懒洋洋地靠着粗制滥造而略显不平的椅背，笑着打趣道：“皇甫枰，还‘末将’什么啊？都已经由果毅都尉变成总领一州军权的幽州将军了，可还习惯？”

已是幽州将军的皇甫枰没有寻常将领、校尉的惶恐和谦虚，只是沉声说道：“万死不敢让殿下失望！”

徐凤年点头道：“陈锡亮在管理盐政一事，如果他没有向你求助，你就不用自作多情了，任由那些不受管束的地方豪绅去蹦跶。什么时候陈锡亮开口向你借兵杀人了你再动手，到时候别手软。”

皇甫枰在北凉道的升官速度仅次于徐北枳，是当之无愧的殿下的心腹，不过代价之大实在让人心寒，那可是眼睁睁地看着自己的族人死绝啊。这样一个官瘾大到极致的皇甫枰，在幽州官场上的口碑自然可想而知。只是皇甫枰在北凉本就是背水一战，这种阴险小人想要结党也没人愿意跟他同席而坐，这种最适合用作借刀杀人的傀儡，可以说是谁用谁放心，不过在北凉也就徐凤年有资格握刀而已。言多必失，加上皇甫枰一向信奉用功劳换官职，即便飞黄腾达，也给人郁郁寡欢的错觉。徐凤年也不管这位幽州将军是否吃过饭，就帮他点了一份青精饭，笑道：

“你把幽州的江湖势力整合得不错，我姐对你做的这件事评价不低，我准你以后大大方方地把手伸到凉州。对了，饭钱你付，我就当你尽过了地主之谊。”

皇甫枰站起身恭送世子殿下离去，坐下后大口吃饭，最后，在酒楼伙计看傻了的眼神中掏出所有金银，一股脑儿地放在桌上，扬长而去。

地主之谊!

他用随身携带的这些金银，买下了整个幽州的军权，是昂贵还是便宜?

马车驶出青案郡城，徐凤年舒服地躺在车厢内，跷着二郎腿打着饱嗝。

裴南苇讥笑道：“这个声名狼藉的皇甫枰不正是你所说的没底线之人吗？你不也用得舒服、舒心吗？”

徐凤年笑道：“你怎么知道他没有底线？皇甫枰，甚至是褚禄山，其实都没有传说的那么简单，他们跟好人自然是八竿子打不着。不过要说有没有底线，要我来说，比起那些一边狎妓一边口口声声忧国忧民的清谈名士，他们要有底线的多了。太把自己当人的，很容易不把别人当人；瞧着不把自己当人的，反而更能留下一点儿赤子之心。打个不太恰当的比方，武当山和龙虎山同是道教祖庭，天师府的贵人满身仙气，高不可攀，不是达官显贵都走不进那扇门；武当山上辈分最高的老道人没什么仙气，倒是能跟百姓、香客唠家常，你说谁更有人情味一些？皇甫枰给我当走狗，我这个世子殿下也好，皇甫枰自己也罢，都不会否认；可皇甫枰肚子里的辛酸苦辣，真要让这幽州将军倒苦水，你都不忍心听。”

裴南苇淡淡地说道：“我也不想听。”

徐凤年唏嘘道：“家家有本难念的经，也就只有无故翻书的清风知晓了。”

裴南苇愣了愣，笑道：“看不出来，你也会伤春悲秋？”

徐凤年翻了个白眼，说道：“我好歹也是一年作出佳作百篇的才子好不好？”

裴南苇斜眼拆台道：“才子需要买诗、抄诗？”

徐凤年笑道：“如果不是我花重金买下北凉寒士的这些诗篇，你以为他们有足够的盘缠去千里之外的京城赶考？”

裴南苇反问道：“可曾有一人说你的好话、念你的恩情？”

徐凤年撇了撇嘴，罕见地露出尴尬的神色，说道：“大概是说了我没听到而已。”

裴南苇冷笑道：“北凉贫瘠，士子更是稀有，结果都被你双手送给了朝廷，你这个世子殿下，真是好大的肚量！”

徐凤年摸了摸能装下两大青花碗青精饭的肚子，自嘲道：“肚量是不小。不过好人有好报，当下不就有近千名外乡士子来北凉扎根了吗？”

幽州青案郡再往北便是边境胭脂郡了，此地之所以被起名为胭脂郡，是因为这里的女子出了名的俊俏，哪怕在中原地带也享有盛名。江南道的一些富贵老翁以纳了一房正值妙龄的胭脂郡女子为荣，许多有些姿色又不甘受苦的胭脂郡女子，喜欢离开边关前往富饶的中原，一去不复还；即便其中的许多可怜女子沦落风尘，也绝不回头，被离阳官员嘲笑为“墙里开花墙外香”。胭脂郡又有一座与之同名的胭脂县，此处更是盛产美女，能娶个胭脂县的婆姨回家，那真是男人几辈子修来的福分。幽州官员若是没一房胭脂县的女子当侍妾或是通房丫鬟，那都没脸面出门跟同僚打招呼。

裴南苇可能是烦透了那累赘的帷帽，在黄昏时分进入胭脂郡的客栈过夜时舍弃了帷帽，有幸看清她容颜的男女都惊呆了。

今天是祥符元年的元宵佳节，元宵节是大节日，官民同乐，一同出门赏灯。幽州境内显然与有个粮仓的陵州大不相同，街上的灯市热闹归热闹，却瞧不出几分辉煌的气势，男女的衣饰也以简约为主，不如陵州人士那般喜好豪奢。幽州既不是徐家所在的凉州，也不是相对安稳、舒适的陵州，一直被幽州官员自嘲为后娘养的，但凡有点儿出息和门路的人都削尖了脑袋往陵州那边搜刮油水，当然不会忘记捎带上一两位斥重金购得的胭脂县女子。作为陌生官场进阶的敲门砖，送银子很俗气，万一送少了还遭白眼，送女子才既雅气又实惠嘛。

徐凤年和裴南苇并肩而行，有点儿郎才女貌的味道。夜幕中只能借着灯火映照，稍远一些便看不真切裴南苇的姿容，这才没有引起太大的轰动。只是一些见过她脸庞、身段的人都再不肯远去，不是自己碗里的，凑近了多看几眼，也能将就着解馋。几个游手好闲的地痞胆子不小，想要趁着人头攒动过来揩油，被徐凤年一脚踹出去老远。这帮人都是色厉内荏之徒，敢怒不敢言，而且理亏在先，这之后就收敛了许多，本来是要装模作样地喊人来围殴那公子哥儿的，只是没谁乐意少看几眼那美艳的妇人，也就悻悻作罢。幽州境内寻常时候斗殴官员也就睁一只眼闭一只眼，但是在元宵灯市上闹事，肯定得被巡城的官兵抓起来剥掉好几层皮。

在徐凤年跟裴南苇的身前走着三名士子，听口音是赴凉的中原士子，十有八九是听闻胭脂郡美女如云，满大街的良人美眷，就跑来碰运气了。北凉女子多豪放，他们保不齐就有一段露水姻缘了。三位年轻士子早就看见了身后那绝美的女子，碍于礼数和自矜身份，没好意思搭讪，只得放慢脚步故意大放厥词，嗓门儿奇大，像是在那里比谁更语不惊人死不休：有说跟陵州某位官老爷是亲戚，很快就要进入郡城的官衙内担任官员的；有说一直都是太安城的人心思叵测地在看北凉人的热闹，如今西楚复国在即，北凉人终于也可以端板凳嗑瓜子，坐下来瞧一瞧朝廷的笑话的；也有说自幼便向往边塞的金戈铁马，自古没有书生因文治而封万户侯，这才放弃了触手可及的功名，要来这贫苦之地从军入伍的。

徐凤年听到一位书生提到西楚复国之事，笑了笑，加快步子走上前，主动问道："这位公子，你怎知西楚复国注定会在半年之内惨淡收场？"

那确有几分清雅气质的书生没有答复徐凤年，而是瞥向裴南苇，自我介绍道："小生是江南道浣纱郡范氏子弟。"

徐凤年故作惊讶地说道："浣纱郡范氏，那可是旧北汉南边最著名的郡望大族，不承想范公子家世如此煊赫，整个北凉也挑不出几家啊。即使是咱们北凉的那些太守大人也要将范公子当成座上宾的，荣幸，见到范公子真是荣幸！"

另一名士子也赶紧自报家门，他出身东越道上的石藻周氏。剩下的一名读书人大概是出身平平的缘故，愤懑无言。其实浣纱范氏跟石藻周氏在春秋期间枝叶繁茂，也不是什么门槛高不可攀的一等门阀，只要在当地姓范或姓周，多半能与他们攀上亲戚，没谁会真的当回事。这两位显然也是来到眼界不高的北凉人面前扯大旗，以便滥竽充数。在这个富贵人家的奴仆都能眼尖到凭借一根腰带看穿某人的家底是否深厚的年代，这样的拙劣伎俩实在不值一提，他们显然小觑了北凉官员的道行。北凉是穷，可穷的都是那些面朝黄土背朝天的老百姓，当官的真不穷。

徐凤年本来还想套话找乐子，没料到裴南苇的话才算石破天惊。

"你们姓甚名谁关老娘屁事？老娘只喜欢两百斤以上的健壮汉子，你们仨都滚一边凉快去！"

三名读书人如遭雷击，然后屁都不敢放一个，灰溜溜地走掉了。

徐凤年朝裴南苇伸出大拇指。她捋了捋鬓角的青丝，转头时翘了翘嘴角，露出一脸"老娘不出手则已，出手必无敌"的表情。

徐凤年哪壶不开提哪壶，啧啧赞叹道："北凉真是块风水宝地，裴姐姐也染上豪迈气概了。"

裴南苇横眉冷对，一脚踏在徐凤年的鞋背上，往死里使劲碾了碾。

徐凤年吃软不吃硬，更不吃痛，自言自语道："才半年？曹长卿和孙希济两大西楚遗民联手，不至于如此不济事吧？”

裴南苇冷冷地说道：“会死很多人的。”

徐凤年眼神冷漠，缓缓说道：“是啊，是会死很多人。可你也要知道西楚有那么多剃发逃禅的人、不惜自闭于地窖的人、遁入山林做野老的人、得了失心疯大半夜敲更巡城叫嚷着‘都是鬼、都是鬼’的人，他们生不如死，这群念念不忘西楚王朝的孤魂野鬼，恨不得拖家带口地死得壮烈些。这样愚忠的遗民，你都不知道该如何去评价。”

裴南苇恨恨地说道：“他们想要死得其所，没谁拦着，但是别连累只想过安稳日子、睡安稳觉的无辜百姓！”

徐凤年笑道：“我以前总觉得你死气沉沉，像是那种出没于深山古寺里的披着人皮的女鬼，今天才知道你还能说上几句人话。要不，你留在这胭脂郡？说不定以后你就彻底成为一个大活人了。什么时候怀念听潮湖边的芦苇荡，什么时候回去看就是了。”

裴南苇毫不犹豫地说道：“好。”

徐凤年有了一瞬间的失神，这个轻巧的字眼他似乎也曾对别人说过。徐凤年很快就恢复了常态，点头微笑道：“那我就只能利用一下世子的身份了，跟胭脂郡的太守大人打声招呼，给你置办一座不会被人打搅的私宅。”

徐凤年问路问到了太守府邸，不凑巧太守大人也带着一大帮家眷跟百姓众乐乐去了。练就一双火眼金睛的门房见他气韵不俗，就让他在偏门处的小房内坐着。等了足足两个时辰，连那位门房都有些佩服这个年轻人的耐性了，其间多次殷勤地嘘寒问暖端茶送水，这自然是徐凤年沾了胭脂谱上裴美人的光。

太守洪山东乘兴而归时，揉了揉眼睛。他这辈子还没进过北凉王府，没认出那位公子哥儿，但认出了那名只能站着的“扈从”——大将军的贴身侍卫徐偃兵！有一年大将军巡视边关，途经胭脂郡城，洪山东有幸见过徐偃兵一面，此人竟是有资格跟大将军一同坐着饮食、喝酒的人，所以对此人的印象尤为深刻。徐偃兵都需要站着，那么坐着喝茶的年轻人是谁？洪山东又不是傻子，顿时敛神拂袖，扑通一声跪在地上，拜见世子殿下。一大堆拥挤在小屋门外的洪家子孙都瞪大了眼睛，年龄稍大的，知晓了人情世故，有些畏惧；年龄小的，清澈的眼神里则充满了好奇。别看太守府邸的门槛不算低，可府上迄今为止迎来的官员中官帽子最大的，也不过是上一任幽州将军。世子殿下是多大的官？等这个年轻人将来穿上正黄色的蟒袍当上北凉王，离阳的人就都知道了。

世子殿下与太守在书香浓郁的书房里密谈，洪山东从头到尾没有胆子去看裴南苇，知道这位没有什么明确名分的女子会在胭脂郡住下后也是有惊没喜。他洪山东倒是不介意把她当一尊女菩萨供奉起来，这是他应该做的，未必是什么功绩，万一出了丁点儿纰漏，那他原本还算一帆风顺的仕途可不就走到头了？只是世子殿下开了金口，那他洪山东就算咬碎牙齿也得挤出笑脸应承下来。

当晚，太守大人就腾出了一座有山有水的雅致宅子，徐凤年顺便让死士寅暗中跟胭脂郡的谍子打了招呼。死士寅本就是个积威深重的大谍子，对此类事物熟门熟路，自可办得滴水不漏。然后徐凤年弃了那辆已显多余的马车，跟徐偃兵各骑一匹马连夜出城，赶赴并不陌生的倒马关。

东海武帝城的人一直口口相传此地有三怪，一怪在城中永远是外乡人士多过本地居民，二怪在那堵插满兵器的内城墙，最后当然是怪在城内有一个活了近百年的武功天下第二的高手。对离阳的江湖人而言，没有来过武帝城，就等于没有混过江湖。第一怪其实不奇怪，每年都有几位二品小宗师甚至是一品高手尝试登城，希冀着一举成名。例如当年剑九黄登楼时，就引来了曹长卿之流的顶尖高手观战，如此一来，就帮武帝城吸引了大量来此猎奇的英雄豪杰。第二怪就更加合情合理了，若是登楼者登楼失败，就得留下兵器插在墙壁上。王老怪以举世无双的姿态雄踞武帝城一甲子，在头十年中，往往一天就要应付三四场挑战，久而久之，那面墙上也就插满了神兵重器，其中就有东越剑池宗主宋念卿的一份贡献。唯独第三怪，为何王仙芝明明是世间高手中的第一人，仍是自称天下第二，始终无人知晓内幕。武帝城内有众多的兵器铺、典当行和校武场，这个就更好解释了，来武帝城不靠着打架出名能做什么？当世许多功成名就的豪侠，他们的名气就是年轻的时候这么一架一架打出来的。只是最近城内的校武场都寂静下来了，委实是前几天的那场吊诡至极的入城一剑，太过让人摸不着头脑。去年北莽订立了武评十人榜，剑客中仅有“桃花剑神”邓太阿得以登榜，可传闻他已出海访仙，杳无音信。

却有一柄剑长久地悬停在武帝城外，等到满城的江湖人失去耐心的时候，这柄剑终于动了。还是那个砸那柄剑、朝剑丢掷石头子儿的稚童率先发现的。孩子兴冲冲地跑回家跟开药铺的老爹说了这消息后，老爹翻了个白眼，没有理会，只当错过了热闹。不说什么陆地神仙的驭剑，便是吴家剑冢的飞剑术，那柄剑估计也早就掠至武帝城的阁楼外了。但是出乎所有人的意料，那一剑入城不假，入城的速度却极为缓慢，慢到这柄剑飞了一个时辰，才从外城越过城头。在这柄剑有所动静的一瞬间，阁楼中就有一名成名已久的剑客掠虹般坠至城头，此人正是王仙芝的四徒弟楼荒。此人四十六岁，佩“菩萨蛮”剑。

楼荒可谓惊讶世人的剑术天才，走了一条弃道求术的歪路，这就像一个人瘸腿走路，但是楼荒一条腿行走，就已经在江湖上一骑绝尘。王仙芝曾经有意在宋念卿二度登楼时让楼荒去守阁，只可惜宋念卿暴毙，楼荒的剑术造诣可想而知。楼荒盘腿而坐，将剑横放在腿上，静静地等了足足一个时辰。当那柄飞剑以龟速来到城头时，楼荒才弹鞘出剑，以剑尖抵剑尖。虽然那柄入城之剑来势并不汹涌，但楼荒的“菩萨蛮”依然不能撼动其分毫。随后楼荒起身驭剑“菩萨蛮”，身形跟随出鞘的剑一同步步后撤。三个时辰后，楼荒耗竭气机，手筋寸断，仍是没能让那柄无名长剑有纤毫的停顿、颤动。

之后的三个时辰，城主的三徒弟林鸦接过了挡剑之责。林鸦三十二岁，亦是胭脂评上的大美人，身材高大不输北地男子，身段雄奇，偏偏别有韵味，令人惊艳，是天底下首屈一指的拳法宗师。只是，不论她如何蓄势捶打长剑，都没能挡下那柄长剑的匀速前行。突然，林鸦拔地而起，高入云霄，一拳砸下，长剑下边方圆数十丈内的楼房尽数坍塌。性格暴烈的林鸦显然无法接受这个结果，疯癫了一般，奔跑如雷，去校武场扛回一只大鼎，狠狠地砸在那柄如同看她笑话的长剑上，依旧是无功而返。林鸦颓然地坐在地上，目光呆滞。

随后便是练气宗师宫半阙登场。作为王仙芝四名弟子中岁数最大的一位，宫半阙光头，头顶有九颗戒疤，不披袈裟却穿道袍，城内的人都说此人身具佛家金刚体魄，却负六种道门指玄秘术，更精通练气玄通。宫半阙的手腕也确实让人眼花缭乱，他没有像师弟楼荒、师妹林鸦那般近距离地接触长剑，而是站在内城的阁楼之上，每次挥袖就捎去墙壁上的一件兵器，结果武帝城内的人听了足足三个时辰的钟鼓雷鸣，一些内力弱的百姓痛不欲生，纷纷逃至城外避难。宫半阙挥动了一百零七袖，也带去了一百零七件兵器，十之七八在撞击中毁掉。最终，长剑临近阁楼不过二十丈时，武帝城的人都觉得恐怕需要城主亲自出手，除非城主倾力而为，否则挡不下这一剑入阁。

然后，极少露面的王仙芝的大弟子于新郎站在了那柄剑前，只是当时城头上的真实情况无人亲见，只有结局浮出水面后众人以讹传讹，才说成了于新郎出了一刀，挡下了那不求快反求慢的“无理”之剑。实则当时于新郎根本就没有带刀，而是飘落至长剑之前，绕着飞剑慢悠悠地逛了一圈又一圈，在飞剑的剑尖与阁楼相距不过六丈的时候，再次站在长剑之前，闭上眼睛，双指轻轻压在剑尖之上。

此时此刻，阁楼顶层是一幅没有谁能想象到的场景。穿着麻衣、麻鞋的身材魁伟的王老怪站在窗口俯瞰全城，阁楼内坐着那位喜欢吃剑的武林高手，更滑稽的是阁楼内毫无剑拔弩张的气氛。缘于吃剑老祖宗盘腿而坐，在喝一壶酒，而一位半蹲着的身着绿衣的女童在扯动这老怪的那两缕垂至膝头的白眉，在很认真地打结，小脸庞上的表情异常严肃，手上的动作更是一丝不苟。而早已不被江湖人知晓真名的隋斜谷也不生气，反而笑着任由小丫头捣乱，望向她的眼神有些古怪。

当于新郎双脚离地，身体悬空，双指终于将剑尖往下压斜半寸时，王仙芝点了点头，转过身，跟隋斜谷相对而坐。女童抬起手摇晃了一下由白眉系成的结，邀功一般对那武帝城的城主粲然一笑。在四名徒弟面前从来都不苟言笑的王仙芝微微一笑，招了招手。小丫头摇了摇头，显然还是白眉老爷爷的眉毛更好玩些，继续蹲着仔细打结。世间竟然还有人不把王仙芝当回事？

隋斜谷笑道：“你对李淳罡也算仁至义尽了，只是以他的犟脾气，他才不屑那佛道的转世之说，既不做什么逍遥神仙，也不愿来世续缘。李淳罡便是李淳罡，一世恩怨一世了，一世不平一剑平。这才是让你王仙芝也愿意佩服的剑神啊。李淳罡生生世世都死了，酆都绿袍也就随之死了。邓太阿嘛，哪怕访仙归来，剑术、剑道都不输给李淳罡，但还是李淳罡更对你我的胃口。”

王仙芝淡淡地说道：“于新郎只是借着楼荒、林鸦、宫半阙的余势，挡下了你半剑而已。怎么停下了此剑？”

隋斜谷没有回答这个问题，低头对那女童笑眯眯地说道：“小妮子，去墙上帮老爷爷取一柄好剑来下酒。”

长得颇具灵气的女童抬起头，哦了一声，小跑出去，还真老老实实地撅起屁股趴在城头上略显吃力地就近拔出一柄长剑，双手握住剑柄将其扛回了阁楼内。

隋斜谷爽朗地大笑，用双指掰下一寸剑尖，丢入嘴中。看到女童眼巴巴地望向自己，仿佛有些嘴馋，隋斜谷哈哈笑道：“可别学老爷爷吃剑，否则等你长大以后会吓跑男人的。”

隋斜谷见孩子继续把注意力放在他的白眉上，对王仙芝说道：“既然你让几个弟子出手挡剑，明摆着是不想跟我打。无妨，我暂时也没胜你的把握，估摸着邓太阿也快回来了，相比跟你一战，我更想知道李淳罡万里借剑给他，到底借得值不值。若是我赢了巅峰时的邓太阿，再跟你打的话胜算更大。不过，按照你那来者不拒的作风，怎么会让徒弟露这个面？你不像是快要死的老头子啊，怎么做出了类似托孤的事情？”

王仙芝平静地说道：“我在等最后一战，那之后我便会飞升，等我走后，武帝城也就不复存在了。起先韩生宣要学那高树露，屠尽江湖上一品三境的高手，许多散人逃入本城，之后武评就有了个规矩，不把武帝城中的人列入榜上。于新郎在内的四名弟子，我准备让宫半阙和楼荒去京城，林鸦去南疆，于新郎何去何从，我仍是没想好，不过绿衣多半要交给他照料。”

隋斜谷瞪眼道：“听你这语气，你最后一战的对手不是我，不是邓太阿，也不像是曹长卿啊，难道是拓跋菩萨？”

王仙芝嗤笑道：“那个北莽蛮子？在我身后吃灰的命，我王仙芝在世一天，他就一天成为不了天下第一。他此时的武道修为，也不过是三十年前的王仙芝的水准而已。即便被他取了那把兵器，也不过是二十年前的我的水准。有何可战？”

隋斜谷纳闷儿地说道：“当初齐玄帧是不愿跟你打，后来有望跟你一较高下的洪洗象也已经自行兵解，不过要我看，这两位，哦，算是一个人，都不如他们在五百年里的身份，恐怕在那位吕洞玄之后的整整五百年，你王仙芝都是无敌的。像那刘松涛，我当初帮忙守关的逐鹿山教主，比起李淳罡尚且稍逊一筹。再往前推个两百年，吴家剑冢的剑仙家主吴斗柄，时无英雄使竖子成名而已，称霸江湖四十载，撑死了就是另外一个刘松涛。四百年前引起浩劫的大魔头高树露，把江湖上的顶尖高手杀得七零八落，确是身手不俗，但也就是比如今的拓跋菩萨稍强。如今的江湖，可跟以前大不相同，你、拓跋菩萨、李淳罡、邓太阿，加上那个始终穿着白衣的女子，单独拎出一个，除了高树露所在的江湖，否则随便丢在哪个江湖一百年里，都可以打遍天下无敌手。当然，我也是。”

王仙芝冷笑道：“还不是黄龙士造的孽？”

绿衣突然跑到王仙芝的身边，好奇地问道：“爷爷，你怎么不自称‘老夫’了？”

王仙芝揉了揉她的脑袋，用手指了指对面的隋斜谷，微笑着说道：“这家伙比爷爷还老了二十几岁，不过，他也就是年纪大，本事不大的。”

隋斜谷吹胡子瞪眼，捏断一截剑，丢入嘴中，怒道：“王仙芝，要不咱们现在就战一场？”

王仙芝仅是斜瞥了隋斜谷一眼，懒得理睬。隋斜谷那两缕被打了无数个结的白眉瞬间变直，在空中激扬飘荡。绿衣一看急了，赶忙跑去蹦跳着扯下两缕高过她个头的眉毛，搂在怀里，继续耐心地打结。隋斜谷无奈地叹息，问道：“你觉得陈芝豹借着龙树僧人圆寂的机会达到儒圣境界，是否已经打得过那藏藏掖掖的顾剑棠？”

王仙芝摇了摇头。

隋斜谷纳闷儿地说道：“那小子天资卓绝，实为罕见，怎的跑去太安城当什么兵部尚书了，为何不封王就藩西蜀，也好有好的心境和闲暇工夫去提升境界？”

王仙芝笑道：“陈芝豹在等同为儒圣的曹长卿战死，到时候他才能‘借势’，稳胜了顾剑棠，才有资格跟我一战。”

隋斜谷愣了愣，随即喟然长叹：“后生可畏。”

王仙芝默不作声。

隋斜谷笑着问道：“且不说已经在武评上的十人，你觉得未来五十年里谁能出头？”

王仙芝闭上眼睛，缓缓说道：“就剑而言，被你吃掉棠溪剑的卢白颉原本剑意不俗，可大器晚成，做了兵部侍郎，也就彻底废了。王小屏原本误入歧途，如今跟刘松涛形影不离，既有问剑也有佛道砥砺，前途不可限量。武帝城内的齐仙侠以往只有龙虎山那半吊子仙气，却无侠骨，去了趟武当山，下山后大有改观，也有剑道扛鼎的可能。吴六鼎胜负心太重，注定不如女子剑侍翠花走得远。说刀，袁左宗肯定可以达到天象境界，早晚而已。至于江斧丁，不好说，性子太邪，但因为武道路数跟我最为相似，运气不好的话，一辈子待在指玄境界，运气好的话，等我飞升后他不是没有机会成为陆地神仙。吴家剑冢的家主，北凉的徐偃兵，烂陀山和观音宗的两位，成为天下第一人的希望都不大，但都是有机会成为陆地神仙的人物。如今的江湖人物变数太大，我也不敢断言他们的最终成就。不过，这些人撑死了也就是武评十人，仅是位置高低不同而已。但有两人，变数尤其大——听潮阁里那用刀的南宫仆射，已经‘悟剑’的西楚亡国公主姜姒。只是，后者多半是昙花一现。”

隋斜谷记住了一个名字，问道：“江斧丁？”

王仙芝淡淡地说道：“你可知我习武的心愿？”

隋斜谷轻轻皱了皱眉，结果绿衣被他雪白的长眉拖曳得一个踉跄，隋斜谷转头歉意地笑了笑，绿衣报以微笑，摆摆手示意没关系。

王仙芝将双拳撑在腿上，说道：“你可知李淳罡、你、拓跋菩萨、邓太阿、曹长卿，你们这些人的境界跟我的境界其实相差不大，为何真要是死战的话，肯定是你们败？”

隋斜谷气笑道："还不是你这老匹夫皮糙肉厚！"

绿衣掩嘴一笑。

王仙芝直视隋斜谷，问道："你信不信你们几人联手与我一战，我仍可拼死杀尽你们？"

隋斜谷眯起眼。

他显然不信。

但他不得不信！

王仙芝站起身，阁楼顶层的东西两向并无墙壁、窗栏遮挡，故而东面可遥望东海。

王仙芝轻声说道："在我王仙芝由武道而非那天道成功跻身陆地神仙之列后，始终自称天下第二，并非世间有人可以与我作生死之战。之所以如此，是因为我怀念李淳罡无敌于世时的那个江湖，那时候的王仙芝仰视李淳罡，对李淳罡心服口服。正是他让我悟得了何谓一个人的江湖，正是李淳罡，让我走上了今天脚下这条走了一甲子的路。如果说江湖以为我那第二是在以此嘲笑天下人，我也不会否认。谁有本事，就来做一个他们觉得名副其实的天下第一好了。"

隋斜谷静待下文。

王仙芝笑了笑，继续说道："但更重要的是，我心目中的敌人是整个天下。"

王仙芝握紧双拳，东海之上蓦然浪潮滔天，只听他说道："所以哪怕武评身后九人，加上全天下的一品高手尽数聚于武帝城，我王仙芝仍是不虑败，只会胜！"

隋斜谷将双眉从绿衣的手中抽出，那两缕长长的白眉飘拂不定，绿衣蹦蹦跳跳地想要抓住那两缕白眉。

王仙芝松开拳头，负手而立，东海复归平静。

他接着说道："那江斧丁若是不死在北凉，也就有了与整个江湖为敌的气概，唯有此，才能有与世为敌的觉悟。以后的江湖也许就是他跟南宫仆射两人的江湖了，至多加上一个洪敬岩，三足鼎立。你隋斜谷牵挂着剑，曹长卿牵挂着当年那观棋的女子，你们心中都有所执，反而不如那无情无义的江斧丁走得轻松。可你们的所执，恰巧是你们成为顶尖武人的根基，更无奈之处在于你们即便可以散去一切东山再起，但是你们仍然不愿放弃。"

隋斜谷讥讽道："你以为谁都是你这种一辈子心无挂碍的武痴？高树露也不过是刻意让自己走火入魔，才到了这种传说中的天仙境界。王老怪王老怪，你还真是个怪物，我就纳闷儿了，怎么没有天仙下来收了你，要不弄几千道天雷劈死你也成啊。”

王仙芝一笑置之。

天仙？法相就算了，寻常陆地神仙都可以斩杀，根本入不了他王仙芝的法眼，就算有真身到了人间，一样也得讲究他王仙芝的规矩。

隋斜谷双手的指尖抹过眉头，他问道：“那你到底是要跟谁打那人间的最后一仗？”

王仙芝反问道：“你跟谁借的剑？”

隋斜谷怒道：“放你娘的屁！姓徐的小子有多少斤两我会不知道？他能宰了韩生宣，还多亏了我那一手千里驭剑。他若是一心一意地在江湖上混，未必到不了我的境界，可他得当那北凉王，哪能像你王仙芝这般心无旁骛地钻研武学？别说十年，给他一百年，他也没资格做你最后一战的对手！”

王仙芝平静地说道：“我被他两拳击退一千丈。”

隋斜谷瞪大了眼睛。

绿衣也瞪大了眼睛，一老一小的表情如出一辙。

王仙芝缓缓说道：“他只要敢跨入陆地神仙境界，我就会立即让他死。”

倒马关，今年尤为春寒料峭，虽说未到冻杀年少的夸张地步，但关内附近的村子里的一些孤寡老人好不容易熬过了寒冬，还是没能扛过这道被老百姓看作“鬼门关”的倒春寒。只不过这样悄无声息地去世激不起什么浪花，反正没死在兵荒马乱中，老死在了家中的床上，谁乐意搭理？唯有一些退伍老卒，才能由官府出面潦草地安排身后事，算是老有所终，比起离阳那边已经算是天大的幸事。

有两骑来到倒马关，出关之前稍作歇息。借着元宵佳节的余韵，关内的集市上还算热闹，孩子们都在目不转睛地盯着老鸦下棋之类的把戏。风尘仆仆的徐凤年嚼着一张大饼，牵马而行，眼尖地看到孩子堆里有个眼熟的小胖墩儿，便走过去用脚轻轻踹了踹小胖子的屁股。这孩子正看得起劲儿，头也不转地拍掉踹他屁股蛋的玩意儿，没想到那厮踹上瘾了，被拍掉后又踹在他的屁股上，不依不饶。事不过三，小胖墩儿怒气冲冲地转过头，正要破口大骂，见踹他的人是位牵着马、佩着刀的俊逸公子哥儿，愣了愣，好不容易认出公子哥儿是当初送了他一个肉包子的侠士，赶忙起身，按照私塾先生教的礼仪生疏地作了一揖。徐凤年笑着问道：“右松呢，没跟你们一起耍？”

小胖墩儿环视四周，嘿嘿笑道：“刚才还在呢，松子跟他娘一起来集市上买些边角缎子，这会儿准是被他娘拎着耳朵拽走了。公子，要不我帮你喊一喊松子？”

徐凤年摇头道：“不用了，我得马上出关，你回头见到右松后跟他说一声就行。”

然后，徐凤年看见这小胖子盯着他手上的大半张肉饼咽了咽口水，徐凤年笑道：“不嫌弃被我咬过的话就拿去。”

小胖子笑得腼腆，使劲儿摇头，余光瞥见了这位公子的腰间有两柄长短不一的佩刀，越发眼馋了。

徐凤年将肉饼递给这孩子，孩子一边吃着肉饼，一边含糊不清地说道：“公子，听我爹说现在出关很难的，好像是倒马关外的大葫芦口有好多好多的将卒，年关前后这段时日都没几个人入关了。”

徐凤年微笑着说道：“我跟关门的官老爷们有些交情，所以不怕。”

小胖墩儿憨憨地笑道：“我就说嘛，公子你肯定是大人物！松子在私塾里常说你，别人都不信，就我帮着松子，跟松子一起说你是闯荡江湖的大侠。”

徐凤年揉了揉小胖子的脑袋，转身离去。小胖子马上跟身边的玩伴吹嘘他跟有马有刀的公子是如何熟悉的。先前，一同在私塾学习的孩子们大多不信他跟赵右松的话，如今亲眼瞧见了胖子得了半张肉饼的打赏，这份交情作不得假，小胖子的“江湖地位”顿时上涨了好几层楼那么高。

北凉边军校武阅兵已经有了将近二十年的历史，始终遵循一年一小校、三年一大阅的原则，只是去年的大阅无故被拖延到今年，也定在了从没有先例的开春时节。接连坏了两个规矩，加上此次阅兵的规模尤为壮大，让许多边关将卒感受到了一股不同寻常的气息。一座小小边境关隘倒马关，庙小菩萨却不少，折冲副尉周显，有勋品垂拱校尉傍身的韩涛，想要从这里顺利地出关、入关，尤其是货物值钱的话，都需要小心打点这一双死对头。此时倒马关的地头蛇周显和韩涛都毕恭毕敬地站在城墙上，大气都不敢喘，别说是两条才入流品的地头蛇，就是一条龙都得老老实实地盘曲着，因为他们身边站着两尊真正可以一言定人生死的大菩萨——幽州副将石迁高和幽州别驾李桂翁，他二人都是从三品大员。韩涛和周显这对老冤家此时此刻也没了相互下绊子的心思，只得捏着鼻子合作，想着如何把这趟差事对付过去。他们还没有资格知晓内幕，只是得到消息说是有重要人士从倒马关出关。

折冲副尉的儿子周自如有了边军身份，也可以站在城墙上等候，不过离那两位幽州权臣很远。这位曾经差点儿让鱼龙帮顷刻间覆灭的边关将种子弟，小心翼翼地瞥了一眼石迁高的鲜亮甲胄，以及李桂翁身上那件绣有孔雀图案的官服补子，眼神于敬畏中夹杂着向往。石迁高是一名春秋老将，老当益壮，原本这次最有希望顺势递补成为幽州将军，结果被当时仅是果毅都尉的皇甫枰捷足先登。倒马关这边的官员从上到下战战兢兢，很大程度是因为这，生怕被脾气火爆的石迁高当成出气筒。倒是李桂翁一直如传闻中那般对谁都和和气气，登城墙时有意走在石迁高的身后，抽空跟周显、周自如父子温言寒暄了几句。周自如不知为何觉得性格迥异的石将军、李别驾竟都有几分紧张。这次选择在葫芦口举办北凉大阅兵，北凉都护褚禄山早已到达葫芦口，步军统帅燕文鸾和骑军统帅袁左宗本就早早到达关外，北凉新贵顾大祖，不属边军行列的凉州将军和两位副将也都在正月初三、初四往北疾行，甚至连北凉经略使李功德也来了。可以说北凉的大人物大多已经在元宵节期间到达葫芦口。周自如猜不出谁能让石、李两人如此谨慎地对待，根基不牢的幽州将军皇甫枰虽然在品秩上比他们高出半品，但应该还没有这份威严。

倒马关的石迁高和李桂翁自然是在等世子殿下。

徐凤年其实可以更早一些进入倒马关，只是被一名云游道人拦下了，对方死皮赖脸地要给他测字、算卦、看手相，信誓旦旦地说算不准非但不要钱还倒贴银钱。徐凤年不动声色地看了徐偃兵一眼，后者破天荒地没有立即给出答案。徐凤年就有些好奇了，能让徐偃兵吃不准其深浅，要么这邋遢的道人是真的毫无内力，要么就是善于伪装的天象境高人，要么就是陆地神仙。好大的彩头！徐凤年笑着跟那生得贼眉鼠眼的老道人来到路边摊子前坐着，开门见山地打趣道：“老真人，就你这尊容，想要让人信你是得道高人，很难啊。”

老道人唉声叹气地说道：“相貌跟名字一样，都是爹娘给的，有啥法子哟！贫道也实在是饥寒交迫，才不得已摆摊做这给人算命的凶险营生的。天机不可泄露啊，可不挣钱就得饿死，贫道这可是拿命换命的，怎么都是苦命。”

徐凤年正要开口，道人好似能看穿人心，已经感慨道：“天机漏一，方能旋转不息，这个‘一’在贫道看来就是自身，所以公子就别问贫道为何会算命，却算不准自身的命数了。”

徐凤年笑道：“老真人别的不说，察言观色的功夫相当厉害啊。”

自号“四方”的老道人瞪眼道：“哪里是察言观色？贫道分明是算准了公子

的心思！天时地利人和，算天算地算人心，贫道跟那些出身道教祖庭的神仙不一样，不算天地只算人心。”

徐凤年讶异地哦了一声，笑眯眯地说道：“那我可得借机跟老真人好好问道问道。佛不可说，道不可道，那凡夫俗子如何才能成佛、得道？”

老道人跟徐凤年隔着摊子相对而坐，捻须笑道：“贫道不说那虚虚实实、云雾缭绕的道理，仅说一些自己悟出的理，如何？这位公子行小事不拘小节，逢大事更能大气，想来能静下心来听一听贫道讲述。”

徐凤年点头道：“好。”

徐凤年转头对徐偃兵说道：“去买一屉小笼包子。”

老道欣慰地点了点头，也不知是在欣慰那屉能填饱肚子的包子，还是在欣慰眼前的公子哥儿终于入瓮。

等到徐偃兵默默转身之后，老道士正了正衣襟，缓缓说道：“修道如登山，行百里者半九十，愈行愈难。那龙虎山中人只想登顶，仿佛每个甲子不出一位飞升真人就丢了祖宗的脸面，这谈不上对错，但武当山中人不修这样的道。也不知从何时起，世人修道就只盯着‘长生’二字了，这与当官之人盼望着‘一品’二字有何异？咱们修道如读书，像公子看那些才子佳人小说，说到底还不是那相见相识，运气好的相亲相爱，白头偕老，运气不好的相恨相离。再讲得露骨一些，也就是从床下到床上的那点儿破事。若是再往大了说，人这辈子更惨，也无非‘生死’二字，这么想也忒无趣了。公子以为然？”

徐凤年笑着点头道：“深以为然。”

老道士继续说道：“在贫道看来，这人哪，投胎在世走一遭，精髓就是‘走着’两字，走过山、走过水、走过江湖、走过东西南北，到了什么地方不重要，一路上见到了有趣的人、无趣的事，吃苦也好、享福也罢，都是人生百年这一遭而已。遇见了好风景，大可以停下脚步瞧一瞧、看一看，有气力了再走。不愿意挪脚了，那就别动了呗，温柔乡是英雄冢？嘿，那都是吃不着葡萄的家伙在喊酸呢。要不咋说只羡鸳鸯不羡仙？贫道此生云游四方，已经好些年月，求仙之人艳羡那山中一日世上已千年，贫道却是喜欢在滚滚红尘里脚踏实地地走走停停，也不怕哪天突然死在路上，若是为长生而惧死，如何得真正的长生？贫道这辈子，进过的道观大大小小得有六百余座，也去了三百座寺庙向和尚们求教佛门义理。”

见徐凤年默不作声，老道人咳嗽一声，厚着脸皮小声提醒道：“公子这会儿该附和一句才合情合理。”

徐凤年笑道："我在忙着算老真人如今多大岁数，才能走完那六百座道观、三百座寺庙。"

老道士摇头唏嘘道："贫道早忘啦，只记得娶了三位女子。"

徐凤年忍不住嘴角抽搐了一下。徐偃兵此时拎回一屉包子，放在摊子上。老道士拿起一只热气腾腾的包子，狠狠地吹了几口气，一口吞下，满脸陶醉，抬起袖子抹了抹嘴角的油渍，笑道："春冻筋骨秋冻肉，便是少年气血旺盛不惧春寒，日子也格外难熬啊。"

徐凤年笑着问道："老真人可算得出我要去见谁？"

老道人正要去抓第二个肉包子，闻言，漫不经心地说道："画灰老妪。"

徐偃兵气息一凝。

老道人仍是无动于衷，轻声笑道："行走江湖，技多不压身，贫道因此什么都略懂，知道这事也就是靠着这一大把年纪，算不得什么本事。"

徐凤年平静地说道："我知道老真人是谁了。只不过真人不露相露相不真人，老真人好像不合规矩啊。怎么，要给你们的北莽女帝报仇，拿我的脑袋去还徐淮南和第五貉的脑袋的债？"

老道人笑道："你当真知道贫道是谁？"

徐凤年皱眉道："我确实迷糊了，听说两禅寺李当心在道德宗已经拽下浮山，压死了负剑的麒麟真人。"

老道人哈哈大笑，在自己的左肩头轻轻弹指，右首"飘"出一位姿容妩媚的年轻道人。这位年轻道人二十七八岁光景，背负一柄长剑，对徐凤年作了一揖。

老道人换手弹指，左边又"飘荡"出另一位年迈的道人，这位年迈的道人仙风道骨，手捧一柄拂尘，捻须微笑。

这位麒麟真人，分明已经被拓跋菩萨过河后杀死于黄河边。

始终坐在凳子上的老真人一拍掌，身前"跑出"一个道童，正是那名出现在北院大王徐淮南身边的孩子。老道人一手拿着包子，一手抚摩着道童的脑袋，说道："徐凤年，我们已算是第二次见面了。"

这边景象诡谲，街上的路人却浑然不觉。

老道人吞下包子，拊掌笑道："三位北莽国师，分别为李当心、拓跋菩萨和'一截柳'所斩，只是死而不死，亦是不足为外人道。斩三尸拔九虫，圣人语焉不详，世人云云纷纷，如坠云雾，不知所以然。贫道云游四方，窃以为是前世今生来生的情理欲。这三位道德宗麒麟真人，是我又不是我，我是他们则是确凿无误。

他们很忙，贫道很闲，闲到云游北莽、离阳三甲子，闲到了亲眼所见三位所娶的女子慢慢从少妇变为老妪，闲到了跟四世吕祖都见过面。”

徐凤年仿佛不知该说什么，只好伸手去拿一个肉包子“压压惊”，不承想肉包子被绕膝嬉耍的稚童国师一掌拍掉，手背处传来一阵火辣辣的疼痛感。徐凤年愕然，赶忙摆手，示意早已杀气弥漫的徐偃兵不要出手。

老道人敲了敲小麒麟真人的脑袋，弯腰拿起肉包子递给徐凤年，说道：“读书看逐鹿，书中得几分，逐鹿失几分。问道对青山，道外无一事，青山有一事。贫道号‘四方道人’，本名袁青山，修道已有三甲子，飞升在即，今日相见，确有一事相求。”

徐凤年伸出左手接过肉包子，左手不见丝毫颤抖。

袁青山正色道：“贫道为道德宗某位不记名弟子，跟世子殿下求回一枚铜钱。”

徐凤年握住包子，纹丝不动。

老道士笑眯眯地说道：“殿下尝过包子再答复也不迟。”

徐凤年犹豫片刻后，也学着老道人一口吞下包子，啪一声将那枚铜钱拍在摊子上。

老道士捻起那枚铜钱，弹指一挥，铜钱遥遥远飞千万里。他站起身，三位麒麟国师纷纷“融入”他的身躯，他在离去之前留下了四句金玉良言。

“殿下多上武当山，有益无害。

“徐龙象本是必死的命格，贫道飞升之前会给他留下一线生机，但也仅是一线而已。

“真武本是天上人，为何多事来世间？小觑了将来位列仙班不输真武的王仙芝，你会死的。

“李玉斧散尽自身功德福禄助人飞升之后，便会斩尽在云间垂钓的仙人，于是世上再无人可以飞升。人间人做人间事，妙不可言。贫道袁青山不如武当李玉斧多矣！”

摊子前现在只有徐凤年跟那只没了小笼包的竹屉，先前那位四方道人如同“一气化三清”出来的三位麒麟真人，不论谁出现在面前，皆可算是北莽国师。徐凤年知道交出这枚铜钱意味着什么，怔怔出神，脑子里都是那四句话。武当山是他徐凤年的福地，这一点毋庸置疑，若非老掌教王重楼的大黄庭，他也没法子在后来两次走江湖，而且如今有李玉斧坐镇大莲花峰，武当已有中兴迹象。只是逍遥游后，他告诉了李玉斧他在出窍神游里见到的河畔稚童就是李玉斧的小师叔转世，这会儿李玉斧还没有回武当山，也不知道李玉斧到底有没有找到那孩子。在大雪坪顶，轩辕敬城告诫过他不要让黄蛮儿进入天象境，以徐凤年的心性，别说天象，他甚至都不敢让黄蛮儿进入指玄境，所以就直接把话跟徐龙象说死了，不许进入那只跟天象一境之隔的指玄境。至于麒麟真人所谓的一线生机，天机难测，徐凤年也不知为何物。至于关于自己的事，什么陆地神仙，什么王仙芝，徐凤年反而想得不深。袁青山最后的话语是李玉斧会在助人飞升后斩尽坐云垂钓的仙人，为世间的修行之人关上天门，从此仙人是仙人，世人是世人，两相厌也好，两相欢也罢，也都各自遥不可及，徐凤年对此就更不感兴趣了，只要骑牛的转世后能够赶在此之前成功飞升，那就没有问题。家事国事天下事，他既然是徐骁的嫡长子，既然姓了徐，三件事早就混淆不清了。别的藩王世子，世袭就到头，大不了就是由父辈的藩王降爵为郡王，可北凉以北有北莽百万控弦之士虎视眈眈。

徐偃兵轻声说道："如此近的距离，若是袁青山有心要杀殿下，我未必拦得住。"

徐凤年笑道："所以我才干脆让徐叔叔去买包子，好让麒麟真人知道我的诚意。"

徐偃兵有些遗憾，如果不是殿下在身边需要护驾，被他遇上了陆地神仙无疑的北莽国师，不拿来试试手真是可惜了。

徐凤年猛然站起身，脸上紫金两色交替浮现，霞光熠熠，他苦涩地说道："耽误了不少工夫，麻烦徐叔叔送我去倒马关。"

徐偃兵也察觉到了世子殿下的异样，笑了笑，拎住徐凤年的衣领，轻喝一声，就将他狠狠地砸向了倒马关的城头。

倒马关城头处的陵州副将石迁高跟别驾李桂翁悄然相视，都从对方的眼中瞧出了忐忑不安，如此一来，性情豪放的石迁高就变得越发焦躁了，因为身边的李桂翁是出了名的陵州泥塑菩萨，极少流露出慌张的神情。他们二人都是大将军的心腹，石迁高当年在景河一役中险些战死，是被徐骁从死人堆里扒出来的，徐骁守了他两天一夜，石迁高竟然还真从鬼门关回到了阳间，他总说自己欠了大将军一条命，后来他那身为鹂鸪营都统的次子石黎平战死沙场，石迁高也从未有过半点儿悔恨。李桂翁出身北凉本地豪阀，家族属于豪阀"洛阳李"的一支，数百年来，不论是太平盛世还是兵荒马乱，家族里每年都会有人前往古城洛阳祭祖拜图。

徐骁就藩北凉后，李家人最先投靠徐家。李桂翁擅作辞令，为听潮阁李义山所推崇，只不过当年李家做了桩弄巧成拙的蠢事，才跟那位北凉首席谋士断了香火情。

石迁高跟李桂翁的着急情绪逐渐蔓延到了周显、韩涛这边，若真出了意外，牵连了这次北凉大阅兵，他们一个折冲副尉一个杂号校尉，扛不下来这份天大的罪责。石迁高如同热锅上的蚂蚁，在城墙上转弯打圈，右拳一下下地砸在左手的手心上；李桂翁稍好一些，但也踮起脚望向驿路的远处。倒马关的头号公子哥儿周自如丢了个眼神给老爹，周显轻轻来到儿子身边，周自如低声询问是否需要派遣游骑去探查情况，结果被老爹怒目而视，周自如很快回过味来，这类秘密军情，哪里轮得到他们倒马关的人去瞎掺和？官场嘛，不做便无功，可撑死了就是不升官，但如果是多做多错，那可就要丢官帽子了。

城墙剧烈地晃动了一下，李桂翁一个踉跄差点儿跌倒，揉了揉眼睛，好像先前看到一物撞上了城墙。攻城车抛来的巨石？石迁高快步走到城墙边上，探出脑袋一看，瞪大了眼睛。

一个人“嵌入”了城墙，而且这家伙似乎还活着！

掉在坑里的徐凤年长长地吐出一口紫色的雾气，舒服多了。他离开墙上的窟窿，一手抓在墙壁上，轻轻飘到城头上。周显、韩涛两位如临大敌，迅速抽刀，就要擒拿下这名来路不明的刺客，城墙下边的精锐甲士也纷纷拥上城头。不料，品秩最高的石迁高跟李桂翁都立即跪下，口呼“参见世子殿下”。尤其是别驾大人的打袖功夫很见功底，既不耽误行云流水的观感，又有一种小心翼翼的恭敬做派，文官要拥有这份功力，没有五品以上万万不行。周显、韩涛自是拍马不及，不过听到“世子殿下”四个字后吓得腿软，顺势跪拜下去，自报官职，把吃奶的劲儿都使出来了，两位存心比试谁吼得更洪亮一点儿。李桂翁的耳边就跟响起了炸雷一般，这位幽州别驾哭笑不得。

徐凤年笑着让众人起身，看到了周自如。当初他戴着面皮出入倒马关，这位周大公子当然认不出他，赵右松跟小胖墩儿两个孩子能够“认出”他，那都是迷迷糊糊地靠着他的佩刀和嗓音。徐凤年跟石迁高和李桂翁寒暄了几句，走下城头的时候，周显有意壮着胆子让儿子跟在身边，想着在世子殿下眼前尽量凑近了混个脸熟，也不指望能跟殿下搭腔，有个印象就知足，不承想世子殿下转过头，开了金口：“周自如，本世子去年进出北莽，就是从倒马关路过的，知晓你带兵的能力不错，回头本世子跟皇甫枰说一声，让你给他当亲卫，你意下如何？”

周自如在鱼龙帮那边是高高在上的将种子孙，可恶人自有恶人磨，在世子殿下这条北凉恶龙这里，他连虾兵蟹将都算不上，也就没了往日的圆滑，好在折冲副尉周显久经宦海沉浮，还有些定力，赶忙拉着儿子下跪谢恩。天底下谁不知道北凉有个扛旄党派？这个党派的人日后的成就往往十分巨大，大将军的义子齐当国、青州首富王林泉，都曾是北凉铁骑的扛旗卒。给大人物担当贴身亲卫，与之有着异曲同工之妙，皇甫枰如今在幽州如日中天，只要周自如成了幽州将军的心腹，周显哪里还会担心儿子不能光耀门楣？徐凤年让周自如跟上前同行，周自如如履薄冰，徐凤年笑着问道："倒马关有没有一个叫鱼龙帮的陵州帮派里的人经常过境？"

周自如心一紧，凭着出众的记忆力和那份不可与人说的额外关注，点头沉声说道："启禀殿下，如果卑职没有记错，鱼龙帮的人有过六次过境的记录，最后一次出关是小雪时分，入关则是在小寒后两天。"

徐凤年嗯了一声，不置可否。这让周自如提心吊胆，莫不是这鱼龙帮跟北莽谍子有沾染？上次在阴沟里翻船后，之后看在鱼龙帮的人会做人的分儿上，许多昂贵货物进出，倒马关的守关人在周自如的授意下都睁只眼闭只眼。这个世道信息阻塞，就算是一些五百里加急军情的驿路传递都有可能石沉大海，更别说其他一些小道消息了。徐凤年在陵州龙睛郡跟怀化大将军钟洪武彻底撕破脸皮，事情太大，人尽皆知，不太出名的鱼龙帮，幽州就没几个人清楚它的底细了。主要是接任帮主的刘妮蓉在这之后从未扯出世子殿下这面大旗，龙睛郡当地也没谁敢拿这件事嚼舌头，以往嘲讽世子殿下几句不打紧，可如今连钟老将军都被收拾得凄惨无比，谁还敢拿自己的小命开玩笑？

好在世子殿下没有让周家父子战战兢兢太久，出关之前对周显跟韩涛这两位倒马关的地头蛇说道："本世子在鱼龙帮有个朋友，以后就要周副尉和韩大人多关照了。"

世子殿下都发话了，周显跟韩涛自然是口口声声说着"万死不辞"。

幽州副将石迁高要随行至关外，别驾李桂翁则不用，当听到殿下说要赠送自己一幅出自南唐君主之手的珍贵花卉图后，李大人笑得合不拢嘴。那幅花卉图很值钱不假，可从殿下手上交到自己手上，李桂翁在幽州官场也就有莫大的底气了。殿下在提及赠画时顺嘴说起了胭脂郡太守洪山东，说他听说此人官声不错。李桂翁望着三骑远去，捻须沉吟。别驾大人对这个洪山东谈不上器重或是不顺眼，此人是凉州刺史的得意门生，本身又是一郡长官，他李桂翁想管也管不着，不过既然入了殿下的眼，那他也就不介意做些锦上添花之事。洪山东一直有意担当幽州典学从事，以便从地方转入幽州官场的中枢之带，只是这些年一直被幽州刺史拦着，压在太守的位置上不得动弹。李桂翁虽说是刺史的辅佐官员，但毕竟是有着“小刺史”之称的别驾，不是那附庸，李桂翁跟几位与自己品秩相当的幽州要员关系不错，真要是铁了心为洪山东鼓吹造势，联袂提拔洪山东，并非没有可能。得罪幽州刺史与讨好世子殿下，孰轻孰重？本就是徐家这座山头里一棵铁杆庄稼的李桂翁还用多想？

关内，一位小娘被孩子拖着往倒马关关隘处快步走去，眉清目秀的孩子犹自念叨不停：“娘亲，咱们再不走快些，徐公子可就要出关了。”

姿色在胭脂郡的婆娘中也算极为出众的小娘抿了抿嘴唇，嗯了一声，告诉自己只是想着与那公子说一声，欠他的两百两银子多半能够更快地还给他了——只要答应下金缕织造局派下的活计，成为一名纺织娘。可是乡亲们都说陵州那边富裕是富裕，可纨绔子弟也多，尤其是咱们北凉的世子殿下最是好色，当下正在陵州那边当什么陵州将军，若是被陵州的任意一个纨绔子弟看上了，她一个背井离乡无依无靠的女子，该如何是好？死？右松怎么办？她也不知道那个她从未听说过的金缕织造局怎就相中了她的手艺，说是要让她去编织制衣，若非那名织造局官员年迈而面善，寡居多年的小娘许清当场就会拒绝。

富贵对她这名乡野女子而言，哪里比得上母子安稳？

娘儿俩最终还是没能在冷清的城门口看见那徐公子的身影。赵右松一脸遗憾地蹲在地上生闷气，也不知是怪娘亲走得慢了，还是自责脚力不好，早知道就该自个儿跑来的。

小娘弯腰摸了摸孩子的脑袋，充满歉意地柔声说道：“右松，是娘亲不好。”

孩子生过了闷气，却也不忍心让娘亲愧疚，仰起一张灿烂的笑脸。

许清轻声说道：“娘想好了，再过些日子娘就去陵州的织造局，好早些还上欠那位公子的银两。娘会请人照看庄稼地，你安心在学塾里读书识字。”

赵右松苦着脸，不知道该说什么，想说他不愿意娘亲离开，可是他比谁都清楚，娘亲打定了主意的事情怎么劝都没用，这些年那么多婆婆婶婶来劝娘亲改嫁，可都不见娘亲点头。其实他很想跟娘亲说一句，如果遇上了喜欢的人，那就嫁了吧，他其实不介意，只要娘亲开心就好。赵右松站起身，望向城头，自言自语道：“娘亲，你说徐公子去关外做什么？”

许清摇了摇头，没有说话。

简简单单的三骑出关，没有任何铁骑护卫。不过石迁高丝毫不担心，有大将军的扈从徐偃兵在身侧，而且此行去葫芦口，沿途游骑、斥候无数，应该出不了纰漏。何况大家都说殿下是宰了北莽的北院大王和柔然铁骑共主的高手，谁敢来这里造次？

徐凤年不知为何停下了马，勒马转头向南望去，倒马关在他的视野中只是一个黑点，徐凤年抬起头，深吸一口气，闭上眼睛。初春阳光和煦，无风也无雪，天地间安静祥和。

他在去北莽前跟徐骁在清凉山的山顶对饮时，借着酒意没大没小地跟徐骁说了句：“老了就老了，可别偷偷摸摸地死了。”

当时徐骁满口答应，说他还没抱上孙子，可舍不得死，还吹牛不打草稿地说他要是不想死，即使是阎罗也没胆子来收下他徐骁的命。

只是徐凤年比谁都清楚徐骁越发严重的老态，老到父子二人一起登山时徐骁都需要停停歇歇。

为人父之前，大多数年轻男子很难想象自己的父亲会老，会那么老。

徐凤年睁开眼睛，继续策马向北行，毕竟前头有北凉的近十万参与大阅兵的铁骑在等他一人。

有句话徐凤年一直没有跟谁说过，包括徐骁。

如果有一天北凉被北莽攻陷，那他徐凤年一定已经战死在边境了。

他死也要死在徐骁的坟墓以北。

第二章

北凉鼓响天下闻
帝王相逢风雪中

一辆简陋的马车慢悠悠地南下，马车里的人先把瓦筑军镇之外的君子馆、茂隆、离谷三座军镇都逛了一遍。北莽南朝的边境在去年硝烟四起，北凉铁骑一路碾压，势如破竹，事后却出人意料地并未占据军镇，以便把边境线往北推移，来抗拒北莽，而是把财物和匠人劫掠一空，随后扬长而去，甚至连边境上蛛网一般的驿路都懒得破坏，显然半点都不怕北莽军队一气之下顺畅地举兵压境。

马车里的人逛过了三镇，所到之处满目疮痍，人心惶惶。马车的主人偶尔掀起帘子，面无表情。马车向东而去，赶往龙腰州跟幽州交界处的留下城。城牧陶潜稚在去年清明节上坟时暴毙，留下城已经换了一位姓耶律的城牧。马车没有入城，径直南下，临近凉莽边界时，马车的主人似乎心情不错，坐在马夫身后，靠着厚重的棉布帘子，拎了一壶自制的糯米浆酒，喝了几大口，唱了一支熟稔至极的高腔信天游。大漠黄沙宏阔万里，马车略显孤单，苍老的妇人所唱的曲调荡气回肠。车夫是个貌不惊人的矮壮男子，只是手臂很长，这让他的身材看上去很滑稽。中年汉子不苟言笑，其间老妪拎着酒壶碰了碰他的后背，汉子没有转身，只是摇了摇头，示意他不喝酒。对于他的不识趣，老妇人也不恼火，唱完了调子，仰头灌了一口浓郁的糯米浆酒，尽显豪迈。江湖女侠如此行为，能让旁人喝彩，一个白发苍苍的老妪这般不拘礼仪，可没谁瞧在眼里会觉得赏心悦目。

老妇人约莫是知晓马夫的清淡性子，不奢望他搭腔，遥望高高的天空，自顾自地说道："你们男子有钱有权了就喜好金屋藏娇，我呢，喜好豢养文豪、英雄，养士的本事比起赵家老皇帝只强不弱。文，先有北院大王徐淮南，后有帝师太平令，还有南边满朝的遗老名士；武，有杨元赞、刘珪在内的十二位大将军，他们无一不是战功显赫，尽在我手啊。六次敌对双方举国之力的战事，输二在先，胜四在后，如果不是去年被北凉的徐瘸子打了一个措手不及，离阳朝野上下谁不畏惧北莽铁蹄？不过也好，北凉骑军这么一闹，离阳便小觑了咱们北莽，太安城那边很快就夺了顾剑棠那小子的兵部尚书之位，'碧眼儿'将赋税往北边倾斜的举措，终于开始受到重重阻碍，京城人心不齐是好事。我看啊，离阳的新任兵部尚书'小人屠'对此不闻不问，甚至有意无意弹压顾庐武将，任由文臣刁难'碧眼儿'，未必没有乐得看到北方边境战事四起的深沉心机，好让他一战定春秋还不够，再战就是定天下了。这样的雄心壮志，说难听点就是狼子野心，白衣兵仙的胃口实在是比他义父的胃口大太多了。他不愧是被骂作'狼顾之相'的年轻人，要是他在咱们北莽，有一个野心勃勃的董胖子我就已经很头疼了，加上一个他，如何安置你们三人，我还不得愁死啊？对了，跟太平令同出棋剑乐府的洪敬岩野心也不小，只不过他跟董卓之间注定只能有一个在南朝冒头，我已经赏了他柔玄、老槐、武川三镇所有的柔然铁骑，跟董卓如今握着的兵力差得不多，如果这还输了，就只能怪他有当江湖高手的福分，没有逐鹿天下的命格。不过说心里话，董胖子为人处世都还算讨喜，'有眼无珠'的洪敬岩一看就让人生厌。拓跋，你肯定会比我晚死很久，如果姓洪的真敢勾结宗室，想当幕后皇帝，到时候不管你是否退隐，都杀了他。"

汉子平静地说道："董卓也能干出这种谋逆的勾当。"

老妪哈哈笑道："这倒无妨，谁让我打心眼儿里喜欢这死胖子呢？自我登基称帝以后，敢称呼我'皇帝姐姐'的就他一人而已，很可爱。况且董卓心眼儿多是多，满肚子坏水，但他有底线，底线虽然低了些，但终究有，这样的人其实不可怕。那些底线飘忽不定的家伙才可怕，大将军种神通，加上慕容宝鼎，就是这类奸诈货色，你一辈子都不知道他们会带给你怎样的'惊喜'，做出怎样恶心人的事。把北莽交到董胖子的手里，慕容、耶律两大家族不怕绝后。"

被仅仅称呼姓氏的汉子又沉默起来。

老妇人喝完了确是她亲手酿造的糯米浆酒，将酒壶捧在怀里，感慨道："我年轻时流离失所，去了一趟离阳两辽，见到了当时还没瘸的徐老瘸子，那会儿也没对他一见钟情要死要活，只是觉得这男子有趣，后来徐骁走出辽东，一步步登顶，我总是不信他能做出这样的壮举。后来处理朝政的闲暇，经常纳闷儿他怎就能出人头地，长久以往，当年明明已经放下了，很多年后反而又拿起了，有些不甘心。不过，这种儿女情长也就只能想想，要我回头再选，还是会选择回到北莽。真要为了一个男子整辈子柴米油盐家长里短，我会无聊到想杀人的。西垒壁一战过后，我甚至写信给徐骁，劝他顺应大势自立为帝，我在北莽好与他遥相呼应，承诺将来我南下，他北上，像当年在锦州初见时他分那张大饼一样，一人一半，一起瓜分了离阳，南北分而治之。只是他不肯，当然，真的到了那一天我也会反悔，哪里能真的共治天下？唯女子与小人难养也，我女子、小人都算，所以，这个天下谁养得起我？他是徐骁也一样，我养他还差不多！"

老妇人叹息一声，继续说道："三军轻生，才可戡乱，平定时局，你跟那些大将军做得都不错。百姓重生，方能不乱，才没有揭竿而起的念头，南朝那帮春秋遗老做得也还行。只可惜大势仍旧不在北莽，时不我待，不得不只争朝夕。别看北莽赢了四场大仗，可离阳从来就只是伤筋，远未动骨。有'碧眼儿'谋划全局，跟顾剑棠联手打造边境东线，越往后北莽的优势就越小，等到离阳彻底吃掉春秋，养足了气力，就该往死里揍咱们这个邻居了。因此在我死前，不管结局如何，趁着太平令复出，都要打上一架。至于是跟离阳还是跟北凉，我现在还犹豫不决。两者利弊参半，赫连武威、黄宋濮他们几个老家伙都执意先打离阳，还举例说当年赵家老皇帝就是听了元本溪的话，不惜满口鲜血也要先咬下西楚，再去吃掉南唐、西蜀就轻而易举了。太平令和包括董卓在内的一大批青年将军却坚持先打下北凉，然后一鼓作气地吞并西蜀、南诏，与离阳形成东西对峙的格局。只是有了陈芝豹就藩西蜀的苗头后，南北两朝就只剩下太平令跟董胖子仍旧坚持己见，很多人觉得既要面对徐骁的三十万铁骑，又有陈芝豹镇守西蜀，还不如先去只有顾剑棠一人的东线捞取便宜。我呢，论起在后宫争宠的手腕，那是无人能敌，但对于关系着王朝生死的大事，说出来可笑至极，其实往往只是凭借女子的直觉。当年在锦州，徐瘸子说他只要遇上难以抉择的事，就用一个轻松的法子去解决，即抛铜钱猜正反，听老天爷的。我难道也要抛个铜钱？拓跋，你这会儿身上有铜钱吗？”

中年汉子大概是觉得荒谬，这次连摇头都省了，身板纹丝不动。

在他面前没有自称“朕”或者是“寡人”的老妪笑了笑，又说道：“你这质朴性子，怎就在黄河边上大动肝火，打杀了咱们的麒麟真人？”

汉子冷笑道：“装神弄鬼。如果不是急于去北境冰原，什么一气化三清，除去国师袁青山本人，都宰了陛下才省心。”

老妪一笑置之，紧了紧身上那件好不容易让人从箱底翻出来的老旧裘子，轻声说道：“朝廷应该如何跟江湖人打交道，离阳是跟咱们北莽学的。当初让徐骁马踏江湖，吃力不讨好，朝廷、江湖，和那个背黑锅、骂名背习惯了的徐骁，就没有一个得了好。一个手操权柄的皇帝，亲自去跟武人较劲，既掉价儿也坏了口碑。让江湖人争着抢着给自己卖命，才是上乘手段。不过，扶植出了几个江湖门阀，也要留心不要让其形成尾大不掉之势，一个人才辈出的门阀，无异于自家后院的武器库，假使被矛头对准自己的后背，更是遭罪。”

马夫皱眉道：“那在北莽江湖颇具地位的道德宗跟棋剑乐府是什么样的存在？”

老妇轻描淡写地说道：“一个拼了命求那长生，一个拼了命掺和俗世，都有软肋，兴不起风浪，给你拓跋菩萨两万兵马还摆不平？”

汉子点了点头。

老妇人晃了晃酒壶，继续说道：“那婆娘跟慕容宝鼎的私生子藏在朱魍里头，如果不是这次在离阳遭了大劫被打回原形，我差点儿被李密弼蒙骗过去，不过这老儿也有他的难处，这回我就不跟他计较了。怪不得以前挖地三尺也寻不着，原来就躲在我的眼皮子底下。‘一截柳’，好一个‘一截柳’，真是插柳就成荫。”

汉子对于这桩涉及皇室宗亲的丑闻秘事自是更加不会去评头论足，他拓跋菩萨这一生也就对习武、带兵两事上心，美人也好，官品也罢，都是可有可无之物。

北莽女帝看了一眼天色，轻声笑道：“以前是赵家恨不得徐家那孩子早死早超生，等到他没有夭折，而且认定了那小子跟徐瘸子有着相同的脾气，不会叛投北莽时，倒是乐意挤出笑容，等着看北凉的三十万铁骑拼杀得一个不剩的大笑话，反正他们赵家怎么都是赚的。假若这孩子奸猾一点儿，流露出一点点‘你离阳逼急了我，我就叛逃北莽’的异心，也就不至于如此辛酸劳苦了。不过话说回来，如果这孩子是这样‘聪明’的北凉王，北莽也就没什么威胁了，陈芝豹多半也不会离开北凉。有没有下一任北凉王在西线撑着，影响着陈芝豹能否一战定天下，否则赵家最擅长卸磨杀驴，他再被离阳天子器重，也只能老老实实地当个不过拥有三四万精兵的养老蜀王了。被君王不得不倚重，却不为君王所信赖，不是幸事，只会是滔天的祸事。这个赵家天子什么都好，就是肚量太小，还不如我这个妇人，死心眼儿的徐瘸子摊上这么个新主，活该他倒霉。”

北莽军神拓跋菩萨言谈无忌，平静地说道：“换成我是徐骁，当初白衣案后也就顺水推舟反了。”

依稀可见当年风华的北莽女帝微笑着说道：“所以你永远成为不了能让我、吴素、赵稚三名女子念念不忘的男子。一个男人，偶尔的孩子气，满身的杀气，看似让人敬服的仙佛气，实则都是锦上添花的玩意儿，兄弟义气和人情味才是雪中送炭的东西。一个男人连起码的情谊都不讲，我们这些女子连正眼都不会看他一眼。这个世道从来不缺聪明人，自己不愿意活得轻松的傻子才少。徐骁是‘人屠’，是北凉王，也是个傻子。可惜啊，这个一直傻呵呵笑看江山的老傻子，见过了你我后就要老死了。”

葫芦口广袤无边，临时搭建起了一座雄伟非凡的校武台，与校武台相距三里路的东西方向又各有一座阅兵楼，分为文楼和武楼，文官和士子可以登上文楼，武将则要登上武楼。其中文楼高六层，高出武楼一层，这让此时陆续登上文楼的读书人心底都有些骄傲，楼内的北凉文臣中不乏品秩超群的封疆大吏。除了陵州新任刺史徐北枳外，幽、凉两州的刺史都已登上顶楼，跟随经略使李功德凭栏远眺，但离李功德最近的人不是凉州刺史胡魁，也不是幽州刺史王培芳，而是两张新面孔——上阴学宫的王祭酒和原本应该去京城御史台就职的黄裳。两位老人高冠博带，边塞的风沙扑楼之际衣袖飘摇，衬托得他们清逸如仙。胡魁的品秩按律要比陵州刺史的品秩高出半阶，他相比楼中的老人可谓正值壮年，早年是北凉军列炬骑军统领，其中大马营以满营皆是精锐游弩手著称于世，在北凉军中战功显赫。原本有望在五年内将凉州将军一职收入囊中的胡魁，在八年前竟擅自领三百轻骑进入龙腰州腹地，斩杀北莽蛰卜军镇一千二百余名北莽骑兵，事后丢了官职，这才让接手列炬骑的陈芝豹有了那拨天下第一等的百战斥候和力压北莽董卓的乌鸦栏子一头。胡魁丢官之后众叛亲离，干脆弃武从文，从凉州文官皂吏做起，短短七年时间竟然又当上了刺史，被北凉官员在私下笑称“被人尿了好几泡的死灰都能复燃，没天理了”。幽州刺史王培芳则是纯粹的士子出身，跟有过二十年戎马生涯的胡魁一向不对付，几乎每年前往清凉山见北凉王时都是在诉苦：胡魁这老兵痞是如何目无法纪，如何放纵部下大肆欺侮他幽州的官员。跟性子乖张的胡魁独自站在顶楼最右边不同，王培芳既然无法靠近经略使大人与两位清誉满朝的老者，就跟一些声名在外的学宫稷下先生客套寒暄，说些去国怀乡的抚慰言语，聊一聊当下最脍炙人口的游仙怀古诗作，其乐融融。

胡魁身穿正三品第一阶的华美公服，这位凉州刺史没辜负他爹娘给他起的名字，身材魁伟，比北地男儿也要高出小半个脑袋。顶楼多文臣书生，他们大多身形清瘦，越发衬托得胡魁“高人一等”。胡魁登楼以后，跟谁都没有打招呼，站在栏杆边上举目远望。黄沙滚滚，北凉一支支虎贲之师临河列阵，胡魁眼神恍惚，若不是当年那桩祸事，他自己也该身处其中，甚至是有资格站在那里阅兵校武的！胡魁移了移视线，望向校武台，一只手握住栏杆，在北凉文官中已是一人之下万人之上的凉州刺史轻叹一声。

那名被上阴学宫的王大先生亲自引荐到李功德面前“混脸熟”的年轻书生姓郁名鸾刀，即使跟经略使大人谈话时也不卑不亢，性子略显疏淡，让顶楼靠后位置的两地士子都腹诽其不知轻重，委实是太过恃才傲物。郁鸾刀系玉带佩长刀，面如冠玉，丰姿卓绝。

无数的马蹄在校武台处踩踏，此时的文楼仿佛在摇晃，许多外地士子看到北凉铁骑的森寒军容后面无血色。郁鸾刀始终神情自若，趁着黄裳在跟经略使磋商可否创建书院以及士子结社两事的机会，郁鸾刀默默地走到胡魁的身边，也未出声。两人并肩远眺沙场，良久无言，出人意料，竟然是身居高位的胡魁率先开口的，胡魁淡淡地说道："你就是那殷阳郁氏的嫡长孙吧？在上阴学宫求学的第一日便一鸣惊人，接连破解了黄三甲留下的'九问'里的天地六问，宋家二夫子曾作月旦评，也评点你郁鸾刀'言中带禅，语可解馋。入朝可平步青云，在野可继承文脉'，便是咱们那雄才无双的二郡主，也对你的诗文颇为推崇。只是我胡魁之所以注意你，是因为你曾作《凉州大马歌》四十八字祭奠大马营，我替两百六十名死去的兄弟谢谢你。"

胡魁一手负后，一手拍栏杆，轻声说道："'青青黄黄，柙杀野羊。凉州大马，死在他乡。'好，真是好，便是我这等粗野武夫读起来也不觉得拗口。仅凭这几句，哪怕你郁鸾刀开口向我要一个四品官，明天就要上任，我也会心甘情愿地许了。'马踏青草黄沙，策马杀羊吃肉，回首仍不见故乡。'这些浅显的东西，可能很多文人写得出来，只是他们不愿写而已。"

郁鸾刀，殷阳郁氏的长房长孙，周岁抓阄时一手抓了一部《春秋》，一手扯住了一柄郁氏世代珍藏的绝世名刀"大鸾"，四岁作诗，名动天下，十四岁时便独身负笈佩刀求学于上阴学宫，举世瞩目。他也是此次赴凉的士子中最让离阳官员恼火的一位年轻俊彦，为此赵家天子迁怒于郁氏族人，使得郁氏族人在广陵道被打压得十分凄惨。

郁鸾刀低头看刀，然后抬头望向远方，满脸笑意，眼神却坚毅，说道："胡大人，我这趟来北凉可不是跟你求官来的，只是想亲眼见一见世子殿下，便此生无憾了。我看不惯骄纵枉法的豪族豪阀，看不惯装模作样的国子监先生，看不惯兔死狗烹的官员，唯独看殿下顺眼。我也想亲口问一问殿下，若是有朝一日，北凉敌不过北莽的百万铁骑，他徐凤年敢不敢战死沙场，敢不敢真的为中原镇守西北大门，若是徐凤年肯点头，那将来的死人堆里，就多我郁鸾刀一个！我辈书生，太平盛世时求功名，乱世时读书，以死为百姓换太平而已！"

胡魁平静地说道："怕只怕你们读书人眼高手低，纸上谈得一手好兵，纸下就是草包一个。"

郁鸾刀听了凉州刺史的这番很煞风景的言辞，反而哈哈笑道："我也怕这个啊，所以阅兵校武过后便要去投军，做一名卒子，是骡子是马拉出来遛一遛便知。只是一路行来，见多了身材颀长、性格豪迈的北地佳人，很对胃口，死前总要娶个这般高挑的媳妇儿才不负此生，不负北凉之行。郁鸾刀在这儿没有什么长辈，向女子的家人投帖时还望胡大人代劳。"

胡魁不置可否，说了句更加不吉利的话："我胡魁没有别的本事，就是擅长收尸。你郁鸾刀要是哪天死了，我替你收尸便是。”

顶楼的许多士子在楼内站着，没资格来到廊道上凭栏而站，见这位郁氏长孙既能到经略使大人那边凑热闹，又能跟凉州刺史胡魁“相谈甚欢”，都眼红得很，听着郁鸾刀的笑声，觉得有些刺耳，他们哪里想得到这位名门子弟来北凉是一心求死的？

雪花稀稀疏疏地落下，有渐渐变大的趋势。北凉苦寒，只要下了雪，就彻底刹不住了，注定是一场不眠不休的鹅毛大雪。

郁鸾刀伸出一只手，去接住雪花。他的五指白皙、修长，想来若是他在富饶的广陵道，不论抚琴、捧书，还是下棋，都很能让女子心仪。

胡魁嗅了嗅，还有半个时辰校武大阅就要开始了。他本就是一等一的游弩手出身，有许多匪夷所思的驳杂技艺傍身，其中就有闻气断时的本事，这比凭借经验观测天色来判定时辰更精准。至于脱胎于道教山泽通气的道理，携带蓬艾挖坑燃烧，以此望气打井找水，更是北凉士兵必须精通的功夫。

徐家铁骑在春秋初定时，让赵室忌惮得寝食难安，确实不是没有理由的。徐骁麾下不但猛将如云，精于神奇功夫的“散仙”匠人一样让离阳其余几位大将军眼红。

胡魁突然伸手指向校武台，意气风发地笑着说道：“郁鸾刀，半个时辰以后，不妨睁大眼睛看一看，那儿会有谁！你便知道北凉的三十万铁骑，是否扛得住北莽的百万铁骑！”

西边的武楼低了文楼一层，这让一大帮子被离阳官员骂作“北凉老匹夫”的年迈武人不约而同地跳脚骂娘，都说肯定是世子殿下的馊主意，否则大将军才不至于如此打他们这些部下的老脸！北凉军中山头林立，除了燕文鸾和钟洪武这两个老军头，再就是那些跟陈芝豹关系不浅，大多有“杂号将军”的名号的老人。除了这三座山头，还有大将军义子一脉，以及诸多从骑军、步军副统帅退下来的老将军，这些老将军在北凉军中仍是枝繁叶茂，根基深重。武楼原本也该像文楼那般按资排辈，位高者站高楼的，只是今天有些反常，缘于一个驾牛车出关的林姓独臂老头儿不愿登楼，许多跟林老头儿有生死之交的同龄家伙也就懒得去楼上显摆威风了，均围在莲子营的第一任统领林斗房身边。

别看林斗房跟随徐骁到了北凉后就辞官归隐，当了小二十年寂寂无名的田舍翁，但大家都知道林斗房跟大将军有过命的交情，还差点儿成了亲家，而且当初老卒恭送世子入京，林斗房也出现在了凉州城外。林斗房当年在徐家军中的人缘本来就好，他不当官以后，没了官场上的倾轧争斗，此次“出山”，人缘就更好了，哪怕是一些当年与他不熟的老将，也都乐得来与他絮叨几句，连从步军副统领这个高位上退下来的刘元季，以及去年才腾出屁股底下那个骑军副统领位置的尉铁山都不例外。这么一帮战功煊赫的老家伙，有资历有功勋有家底，说起话来尤为口无遮拦，比起文楼那边的文绉绉酸气冲天简直是一个天一个地。刘元季这会儿就在破口大骂那世子殿下好生不懂事，武楼高五层也就罢了，竟比文楼还要低一层，这不是有意让他们这拨为北凉打下江山的老家伙难堪吗？

刘元季退位有些年数了，又是个出了名的急性子大老粗，听着他骂骂咧咧，周围那些佩有老旧北凉刀的老人会心一笑，才离开北凉军不到一年的尉铁山就要含蓄许多，甚至没有搭腔。

刘元季一旦卷袖子骂人，那就是乡野泼妇都要自愧不如，尤其是喝酒之后，当年都敢喷大将军满脸唾沫星子，当然少不了被大将军气得用鞭子抽，抽完了就将他丢到军帐外头喝西北风。当时还跟老迈不搭边的刘元季也是一根筋，被大将军丢到了外头，别人拉他回军帐休息还不肯了，坐在地上继续骂，骂累了就倒地大睡，那叫一个鼾声如雷，用刘元季的话说就是“俺也不跟大将军怄气，俺不敢，就用鼾声吵得大将军一夜睡不好觉”！刘元季骂了世子殿下足足一炷香的工夫还不解气，正想要拿殿下在龙睛郡欺辱怀化大将军钟洪武说事，余光瞅见尉铁山在给他撇嘴使眼色，正纳闷儿的时候，就狠狠地挨了一拳。刘元季被打蒙了，转过头，又被人当面打了一拳，顿时变得鼻青脸肿。刘元季终于看到是林老头儿这老王八出的阴招，顿时气不打一处来，马上就在林斗房的脑袋上还了一拳，怒骂道：“姓林的，老子想揍你不是一天两天了，你当年是怎么跟俺老刘说的？你口口声声说要跟我一起杀北莽蛮子，咱俩同年同月同日生，分不出大小，就说谁杀的蛮子多谁做大哥，你到了北凉就当缩头老王八了！还有，当年你跟南唐公主打算私奔，是谁给你望风的？咋的，我骂几句那不懂事的世子殿下，碍着你林斗房了？关你卵事！你一个胆小鬼，躲在不知道什么地方二十年没摸过刀了吧，你凭什么跟老子称兄道弟！”

两个老家伙马上被各自身边的老人拉开，趁着刘元季骂人的空当，被往后绑着拉走的林斗房又踹了刘元季好几脚，怒气冲冲地说道：“刘三儿，你跟我那些事就是糊涂账，欠你的，老子下辈子给你当牛做马，老子要是皱一下眉头就是你孙子，你别扯上咱们世子殿下！好，你骂殿下，那我倒要问问你，当年你那么多次被大将军抽鞭子丢到外头，是哪个孩子偷偷摸摸地给你拿好酒喝，是谁听你讲那些狗屁故事一听就是一整晚？当年是谁亲口跟我说大将军生了个好儿子，还说以后自己有几个女儿都一口气嫁给那小子当媳妇儿？好你个刘三儿！当上了步军副统领，就觉得自己了不得了是吧？别以为我不知道你那几个儿子侵占了好几座官家盐场，何止日入斗金？别说盐户，他们连官府甲士都敢杀！你刘三儿厉害啊，生了三个比殿下还厉害的儿子，殿下也不过是在青州杀靖安王赵衡的骑将，杀北莽的提兵山第五貉，从不敢杀北凉百姓！刘三儿，你信不信我这就去向大将军要个官，什么都不干，就专门杀你那几个喊我‘义父’的王八蛋崽子？”

被一口一个“刘三儿”叫唤的老将军愣了愣，随即怒发冲冠，瞠目骂道：“放你的狗屁！姓林的，你给俺说清楚，谁杀盐户、甲兵了？我儿子做不出这等伤天害理的事！”

林斗房不知哪里来的力气，挣脱开尉铁山等数位老人的拉扯，又在刘元季的额头上打了一拳，说道：“全北凉只剩下你这个老眼昏花的傻子不知道了！”

武楼底层内，瞬间寂静无声。

刘元季环视四周，尉铁山仍是平静无言，许多老人躲避这位“刘老三”的眼神，刘副帅终于嘴唇颤抖不止，挥了挥手臂，不要人“搀扶”，颓然地一屁股坐在地上，大口喘气。

林斗房犹自气不过，就要上前给刘元季一脚，好在尉铁山赶忙死死地抱住他，这才好不容易拦下了他。

楼内的这等光景，实在是让外人目瞪口呆。

林斗房深呼吸一口气，拍了拍尉铁山的手背，后者缓缓松开手，林斗房坐到刘元季的身前，与之相对而坐，转头望向楼外的飞雪，轻声感慨道：“刘三儿、老尉，咱们这些半截身子入了土的老家伙，总念叨着是自己帮着大将军打天下、守江山的，我知道，你们也不是一味地老马恋栈，贪慕富贵。其实对你们来说，子孙可以衣食无忧就差不多了，再多些就是当年拼死拼活攒下来的福气，以为这也是子孙该有的福分。你们啊，最怕北凉人忘了你们以前的功劳，怕被人忘了。可你们如此，没吃过苦头的子孙们也就有恃无恐了，再好的苗子也得被你们宠坏啊。殿下那些年不务正业，楼内的诸位谁不气？我林斗房就气得不行，当年大将军亲自去我家田地里探望我，我始终不乐意转身见大将军一面。可是咱们将心比心，殿下这两年做了什么，离阳那边不承认也就罢了，你们又不是睁眼瞎，会不知道真假？咱们摸着良心说说看，殿下赴京，可曾给北凉丢脸？殿下在襄樊城、广陵江、铁门关、北莽弱水河，再加上太安城的御道上做的事，楼内的谁做得到？你一个连儿子都管不住的刘老三？还是越上年纪就越喜欢捣糨糊当和事佬的老尉？还是你这个这些年只顾着照拂门生官路的韩退之？”

林斗房收回视线，望向刘元季，继续说道：“刘三儿，大将军不欠我们什么了，殿下更是这样。咱们是打下了北凉，可守北凉的事，咱们既然做不来，想做也做不好，那就老老实实地交给文楼里的那些家伙好了。文楼高过武楼又如何？春秋九国中，看轻咱们徐家铁骑的名卿重臣还少了？咱们都已经让他们吃了大苦头，若是你们担心子孙被人瞧不起，就让他们自己去闯一闯，而不是借着你们这帮老头子的功劳作威作福！大将军有句话说得糙，但有道理，谁家的儿子都不是生下来就应该吃苦的，也不是就该享福的，别的地方他不管，可在北凉，有多大本事就享多大的福。所以说，刘三儿，如今是咱们欠徐家的了，咱们也许不欠什么，但是你们的子孙欠下了，而且还欠了很多啊。”

林斗房拍了拍刘元季的肩膀，然后站起身，弯腰，搀扶他起身，帮着他拍去胸口处那几个被自己踩出来的鞋印。

刘元季突然咧嘴笑道：“姓林的，俺只赏了你一拳而已，再看看你，好几拳好几脚！”

林斗房笑道：“早说了，我比你有本事，你不服气不行，我如果不是还念着旧情，方才就使出看家本事撩阴腿了。”

刘元季搂着林斗房的肩头，本来想骂几句，可碰到那一截空荡荡的袖管后就不说话了。当年还是他刘三儿咬着牙帮老兄弟包扎的伤口，当着姓林的兄弟没好意思，出了军帐才敢蹲在地上呜咽，那滋味，仿佛比他自己断了胳膊还要疼。

刘元季清楚地记得，那年林斗房断了胳膊，大将军也受了重伤，那个孩子帮不上什么忙，但是始终脸色苍白地守在军帐外，结果刘元季与那个孩子并排靠着军帐“守夜”。

刘元季、林斗房、尉铁山、韩退之，四位老人并肩走到武楼的门口。大雪纷飞，虽然不复见黄沙裹铁甲的景象，但是举目望去，那条河里的水本就结冰未曾解冻，冰河再往北尽是白雪压黑甲。

十万步骑北凉军，由东西方向分成两个巨型战阵，中间留出一线路径。

白羽骑统领袁南亭得以临近冰河，高坐在马背上。

此外还有莲子营、大马营、鹧鸪营、先登营，这些老营、新营总计三十六营，一字排开，气势尤为磅礴。

小雪营游弩手标长李翰林的位置稍稍靠后，他佩刀负弩，屏气凝神，他的身边是陆斗。两人一同望向那座校武台，眼神炽热。

校武台上空无一人，除了一架巨大的战鼓便也算是空无一物了。

战鼓未擂，北凉甲士最熟悉的号角此时亦是尚未吹响。

南北向都有石阶的校武台上终于缓缓露出一道小山般的身形。

北凉都护褚禄山，二十年来首次披甲现世！

褚禄山在校武台正中稍稍靠左的位置拄刀而立。

北凉新任骑军统帅、天下骑战第一的“白熊”袁左宗，与那早就名满天下的步军统领燕文鸾一左一右地同时走上校武台拄刀而站！

袁左宗本就是世人皆知的玉树临风的美男子，此时披重甲握北凉刀，更显得气势惊人。

燕文鸾如果只论身高、体型，远远输给北凉都护和骑军统帅。燕大将军身材矮小，比起江南男子兴许还要矮上几分，而且早早就在战场上被流矢射瞎了一只眼睛，这个不高不壮的男子，曾拔箭吞眼珠后继续战斗。西垒壁一战西楚覆国之前，兵圣叶白夔无敌于春秋九国，只有燕文鸾的步军能跟叶白夔的大戟军打个平手！后宋、西蜀两国，不宜徐家骑军驰骋，后宋、西蜀两国的覆灭亦是他燕文鸾的杰作。

天下人谁敢小觑他？

随后走上校武台的是步、骑军两位跟刘元季、尉铁山一同担任副统领的陈云垂、何仲忽！

接下来走上校武台的是两位新任副帅——南唐将领第一人顾大祖、把持幽州军权十多年后升任骑军副统领的周康，以及凉州将军石符、幽州将军皇甫枰、陵州将军韩崂山。

为何不见北凉王？

最后，身着黑衣，赤着足的徐龙象带着齐玄帧座下的黑虎步入校武台。

褚禄山、袁左宗、燕文鸾、陈云垂、何仲忽、顾大祖、周康、石符、皇甫枰、韩崂山。

十人拄刀，一字排开！

当这个带着龙象铁骑一路碾压北莽南朝数座军镇的徐家次子露面时，一声悠扬的号角声响彻天地。

徐龙象一步一步走向那架一人半高的战鼓。

北凉鼓响，曾经最响响于春秋西垒壁！

北凉军阵后方，有八百凤字营轻骑。

当一名头发灰白的年轻人换上一身王朝藩王才可穿戴的玉白蟒袍，佩刀提矛上马之后，一位老人为其牵马而行，通体雪白的战马缓缓踩踏出几丈外，驼背老人松开马缰绳，直了直腰杆，轻轻拍了拍马头，然后欣慰地笑道："去吧。"

这一骑在两军战阵中率领身后的八百凤字营轻骑，在漫天飞雪中纵马飞奔而去。

老人望着那一骑的背影，双手插入袖中，笑得合不拢嘴。

徐龙象开始擂鼓。

鼓响如雷，滚走北凉。

那一骑，马蹄并未踩踏在已结冰的河面上，而是连人带马高高跃起，铁马跃冰河！

伴随鼓声过河之时，男子手中斜提着的铁矛猛然插入冰河，整条冰河瞬间变得碎裂不堪。

男子身后的八百骑停马后，刚好填满那一线。

只佩有一柄北凉刀的身着蟒袍的男子在校武台前下马，沿着石阶往上走，站在最中央，然后握住刀，猛然喝道："北凉，抽刀！"

北凉都护褚禄山不再拄刀，抽刀！

燕文鸾、袁左宗、陈云垂等九人也几乎同时抽出北凉刀！

十万飞雪压甲仍是纹丝不动的北凉军也抽刀！

乱雪更乱，抖落了满身积雪的铁甲越发气势惊人。

北凉铁骑甲天下。

北凉鼓响天下闻。

北凉有新王徐凤年。

这次北凉大阅兵恐怕是徐家入主北凉后最短暂的一次阅兵，但也是最为群将荟萃、人才鼎盛的一次。武楼内一干功勋卓著的老将看得几乎老泪纵横，因为他们比谁都清楚军心凝聚之难。军心就如人之魂魄，一旦没了就再难招魂而返，就像刘元季虽说是在痛骂世子殿下，但又何尝不是在忧心他们辛苦打下的基业，在被离阳、赵室糟蹋殆尽之前，就已经被败家子挥霍一空？心思更功利一些的，诸如韩退之等人，也怕新王不能服众，别说心服，就连口服都做不到，那他们难道真的要举家搬迁到仇家遍地的中原，被赵家一点一点地秋后算账？赵家天子开心了就打赏给他们一点儿残羹冷炙，不开心了就将他们拎出来割下几颗头颅来收买人心？所以当身穿天下独此一家玉白蟒袍的世子殿下马跃冰河，到了校武台喊出“抽刀”两字时，北凉十万甲士共同拔刀出鞘，所有人其实心知肚明，徐凤年将会是那名正言顺的北凉王。于是这些老人心安了，甚至会想，大将军没能一举北上踏破北莽，那么这个年轻北凉王能不能做到？有了这份本就魂牵梦萦的念想，他们就舍不得死了，也不愿睁只眼闭只眼地看着自家的子孙去破罐破摔了。其实，许多老人不是真的变傻了，他们并非真的看不见子孙为祸，而是信不过徐家香火传承，能够在当下多捞些徐家的家底入自家的口袋里当然最好！不过从今往后，他们就得重新谋划了。

武楼内还算没有起太大的波折，毕竟楼内大多是见惯了战阵厮杀的老家伙，文楼那边的外地士子们可就真是战战兢兢了，以前也就是听说什么北凉铁骑战力冠绝离阳，至于强大到何种程度，他们心里没谱。那些出身燕刺、广陵两道的读书人，或多或少地见识过燕剌王、广陵王带兵的手腕，更是不太相信北凉的战力真能超出这两地一大截，可当亲眼看到黑压压一望无际的铁甲结阵时，哪怕是登楼远望，那种森冷的气息也让人窒息，尤其是十万甲士一同拔刀出鞘时，仿佛天地风雪都不得不为之停滞，楼内大部分人的身体剧烈地颤抖了一下。而且先前有好事者一一道出校武台上的将领的名字，一个个鼎鼎大名。当那十人并肩拄刀而立时，这些士子再不相信什么北凉武将青黄不接的鬼话，校武台上那份无言的威严，让文楼内的众人不禁自问，辞去兵部尚书一职的顾剑棠所率领的士兵打得过北凉铁骑吗？藩王之中战功仅次于徐骁的燕剌王，其手下的兵马果真能够与北凉铁骑抗衡？就算徐凤年此生都达不到他父亲的那种高度，可只要他徐凤年拥有三十万精锐士兵，当真是谁都能欺负他的？

郁鸾刀没有这些乱糟糟的思绪，他只看到了那位年轻的北凉王，看到了徐凤年跃马掷矛于冰河中，看到徐凤年登台之时的缓慢步伐，手指在名刀“大鸾”的刀柄上划抹的郁鸾刀，突然觉得似乎没有必要去询问什么了。

历时一个时辰的阅兵结束之后，人人凉刀归鞘。徐凤年随之消失了，武楼内的人由燕文鸾去打招呼，与他品秩相当的袁左宗虽然既是大将军的义子，又是骑军统帅，不过仍是走在燕文鸾半个身位之后，仅是跟顾大祖并肩而行。资历、人望俱是不足的皇甫枰则落在最后，显得有些孤单，跟不远处的原幽州将军“锦鹧鸪”周康更是没有任何言语、视线上的交流，不过既然皇甫枰已经在校武台占据一席之地，就再没有谁敢存心跟皇甫枰在台面上较劲了，至于暗地里的八仙过海各显神通肯定不会少，关键还得看皇甫枰何时才能顺利拿下幽州的军权。

文楼则由北凉都护褚禄山登楼。当那些外地士子看到褚胖子在楼外翻身下马时，都吓得半死，也都察觉了哪怕是经略使李功德这样的正二品封疆大吏，见着了这个吃人不吐骨头的大魔头，脸上的笑意也有些牵强。文楼内也就王大先生可以做到神色如常，黄裳这种出自离阳的骨鲠文士，则干脆对褚禄山避而不见。披一身重甲的褚禄山登楼时，这栋新楼也咯吱作响得厉害，让人忧心阶梯能否承受住这一人一甲的重量，好在他登上五楼后就懒得再浪费力气上楼了，见过了下楼到第五层的胡魁，二人相互点头致意，瞥见了凉州刺史身边的郁鸾刀，这位北凉都护就打道回府了。

等到褚禄山终于上马离去，士子们如释重负。其实世子殿下以前不过是在北凉境内做些顽劣之事，而褚胖子的行为简直令人发指，割乳剥皮，开颅倒酒，褚胖子做的事哪一样不令人毛骨悚然？可这头肥猪仍旧笑嘻嘻、乐呵呵地当上了北凉最大的官，真是祸害遗千年啊！褚禄山在回去的途中召来了游弩手李翰林和陆斗，李翰林是与世子殿下穿一条裤子长大的兄弟，陆斗沾了马上要与徐家结为姻亲的青州陆家的光，二人都不算寻常的北凉甲士。

褚禄山挥散身后的十几位心腹扈从，只带着李、陆二人走到冰河畔。冰块已碎裂，褚禄山扯了扯甲胄内的棉布衣领，望向河中，久久没有出声。把清凉山王府当成自己家的李大公子跟褚禄山打交道的次数不算少，只是当上游弩手后，回头再看这个当年与自己把臂言欢的胖子时就多了几分敬畏，很难再像以往那样没心没肺地开玩笑了——不是不想，而是不敢。唯有切身感受过战火硝烟的人，才知晓这个轻轻松松千骑开蜀的褚禄山是何等的狠辣、凌厉。在北凉，万人以下的战役，不管如何残酷，陈芝豹都可以做到战功最大，袁左宗可以做到战损最少，而眼前这个文采、才华全被凶名遮掩的胖子，则可以做到最快地让战事落幕！褚禄山曾经在北汉霸水一役中，在短短半个时辰内灭掉北汉三千名精锐士卒，己方的两千名士兵死了一千八百名！褚禄山所经历的这类血腥战事不计其数。相传褚禄山带新兵时都会说一句“恭喜大伙儿，要么明天就死，要么后天当上都尉滚去别的地儿享福”。徐骁封疆裂土后，身为义子的褚禄山只在前五年在边境上领兵，之后就离开边塞了，然后就很少有人能记起他率先登城插旗的次数在徐家将士中位列第一，至今仍然没有人能打破这个纪录。

褚禄山想了想，终于开口说道："有些事，还是让北凉王亲口跟你说好了。"

当徐凤年穿上藩王蟒袍登台时，意味着北凉已经在今日换王了。这当然不合离阳宗藩礼制，可靠着徐家才坐享江山的赵室敢说一个不字？就算你赵家天子吃饱了撑着要问北凉王的罪，那也得问过北凉刀才行嘛。

被骗去北莽南朝又差点儿被绑去蓟州的李翰林蹲下身，将头盔捧到怀里，咧嘴笑道："大致情况大阅前末将那老爹被逼问得支支吾吾，末将不蠢，已经猜得七七八八了。"

李翰林继续笑道："年哥儿那些话啊，我不爱听。别以为当上北凉王，就不是没出息的李翰林的兄弟了，没这样的好事。反正这辈子，我打定主意跟着年哥儿混吃混喝了，万一我混出了名堂，他敢不给我一顶天大的官帽子，看我不跟他撒泼打滚。"

褚禄山伸出一只手掌，揉了揉李翰林的脑袋，笑道："当游弩手是好事，可别死啊，否则殿下就该拿我这个北凉都护出气了。翰林，你我是自家兄弟，我就把丑话说在前头了，你小子要是敢死在你老爹的前头，我就敢拿你老爹出气！"

李翰林站起身，呸呸呸了几声，翻了个白眼，说道："都护大人，别仗着官大说晦气话啊！"

褚禄山大手一挥，笑着骂道："死小子，滚你的！"

李翰林很不客气地一溜烟跑了，天生异象重瞳子的陆斗不忘对褚禄山行礼告辞。

褚禄山看了一眼东方，一路往东去就是那座太安城了，冷笑道："好大一块肥肉！"

褚禄山低头走向战马时发出一阵笑声，边笑边说："吃肉什么的，咱们胖子最喜欢了。"

边关的风雪中，两辆马车终于会合。

两辆马车的马夫分别是才成为北凉王的年轻人与那北莽军神拓跋菩萨。

乘车的男女，可想而知有着何等尊贵的身份。

北莽慕容女帝，旧北凉王徐骁。

两辆马车同时停下，徐骁连北凉当之无愧的武道第一人徐偃兵都没有捎上，只带上换了一身普通衣饰的嫡长子。说到底，仍是两辆马车，两人对两人。

徐骁弯腰掀起帘子，跳下马车，对面的马车内的老妪很默契地与他同时下车。

徐骁斜眼瞥了一眼拓跋菩萨，望向“姗姗而来”的老妇人，啧啧讥笑道：“慕容，当年那么惨，哭着喊着找我要饼吃，如今可真是气派啊，都让拓跋菩萨给你当马夫了。瞧瞧我，也就带了自己的儿子，可比不上你的架子。”

老妇人披了那件老旧的裘子，没戴貂帽，任由风雪打在饱经沧桑的脸庞上，听到徐骁的挖苦，也不反驳，而是笑意吟吟，这样的模样，在偌大的北莽南北两朝，能让人惊掉下巴。

徐骁冷哼一声，说道：“有屁快放！老子没心情跟你喝风吃雪。”

老妇人伸手拢住额头处雪白的头发，笑道：“老瘸子，跟你说多少遍了，我姓‘慕容’，不叫‘慕容’。”

徐骁急了，说道：“老子哪里知道一个人的姓还能有两个字！老子以前不知道，以后还是不知道。”

老妇人也不恼火，走近几步，柔声说道：“你们中原春秋有十大豪阀，其中两个是复姓，如果我没有记错，可都是栽在你徐骁手上的，不记得了？它们都被你吃了？徐骁啊徐骁，你真是老了。好在你这辈子没有俊过，年轻时候是如此，年老了就更难看了。”

徐骁嘿嘿笑道：“我一个爷们儿在意什么姿色？再说了，你以为在辽东那会儿你就好看了？你跟我媳妇儿比，差了十万八千里！也就北莽那老色坯当年被猪油蒙了心加上瞎了狗眼，才瞧得上你这种模样的丑娘儿们。”

老妇人仍是半点儿也不生气，微笑着说道：“我年轻的时候好看不好看，各花入各眼，不好说，可真的不算丑。何况女子年老色衰，犹可金钗斜立小蜻蜓，只是谁信人间尚少年哪！徐骁，你说是不是？”

徐骁将双手插入袖中，打了个哆嗦，嘲笑道：“酸，真酸。”

老妪松开抚住额头的手，双手摊开放到身前，低头看了一眼，然后抬头凝视了一眼徐骁脸上的老人斑，平静地说道：“咱们都老了，我变得难看了，你也驼背了，就别非要争出个高低了。我呢，这辈子就独独输在胜负心太重，输给了自己而已，是不好。你太念情，也不好，就算早已位极人臣，也照样活得不痛快。否则你若肯低我一头，来北莽，哪里需要看谁的脸色？你应该知道，就算是我，也不会给你脸色看的。”

徐骁扭头重重地吐了口口水在雪地里。

北莽女帝一笑置之，说道：“没什么大事要跟你商量。当年在辽东，想说的话都说清楚了，这趟南下，就是想趁着你没死见一见你。我想说的就一件小事。我才下定决心，等你死后，先打残你们北凉，再顺势南下，最后将太安城付之一炬，就当给你上坟烧香了。”

这是付于三言两语谈笑中的小事？

恐怕连黄龙士和赵家天子以及张巨鹿、顾剑棠听到了，都要觉得滑天下之大稽了！

徐骁眯起眼，冷笑道：“那北凉等着你们就是了。可别到时候你们反过来被北凉铁骑一路砍瓜切菜，杀到你的老窝啊。”

老妪单手捧腹轻声笑，抬头望着飞雪，说道：“我身上的这件裘子是当年你我在辽东分别时你用二十两银子买下的，我当时两次回头，都只看到了你的背影，事不过三，我就不愿意再回头了。有些时候我就想，是不是我再回一次头，就能看到你做鬼脸了？”

徐骁转身打算离去，淡淡地说道：“不会。”

一辆马车先行掉头远去，往南消失在北地沉重的飞雪中。

老妇人沉默地站在原地，当那马夫正要开口劝说之际，只听到这位北莽女帝怒道：“闭嘴！”

老妇人双手捧面，马夫看不清她的表情。

风雪呜咽如女子泣诉。

老妇人松开手，抬起纤细的手臂，理了理两鬓的白发，低声笑道：“人面不知何处去，桃花依旧笑春风，笑它像只丧家犬。”

往南去的马车上，徐凤年缓缓驾马，闲来无事，往嘴里塞了一块雪，身后的徐骁跟他讨要，他没搭理。

徐骁揉了揉脸颊，笑道：“带着儿子来见一个思慕老爹的老娘儿们，是不太像话啊。”

徐凤年没有作声。

徐骁伸出手，轻轻放在徐凤年的肩膀上，也没有说话。

许久过后，徐凤年语气坚定地说道：“我扛得住。”

藩王成功世袭，就意味着离阳王朝出现了一位新藩王，除了册立太子以及新帝登基这两件事，就再没有什么事比得上这件事了，何况这位藩王还是北凉王，不光是凉州，幽、陵两州也都处处张灯结彩，百姓几近疯狂，气势犹胜元宵佳节的灯市，以此来讨好新的北凉王。尤其是那些豪族，都在暗地里比较谁家的灯笼更大、更多，像是谁家胆敢挂少了的话，第二天就得被告密，然后拉出去砍头。不断攀比的结果，就是不缺银子的门户里，喜庆的大红灯笼越挂越多，多到让人满眼通红，深感腻歪。

清凉山王府里倒没有如何闹腾，灯笼是临时添挂了些，却比往年过节时都要简陋许多，不过府上的管事、仆役都满面春风，脚步都轻快了几分，这些人自是打心眼儿里欢喜，谁不喜府上新当家的有大出息，一人得道鸡犬升天啊？如果王府里的新王镇不住北凉，沦落到客大欺主的境地，王府里的上下人等也就没啥滋润日子过了。

徐家父子从边关大阅兵返回凉州城后，王府里的众人经常看到得改口称“王爷”的年轻家主带着大将军在府上散步，眼尖心细的人就偷偷掰着手指算着两位未来王妃谁陪伴那父子二人的次数更多，后来就干脆不去计算了，因为青州陆姓女子陪伴二人的次数屈指可数，输给那位女文豪王东厢太多，陆家千金倒是时不时地会帮着二郡主推轮椅，只是两者相比孰轻孰重，府上的众人怎会不清楚？清凉山王府里有伶俐的婢女伺候两位年轻女子，长此以往，在王东厢院落里做事的婢女就瞧不起陆丞燕院子里的丫鬟，而“陆院”里的王府丫鬟又开始用斜眼看待那几个从陆家来的丫鬟。自古而然，女子一多事就多了。

从边境回府半旬时光了，今天徐家的两辈人除去练兵演武的黄蛮儿，都聚在听潮湖上的凉亭里休憩，比以往也多了王初冬、陆丞燕这两位即将嫁入徐家的女子，加上坐在轮椅上的徐渭熊，又缺个徐龙象，就有点阴盛阳衰的味道了，不过看得出来，徐骁的气色极好，神采奕奕，想必他对两个儿媳都满意。两个儿媳一个才情享誉朝野，一个天生持家有道，重要的是两女没有任何争风吃醋的迹象，因为一个完全不懂，一个聪明到不去做，儿子有她们把守后宅，出不了乱子，也生不出清官难断的家务事。离经叛道擅自卸去北凉王身份的徐骁懒洋洋地靠着亭子里的红漆廊柱，听着徐凤年跟王大家俏皮谐趣的一问一答而笑声不断。王家小丫头说半句“问君能有几多愁”，徐凤年就补上“恰似缺钱买那绿蚁酒”，王初冬笑得眼睛眯成了一对月牙儿，问了“蓦然回首”，徐凤年就答“那厮在爬树”，女文豪说那“衣带渐宽终不悔”，已经贵为离阳最大藩王的年轻人就笑着说“去给寡妇挑缸水”，而那位安静地坐在轮椅上的女子，嘴角也有了些不易察觉的温暖笑意，大家闺秀陆丞燕则笑不露齿，实在忍不住时就抬手遮拦。

只是，眼力再不好的人，也能分辨出王初冬的位置很自然地靠近徐骁、徐凤年父子二人，陆丞燕却只能有意无意地偏向掌管一院子“批朱女翰林”的二郡主。

徐骁笑道：“年儿，你送一送丞燕，我再跟你姐还有初冬唠叨唠叨。”

徐凤年嗯了一声，跟闻言起身的陆丞燕一起走出亭子。

只是二人在往院子行去时两相无言，陆丞燕嘴唇抿起跟在他身后，等到在院门口转身时，她已是笑颜相向。徐凤年欲言又止，犹豫了片刻，轻笑着说道：“你记得多出门散心，总闷在家里不好。北凉不比江南风景如画，不过咱们北地也有北地的独到景致，不亲自骑马去看一看可惜了。我本来该陪你的，只是如今事务缠身，惫懒不得，而且很快就要出门一趟，去西北那边收拾十数万名戴罪流民的烂摊子，要是回来的时候你还有心情，我便带你去武当山走一走。”

陆丞燕由衷地开怀后眉眼泛起妩媚之色，才脱口说出“凤”字，就赶忙把那个理当紧随其后的“年”字硬生生地咽回肚子，柔声说道：“王爷不用这么客气。”

徐凤年屈起手指做了个要敲打她额头的手势，一脸无奈地说道：“你凭良心说，谁更客气？”

陆丞燕翘了翘嘴角，徐凤年笑着转身，再转身时果然看到她双指拧袖站在门口没有挪步，朝她挥了挥手，这才离去。

徐凤年没有在听潮湖看到徐骁，就走向一直冷冷清清的王妃陵，轻轻走入这座外界都说是“重门列戟高过藩王”的陵墓后，伸手划过一座座姿态森严的石像。尽头处有一位驼背老人斜着坐在墓碑之前。陵墓内古树极少，北凉人都传说是由于作为女子剑仙的娘亲剑气太盛，便是她去世了，仍留有女子剑仙的雄浑气象，所以原本古树苍苍的王妃陵没能剩下几棵树了。徐凤年在年少时听说成仙后便可撒豆成兵，甚至可以让人起死回生，那段时日挑灯夜读，几乎翻遍了听潮阁内的佛、道古籍，然后就被素来不信鬼神的师父李义山骂得狗血喷头。似乎如今他便是想要讨骂，也没人骂他了，以后就更没人敢骂他北凉王徐凤年了。徐骁听到脚步声，笑着说了句“来了啊”，就再没有说话。此时此地的一家三口，徐凤年站着，徐骁坐着，吴素躺着。

徐凤年没有流露出悲恸的神色，仅是默然地站在碑前。初春时分，古树的枝头有了嫩黄与浅绿之色，徐凤年走到树下，伸手摘下一片树叶，吹了一曲小时候娘亲教他的《春神谣》，若是哼唱出言词的话，那么大概意思是有个乡野女子离家下山，见到了一位心仪的男子，二人一起到白首。佝偻的老人闭上眼睛，听着再熟悉不过的小曲，一只手悠悠然在腿上打着拍子。

一曲小谣完毕，父子走出陵墓，徐骁突然说道："年儿，你可以让黄蛮儿回家了。"

徐凤年咬住嘴唇，停下脚步又迅速跟上，点了点头。

太安城，仍有元宵灯市过后的余韵，街上游人如织。宫内，当掌印太监韩生宣"暴毙于皇宫"后，接任成为大内宦首的大貂寺宋堂禄年轻到足以让人感到震惊，祥符元年宫内城门贴春一事都出自他之手，他将此事做得滴水不漏。原本在十二监人缘很好的他在辞去内官监的职务后，专心处理司礼监掌印太监所负有的职责，跟许多熬资历熬到"貂寺"称呼的年迈大太监也逐渐疏远，以至那个当初为他赐下名字的师父，宋堂禄在春节期间也未曾去拜访。既然进宫净身当了宦官，尊师必须远胜尊父，这是雷打不动的规矩。宋堂禄辛苦攒下的口碑、名声，也就如铜漏壶中的水，滴滴答答，总有漏完的一天。不过看上去聪明至极的宋堂禄对此毫不在乎，今日小心翼翼地跟着一对父子前往那座高楼——钦天监，那是一个每逢几年就要传出几句预言的地方，而这些言语无一不是被郑重其事地写在泥金符纸上，装入一个被赵家传承百年的古旧黄泥盒子，最后交到沐浴更衣后的皇帝的手上，皇帝看完之后，还需亲手将其焚烧成灰。

宋堂禄当上掌印太监后，一个时辰前是他生平第一次从钦天监捧回泥盒，然后皇帝面无表情地赶往钦天监，可伴君有些年月的宋堂禄知道，自打他见到皇帝后，就从未清晰地察觉这位天子如此开心过。这次前往那栋高楼，皇帝喊上了太子，在楼外，一行人高高低低老老幼幼，老监正死后，接管钦天监的竟然不是那声望足够的挈壶大人，而是一个稚童，这个稚童以往被老监正称为"小书柜"，钦天监的众人也就跟着喊得顺嘴了，忘了这孩子的原名。除了监正和德高望重的挈壶宋玉京，还有个时下京城里炙手可热的贵人——青城王吴灵素，如今这位除徐骁之外的"异姓王"已是北方道门的道首，与赵丹坪同为羽衣卿相，再没有人嘲笑他的异姓王身份名不符实。尤其是离阳大举灭佛，浩浩荡荡，北方佛门经历了一场灭顶之灾，吴灵素不负皇命，亲自到两禅寺给正门贴上了那一纸封山符箓！北地大小万千座寺庙，生死存亡尽数操于吴灵素之手，南北两道首，在处理南北交界的广陵道的佛寺一事上，吴灵素依旧咄咄逼人，龙虎山的人竟然只能步步后退，在天下人看来，与天子同姓的天师府贵人可谓灰头土脸到了极致。

钦天监的官员有面圣不跪的殊荣，看着就像得道真人的青城王吴灵素也有这份待遇，不过他看到皇帝跟太子后仍是毕恭毕敬地跪了下去，钦天监的官员原本打算遵循常例站着作揖便是，结果看到北方道首都这般行事了，钦天监的其他人只好也跪下。唯独小监正始终没有屈膝，赵家天子不生气，反而很高兴，太子赵篆还快步上前，捏了捏小监正的脸颊。绰号“小书柜”的监正大人有些懊恼，天子见状开怀大笑，敛去笑意后率先入楼，到了顶楼的通天台。太子赵篆在需要架梯子才能拿到上方书籍的书柜前闲逛，吴灵素跟宋玉京小心相伴，不过太子是在太安城出了名的好说话、好脾气、好心肠之人，吴、宋两人倒是没有太过拘谨。太子笑着说他喜欢闺女多一些，询问曾经以房中术献媚京城卿士名臣的吴灵素，到底有没有法子第一胎不生儿子生女儿，这让青城王瞠目结舌，不知如何作答，性格古板的宋玉京会心一笑，心想太子真是不减赤子之心，殊为不易，有如此储君，必定是本朝之大福啊。

楼外有一条由八十一块汉白玉打造而成的摘星路，突兀地横出阁楼六丈远。皇帝跟小监正一前一后地走在洁白无瑕的“天地横梁”上，眉清目秀的孩子对于这个坐龙椅家天下的中年男子似乎没有什么畏惧之心，而皇帝也丝毫不介意这件小事，天底下为他当牛做马自甘为狗的人实在太多了，有一两个不怕他又对他没有任何威胁的人，不是坏事而是美事。而天下半点不怕他的人，近的有这个小书柜，远的嘛，不谈北莽蛮子，离阳朝野上下一只手就数得过来，而能让他忌惮的人，又只有一个而已！而且那个让他忌惮的家伙马上就要死了，他如何能不想笑？赵家天子伸出一根手指，指向王朝的西北方，然后缩回手指，握拳，弯腰捧腹，却压抑着没有笑出声，眼睛直直地望向一座大殿的屋顶。在那里，曾经有三个人喝酒论英雄，一起造就了如今离阳王朝的宏图霸业，结果那三个人都是死人了！死得好！最老的那个不死，他就无法登基！那个秃驴死在了铁门关，死得其所，不过死得有几分可惜，最后那个即将躺进棺材的家伙，当年皇子夺嫡时选择了冷眼旁观，更是让他恨极！在他看来，这老家伙死得还是太晚了。

皇帝转身摸了摸身旁钦天监监正的脑袋，微笑着问道：“小书柜，你说给他美谥稳妥，还是恶谥恰当？”

一个是稳妥，一个是恰当。

伴君如伴虎。

若是那些大半辈子潜心揣摩帝心的老狐狸，立即就能从君王的措辞中咀嚼出真味。

可小监正一板一眼地说道：“监正爷爷临终前说过，咱们钦天监新历一出，劫胡了那两禅寺白衣僧人用心叵测的历书，北凉王是被赐恶谥还是美谥，都已无关大局了。我觉得既然先贤有说君子有成人之美，给美谥也行的。不过皇帝伯伯，劫胡是啥意思？”

神情变换极快的皇帝最终露出了一张笑脸，喃喃自语了一句，然后提高嗓门儿，笑道：“截和啊，是你那个监正爷爷的宿敌黄龙士第一个说出口的，想来与围棋打截差不多。对了，小书柜，朕听说你弈棋不俗，何时与朕在棋枰一较高下？”

小书柜想了想，粲然一笑，说道：“监正爷爷教了我定式、攻守、死活、收官、翻盘五样，前四样我学会了，不过翻盘还不太懂。不过监正爷爷说了，这个不用急，反正什么时候懂了，就可以喊那黄老儿来太安城手谈啦。监正爷爷还说，如果想让黄三甲被减去一甲的话，就只有两个人能做到，我算一个。”

看着孩子自己指着自己的天真模样，皇帝龙颜大悦，摘下腰间那枚价值连城的玉佩，笑道：“那朕就不自取其辱了。玉佩赠你，送人也无妨。哈哈，朕的离阳确是人才辈出。黄龙士这狂人，理当老无所依，死无坟冢。”

小书柜轻笑一声，用双手捧着玉佩，说道：“我见过一位宫女姐姐，看了一眼就喜欢，下次还能见到她的话，就将玉佩送给她好了。”

以勤俭、勤政、勤勉著称的皇帝笑了笑，点头道：“皇帝伯伯告诉你啊，玉佩得等你长大后再送给她，然后你就有媳妇儿了。你放心，朕先帮你找出那位宫女，给你留着。”

小书柜小鸡啄米般使劲儿点头。

皇帝转身走向阁楼，嘴角泛起冷笑。

离阳按律赏赐封赠谥号时，美谥分文武，文谥以“文”字打头，又以“正”字牵头，依次是贞、忠、端、康、义等二十四字；武臣谥号偏低，字数也少，但仍是分出了十八等，故有“读书人当封二十四”和“大丈夫当封十八”这两个说法。这几年死去的庙堂重臣中文臣居多，这些老人虽说不至于夸张到获封正、贞、忠、端几个谥号，但“文康”“文义”总是跑不掉的，像那宋家的两位夫子，以及历经三朝的青党魁首、上柱国陆费墀，都在此列，可惜这些家伙们都晚节不保，他们的谥号虽在二十四谥之列，顺序却极为靠后，反倒是当初家族声望远逊于宋、陆的江南道“琳琅满玉”的卢家，有望摘走这几个大美之谥中的两个。

徐骁？

朕不给你什么恶谥，但你早就被剥去大柱国头衔，因此以武臣身份获赠文谥就别想了，而且武臣的十八个美谥，朕要“大大方方”地送你一个最末的“武厉”！

你死了后，胆子再小的墙头草，也会用嘲笑声送你最后一程啊。

这一夜，习惯了老北凉王难掩疲态的样子的清凉山王府上下人等并没有什么异样，还觉得说不定明天一起床，就能在府上的某地遥遥望见老北凉王跟年轻北凉王一起散步的情景。

徐骁所住小院的内屋，徐渭熊的轮椅靠近门口，她的双手搁在腿上，死死攥住。匆忙赶回家里的徐龙象脑袋低垂，红着眼眶站在床头，从门外望进去，只能看到一道坐在床边的背影。

躺在床上的老人竭力压下咳嗽，缓缓说道："爹知道你不喜欢现在这个只知道絮絮叨叨地讲大道理的徐骁。是啊，你这个爹动刀动枪在行得很，确实不是个擅长讲道理的人，爹也不怎么喜欢讲道理，这么多年来，爹就是个谁骂我我就打谁的粗人，是个在金銮殿上佩刀站左还是站右看心情的老匹夫。可年儿啊，爹不说这些，不把话说完就不放心你啊。记住，你既然坐上了北凉王这个位置，就要能听进去不想听的话，要容得下自己不喜欢的人。一样米养百样人，人们各有各的难处，也就有了各自的爱憎和脾气，尤其是那些不记得别人好的家伙，很多时候你也得忍着。谁让你是北凉王呢？不是输给哪个人，而是得顾全大局。爹当了这么多年的大将军和北凉王，也有许多觉得憋屈之事，跟谁都说不出口，这是没法子的事情。记得当年我带着一帮老兄弟出锦州下两辽，被离阳一位拥有实权的校尉害惨了，死了好些兄弟，一气之下就带着四十几个没死的兄弟杀到了他家，自然不是去蹭吃蹭喝的，而是要杀他全家，把人都捆成粽子拖到了院子里，你知道后来怎么样了吗？那家伙叫蔡青河，如今肯定已经没有人记得他了。蔡青河在官场上不择手段地往上爬，这家伙阴人的时候冷血无情，说好两支兵马共进退，结果他眼睁睁地看着我的八百人对抗两千名敌人，都没有带着他的千余人投入战场，事后还带话给我，说他宁愿不要军功，也不想让我徐骁上位。这么一个枭雄，临死前，就跪在地上给我磕头，说只要放过他的妻儿，他愿意自尽，千刀万剐也不怕。最后，我当然没答应他，他家满门老小三十几口人，都被我当着他的面一刀毙命，因为我徐骁身后还站着四十几个兄弟，不这么做，以后注定还会有王青河、宋青河跳出来坑害我。我徐骁不怕死，但怕兄弟为了我而死！打江山？打江山要死人啊，死很多人，只要我徐骁一日不死，就是欠了那一个个早早走了的老兄弟的。

"爹是什么时候开始怕死的？是娶了你娘之后。在爹所处的那个死了比活着容易太多的世道，怕死未必能不死，但不怕死的肯定会死。爹见过太多这样的死人，而且很多人就是死在爹手上的。可爹年纪越大，就越不敢杀人了，爹告诉自己，不顾自己，也得给你们姐弟四人积德攒福啊，是不是这个理？爹这个大老粗也晓得，天底下做父母的，能给子女十分好，万万没有自己留下一分好的道理！爹呢，少时不懂事，远远不如你小时候懂事，只知道混日子，成天想着外边，恨不得离家万里，哪里会想家？你爷爷奶奶走了后，爹就更没觉得自己有家了，出两辽的时候，就告诉自己要死也得风风光光地死在外头，打死也不回那个小地方了。后来遇上了你娘，把你娘骗进家门后，爹就觉得她在哪儿我的家就在哪儿。再后来，有了你们，她走了，我就觉得你们在哪里我的家就在哪里。咱家跟很多人的家不太一样，咱家倒过来了，都是你娘唱白脸扮恶人，爹呢，就护着你们几个。你娘很少生气，有一次爹记得很清楚，你小时候爹就跟你说，爹娘不在身边的时候，谁欺负你，你就打回去，打不过就用石头子儿砸，拎得起刀就用刀砍。你娘就发了大火，一开始爹还觉得占理，我儿子这么心善的一个孩子，谁还敢欺负我儿子，不让他去床上躺着怎么行？我儿子被别人家的儿子欺负了躺着，徐骁这个做爹的，就让他们老子、小子一块儿躺着去，这就是老徐家的道理！你娘发火之后，就心平气和地跟我说，她不是舍得别人欺负小年，而是小年不是寻常人家的孩子，若是养成了太凶的性格，从不知道与人为善，半点儿不懂得吃亏是福，到头来吃大亏的肯定是小年。还说你徐骁总有老死的一天，到时候没人护着小年，小年怎么办？你娘走得早，爹这么个最不讲规矩的家伙，啥都不能教你，就牢牢记住了你娘讲的一句话：惯子如杀子。年儿，那几次爹对你发火，不是爹怪你啊，是爹在怪自己没能尽一个当爹的本分。以前你总不愿意喊我爹，爹是真的不生气，每次被你拿扫帚撵着打，每次挨在身上，越来越疼，就知道爹老了，你也长大了，这就是天大的好事。”

老人的话语断断续续，总是被大口喘气和艰难的咳嗽声打断。

那个年轻人没有说话，只是双手握住床榻上的老人的手。

从来没有在任何一个子女面前流过眼泪的老人，这个被朝野上下骂作“人屠”的老武夫，终于在此刻泪流不止，老人想要擦拭，精气神却早已如灯油枯竭，也没有那抬手的气力了。

而那个连姐姐、弟弟都看不到他的神情的年轻人，甚至不敢抽出一只手去帮老人擦去泪水，怕一松手，老人真的就走了。

“当了皇帝被称为孤家寡人，那是君臣有别，况且做皇帝做久了，就真不把人当人看了，真以为自己是什么狗屁天子。咱们徐家靠自己打拼出来的这个北凉王，跟皇帝也差不了多少，年儿，别的不说，孤家寡人的滋味不好受。爹尝过，就更不想你走这条老路。所以当初放走严杰溪一家人，让他们去京城当皇亲国戚，爹从不后悔，爹连老首辅都敢骂，怎么会将一个迂腐的文人放在眼中？爹只是不想让你跟严池集兄弟反目成仇罢了。即便你们注定当不成兄弟，让你们留下一份不坏的念想也好。爹这些年感到开心的事情，一是从边境上回家，看到你们几个都好，再就是偶尔梦到你们的娘亲。我徐骁从你娘答应嫁给我之后，这辈子就一直在亏欠她，爹唯一埋怨她的地方，就是她走得早。夫妻两个人，其实是谁后走谁更苦，这份苦，不是说什么为了家业劳心劳力，这都是咱们大老爷们儿应该做的，只是很多时候有好事情了，身边都没人能说上两句，要么是很想她了，也见不着她。天下很大，爹去过很多地方见过很多人，可爹的心里，始终只有你娘一个女子啊。”

门口的徐渭熊握拳挡住嘴唇，泣不成声。

“院子里的那棵枇杷树，是你娘到这儿后亲手种下的，以后有了枇杷，恰巧又想爹和你娘了，记得摘下一些放在我们的坟头。

“年儿，爹把你二姐和黄蛮儿都交给你照顾，还有咱们徐家，咱们徐家的三十万铁骑，以后就都得你一个人扛着了。你会很累的，别怪爹让你接下这份担子啊。”

年轻人点了点头。

黄蛮儿抬起手臂，遮住脸庞，轻声呜咽。

老人说出今晚也是这辈子的最后一句话后，徐渭熊扑出轮椅，号啕大哭。

年轻人仰起头。

背对着姐姐、弟弟的徐凤年只是张大嘴巴，哭却无声，生怕吵到了已经闭上眼睛的老人。

老人最后说：“爹睡会儿。”

第三章

太安城定谥风波 北凉道拒旨入境

祥符元年的雨水时节，北凉王府摘去了所有的大红灯笼，喜庆的鲜红春联也在这一日的凌晨换成了白底的联子。恰有斜风细雨，树欲静而风不止，子欲养而亲不待。

雨点敲在鳞鳞千万片攒簇的瓦上，由远而近，轻轻重重轻轻，裹出一股股纤细的水流沿着瓦槽与屋檐潺潺泻下，如酒挂杯。当清凉山府门外换了人人可见的联子时，凉州城的人都蒙了，一传十十传百，许多老人壮起胆来到山脚处的王府外头，亲眼见到了那副惨白底子的对联，然后一个时辰后，满城不再能闻一声爆竹声、钟鼓声，尽悬白灯笼，尽换白底联。凉州城的主道直达北凉王府，街上满缟素，然后凉州刺史胡魁身披由最粗的生麻布制成的斩衰丧服，率领凉州所有的官员赶到仪门外。胡魁不曾步上台阶，而是站在石阶下面，面向城中主道上的数万名凉州百姓，沉默片刻，转过身，竭力嘶喊道："一拜！"

风雨如晦，街上跪了一大堆人，众人一拜三叩，三叩之响，声声重如春雷。

"再拜!

"三拜！"

一拜三叩，三拜九叩。

太安城，惊蛰。

京官都以早朝为苦差，许多官员早就练就了踩点进入宫禁的本事，只是今日朝会时，官员们十之八九早早簇拥在宫门外，御道上呈现一种喜庆的氛围，也没有谁去戳破那一层窗户纸。太安城的人都已经知道北凉那个老家伙可算死了，不知多少人在拍手叫好。按照离阳王朝的宗藩法例，藩王身死，需由世子用八百里加急的方式禀报京师内的朝廷和宗人府，徐瘸子是一位异姓王，宗人府就不用禀报了，但照理说也得快马加鞭告知赵室，但是太安城这边礼部的官员苦等不得，皇帝也大度地不去计较，只是定下章程，在今日早朝上评定北凉王的谥号，先由礼部上呈奏章。为此，礼部鸡飞狗跳，先是跟那"人屠"是亲家的礼部尚书卢道林托病不出，对礼部事务彻底撒手不管了。群龙无首的礼部，两位正三品的左右侍郎本就道不同不相为谋，相互推诿，而执掌礼部祠祭的清吏司蒋永乐跟两个奸猾的侍郎一比，本就官阶低了一品，又管着奏议谥号一事，其实以往赐颁文武谥号时都有迹可循，皇帝的心思并不算深重，宋家小夫子的"文怀"，陆费墀的"文恭"，就都出自他之手，两者在离阳美谥中位置偏后，只是按照谥书解义，"怀"

字四意，蒋永乐取了其中的“称人之善”，符合以月旦评名动天下的宋小夫子身前的功勋，青党老魁陆费墀的“恭”字取了“供奉也”之义，皇帝都准奏，大臣们也没有任何异议，虽说蒋永乐在宋老夫子的谥号奏议上栽了跟头，可常在河边走哪儿能不湿鞋？对此也没谁太过苛责他这位清吏司。

只是到了徐骁这里，要尝试着给这位“人屠”盖棺论定，他蒋永乐有几个胆子？他有几颗脑袋可以砍？即便他侥幸猜中了帝王的心思，只要不合天下清议，或是不合庙堂重臣的胃口，甚至是被北凉那帮武人记恨，他一个小小的清吏司，随便被人穿双小鞋，这辈子在仕途上就算没戏了。蒋永乐在三日前就受了皇命，结果张庐出身的礼部左侍郎板着脸说评“戴”字，当时蒋永乐就嘴唇颤抖。“戴”字是武封十八中的倒数第二个字，大致意思是“无功无过”。蒋永乐气得脸色铁青，捣糨糊不是这个捣法，只要敢将这个字推到朝会上，谁都要拿他这个递出奏章的清吏司开刀。结果身为顾庐门生的右侍郎潘春剑更加不要脸，一心要把他往火坑里推，轻轻巧巧地说了分明是恶谥的“炀”字。本朝没有平谥的说法，也极少给臣子立恶谥。蒋永乐差点儿就要给这家伙一记老拳，不过到底没这份胆识，潘春剑是实打实的沙场武人出身，若真打起来，十个蒋永乐都得趴下。

蒋永乐就跟死了媳妇儿般整天哭丧着脸，这三天也不知掉了多少根头发，尤其是惊蛰早朝前几个时辰的挑灯枯坐，几乎翻烂了那本《谥解》，仍是迟迟不能下笔，真是连死的心都有了。尚未天亮，蒋永乐一掌拍掉茶盏和那本《谥解》，猛然起身，几近疯癫，手指颤抖着指向窗外的漆黑景象，怒骂道：“徐老儿，你死了也要让蒋某不安生吗？”

在门外候着的侍女战战兢兢，壮起胆子敲了敲房门，被屋内的清吏司怒喝一声，侍女再不敢推门打搅老爷的大事。蒋永乐哀叹一声，蹲下身，捡起《谥解》，书籍被茶水浸染，蒋永乐抬起袖口擦去茶渍，小心地撕开一页页黏在一起的书页，随后将书籍放回书桌。披头散发的蒋永乐伸出五根手指捋了捋银白色的头发，痴痴嘿笑一声，正襟危坐，奋笔疾书，将文武美谥与恶谥拆散了随意地写在一张兰亭熟宣上。搁笔之后，已是出奇劳累的清吏司气喘吁吁，转头对屋外的侍女吩咐了一句，让她去拿一枚铜钱来，一头雾水的侍女进屋之后，见老爷指了指一张字迹隐约透过纸背的熟宣，让她将铜钱搁在纸上，侍女照做之后被蒋永乐挥手斥退。蒋永乐一手按住铜钱，一手翻过熟宣，于是有意听天由命的清吏司大人看见了那枚铜钱所靠之字。

厉！

谥解：有功于国，屠戮无辜。

蒋永乐犹豫了一下，喃喃自语道："天意如此。"

东方的天空泛起鱼肚白，大殿之上英才济济，满朝文武多着三品大员才可穿戴的紫袍朝服，一些敕封公侯爵位的老人甚至穿着绣着蟒的官补子，身穿绯袍官服的各部侍郎、司员大多位置靠后。如今封王就藩，大殿上就只剩下一位身着正黄色蟒服的太子赵篆，他站在左右文武之前，最为靠近九阶丹墀。皇帝坐在龙椅之上，两座巨大的香炉仙气缭绕，皇帝坐北望南，天色好的时候，他甚至能看到宫门外那条御道的很远处。皇帝收了收视线，大殿上几乎没人敢抬头，也就首辅张巨鹿、两三位六部主官，以及几名大将军胆敢与皇帝平视，唯独"坦坦翁"桓温仰起头，目不转睛地看着某处。皇帝也不知老人到底在瞧些什么，环视一周，礼部尚书卢道林没有上朝，胸口绣有麒麟官补子的新任兵部尚书陈芝豹则在闭目养神。顾剑棠常年镇守边境，这座大殿上的武臣就以陈尚书为尊，顾庐众人大概是得了顾老尚书的授意，一开始还算安分，许多军机事务按照新尚书的意思去办，其实陈芝豹也少有掺和，相当懈怠，成天就是在顾庐里看书。之后顾庐众人兴许是觉得这个"小人屠"不过尔尔，就开始主动寻衅，结果牵头的兵部司库主事黄萼当天就被剥去官服丢出了顾庐，顾庐里的侍郎双卢——卢白颉和卢升象袖手旁观，眼皮子都没有抬一下。人脉广泛的黄萼四处游说，这之后御史台的官员就开始往死里弹劾陈尚书，结果皇帝把黄主事正妻的四品诰命都销了。在天子脚下，黄萼不敢怒也不敢言，跑去边境"散心"，可是大柱国顾剑棠都不愿见他一面，黄萼至今还是一介白丁，沦为京城里一桩莫大的笑谈。

离阳的早朝若是没有御史台那帮老家伙出声，不因此引各种山头党派的乱斗，也就会清净许多。各部在朝会上宣讲事宜一向简明扼要，因为皇帝极其勤政，经常通宵批朱，他们做臣子的总要体谅些才行。各种事项在这座王朝中枢里得到皇帝的点头或是驳回，通过的政策就会传达至天下各处，惠泽南北。今日的早朝异常顺利，户部尚书王雄贵跟皇帝禀明了去年江南、广陵两道土地丈量、赋税征收，以及各地库房粮仓储备的审核等事。王雄贵身为张党的下一任舵手，学识、事功皆是出类拔萃，禀奏时嗓音圆润，不但内容是好事，而且王尚书那份从容的气度，也让殿上的后辈们折服。吏部尚书赵右龄也呈上了一份略有老生常谈嫌疑的捷报，给去年京城大小官员功绩考评的"京考"收尾，皇帝也顺势下旨让庶族出身的赵尚书主持今年的天下官员"大评"，有着"储相第一"美誉的殷茂春不再辅佐，去年京评本就是皇帝有意让赵右龄“杀鸡用牛刀”，实则在为“殷储相”铺路。大殿内的所有人心知肚明，若非礼部尚书卢道林不在殿上，今日还要宣布让殷茂春主持今年的科举，所谓的门生遍天下，当得此说的庙堂梁柱其实屈指可数——宋老夫子、张首辅——很简单，历年科举的主官，不论房师如何换，主官都是这两位大佬轮流来当。随后极少在朝会上出声的陈芝豹睁开眼睛，当他横移出一步，落入文武百官的视线时，本来偷偷润过嗓子的一位身着紫袍的名卿立即缩了回去。陈芝豹言语清冷，说了两辽卫所以及蓟州军镇裁撤一事，再就是说到了南诏槐州因争夺皇木而牵起的十六族暴乱。这让殿上的热闹氛围顿时冷了许多，前排的几位重臣迅速地瞥了一眼皇帝的脸色。皇帝笑意不减，不急于开口，只是笑语温言让陈尚书随后一起去勤礼阁这座“内阁”，与那些殿阁大学士一起慢慢商议，自然还会有几位起居郎在一旁记录存档。之后又有去年与户部王尚书起了嫌隙的刑部侍郎韩林禀报事务，还有两位殿阁大学士也查漏补缺，说了些无关痛痒的事情。

然后，一品重臣门下省左仆射桓温终于缓缓收回视线，咳嗽了一声，所有人顿时打起精神，好戏要开场了。

碧眼紫髯的张巨鹿就站在“坦坦翁”的身边，却置若罔闻，只是望向太子赵篆不远处的一块空地——前年那儿还为西楚的老太师孙希济摆有一把椅子，只是从老人入主门下省起到辞去左仆射一职，被“贬谪”担当了不过二品的广陵道经略使后，如今已是人去椅无。张首辅又转头看了一眼身后，门生王雄贵与多位大臣一样在张望蒋永乐，与王雄贵并肩的赵右龄则恰好望向首辅的后背，被逮了个正着，在永徽之春冒尖的赵右龄立即别过头。永徽元年至永徽四年，正值当今天子登基初始，张巨鹿也是在那个时候成为当朝首辅，接连四年执掌天下科举的，赵右龄及其同乡元虢，还有殷茂春、王雄贵、韩林三人，都是此时鲤鱼跳龙门的，算是师出同门，都是张首辅的门生。可到头来，先是元虢心灰意懒地离开张党，接下来是殷茂春入主翰林院自立门户，紧接着韩林也被张首辅斥出张党，从此再未踏足那座张庐。六部中实权极大的吏部一直被视作张首辅的自家宅院，可惜这几年来吏部的官员与张首辅也是貌合神离了，赵右龄对此有些愧疚，却谈不上后悔。赵右龄不甘屈居人下，在张首辅之下也还无妨，只是那王雄贵算什么东西？当年科举时，王雄贵也不过是一甲第三名而已，为何是他最得首辅与当时还是国子监左祭酒的桓温的青眼？而不是他赵右龄！如今顾大将军离任，六部恢复正常，又以他赵右龄手中的吏部为尊，他很想知道，首辅大人是否后悔当年选择王雄贵作为张党未来的舵手！

大殿上的一道颤抖的嗓音打断了吏部尚书赵右龄的遐想，礼部清吏司蒋永乐硬着头皮走出班列，缓缓跪下，说道："臣蒋永乐，有事禀奏。"

当蒋永乐咬牙说出对北凉王谥号的提议时，朝堂上一片喧哗，那帮功勋卓著的武将更是发出了不加掩饰的讥讽、嗤笑声，文臣则一个个神情诡异。

张巨鹿皱了皱眉头，"坦坦翁"又开始对着殿梁发呆。

身穿二品官服的杨慎杏是春秋"发迹"的当世名将，获封握有实权的安国大将军，八十好几岁的高龄了，却比好几位小他七八岁甚至十来岁的大将军活得长久，那些老家伙死后赐谥后，家族内少有子孙撑得起场面，而继承那几个大将军称号的后来者，年纪上就与他差了一个辈分，何况因为军功、声望都不足，很难跟杨慎杏相提并论。可以说离阳武臣里头，负有京畿军防重任的杨慎杏说话时，没几个人敢不老老实实地竖起耳朵听。老而弥坚的杨慎杏见殿上无人接话，就大大咧咧地走出，老人入殿时要跪下，之后说话时则无须下跪，杨慎杏先对龙椅那边抱拳行礼，然后望向蒋永乐，冷笑道："徐骁罪孽深重，生前当了北凉王，还得过大柱国的头衔，已是皇恩浩荡，如今死了嘛，哪里配得上'武十八'！从恶谥里随便挑一个靠前的字给他，朝廷就算很对得起他徐骁了！"

老将军此言一出，蒋永乐大气都不敢喘一口，头低得几乎要叩到地面上，后背的四品云雀官补子有明显的被汗水浸透的印记。

皇帝向后靠了靠，似笑非笑。

兵部侍郎卢升象出列，平静地道："臣以为徐骁当谥'抗'字。"

卢升象此言一出满朝哗然。

这个谥号，那可是恶谥里很靠后的了，意为"背尊而忤逆上"，几乎等同于将徐骁定义成离阳王朝的乱臣贼子。

很多人望向站位比卢升象更靠前的那位身着蟒袍的兵部尚书陈芝豹，可惜依旧只看到了一道稳如泰山的挺拔背影，瞧不出半点儿端倪。

赵右龄似乎看到站在前列的首辅大人的肩头动了动。

然后，昔日的北凉官员如今的皇亲国戚严杰溪走出，去年获封洞渊阁大学士的严大人抖袖跪下，沉声说道："微臣以为安国大将军的说法更为妥当。"

这让许多希望这家伙不知死活地执意要给徐骁一个美谥的臣子大失所望。

只是，事情的发展很快就让失望的文臣武将会心一笑，国子监右祭酒晋兰亭悠哉游哉地走出班列，朗声说道："陛下，臣赞同卢侍郎的提议。徐骁此人窃据北凉，大逆不道之举罄竹难书，赐其‘武抗’才可安抚民心！”

皇帝翘了翘嘴角，仍是没有出声。

当朝理学宗师国子监左祭酒姚白峰冷哼一声，老人不但出列，还有意无意地用肩头挤了晋三郎一个踉跄，这才说道：“大将军徐骁于本朝功不可没，无人能及，与之军功相符的谥号中，‘毅’‘烈’两字皆可，若是用上以武正定服远的‘桓’最妥！”

如此一来，大殿内更是人声鼎沸。定力再好，养气功夫再深的臣子，也开始跟身边的同僚窃窃私语。

晋兰亭冷笑道：“徐骁军功是有，却都是朝廷赏赐给他的机会，大势所趋而已，得恩不知感恩，这等匹夫，如何配得上‘桓’‘毅’‘烈’三谥？可笑至极！姚大人，你就不怕此谥一出天下人寒心吗？”

有了晋三郎做第一个大恶人，很快就有早已商量好的三位殿阁大学士联袂出列，附和卢升象跟晋兰亭的提议。

御史台的几位大佬也纷纷响应。

一时间群情激昂，许多刺耳的声音冒出来，雄州巨儒姚白峰气得脸色发白。

从头到尾，在众人看来最该给徐瘸子正言的兵部尚书没有开口，张首辅亦是默不作声，其间赵右龄跟王雄贵心有灵犀，几乎同时想要出列，结果被“坦坦翁”转头瞪了一眼，只好都苦笑着缩回了脚步。

最终，皇帝站起身，面无表情地俯瞰满朝文武，轻声说了一句话就退朝了。

“功过相抵，徐骁谥号‘武厉’。”

各怀心思的文武百官鱼贯出殿，许多重臣看待礼部清吏司蒋永乐的眼神里都多了几分暖意，这小子显然是要走狗屎运了，这么一桩大祸事，竟被他硬生生地变成了天大的幸事。

桓温罕见地没有跟至交好友张巨鹿一同出殿，而是加快步子早早跨过门槛，笑眯眯地走到正要走下台阶的晋三郎身后，拍了拍他的肩膀，对这位相貌清雅的右祭酒大人说是有事相商，随后二人来到了殿外廊道的拐角处。

晋兰亭以为是今日早朝时他的建议为“坦坦翁”身后的张党所接纳，有些窃喜，觉得自己多半是要成为张庐的新贵人了。结果，桓老头儿一拳使劲儿砸在晋兰亭的脸上，骂了一句：“以往拿了你多少刀熟宣，回头按银钱分毫不差地还给你这狗玩意儿！”

右祭酒大人捂着脸，痴痴地望着老人离去的身影，感觉天都塌了。

台阶之上，一向少有交集的国子监左祭酒姚白峰与张巨鹿今日竟是并肩而立，桓温走过去，三位老人一起望向宫门外的御道。群臣的背影之中，当属陈芝豹的背影最为瞩目。

文武百官都在议论，无一例外地在等着看新北凉王的笑话，一想到那个年轻人接过圣旨时的滑稽场景，就止不住笑意。

陈芝豹在走出宫门前，回头看了一眼大殿的屋顶。

台阶上，桓温兀自唏嘘道："好一个惊蛰时节！"

张巨鹿轻声讥笑道："万物出乎震，蛰虫惊而出走。"

离阳官场有"三同"的讲究，即同门、同乡、同年，吏部尚书赵右龄与工部侍郎元虢便是如此巧合，二人一样师从张巨鹿，一样是旧北汉金门郡的寒庶子弟，在永徽年间一同参与科举，一个是状元一个是榜眼，使得以往极少有人进士及第的金门郡一夜间声名大噪，若是加上一个志趣相投，赵、元两人可谓有四同。两座府邸才隔了两三百步的距离，两家人之间的走门串户十分频繁，邻里之间早已见怪不怪。今天赵府不但来了元虢，还有赵尚书的亲家殷茂春，两位本朝的重臣公卿都捎上了孩子，晚辈的岁数差不多，三姓子弟相互间也多是好友。王雄贵的幼子王远燃当时醉酒调戏赵右龄的次女，当然是捅了个大马蜂窝，何况还揍了出来好心劝架的刑部侍郎的独子韩醒言，好死不死地一口气惹到了四家人，不过"因祸得福"，如此一来，坐实了王远燃"京师第一公子哥儿"的名头，虽说事后被当户部尚书的老爹拉着去赵府门口跪了半个时辰，可这并未影响王公子在太安城里的名气。元虢无妻无子女，但偏偏数他最得晚辈们的喜欢，在赵右龄、殷茂春这双亲家拿窖藏的冬雪煮茶时，元虢还是跟一大帮年轻男女厮混在一起喝酒，亲自热酒、递酒，也不觉得跌份儿。十来个晚辈习以为常，竟也觉得天经地义，像那殷茂春的长子殷长庚小时候就天天坐在元叔叔的肩膀上撒尿，叔侄两个还打趣约好了，以后会由殷长庚给元侍郎养老送终，像韩醒言年少时第一次去喝花酒，就是被为老不尊的元虢拐骗去的，这让老学究韩林火冒三丈，气得没穿鞋子就跑到元府紧闭着的大门外骂了许久，元虢呢，半点儿也不心虚，开门时就那么一手掏着耳屎，一手拎着从青楼顺手牵羊来的酒壶，嬉皮笑脸地询问韩侍郎要不要喝酒，把韩林气得从此跟元虢绝交，不过这之后韩醒言经常偷偷摸摸地找元虢讨酒喝，韩林想管束也管束不住，干脆就眼不见心不烦了。

殷长庚、韩醒言两人作为正儿八经的京官，都参加了那次早朝，只是他们没资格入殿，殿内的风起云涌他们自然无法听清。此时元虢就坐在榻上，怀里抱着殷茂春的长房长孙，一边拿筷子蘸酒让孩子张嘴咂摸，一边绘声绘色地给他们讲述庙堂上的八仙过海。经元侍郎那么添枝加叶一番，众人都听得一惊一乍。赶巧儿，张首辅待字闺中的女儿连同殷储相的小女儿也进了屋子，元虢老顽童般觍着脸要两个丫头给他这个当叔叔的揉肩、敲背。在太安城衙内中“恶名昭彰”的张高峡瞪了他一眼，佩剑的她将剑拔出两寸然后狠狠归鞘。熟知这位女侠的脾气的元侍郎只得讪讪一笑，所幸殷和韵很是乖巧，斜着坐在榻边，给这个叔叔揉捏肩膀。殷长庚瞥了一眼身材高挑的张高峡之后迅速收回视线，与今日回娘家的媳妇儿聊起琐碎的家务。韩醒言不动声色，只是在心中叹息一声，他何尝不知道殷大哥对张高峡的心思？殷大哥结婚前夕，同龄的朋友都在祝贺他成了赵尚书的女婿，都说殷、赵两家门当户对，殷大哥与赵家小姐更是郎才女貌，可那一晚殷长庚只是拉着韩醒言去小馆子喝闷酒。韩醒言呼出一口气，要不怎么说情丝易结最难解呢？说来奇怪，论姿色，张高峡甚至还不如当下的嫂子，跟她爹首辅大人一样有着一双碧眼儿，如果说女子无才便是德的话，那么张高峡真是活该嫁不出去，她的才华能与在胭脂副评上有着“女学士”之称的太子妃一较高下，至今就没有哪个男子说得过她。她的剑术也极其不俗，她先后师从东越剑池的大宗师宋念卿与京师第一剑道高手祁嘉节，她自然不是什么绣花枕头，连“棠溪剑仙”卢白颉都对她的剑道天赋赞赏有加，大皇子赵武就在她的手上吃过苦头。这位女子，在太安城确实是可以横着走的女侠，反正单枪匹马的话，打肯定是没谁打得过她的，拼家世？不好意思，她亲爹是张巨鹿，义父是桓温，还有一大帮元虢这样虽然离开张党却仍旧念情的庙堂名卿给她撑腰！

元虢还想用筷子给殷储相的幼龄孙子蘸着喝酒，看不下去的张高峡一把夺过孩子，元虢只得转移话题问道：“刚才说到哪儿了？”

赵尚书的幼子赵文蔚还是个少年，雀跃道：“元叔叔刚才说到那国子监的晋三郎不知怎的鼻青脸肿了！”

元虢嘿嘿笑道：“对，这一记老拳啊，是咱们‘坦坦翁’桓老爷子打的，真真正正的刁钻老辣，可怜晋祭酒先是惹恼了姚大家，如今还被曾经是他官场半个领路人的桓老爷子揍了，福无双至祸不单行哪。所以你们这些瓜皮娃子，以后千万记得当官、做人得夹着尾巴，别太得意忘形，一山更比一山高，元叔叔也好，你们的爹也罢，官帽子都不小吧？嘿，还是都不能免俗啊。”

三家人知根知底，加上有元虢在，根本没有什么忌讳，韩醒言皱眉，低声说道："元叔，虽说晋祭酒喜欢对北凉倒戈一击，凭此在朝野获得名望、清誉，行为有些下作，可终归有益于朝廷，而他也确有许多高明的见地，让人忍不住要拍案叫绝，他跟姚大家在国子监内、外都要针尖儿对麦芒儿，这对左仆射大人是好事啊，左仆射大人为何要对他大打出手？就不怕传入陛下的耳中？"

元虢哧溜喝了一口烧酒，下意识地揉了揉耳朵，笑道："桓老爷子哪里会在乎这点鸡毛蒜皮的事？你们啊，太年轻。当年我与你们的爹刚入朝为官的时候，首辅大人的脾气奇好，脾气差的反而是桓老爷子，元叔叔当年可没少被桓老爷子揪着耳朵痛骂。对了，桓老爷子揍晋兰亭这事，你们听过就算了，传出去就不好了，否则我得被你们的爹念叨得头疼。"

元虢见殷长庚欲言又止，一口气喝光了杯中的酒，大呼痛快，伸出酒杯让韩醒言添了满满一杯，抓起一粒花生米丢入酒杯。酒是佳酿，能挂杯，所以酒水哪怕已经高出杯口，仍是没有溢出丝毫。侍郎大人低头望着杯中涟漪，有些恍惚，抬头后面色恢复平静，轻轻晃着酒杯，微笑道："我知道你们最想问什么，这件事也不是不能说，只不过……"

正在逗弄殷茂春孙子的女侠没好气地说道："我就当没听见。"

元虢嘿嘿一笑，又是仰头一口喝尽杯中的烈酒，嚼着那颗酒味十足的花生米，一脸陶醉地说道："武封十八，'厉'字呢，本是实打实的恶谥，宋老夫子撰写《解谥》的时候，是先帝授意将这个字改恶谥为美谥的，只不过在十八个美谥中排名垫底。老首辅，也就是元叔叔恩师的恩师，嗯，就是咱们张女侠她爹的师父，一直对徐骁怨气极深，先帝此举未尝没有一份特殊的心思。这份心思，直到今年的惊蛰才算浮出水面。当今陛下颁赐下此字，更是用了心的。以陛下的气度，自不会给徐大将军什么恶谥，其他十七个美谥，如果大大方方地给了的话，那日大殿上可就要乱成一锅粥了。说过了朝廷，再来说说北凉，从世子殿下世袭成为北凉王的那个年轻人，对于这么个不上不下的谥号，接还是不接？不接的话……"

韩醒言笑道："这厮难道想告诉天下人他们徐家人要造反？"

元虢放下酒杯，对韩醒言的评断一笑置之，继续说道："假若北凉王忍气吞声地接下了这道圣旨，以北凉子民对老北凉王的忠心程度，那个新北凉王无疑会失去军心与民心，无异于自拆家门。元叔叔这么给你们一说，你们觉得那位年纪轻轻的北凉王是接圣旨还是不接圣旨？醒言，问你呢！"

韩醒言想了想，笑道："我打赌那家伙还是不敢不接，无非就是尽量把大事化小小事化了，假装云淡风轻，竭力压制谥号一事。"

殷长庚皱眉道："难，士子赴凉，可都在看着，北凉道就算阻绝消息，百姓知道得不多，可那么多士子怎么能没有消息门路？更难在，接了圣旨是不孝，三十万铁骑更要轻视新王；不接是不忠，许多赶赴北凉的读书人也会有想法。反正新北凉王注定难做，一旦处置不当，还会两面不讨好，里外不是人。"

元虢瞥了一眼张高峡，用手指捻动酒杯，轻声笑道："这才是朝廷跟北凉新棋局的先手而已，接下来新北凉王要守孝三年，朝廷中可没谁愿意为新北凉王去求一个夺情起复，这个需要耗时三年的中盘，更加让人头痛。就算熬过了中盘，解决了焦头烂额的内忧，恐怕就要面临仓促收官，北莽一旦执意先打北凉，嘿……"

元虢不再说话了。

韩醒言小声说道："听上去，好像这位新北凉王将来的日子挺惨的？"

殷长庚冷笑道："是极惨。"

元虢离开小榻，摇摇晃晃地说道："醉了醉了，我找你们的爹喝解酒茶去。"

元虢的双手习惯性地揉着耳垂，他晃荡着走出屋子，此时春风仍裹挟着寒气，被风一吹，打了个激灵。转头看到张高峡跟在自己身后，他缓了缓步子，自嘲道："我元虢是'永徽之春'里最没出息的一个，那些年里桓老爷子骂我骂得最多、最凶，也让首辅大人失望了。"

张高峡冷冷地说了一句话后，就反身去殷长庚、韩醒言那边了。

"确实是最失望！"

元虢仿佛什么都没有听见，继续步履蹒跚地往前走。

这位仅是在工部浑浑噩噩地担任侍郎的元榜眼，走到一块足有两人高的春神湖巨石前停下，异常兴奋地笑了。

说来奇怪，首辅张巨鹿在偌大一个家族里，既不是什么严父也不是什么慈父，对家务事从不插手，对待几位子女一向抱着任其自生自灭的冷淡态度。张巨鹿的长子好似并未继承首辅父亲的学识才华，碌碌无为，在京城附近的一个人口不足三千户的下县担任县令，当了整整六年都没能往上攀爬一步，事实上时至今日，那个州郡的官老爷都还不知道此人就是首辅大人的儿子。张巨鹿的次子是个书呆子，没能靠着家族福荫进入翰林院成为黄门郎，寂寂无名。张巨鹿的小儿子游手好闲，竟连半分为恶的胆子都没有，久而久之，即便他是张首辅的小公子，王远燃等家世明明输他一大截的京城纨绔子弟都不爱带他一起玩了，觉得这家伙太没出息，带出去都嫌丢人。

张首辅只有偶尔见到了才会走路的孙子，才会有些笑意。所以在府上，能跟这个权倾朝野的张首辅说上几句话的人，也就只有尚未出嫁的张高峡了。

紫髯碧眼的首辅大人今日独自坐在光线昏暗的书房里，这间书房就是张府的雷池，连女儿张高峡都不怎么能走进来，这么多年来能在这儿落座的人物自然更是屈指可数，桓温算一个，因为房内只有一把椅子，谁坐下，就意味着首辅大人必须站着了。

张巨鹿对美酒佳肴从无兴趣，也未纳妾，妻子是恩师老首辅的女儿，那位老妇人当初嫁给张巨鹿的时候，京城就有“首辅女儿状元妻”的说法，等丈夫也当上首辅后，她更是尊贵至极，当今皇后见到了她也要对她以礼相待。首辅与夫人的感情清淡如水，两人一年到头也说不上几句话，相敬如宾更如冰罢了。张巨鹿对纵横十九道也无兴致，倒是对黄龙士首创的象棋十分痴迷，只是除了桓温这个老友，极少跟人在棋盘上厮杀，更多的时候是自己跟自己下，下了二十来年也没厌烦。此时，张巨鹿就在棋盘上分别挪动红、黑棋子，这副棋子、棋盘俱是由昂贵的象牙雕琢而成的，是元虢当年送来的。状元、榜眼、探花年年有，永徽之春那短暂的四年中进入朝廷视野的那拨年轻俊彦，如今都是庙堂上各掌大权的名臣，他们注定要在青史上留下浓墨重彩的一笔。这些当下年纪都不小了的权贵中，元虢是最有意思的一个，公认才气最高，名声却最为不显，性子最为跳脱，最浪荡无良，搁在寻常文臣身上，这样的形象叫作名士风流，可对一个想要成为阁臣的官员而言，这样的形象很致命。所以当时张党该由谁接过衣钵，张庐该换成哪个姓，就根本没谁会想到那个在工部厮混的元侍郎，不说赵右龄、王雄贵、殷茂春，就连韩林都比元虢出彩，很难想象元虢是这五人中第一个跨过四品门槛的家伙，可惜光有好的先手于大局无益，官场本就是个讲求循序渐进，后劲儿越来越重要的地方，否则就只有虎头蛇尾的惨淡下场。

张巨鹿双指夹住一枚棋子，轻轻敲打棋盘边上叠起的一堆“死”棋，自言自语道：“棋是好棋，就是差了火候，称不上一着收放自如的妙棋。此时收得太拢，接下来只能是要么不放，要么必须放太多了。不过也是人之常情，输了那么多年，再不扳回一城，以后想赢他一回就没机会了。”

首辅大人看了一眼七零八落的棋盘，没了兴致，站起身，走到窗口。院中的柳树已抽新芽，果然是入春了。

张巨鹿陷入沉思，转身去棋盘上捡起一枚红色的棋子，棋子上刻有“相”字。

张巨鹿笑了。

“趁着元本溪谋划未及，一物换一物，是时候交给你了。”

在那道圣旨约莫该到北凉道边界的时候，有一骑于清晨悄然出城。

这位身着白衣的男子斜提着梅子酒枪，沿着御道径直离京。

这一天早朝时，司礼监掌印太监宋堂禄宣读了三道圣旨：礼部尚书卢道林辞去官职告老还乡，由工部侍郎元虢递补；陈芝豹封蜀王，前往西蜀；兵部尚书由侍郎卢白颉升任。

京城震动。

传闻有数位骨鲠老臣踉跄着出列跪地，直截了当地诉说万万不可将那陈芝豹放虎归山，还说北凉便是前车之鉴，养虎为患一次也就罢了，怎可再让陈芝豹得势？

皇帝以“无事退朝”四字作答。

如此一来，官升一级的元虢、卢白颉两位新任尚书就都没有听到太多的道贺声。

暮色中，一位身着白衣的中年僧人很荒谬地带了一位妇人一同入城，时下尽人皆知朝廷正大肆灭佛，城门处的甲士都对这对男女露出了匪夷所思的表情，这和尚是来太安城找死的不成？见惯了大场面的京城百姓也纷纷侧目，看他们时的眼神就跟看妖怪时的眼神差不多。

姿色普通的妇人轻声打趣道：“当年我想看你，踮起脚都看不到，得蹦蹦跳跳才行。”

僧人摸了摸自己的光头，温柔地笑道：“那会儿我就觉得这闺女脚力真是好，足足蹦跳了好几里路。”

妇人拧了他一把，哼哼道：“到了京城，少勾搭狐媚子！”

“哪儿能呢？”

“只要有一个不知羞的狐狸精跑来勾搭你，我就好好收拾你！”

“这个有点儿难啊……媳妇儿，你现在就动手吧。”

“吹，让你吹！你瞧瞧现在谁认出你了？再说了，那些还对你恋恋不舍的女子早已人老珠黄，我可不放在眼里！”

“媳妇儿，不放在眼里，放在心上了啊，还不如不放在心头，而放在眼中呢。”

“找削不是？”

“……”

“这世上还真有人相信吃你的肉就能长生不老？”

“唉。”

“心若不诚，长期吃斋持戒有何益？心若不善，百年出家修道有何用？我看呀，烧香求神拜佛，不如自己攒福做菩萨。”

“咦？媳妇儿，你也去听了慧欣方丈的那场讲经？你不是最不爱听这个的吗？”

“哼！我当时是跟老方丈借钱去了。老和尚明明有钱，偏说没钱，就跟我叨叨这个！出家人不打诳语，不像话！”

“哈，媳妇儿啊，慧欣方丈说没钱确实不曾打诳语，那些银子，在他看来就是佛寺里的砖块、佛经里的书页……”

“哦？那些银子不是你让笨南北偷偷藏到老方丈那边的吗？”

“哈哈，媳妇儿，快看快看，太安城的人就是多啊。”

“我想咱们家李子了，也想南北了。”

“我也想啊。”

“喂喂，前边两个使劲儿瞧你的男子是谁？难道除了黄龙士那家伙，还有男人要跟我抢男人？当心，你去帮我找块板儿砖来！他们找拍呢！”

“呃，一位是皇帝，另外一位叫元本溪。”

“那我买胭脂去了……”

“我去跟他俩借些银子？”

“我傻啊，跟老方丈借钱可以不还，跟他们借，我能不还？”

“也对。”

前方的两人双手合十，虽说都不信佛，但仍是朝这位曾经西行万里的僧人行了一礼。

这位僧人则转身笑着望向媳妇儿离去的背影。

南诏槐州不太平，一路行去，满眼皆是逃难的百姓、斜塌的木梁、坟包般的乌青砾石堆。五溪交汇的江上木商古道没了往日的繁华、热闹，渡口的码头上不见一艘船只停泊。

一个小和尚和一位少女站在渡口的溪边，少女趴在地面上，探出头将还算清澈的溪水当作镜子，仔细地捋着额头上、鬓角处的凌乱青丝。

精疲力竭的少女坐起身，拍了拍身前的尘土，无奈地说道："笨南北，那些难民都吃不饱，你给他们讲经说法有什么用啊？也填不饱肚子的。"

"师父说意起缘生……"

"打住打住，听你给人说经就会觉得饿，你再叨叨叨叨，我就真要饿死了。"

"哦。我给你找吃的去！"

小和尚和少女的身后突然传来一阵阴阳怪气的声音。少女转过头看去，眉头紧皱。这是一群吊儿郎当的地痞，一共三十几人，全部身材健壮，大多披兽皮挂肩，比起普通的浪荡子显然要孔武有力许多，大概就是江湖人所谓的五溪蛮子了。

少女站起身，扯了扯小和尚袈裟的袖口，用眼神示意他打不起躲得起。以前行走江湖时，她可不会这么好说话，论起打架揍人的功夫，她还算马马虎虎，带上身边的笨南北后她就很少惹事了。这帮五溪蛮子嘴上秽语不断，他们两个外地人也听不懂这拗口的方言，不过蛮子们的眼神说明了一切，他们看上了小和尚身边的少女。因为皇木争江案，槐州五溪一带被战火殃及，而且离阳朝廷本就对南诏掌控不力，有些势力的人没少对中原商人做趁火打劫的勾当，许多庄子、店铺被扫荡一空，这都算幸运的，破财总归还能消灾，许多人连命说没就没了。

少女轻声说道："咱们跳溪。"

小和尚摇头道："你不是饿了吗？哪儿有气力游水？"

少女气得想要敲这个笨蛋的脑袋，可小和尚已经独自走上前去，双手合十，拦在路中间。

一名五溪蛮子快步上前，对着这个找死的小和尚就是一拳，然后后退几步，抖了抖手腕，眼神有些古怪，转头叽叽哇哇地说了一大串话。

下一位五溪蛮子狞笑着小跑起来，高高跃起，往死里斜着踹向这古怪小和尚的胸口。

小和尚的身形微微摇晃了一下，神情依旧平静。

那伙五溪蛮子显然都震惊了，其中几人开始抽出锋利的弯刀。

少女正要上前拖曳小和尚跳入溪水，小和尚转头咧嘴一笑，晃了晃那颗光头，眼神坚毅。

小和尚重新转过身，默念一声，合十的双掌拉伸开一尺，然后猛然合十。

五溪蛮子愣了一下，误以为撞上铁板了，结果等了片刻，四周毫无动静，顿时哈哈大笑，其中一名刀客用刀背敲打着肩头，阴笑着走来。

小和尚那件袈裟飘拂不定。

“我佛如来。”

平静的溪水中顿时掀起一阵惊涛骇浪。

一条由溪水汇聚而成的狰狞的青龙做天王张须状，低头朝那群五溪蛮子咆哮如雷鸣！此情此景吓得那群五溪蛮子屁滚尿流。

这次离开家后就再没有买过胭脂的少女坐到渡口边上，没有任何惊喜的表情，反而神情有些黯然。

小和尚挠了挠头，蹲到少女的身边，犹豫了半天，终于说道：“李子，我只是个和尚，只会念经啊。”

“念经就非要成佛吗？谁稀罕你的舍利！”

“李子，你饿不饿？我给你化缘去吧？”

“……”

“东西？”

“……”

“李东西？”

“……”

小和尚唉了一声，叹息着托着腮帮望向远处。

背对着小和尚的少女抬起袖子，抹了抹脸颊。

一支由百人精锐轻骑护驾的车队已经看见那块幽州界碑，再往前没几步就到北凉道地界了。

挂着明黄色帘子的马车内坐着一位印绶监的大太监，他捧着一个连睡觉都不敢离手的金漆盒子，盒内便是离阳朝廷赐给北凉王的诰敕圣旨。

越是临近北凉，老太监的眼皮跳得就越厉害，他不断告诉自己只要踏足北凉道辖境就心满意足，哪怕暴毙在途中，好歹也算将圣旨带到了北凉道的土地上。不过他终究是心存侥幸，思来想去，他还是不认为那位年轻的新北凉王胆敢派人行刺或是拒收圣旨。

然后马车突然停下，印绶监老宦官感受到了不同寻常的气息，掀起帘子一看，心一下子沉了下去。

幽州界碑附近，有不计其数的铁骑一直蔓延到了他的视野中的驿路的尽头。

祥符元年春分后清明前，护送圣旨的车队尚未进入北凉道地界，便被两千北凉铁骑驱逐至三百里外。

同时，有八千名骑军兵临河州朱楼军镇，还有六千兵马将矛头直指河州铁霜城。

圣旨不得入北凉寸步。

姚府来了一名不起眼儿的外乡客人，一门五雄杰的姚家每日里访客络绎不绝，倒是没有谁会对此上心。不过姚家虽说是太安城里的新贵高门，访客里头却少有真正的庙堂重臣，不说张首辅，便是六部主官也没有一个。今天总算有个老头儿“坏了规矩”，拎着一壶剑南春烧就来找人一起喝酒，把姚府的门房吓了一跳——乖乖，竟是门下省左仆射桓温桓老爷子大驾光临！门房来不及禀报家主，急匆匆地要自作主张地开仪门迎客，不承想桓老爷子直接从侧门溜进府中了。本朝的理学宗师姚白峰赶忙带人去寻找那位“坦坦翁”，好不容易在一座凉亭里看到了老人，只是……

亭内有一位年轻的京城士子正跟姚白峰的嫡长孙在棋枰上论英雄，来府上不蹭吃喝却是蹭名声的与姚白峰的嫡长孙年龄相仿的旁观者则围成了一圈，并且很讲究“观棋不语真君子”的规矩。只有一个老头儿挤不进人堆，干脆站到了亭椅之上，居高临下地望着战况胶着的棋局，总是喜欢出声瞎指点，若是金玉良言也就罢了，可次次支招儿，臭棋篓子的水准一览无余，很惹人厌，故而每次胡言乱语都会惹来白眼无数，满身酒气的老人却乐此不疲。

姚白峰哭笑不得，默默地靠着廊柱，不去打搅“坦坦翁”的闲情逸致。姚大家的身边有一张于姚府众人而言也很陌生的年轻面孔，这位年轻人也站到廊椅上观看棋局的走势。桓老爷子仅是瞥了一眼，就继续在那儿指点江山，传授姚登稺该落子于何处。被足足指点了半局棋的工夫的姚家嫡长孙无奈一笑，自然不会依着那醉酒老头儿的言语，因而在他落子后，就听到站在高处的老头儿哼哼着说了一声“昏着儿”。

也不知是谁头一个发现了在凉亭中坐着的国子监左祭酒，赶忙朗声致礼，如此一来，就没谁再留心棋局的胜负了，大家赶忙恭敬地作揖。亭中的士子多是小门小户的子弟，之所以能认出姚白峰，是因为他们中有人新入国子监，遥遥听过这位理学宗师讲学授业。

姚白峰笑了笑，抬手指了指站在高处拎着酒的老头儿，笑道：“你们这些孩子啊，拜我作甚？你们没瞧见还有一位左仆射大人在这儿吗？他的官帽子比我的大多了。‘坦坦翁’，你说是不是？”

桓温气呼呼地说道：“棋才下了一大半，继续继续，你们两人莫当那没有下边的宦官。”

亭中的士子都被吓得不轻，一时间呆若木鸡。只见在“坦坦翁”身边站着的年轻人跳下椅子，穿过人墙的缝隙，往棋盘那边走去，弯腰拈起一颗白棋，轻轻敲在一处，微笑着说道：“收官完毕。”

然后，他直起身转头对众人笑道：“来，别傻站着了，咱们一起拜过左仆射大人，这样的大好机会别错过了。”

桓温走下长椅，摆手道：“免了免了，老夫今天也就是个客人，万万不敢担下‘客大欺主’的骂名。你们若是识趣，就别把我往火坑里推，否则将来落在老夫的手里，看老夫不使唤你们走上七八里路给老夫买酒去？连那酒钱都还得你们出。”

姚白峰让自己的嫡长孙把一群感到荣幸万分的士子送出凉亭。凉亭内还余三人，桓温跟姚白峰这两位国子监新老左祭酒对坐在棋局旁，“收官”的年轻人则站在姚白峰的身后。桓温盯着棋局，笑了一声，说道：“还真是被你收官了，方才那群娃儿就没这份魄力。”

姚白峰点头道：“桓大人，这位便是我先前与你说起过的孙寅，今年科举的文魁非他莫属。”

桓温笑容恬淡地说道：“左祭酒大人啊，心心念念，就真心想事成了？你老打着瞌睡，北凉那边就给你递来枕头了？有啥秘诀不，你给说说？”

姚白峰岂会听不出“坦坦翁”言语里的“杀机”，显然是信不过北凉人孙寅，于是皱了皱眉头。

孙寅坦然地笑道：“路遥知马力，日久见人心。”

桓温抬起头，平静地问道：“哦？怎讲？”

孙寅答道：“三年不鸣，一鸣惊人后，还望桓老爷子的门下省收留在下。”

桓温自顾自地说道：“嗯，三年不参加科举，若是常人不算什么，反正考了也考不出大功名，听说你精通制艺，是冲着那连中三元去的，这就有些难得了。不去近处的国子监，不去‘碧眼儿’的六部捞取油水，不去翰林院获取声望，跑来有着清水衙门之称的门下省坐冷板凳？有点儿意思。趁着凉亭里没外人，老夫借着酒意把话说清楚。北凉出了个严杰溪，出了个白眼儿狼晋兰亭，老话说事不过三，老夫总觉得该出个身在赵室心在徐家的枭雄了，所以任你说得天花乱坠，老夫仍是信不过你。姚白峰这老儿呢，老夫很熟，他这个老家伙一辈子只跟故纸堆里的圣贤打交道，人心险恶他是不懂的，认不出披着人皮的鬼。老夫不一样，大半辈子在太上老君的炼丹炉里打滚，你小子，老夫不喜欢，很不喜欢，所以老夫在世一天，就一天不准你考取功名，只能来门下省从小吏做起，如何？”

孙寅平静地回答道：“无妨。”

姚白峰气极，也不称呼“坦坦翁”或是“左仆射大人”了，而是直呼其名：“桓温！你不要欺人太甚！”

桓老爷子喝了一口酒，斜着眼道：“咋的，要揍我？君子动口不动手，再说了，我揍过了右祭酒晋兰亭，再跟你左祭酒打一架的话，国子监的脸面往哪儿搁去？”

姚白峰起身怒道：“孙寅，别理睬这混账老头儿，咱们走，由着这家伙自己撒欢去。”

桓温笑道：“好了好了，老姚啊，你也别演戏了，瞧你这皇帝不急太监急的，人家孙寅都还老神在在的。别得寸进尺啊，我要不是看在咱俩好几十年的交情上，才懒得出面当这个恶人呢。把话说到底，这小子就算真的一口气把会元、解元、状元都拿到手，你以为朝廷敢用他，‘碧眼儿’会用他？成名太早、太盛不是好事。赵右龄他们几个能有今天的出息，不是他们的本事有多大，而是‘碧眼儿’的心胸宽。做学问，你老小子自然厉害，是文坛上的王仙芝，可当官啊，你还不如人家晚辈孙寅。我虽不喜欢你的这个得意门生，可好歹冒着晚节不保的风险，做了他的护身符，他进了门下省，少了是非，就算在太安城扎下根了。朝廷已经有一个晋三郎，再难对来自北凉的年轻人破格提拔了，而且孙寅胆敢在这几年撞到‘碧眼儿’的刀口上去，不死也要脱几层皮。你再跟我嚷嚷，我就收回话了，由着你害死孙寅，咋样？”

姚白峰说不出话来。

桓温把酒壶丢给左祭酒，说道：“去，亲自给我装满酒，就当你赔罪了。”

姚白峰怒气冲冲地掷回酒壶，重新落座。

桓温小心翼翼地捧住酒壶，瞪了一眼姚白峰，然后轻声感慨道：“三省六部中，朝廷一直有意不在中书省设主官，我桓温虽然顶了孙希济的位置，成为门下省的左仆射，但是门下省一直成不了气候。门下省本该是中书省的应声虫，可如今中书省由那些殿阁大学士和一座翰林院对峙争锋，发不出什么声音，门下省就成了可怜虫，这才让做尚书令的‘碧眼儿’成了本朝的首辅。但是六部势大，这也不是长久之计，流水不腐，户枢不蠹，庙堂这座大房子，一些栋梁是该换一换了。孙寅，老夫考校考校你。老夫出题，你来破题、承题，大致说说看接下来的庙堂走向，以及为何会是如此走向。”

孙寅笑道：“那先从三道圣旨中的两道说起，卢白颉升任兵部尚书，元虢递补礼部尚书。尚书省有张、顾两庐权倾天下，如今顾庐的掌舵人已经从顾剑棠大将军换到‘小人屠’陈芝豹再换到泱州卢氏的‘棠溪剑仙’，顾庐人心渐散，再难像以往那般团结。随着广陵道的卢升象进入兵部，兵部便真正是陛下的兵部了，顾庐已是徒有其形而无其神。顾庐的第二任掌舵人陈芝豹离任前打压司库主事黄萼，原先的顾庐主心骨顾剑棠故意视而不见，这些便是主动从边关给朝廷传递一个消息：顾庐不姓顾了，以后该姓什么，陛下说了算。顾庐一去，就只剩下张党盘踞的张庐了，张庐本该是蒸蒸日上的景象，但首辅大人并未如此行事，事实上这十年来首辅一直就有意自断枝叶，驱逐元虢，斥出韩林，刻意疏远自己的发家之地翰林院，任由储相殷茂春更换门庭，最后让吏部的赵右龄与户部的王雄贵两虎相斗，并且做出了出人意料的选择，留下了相对势弱的户部尚书，而非赵右龄。可以说张党在朝廷，这几年是在步步后撤，但无妨，只要首辅大人坐镇张庐，就谁都不敢造次。首辅当初蛰伏在翰林院十数年，是无人知晓的先手，在尚书省的布局，则是让很多人如雾里看花的中盘，接下来大概要收官了，礼部尚书不让呼声最高的储相殷茂春接任，显然是收官阶段‘明君权相之争’的第一步。双方很有默契，殷茂春在接下来的数年内，将会结束中书省一盘散沙无主官的格局，成为名义上的首辅权力上的次辅，与时下的尚书令张巨鹿平分秋色。而礼部尚书元虢会接过首辅大人的尚书令一职，加上有桓老爷子坐镇门下省当和事佬，三省融洽，不至于为党争消耗太多的国力。至于吏部的赵右龄，撑死了也就是在死前得到一个殿阁大学士的头衔，死后再被恩赐一个极为靠前的美谥，先丢里子，却能再得面子，大体上说得过去，何况有亲家殷茂春先一步隆重上位，赵右龄也得避嫌。”

桓温频频点头，笑眯眯地说道：“那我桓老头儿死后，谁来执掌门下省？你孙寅莫奢望。我死之前定会密奏陛下，不会让你太过得势的。”

孙寅神情淡然，微笑着说道：“有能力下这盘棋的人物又不是只有张首辅，既然储相殷茂春已经浮出水面，便自然会有下一位储相如今在做潜龙的隐相，只不过此人是谁，身处何方，我孙寅可猜不到，大概还得等上好些年。不过此人定然不会是首辅与左仆射大人的门生。”

桓温哈哈笑道："你小子可以啊，往后二三十年大抵就是如此了。回头老夫带你去'碧眼儿'的府上，你与他下几盘象棋，多半要输棋的'碧眼儿'肯定记恨你，你就能更加安心地在门下省当走狗了。"

姚白峰神情不悦，重重地冷哼一声。

孙寅犹豫了一下，好奇地问道："老爷子，你为何要揍那晋三郎一拳？"

桓温撇了撇嘴，说道："晋兰亭那小子啊，给离阳老百姓当父母官应该不错，给陛下当臣子更是忠心，不过说到做人，就忒不地道了。我揍他是为他好，省得他太过得意，自以为有我跟'碧眼儿'给他撑腰就目中无人。对了，老姚，这小子在国子监拉帮结派，我替你出了口恶气，放话说要还他熟宣的银钱，你替我把钱还了吧？"

姚白峰冷笑道："你觉得我会帮你出这份银子？"

桓温晃了晃空荡荡的酒壶，一脸的无奈，说道："没钱没酒，这日子没法过了。"

孙寅继续问道："听说北凉新王陈兵幽州边境，拒收圣旨？"

桓温笑道："两害相权取其轻嘛！如此一来，朝廷此番试探底线，也该知晓新北凉王不是好招惹的软柿子了，以后再拿捏北凉，就得掂量掂量了。像颁赐谥号这类台面上的出招儿不会太多，只是南粮入凉的漕运这类暗地里的阴招儿，比以往就要多了。话说回来，惊蛰时节大殿上众人商议谥号，说了良心话的，严杰溪只算半个。他一半是惺惺作态，唯独你姚白峰傻乎乎地触了大霉头，以后啊，国子监肯定是晋兰亭的囊中物了。也好，我本就不想你老姚有个一官半职，做学问的就闭关做学问，比什么都强。离阳一统春秋后，陛下对天下士子十分宽容，还不曾有过一桩文字狱，我可不希望离阳的第一桩文字狱出现在你们姚家人身上。"

姚白峰感慨道："陛下既然能容天下人，为何不能容下一个美谥？"

桓温翻了个白眼，说道："姚白峰啊姚白峰，你读书读傻了是不是？君王不是人？君王就不能有七情六欲了？你就知足吧，摊上这么一位明君，已是臣子的莫大福气。"

姚白峰哀叹一声。

桓温递过酒壶，说道："老姚，算我求你了，来壶好酒，我这满肚子的老酒虫子在跟我造反呢！"

姚白峰无可奈何地接过酒壶离开凉亭。

桓温笑呵呵地说道："坐下吧，迂腐的老书生总算走了，你我可以说些大逆不道的话了。"

孙寅坐下后轻声说道："先帝与当今天子之间有一个徐骁，陛下与太子之间则有一个首辅大人，北凉境内拥有三十万精兵，有北莽虎视眈眈，朝廷就不敢对徐家军卸磨杀驴，也就只能等徐骁死后用谥号恶心人，可张首辅……"

桓温瞥了一眼这个年轻书生，缓缓地问道："你这么聪明，北凉王知道吗？"

孙寅反问道："我来太安城，不为帝王谋，只为苍生谋，桓老爷子相信吗？"

桓温盯住孙寅，然后叹气道："曾经有个叫荀平的读书人，也有这般志向，到头来死得很惨。"

亭外院中，一群春莺叽叽喳喳，争夺着阳光和煦的温暖的枝头。

桓温突然说道："北莽铁蹄南下，北凉王为中原死守西北门户，朝廷见死不救，徐凤年战死边关。如果真是如此，桓温希望自己那时候已经死了，不知道这件事。"

孙寅淡淡地说道："若是真有这朝野上下普天同庆的一天，我上坟敬酒时，一定会给老爷子说一声的。"

桓温笑着骂道："你这龟孙子！"

孙寅面无表情地回骂道："老王八！"

第四章

麻衣如雪入荒漠
大王小鬼齐登场

塞外荒漠上，有一骑向西而行，马上之人腰间佩有双刀，穿了一身粗布麻衣。

凉州再往西，古有凤翔、临谣、青苍三座军镇，控扼中原上游，同时与铁门关形成掎角之势，钳制广袤的西域地带。只是如今三镇早已荒弃，沦为十数万流民的绝佳窝藏点。这些有罪在身的亡命之徒尤为骁勇善战，别说青壮年男子，便是妇人与七八岁的孩子，只要给他们一杆木矛，他们就敢跟北凉甲士拼命。凉州边军历来就有用流民演武练兵的习惯，这些罪民的血性大半也是被北凉铁骑逼出来的。北凉的边军将领训练游弩手，第一件事就是将游弩手丢到这里，只给他们一匹马、一张弩、一柄北凉刀，在这种情况下他们能活过一个月，才算跨过了第一道门槛；死了的话，连被人收尸都是奢望，早被那帮恨北凉人入骨的罪民鞭尸鞭到碎烂。远离边境的陵州百姓都说在那儿长大的孩子，最喜欢踢着北凉阵亡军士的头骨玩耍，所以那里的家伙，都人不人鬼不鬼，十分瘆人。

这一骑往西行进了两百里时，就遇上了刚投入此地的一伙未来游弩手，双方的战斗一触即发，根本没有任何言语。身着粗布麻衣的男子轻描淡写地挡下了短弩攒射和两拨冲锋，却不曾伤人。这些精锐甲士无功而返，就不再奢望啃下这块硬骨头，虽说返回凉州后斩首的多寡跟赏银的多少挂钩，只是初衷仍是活下来，既然摆明了砍不下那厮的脑袋，在捡回一根根弩箭后就默默绕道离去。这块流民群聚之地藏龙卧虎，不乏在离阳那边犯事后逃窜至塞外的江湖人士。能在这儿站稳脚跟的人，不是武道境界高，就是精通奇异技能，因此那帮甲士遇上这名身着粗布麻衣的佩刀骑士后，并不觉得如何奇怪，倒是纳闷儿这个瞧着岁数不大的家伙竟然连一柄刀都没有出鞘，就挡下了所有的攻势，让他们心生忌惮。

十数万名鱼龙混杂的流民并不分散，主要集中在由东往西的青苍、临谣、凤翔这三座从离阳地图上被除名的弃城，因为一旦分散开去，肯定就会沦为北凉甲士的刀下鬼。流民少有兵器傍身，这样的散兵游勇，遇上有望成为北凉精锐斥候的成队甲士就得死。至于为何北凉兵不一鼓作气攻下三城，能活着就属万幸的流民懒得去计较这个，巴不得徐骁把他们当作一个屁放了。不过听说这位“人屠”已经死了，他们将信将疑，一开始或多或少地松了口气，然后三城的百姓都传言新王上位要拿他们开刀立威，很快就要大兵压境，立即让人提心吊胆起来。这些流民其实最恨的是那个毒士李义山，当年徐家入主北凉，那些稍稍流露出异心的当地豪族门第、青壮年都被赶尽杀绝，不高过马背的孩子则被驱赶到此处，之后北凉甲士来此猎取军功以及不许凉州流入此地一斤盐、一块铁，都是李义山授意的。早年还有人贪慕荣华富贵，希冀着用三城的秘密军情当投名状，向北凉换一份安稳日子，结果被李义山下令宰杀殆尽，直接将尸体抛到青苍城外，所有流民这才彻底死心，姓李的那是铁了心要让他们做一辈子的孤魂野鬼啊！至于老北凉王徐骁，流民对他的情绪是畏惧比恨多，如今“人屠”死了，他们转为恨了，因为有人有鼻子有眼地说了，“人屠”死前有遗言，要新王用二十万流民给他陪葬，好在阴间凑足雄兵百万，去跟阎罗掰腕子。这种乍一听相当匪夷所思的鬼话，朝不保夕的流民竟没人不信！

一骑临近青苍城，暮色中依稀可见几处村庄的炊烟袅袅，这一带少有北凉骑卒胆敢肆无忌惮地游掠了。上一次，还是经略使大人的儿子跟一位重瞳子，来这儿远远地绕城逛了一圈。佩刀男子牵马而行，向村口的一户居住泥屋的人家讨要了一瓢水。这户人家有四口人，一对肤色黝黑的健壮夫妇和一对没鞋穿的子女，表情异常冷漠，大概是被访客腰间的双刀震慑住了，才压下杀人越货夺取马匹的冲动。当家的汉子忍着肉疼，从水缸底艰难地舀起一瓢浊水递出去，那人不是自己喝水解渴，而是暴殄天物地用这水来洗刷马鼻，这户人家的两个孩子都远远地看着一人一马，眼神炽热。在这儿，有把铁刀就更容易活下去，至于有匹好马骑乘，就是一件很奢侈的事情了，有靠山还好说，否则等同于在脸上写有“跪求一死”四个大字。脸庞年轻、头发却灰白的骑士递还葫芦瓢的时候，斜着眼瞥了一下两个孩子。同样是看刀，倒马关那儿有个稚童，是为了心中那个干干净净的江湖梦；这里的孩子，是想着被人杀时如何杀人。两者有天壤之别，但没有对错之分。牵马离去前，他从鼓囊囊的钱袋子里掏出一块分量很足的银子丢出去。那汉子接住了银子，使劲儿咬了一口，朝他咧嘴一笑，眼神中没有什么感激。

没多久，汉子喊上村子里的二十几号壮年男子，提着家家户户不能少的木质长矛，还有些壮实的妇人和稍大的孩子也不甘落后，气势汹汹地截住了那不小心露了黄白物的外乡游子。说是拦截并不准确，因为那家伙出了村子没多远就停下了马，好似一直在等他们。他将钱袋子往身前的空地上轻轻一扔，用地道的北凉口音说了一句：“不怕死，有本事，就拿走。”

如此一来，反倒没谁敢轻举妄动了。那一袋子银子当然诱人，只是这佩刀骑马的年轻游侠瞧着不像是容易被劫杀的短命货色。游侠见他们没动静，一夹马腹，马蹄轻轻踩地，前往那袋子银钱所躺之处。就在此时，一根木矛疾掠而出，被削得很是尖锐的长矛直刺游侠的胸膛。出矛之人是一名高大、结实的少年，矛术是少年用杀了无数只奸猾的沙鼠训练出来的，自是指哪儿刺哪儿，准头没话说。只是木矛凌厉，可惜那游侠不知如何动作，就掉转矛尖，轻巧地握住了木矛，除了不知所措的狠辣少年，其余的汉子、妇人都提矛后撤，以此跟少年撇清界线。佩刀游侠用矛尖刺透钱囊，策马缓缓朝少年而去。钱囊针织严密，滑落至木矛中段便停下。马蹄不重，却声声敲在流民的心口上。那见财起意的少年没有束手待毙，不退反进，面朝一人一马撒脚狂奔，不跑直线，如蛇扭曲滑沙。身形灵活的少年稍稍掠过马头半丈处，脚尖一拧，狠狠转折撞向马腹的侧面。游侠随意地伸手，握住了少年的头颅，将少年高高抛起，矛尖直指少年的腹部。

这时候，那些汉子、妇人的身后传来一声哀号，一个骨瘦如柴的女童跟跄着冲出人墙。游侠皱了皱眉头，长矛在空中倒画出半个圆弧。少年重重坠地，逃过了被自家木矛穿透而死的命运。他摔得不轻，但是晃了晃脑袋，竭力站起身后，将面黄肌瘦的小女孩儿护在身后，死死盯住马背上斜提木矛的游侠。

游侠丢掷出木矛，倾斜着钉入少年和女童身前几步处的黄沙中，目光越过少年的头顶，望了一眼那帮流民汉子、妇人，这才勒了勒马的缰绳，转身扬长而去。

皮包骨头到连生冻疮都无肉可烂的女童，呜咽着抱住与自己相依为命的少年。大难不死的少年双手颤抖着拔出长矛，把那个沉重的钱袋子扯到手上，打开绳结，只倒出一小块碎银子，然后就要把钱囊交给村里的长辈“分赃”。不是少年穷大方，而是别提什么独吞，就是稍稍要多了点儿，也都要挨一顿痛打。只是这一次，让少年感到意外，村子里的那三十几个男女，没有谁上前来接过钱袋子。少年不蠢，记起了游侠临走前的那一眼，显然是那位江湖高手让这些人不敢碰银子。少年早早没了长辈，哪怕没读过一天书不识一个字，也让这个世道教会了些人情世故，就用银子跟那些人买了斤两少到可怜的干肉和粗粮。

挥霍完了一袋银子，少年没有急于返回村庄，而是把仅剩的小块碎银交给妹妹，蹲下身，让她骑在自己的脖子上，缓缓站起身，提着那杆差点儿要了他性命的木矛。少年心中有些懊恼那个钱袋子也被人拿了去，他望向青苍城的方向，已经看不见那位游侠了。少年笑得灿烂，说道：“小草根儿，是银子哟。”

死死攥着碎银子的小女孩儿，下巴搁在哥哥的脑袋上，使劲儿嗯了一声。

那一骑赶在城门关闭之前进入了城墙破败的青苍城。这里没有关牒一说，能活着就是最大的关牒，谁管你的姓氏、户籍。在这座城里，你是张巨鹿张首辅都没用，是皇帝的儿子也一样没用，恐怕只有北凉那姓徐的，才能说话作数。

游侠进城以后，高坐在马背上，打量四方。这座城跟北凉辖境内的城池的确不像，这跟是富饶还是贫苦没什么关系，倒马关也穷，但倒马关内的人活得安稳、自在；而青苍城内的大街上，其实不乏身着锦衣的阔绰汉子，不过人人自危，相互打量，都戒心深沉，而且少有落单的游人，多是成群结队。一些蹲在街边闲来无事的地痞，也不似中原地头蛇那般懒散，给人半死不活的感觉，此刻抬头看他的几伙人，就是一个个凶光四射，似乎一下子就计算出了他一马两刀以及一身家当能卖出多少银两，也掂量出了到底该不该为这份横财去拼命。在这种人人似豺狼的险恶地方，如果丢入一个吟风诵月的读书人，恐怕就是被乱刀砍死的下场了。

游侠轻轻抬头，看见了那栋城内最为高耸的狼烟箭楼。十数万名流民，将近二十年，只有四个人杀出一条血路自封为王，其中三人分别占了凤翔、临谣、青苍，割据自雄。最后一个“藩王”在临谣、凤翔两座旧军镇之间，成立了一个养活了近万人的门派。手握青苍的这一位，因为常年被北凉游骑钝刀子割肉，势力最为疲弱，不过性子也最为暴戾，本名蔡浚臣，曾经是位在离阳江湖上不入流的剑客，后来在这边侥幸出人头地，就给自己起了不伦不类的绰号，又酸又长，叫什么“千霜万雪梨花剑”，一有成名剑客莅临，就会被这位青苍之主“请”去切磋剑术，然后那些剑客就没有然后了，那些佩剑都成了蔡浚臣的珍藏玩物，遇上烦心事，就喜欢往女子身上种满名剑，美其名曰“一树梨花”，可见这位被本地流民尊称为“西夏龙王”的城主“风雅”得很。

游侠顺着视线中的狼烟箭楼一直往西行去。蔡浚臣的“龙王府”在城的最西面——没法子，青苍离东面的北凉最近，蔡浚臣弃城跑路的时候能更快一些。“西夏龙王”口口声声说总有一天要带兵打到那座清凉山，谁信？恐怕蔡浚臣自己第一个不信。

青苍城内的“龙王府”囊括整座西城，按照京城形制，也分出内宫城外“皇城”，所谓的“皇城”城墙也不过是高两丈有余的红漆城垛，不过城内的一些殿阁倒还真是花血本贴满了明黄色的琉璃瓦，好不容易有那么一点点帝王人家的气势，又都被高低不一的箭楼毁得一干二净。青苍城内每次有人造反，“皇城墙”都是被轻轻松松一翻而过，然后就是这些刺猬般的箭楼建功。不过这类揭竿而起，撑死了就是两三百号人，甚至不如流民聚集之地的一些马贼混战。这一骑在距离“皇城”大门还有一百丈时，就被拦路设卡的一队皮甲步卒截下，步卒持有难得一见的鲜亮铁矛。为首的是一位校尉模样的佩刀壮汉，穿有一件旧南唐样式的铁甲，他瞥见那胆肥家伙的两柄佩刀后，就再挪不开滚烫的视线，朗声大笑道：“有贼子擅闯皇城，儿郎们，就地格杀！”

二十余名持矛步卒呼啦一下就冲杀过去，没任何阵形可言，但胜在身形矫健，悍勇无比。

那校尉突然厉声喊道：“等等！”

步卒们硬生生地止住步伐，汉子抽刀，指了指那名游侠，嘿嘿笑道：“小子，刀是好刀哇，死前给爷说一说你佩刀的名字。抢名刀不比抢娘儿们，娘儿们可以不用管姓名的，爷虽不懂怜惜娘儿们，却是爱惜好刀的汉子。”

游侠笑道：“一柄绣冬，一柄过河卒。”

身披旧南唐甲胄的校尉咀嚼了一下两个名字的意思，也没嚼出什么“山珍海味”，倒是觉得不太讲究，主要是太不能吓唬人了。有些失望的校尉提起刀尖指了指游侠，二十余名持矛步卒一哄而上。马上的年轻人神情自若，右手食指轻轻叩击紧握马缰绳的左手手背，就在步卒即将出矛将一人一马戳成刺猬的时候，有一骑突然从“皇城”出来，一声雷鸣大喝试图阻止步卒的冲杀，不过仍有两名矫健的步卒收手不及，迅猛地递出了铁矛，然后这两名守城卒子就砰然一声，连人带矛往后倒飞出去，好似胸口被一根巨力羽箭穿透，炸出一大摊血水来，坠地而死。那校尉有些眼力见儿，还算识货，游侠的这一手杀人于无形的技艺，证明游侠是一名武道小宗师，若不是，他就把自己的眼珠子挖出来。他拨转马头，对那名从“皇城”大门策马奔出的将领恭敬地低头抱拳道：“末将见过征东大将军！”

被尊称为“征东大将军”的中年将领有意无意地瞥了一眼游侠的脸色，察觉那人的嘴角有一丝冷笑，于是老脸一红。他这个大将军，自然是野得不能再野的路数，青苍之主蔡浚臣给他封的官职，封赏功臣，给些什么二品、三品的官职头衔，反正不要蔡浚臣半枚铜钱。除了他这个征东大将军，还有安西、镇北、巡南三个大将军，反正凑足了东西南北。青苍以东，可就是那北凉，所以征东大将军贺大捷这些年一直没少被同僚、政敌取笑，都说等着他去北凉那边取得大捷。贺大捷名义上是大将军，手底下其实也就一千五六百的兵马，披甲的士卒不占半数。贺大捷没有理睬那哪壶不开提哪壶的守城校尉，神情凝重，朝游侠一抱拳，竭力平静地说道：“我王想请公子入宫一叙，公子意下如何？”

游侠点了点头，依旧没有已是涉足龙潭虎穴的觉悟，双手握住马缰绳，望向城门处。轻巧的马蹄踩踏在青玉石板上，声音异常清脆。贺大捷跟在这一骑身后，神情复杂，心中翻腾起惊涛骇浪。此人才进城时，就有密信传入“龙王府”，把他们那位夜夜笙歌不早朝的青苍王吓得不轻，赶忙踹飞身畔几条赤条条的嫩滑躯体，滚落下床，披上一件粗制滥造的“龙袍”后就要召开朝会。城里除了贺大捷，还有一位“巡南大将军”蒋横，加上“王后”和“文武百官”，对着一幅画像争执不休。蒋横执意要将这位昔日的北凉世子殿下先宰了再谈其他，这等机会千载难逢，过了这村就没这店了，反正北凉新王本就有意要拿十几万流民为老王陪葬，横竖都是一个死字，杀了画像上的那厮，退一万步说，即便惹恼了北凉铁骑，大不了带着这颗头颅和数千精锐士兵逃往北莽南朝。蔡浚臣特地问过了青苍掌管谍报系统的心腹，询问北凉是否大举陈兵边境，得到的答案是否定的，画中的男子是单枪匹马出凉州的，只身一人进入了青苍城。这让胆小、谨慎的蔡浚臣越发吃不准了，难道这家伙活腻了，真以为靠着北凉王的身份就可以在流民聚集之地“以德服人”，要他蔡浚臣脱了才穿上没几年的“龙袍”纳头便拜，心甘情愿地给一个嘴上没长毛的愣头青当狗腿子？蔡浚臣禁不住大多数文武臣子的怂恿，一咬牙，下定决心让“龙王府”上高手尽出，带上两千铁骑，定要叫那小子今日毙命于“皇城”门口。不过“王后”和贺大捷都不赞同，说那姓徐的放着位列离阳藩王之首的北凉王不做，跑来青苍城总不会是找死这般简单，就算没安好心，孤身一人，在剑戟森严箭楼林立的“龙王府”也掀不起风浪，不如见他一面，且听他有何打算再做相应的权衡，有百利而无一害。结果贺大捷被一位“老臣子”甩脸子骂成妇人之仁，所幸有“王后”撑腰，才得以骑马出宫，迎来这位新北凉王。

过了城门，还有一道“宫门”，徐凤年突然笑道：“贺大捷，听说你还有方才那个守门校尉杨润玉的爹杨游学，以前在南唐时都是如今的北凉步军副统领顾大祖的部下？”

贺大捷如临大敌，小心措辞，说道：“陈年往事不值一提，顾老将军当上了北凉的大官，自是好事，却也轮不到本将去道贺。”

徐凤年轻声笑道：“北凉的步军副统帅，不过是从二品而已，只有燕文鸾跟袁左宗才跟你的‘征东大将军’品秩相同。说到庆贺，该是顾大祖来给你庆贺才对。”

被挖苦的贺大捷冷哼一声。

“宫门”大开，走出十几号人，官补子所绘不是仙鹤锦鸡就是麒麟狮子，居中的人竟然不是蔡浚臣，而是一位穿戴凤冠霞帔的贵妇人，母仪天下的风范不好说，那些挂满全身的拇指般大小的珍珠，总让人觉得很值钱。这一伙气势汹汹的家伙，要是在离阳，仅凭这一身服饰，就该被抄家灭族了。“宫墙”内建有两栋箭楼，很快就有人弯弓射箭，给徐凤年来了一记下马威——是失传多年的西蜀连珠箭，母子连心箭，两箭长短不一，射向徐凤年。母子箭在西蜀连珠中不过是入门箭技，徐凤年拂袖先后接下两根羽箭，横在胸前，一寸一寸折断，随手丢在地上，号称青苍第一号高手的“巡南大将军”蒋横抽出刀，走下台阶，大摇大摆地向徐凤年走来。

徐凤年转头对贺大捷笑道：“这就是你们青苍的待客之礼？”

贺大捷板着脸说道：“是敬酒还是罚酒，得看本事而定。”

徐凤年笑了笑，翻身下马。蒋横如同一匹脱缰的野马，滚刀直撞而来，气势不可谓不凌人。只是当他与年轻的北凉王相距三丈之时，众人就见着了匪夷所思的一幕：蒋大将军刀法如虹，既好看又杀气腾腾，分明先声夺人占了上风，可这还没把刀子往那新北凉王的身上招呼呢，咋就身上开始冒出一条条涌泉似的猩红血柱子了？这可是形如战马撞入刀阵的凄惨场景啊。旁人觉得莫名其妙，“巡南大将军”自己更是如坠云雾，叫苦不迭，赶忙刹住了无异于自杀的刀势，就要果断后撤避其锋芒，蓦地身上被无影无踪的尖锐利器戳出了六个窟窿，他都不知道跟谁诉苦去，莫非眼前双手插入袖中分明离腰间双刀还有两尺距离的年轻人，是一位精通袖里乾坤的暗器高手？蒋横本来想着给“龙王府”争一些颜面，青苍才好跟那北凉讨价还价，这下子绝了这份念头，就想着先退回去止血才是头等大事。不过眼前一花复一黑，“巡南大将军”这辈子就彻底没下文了。徐凤年一手提着蒋横的脑袋，一手扯住无头尸体的衣领，斜着向上重重一抛，砸向了射箭之人所在的箭楼，顿时围栏碎裂。徐凤年身后的“征东大将军”贺大捷咽了一口唾沫，难免兔死狐悲。他与蒋横向来不对付，只是蒋横刚和新北凉王打个照面便横死了，下一个应该就是他这个还没有达到小宗师境界的贺大捷了。

徐凤年丢出蒋横的头颅，头颅恰好一路滚到台阶底，他微笑着说道：“敬酒不吃，偏偏喜欢吃罚酒。”

贺大捷脸色难看，默默下马。

徐凤年清了清嗓子，缓缓向前走去，说道：“让蔡浚臣滚出来，本王这趟入城，已算给足你们青苍面子，给脸不要脸的话，下场将和蒋横一样。”

一国皇后装束的妇人抬起手臂，身后的“宫门”处拥出不少于两百名甲士，在台阶下结阵而站，“宫墙”之上几乎同时冒出密密麻麻的弓箭手，也有十几位江湖气味很浓的老者汉子守在妇人的身旁，“龙王府”精锐倾巢而出。

徐凤年环视一周，“皇城”的城门已经关闭，城门外也有数百名甲士持矛蜂拥入城，看来是打定主意摆好阵仗来一出兴师动众的“关门打狗”了。

那妇人推开一名小心护在她身前的高手扈从，瞥了一眼抵在台阶底部的头颅，抬起头，娇媚地笑道：“北凉王，青苍的待客之礼不算小了吧？本宫最敬重英雄豪杰，你要是还能接下，本宫亲自侍候你沐浴更衣如何？”

徐凤年勾了勾手，示意“龙王府”的高手尽管出招儿。

头一批三十几名甲士围杀而来，徐凤年双手环胸，无动于衷。

哗啦一声，只见头三十几颗头颅被高高抛起。第二拨甲士来不及停顿，又是头颅腾空飞起。这两拨人，就像是被顽童打旋挥刀割稻谷般，脑袋都被人从肩膀上割下了。

那瞧着如青楼花魁的美艳妇人也是真的心狠手辣，俏脸上没有丝毫惊惧的神色，发号施令道：“继续冲杀，所有校尉各自抽刀督阵。擅自后退者格杀勿论，事后灭族！今日摘得首功之人，可得巡南大将军蒋横的一半家产。”

徐凤年闭目凝神。

三拨甲士悉数尸首分离后，后面的甲士也学聪明了些，围杀之阵越来越稀疏，只是仍逃不过掉脑袋的命运。好在阵亡的人数很快就被“宫城”内的甲士补上，“宫城”与“皇城”之间的广场上，目前还是甲士越来越多的趋势。

一名蓄了山羊胡须的老剑客凑近了妇人，轻声禀告道：“王后，应该是江湖上极为罕见的飞剑术，老朽若是没有看错，与那吴家剑冢的飞剑术有几分相似。”

妇人皱了皱眉头，说道：“不管什么飞剑不飞剑的，本宫只想知道这样的送死何时是个尽头？”

老剑客用余光瞥了一下妇人胸口处那一大片白花花的光景，喉结微动，言语仍旧毕恭毕敬。

“此子内力修为比之上乘飞剑术，并不算惊世骇俗，老朽猜测，战死个两三百人，也就是这厮的强弩之末了，届时王后娘娘让外家高手一顿蛮横冲杀，约莫就能建功了。”

“王后”嗤笑道：“仅是外家高手未必够看吧？本宫觉得还得你毛老爷子这样的剑术名家帮忙掠阵才行。”

身形矮小干瘦的年迈剑客讪讪笑道：“王后所言甚是，为王后排忧解难，毛碧山赴汤蹈火在所不辞。”

有一名背负长剑的魁梧男子跨过“宫门”的门槛，走到妇人身边，跟同被“龙王府”倚重的毛碧山一左一右地站着，沉声说道：“王后娘娘，吴家剑冢的飞剑术通神入玄之后，无须太多内力支撑，心念一起飞剑便至，如此送死并不明智。”

毛碧山啧啧道：“呦，顾飞卿，你何时对那秘不外传的吴家飞剑术都如此了解了？莫不是这些年你藏了拙，其实不姓顾，而姓吴？与‘桃花剑神’身世相同，是剑冢里某位剑仙的私生子？”

顾飞卿都没有正眼看这个当年被一座道教名山驱逐出宗门的老头子，平静地说道：“顾某只是传达唐大供奉的原话。”

一听到“唐大供奉”这个称呼，毛碧山立即噤若寒蝉。

青苍当下掌权的人，都清楚蔡浚臣能够自立为王，归功于那位善于自荐枕席的“王后”虞柔柔，蔡浚臣这二十年里从一名无依无靠的流民做起，先后给四位豪强当过手下，靠着虞柔柔的“夫人邦交”，每次都深受器重，然后每一次在羽翼丰满后就果断背叛，在言语无忌的流民聚集之地，一直流传着“千霜万雪梨花剑，四姓家奴卖妻汉”的说法。不过，若是只有一个腰肢柔软的虞柔柔，剑术平平的蔡浚臣也达不到今天的成就，多年以前他遇上了一位姓唐的贵人，这位贵人所学驳杂，武道境界更是深不可测，原先的青苍城主阮山东，如果不是姓唐的悍然出手，在最后关头将其擒拿，蔡浚臣差点儿就反叛不成反被宰，这尊大菩萨被这对夫妇尊为老供奉，最近几年已经不再出手。除此之外，“龙王府”还有另外两位供奉，修为深不见底，例如毛碧山已拥有临近二品小宗师的境界，每次见到三位与自己年岁相差极大的供奉，都要心生畏惧。

徐凤年睁开眼睛，伸手一探，驭气抓过一根铁矛。他已经没了耐心，要“闯宫”了。

在流民聚集之地，你若只会杀人，干不成什么大事，但不会杀人，则是什么都不干不成。

当徐凤年持矛走向“宫门”时，台阶下的甲士的呼吸显然变得急促了许多，所幸“龙王府”的女主子——“王后”虞柔柔没有眼睁睁地让他们去送死，柔媚地笑道：“既然北凉王要入宫，那本宫就先给北凉王让道了。”

包括毛碧山在内的十几位江湖鹰犬都小心翼翼地护着“王后”，主动让出一条入宫的道路。徐凤年走上台阶，径直跨过门槛。虞柔柔望向这个英俊男子的背影，嫣然一笑。

“宫内”的广场以乌青巨石铺就，墙脚根种植了两排低矮的桃树，不知是什么品种，花期竟远远早于江南的桃树，树形矮小，却开大花，花色也不是中原常见的粉红，花丝洒金泛紫，花枝袍红，跟乌青砖石形成鲜明的反差。依稀可见，桃树上挂了许多把剑鞘。

等徐凤年走入广场，那位“母仪青苍”的“王后娘娘”就坐在那道门槛上，斜靠枢柱，长裙拖曳在地，侧头笑眯眯地望向这个堪称愣头青的新凉王。毛碧山和顾飞卿瞅着“王后”的行为，有些惊奇，他们都不相信“龙王府”就这么跟北凉低头了。虽说两人都是“龙王府”里颇有地位的客卿，但是很少接触机密要事，这并不奇怪，便是毛、顾两人也觉得天经地义。一家之主花钱买条狗是来看家护院的，不是要它来掺和家务的。

徐凤年走到广场中央的一块巨石上，用铁矛的底端敲了敲砖石，敲击声铿锵有力。从“金銮殿”中仅仅走出一名身着羊裘头戴狼帽的高大老者，徐凤年仍然没能看到蔡浚臣的身影，于是抬头看着那双手空空的老人，说道：“唐华馆，离阳赵勾名列前茅的老谍子，精通练气跟剑阵，听说阮山东就死在你的手里。”

被揭穿隐蔽身份的老者遥望徐凤年，朗声说道：“阮山东不过是北凉幕僚李义山安插在青苍的奸细，死有余辜。”

一丛绚烂的桃花剧烈地摇晃了一下，一个人从树上重重地跌落下来，这位不修边幅的魁梧汉子席地而坐，在往下坠的过程中不小心扯落了一把剑鞘。他用剑鞘挠了挠头，然后用不太流利的青苍方言骂骂咧咧：“唐华馆，吵什么吵？老子最烦你们这种杀人之前唠唠叨叨的人，搞得跟遇到了老相好似的。要打就赶紧的。”

徐凤年瞥了一眼那中年男子，皱了皱眉头。那人认得他徐凤年不难，可北凉的谍报上一直没有关于此人的确切消息，徐凤年仍是猜出了此人的身份，这让他感到有些棘手。北莽之行，拓跋春隼让徐凤年吃足了苦头，但是徐凤年印象最为深刻的人还不是拓跋菩萨的小儿子，而是一个叫种檀的世家子，他当时身边有公主坟出身的女子假扮贴身侍女，徐凤年领教过她那大开大合的写碑手。种檀的父亲正是北莽十二位大将军中的种神通，叔叔则是北莽十大魔头中实力仅次于洛阳的种凉，种神通不可能放着大将军不做来青苍城小打小闹，那就只能是在北莽江湖里排名忽高忽低“看自己心情”的种凉了！

种凉是北莽有名的风流人物，放荡不羁，在武道攀登上，能轻轻松松赢下十大魔头中前几名的顶尖高手，却也敢随随便便地输给排名靠后的一些“软柿子”。眼前的种大魔头跟被徐凤年所杀的种大魔头的小侄子种桂有七八分像，不过跟种大魔头的大侄子种檀更像。洛阳曾经亲口说过，她身后的九个魔头，也就种凉能入她的眼。

徐凤年转过身，望向那胡须茂密的魁梧汉子，笑着问道：“种凉？”

汉子咦了一声，没有否认，而是问道：“你怎么认得我？”

汉子一拍脑袋，恍然大悟般道：“种桂其实是被你上回去北莽时顺手杀的？

难怪我上回瞅着那尚未过门的女子就觉得不对劲。”

两人说别人听不懂的话的时候，既是青苍城唐老供奉也是离阳赵勾大谍子的唐华馆默默蹲下身，一只手的手掌撑住地面。徐凤年则陷入沉思，对唐华馆的动作视而不见。

流民聚集之地粗具雏形的时候，群雄割据主要是以北凉原有家族的姓氏为依托，迅速拧出一个个政权，接下来就是一场混乱至极的窝里斗，于是大批如青苍旧主阮山东这般有强大技艺傍身的豪横武夫走上舞台，大鱼吃小鱼小鱼吃虾米，比较小的势力都被吞并，由动荡趋于安稳，紧接着又遇到无形的瓶颈，再无法扩大“疆土”。阮山东这类莽夫，在很多人看来武道修为不俗，却输在了短于谋略，结果长袖善舞更擅长处理政务的家伙们应运而生，蔡浚臣便是其中之一。要说技击之术，毛碧山、顾飞卿能轻松宰掉几十个蔡浚臣，到头来寄人篱下的却是毛、顾之辈。不过，也不是说就没有武学修为跟城府算计兼而有之的流民首领，其实阮山东并非外界所传那般欠缺手腕，只是青苍北靠北莽南朝，东临北凉，西面又有几大股势力心怀不轨，夹缝之中，处境尤为艰难，不说其他，就说目前“龙王府”里三大供奉中的两位，一个是赵勾元老，一个是北莽魔头，就知道青苍的局势是何等复杂难测了。徐凤年很清楚，师父李义山一手造就了十数万名流民“螺蛳壳里做道场”的格局后，这些年始终盯着局势走向，被这位谋士视为大千世界里的一方小世界，冷眼旁观那蚁民争利于蚁穴。世间百态，光怪陆离，李义山在听潮阁的顶楼一览无余。关于流民的动态，李义山曾亲笔撰书《知秋录》，详细阐述众人众事的兴衰得失，以便徐凤年这个读书人可以“一叶知秋”，见微知著。李义山在春秋谋士中因手段阴毒而一直被认为比纳兰右慈、赵长陵等人略逊一筹，得了“毒士”的绰号，甚至很多北凉老将把当初大将军不肯自立为帝与离阳划江而治，归咎于赵长陵死后得以顶替的李义山太过鼠目寸光，至于真相如何，恐怕也只有黄龙士、元本溪、纳兰右慈这几个人知道，也才有资格对李义山盖棺论定。

徐凤年有些感慨。春秋之后，神龙见首不见尾的黄龙士盯上了西楚，坐拥天时、地利、人和的元本溪则着手为两辽布局，没有后顾之忧的纳兰右慈解决南疆蛮夷，四面楚歌的李义山则在“放养”十数万名流民，四人的谋略孰高孰低，恐怕还得再等些年月才能见分晓。

这才是真正的神仙打架！

种凉出声打断徐凤年的思绪：“姓徐的，小心些，唐老儿近身肉搏是个废物，但是跟他相距十丈外，由着他使出‘天花乱坠’的驭剑术时，不说指玄境高手，便是我应付起来也有些吃力。”

见徐凤年看向他，种凉很快笑道：“我之所以跟你说这个，是因为怕你不小心早早死了，我没脸拿你的头颅回去跟陛下讨要赏赐。”

在襄樊城外的芦苇荡一役中，九斗米道的魏叔阳曾经以道门剑阵破去符将红甲，这门另辟蹊径的神通，便是吕祖也称之为一桩有心人“别开洞天”的趣事，自然不容小觑。

徐凤年轻轻呼出一口气，拭目以待。

种凉站着说话不腰疼，不花费一文钱在那里装好人，可徐凤年不敢掉以轻心——鹬蚌相争，渔人得利，种家大魔头只要能在青苍城杀了他，不管采用何种手段，对北莽都是大功一件。所以徐凤年既要留心唐华馆的驭气剑阵，又得注意提防种凉的乘人之危，况且“龙王府”还有一位供奉老爷迟迟不肯露面。唐华馆单手按住地面，缓缓拔起，桃树上的剑也因此开始摇摇欲坠，树枝所悬的四十余柄无鞘剑的剑尖无一例外地对准了身处广场中央的不速之客。唐华馆空闲的那只手开始掐剑诀，换诀如擘箜篌，令人眼花缭乱。徐凤年自打在幽燕山庄亲身领教过南海观音宗那批人间仙士的身手后，对练气一途就上了心，唐华馆此时凝气敕鬼的手法应该是地肺山一脉的古老道门绝学“无声雷”，唐华馆的五指间紫电缭绕，不过比起柳蒿师当初孕育出来的“雷池”自然差了许多，但仅凭这一手，在青苍城当个供奉已是绰绰有余。

照理说，练气士就是一架攻城的投石车，远攻威势不可匹敌，找机会跟他们贴身肉搏才是正法，一味挨打的话，只能疲于应付。徐凤年泰然自若的提矛架势，让门槛那边的虞柔柔等人有些不屑，把他当成了空有修为却不知江湖深浅的雏儿。只是外行看热闹，看门道的行家高手如种凉，脸上可没有什么讥讽的笑意，这让最擅长察言观色的“虞王后”有些吃不准了。

毛碧山跟顾飞卿都是在流民聚集之地的血水里滚爬出名堂来的剑客，比中原的剑侠更有实力，此时见识到唐大供奉手指绕雷的奇异景象，难免有些咋舌，两人一时间顾不上以往打交道时的钩心斗角，毛碧山轻声问道：“那小子就这么眼睁睁地看着大供奉蓄势到巅峰，如此托大，是有所依仗还是懵懂无知？”

顾飞卿语气凝重地说道：“这位藩王恶名在外，可既然能让那‘小人屠’自己主动离开北凉，他则顺利世袭，我想怎么都不会是外界所传的浮浅之徒，前者的可能性更大些。唐大供奉手法玄妙不假，北凉王未必就没有一战之力，甚至连胜负都不好说。”

毛碧山也回过味儿，捻须点头道：“确实，只要脑子没被驴踢伤，谁都不会跑来青苍送死。想来姓徐的要么暗中有高手策应，要么是真的修为高深，不只是先前的驭剑术，撒手锏还在后头。啧啧，真没想到‘人屠’自己不过拥有二品武夫的小宗师境界，倒是生了两个好儿子！嘿，要我说啊，既然有了这份天赋，加之有听潮阁这座武库，做什么吃力不讨好的北凉王？去江湖上闯荡多好，还能让赵家皇帝放心，说不定赵家皇帝一高兴就赐给他‘天下第一’的金字牌匾了。王老怪不是喜欢自称第二吗？如此一来，两人都得偿所愿。”

“虞王后”听到这种无知的话语后翻了个白眼。她姿容出彩，翻白眼也能翻出一种诱人的韵味来。毛碧山瞅见了“王后娘娘”的“媚眼”，真真是差点儿就魂飞魄散，挪了挪脚步，又靠近大门几分。女主子坐在门槛上，毛客卿从高处低头望去，女主子胸口那被挤压出来的沟壑尤为清晰。毛碧山这辈子对女子的嗜好虽说比练剑还要割舍不下，但还没有到见色忘命的地步，对于此时在他眼皮子底下“春光乍泄”的青苍的“王后娘娘”，也就只敢过过眼瘾，虞柔柔便是脱光了站在他面前，他再眼馋、嘴馋，也不敢真去染指。这便是世间比什么剑术都要厉害的权势了，毛碧山很晚才知晓这个道理，大彻大悟，这才宁为鸡头不做凤尾，不在旧东越老家跟人争什么州郡内排名多少的江湖高手，而是跑来流民聚集之地给“龙王府”做打手。

剑尖直指提矛年轻人的无鞘剑终于挣脱束缚离开桃树，由东西双向压向广场中央，挂剑纷纷离枝，割起许多淡金泛紫的花瓣，好看极了，四十余柄剑的光华与唐华馆手掌上的雷光萦绕有异曲同工之妙。徐凤年有些遗憾，邓太阿所赠的飞剑有几柄被“人猫”销毁，十二时辰有了缺漏，他的雷池剑阵也就少了许多威力，否则别看唐华馆的招雷剑阵如何气势汹汹，徐凤年甚至不用铁矛就可以岿然不动，以剑阵防剑阵，必定是他的“盾”更为坚固，赵勾老谍子的“矛”无功而返。其实十二柄灵犀剑冢飞剑的精髓不在飞剑本身，而在每一柄剑所蕴藏的剑意秘术，这是他在敦煌城的楼顶于昼夜交替之时，观那朝霞的光辉寸寸推移入城时偶然悟出的，之后又在黄河龙壁后得大秦古剑，十二剑剑剑通神如意，毁了几柄飞剑再造就是，虽说跟观音宗练气士宗师“滴水”以及那卖炭妞有过一个约定，需要用那与木马牛相同的材质交由幽燕山庄铸造八十一符剑，按理说就算不去动用陵墓里的用来殉葬的古剑，在芦苇荡和铁门关截获的符将红甲人也可以削下些许，一样可以用来铸剑，以便补齐十二之数。只是徐凤年另有打算。徐凤年在凉州数次进入隐蔽至极的北凉机造局，先后以世子殿下和新北凉王的身份下令让机造局的人放下手头的所有事务，在墨家巨子的带领下倾尽全力开展了一项浩大的工程，竟连区区几两重的符将红甲都不愿意“浪费”在铸造飞剑上。只是，这桩秘事二姐跟褚禄山都无权过问，原本跟墨家巨子有几分师徒之谊的徐渭熊自从入主梧桐苑后，就彻底脱离了机造局，将机造局转交给了从小就喜欢去机造局玩耍的徐凤年，自然也就无人知晓年轻藩王的谋划。

别看徐凤年这几年只练刀养意，顺带偷师练剑，可身边除了有“枪仙”王绣的女儿，有刹那枪，还有徐偃兵跟韩崂山这两位枪法可排在天下前三名的高手，耳濡目染，一根铁矛在手，那也是呼啸成风，有雷霆万钧之势，每一次出矛，都能直接砸碎一柄近身的利剑，四十余柄敕雷符剑在铁矛的一击之下竟脆弱如纸糊一般，唐华馆表情凝重，“王后”虞柔柔跟毛、顾两位客卿都大开眼界。种凉犹是老神在在，身边的桃花被剑气牵扯撕裂得漫天飞舞，他就随手拈住身前的几片花瓣丢入嘴中咀嚼，然后种大魔头看见一柄剑被铁矛挑向自己的头颅，满嘴桃花的北莽高手含混着嗤笑一声，任由沾染符箓气息的飞剑直直地刺向自己的头颅。不承想，在剑尖即将抵住种凉的眉心之际，他不但没有任何动静，而且没有半点儿气机流转，飞剑竟滴溜溜一转，欢快如飞燕还巢，在种凉双肩的肩头处不断回旋，直到剑上的灵气消散，才颓然坠地。这一点，不说虞柔柔以及毛碧山、顾飞卿两位用剑高手，恐怕连练气士唐华馆都不能理解其中的玄妙之处。只有徐凤年心知肚明。江湖上曾经有个传言，南海有龙女，剑术已通神，一剑万里行。那绰号“卖炭妞”的赤脚年轻女子，就曾经在幽燕山庄显露了这么一手跟种凉雷同的“技艺”，当时连徐凤年剑胎圆满的飞剑都对其温顺异常，差点儿就要临阵倒戈，归功于那“卖炭妞”是百年一遇的“剑坯”，天生能让名剑亲近自己。徐凤年的本意是略微试探虚实，大致确认种魔头的斤两，不承想，种凉还真实诚，就这么大大方方地露底了，毫不掩饰他的“剑坯”天赋。

唐华馆嘴唇微动，默念咒语，双手往下一压，“龙王府”深处掠出第二拨飞剑，也就是五十几柄而已，徐凤年还真有小觑这剑阵规模的本钱，他曾跟幽燕山庄有过一场声势浩大的借剑之举，又以万千白雪做剑，唐华馆的剑阵本就是靠符咒起家，这在当今的剑道名家眼中自然更是雕虫小技。徐凤年小觑归小觑，但没忘记尝试着去偷学眼下传自龙虎山斩魔台的落幡厌劾之法，不过当时大真人齐玄帧是引下天雷做旗幡，镇压逐鹿山数尊天魔，唐华馆的厌劾术恐怕还不如莲花台上那场荡魔威严的千分之一。

当种凉瞧见被飞剑压顶的徐凤年的那一手弧枪术时，惊讶地咦了一声。当年四大宗师之一的王绣深入北莽腹地，如入无人之境，不知北莽多少豪杰死在王绣的四字诀下，崩拖两诀已是狠辣到了极致，第三诀的弧枪更是让当时的北莽江湖人士闻风丧胆。种凉游走江湖多年，武学尤其驳杂，自身又是武道天才，是北莽唯一被拓跋军神认为资质犹胜自己的江湖人物，可惜种凉生性放荡不羁，世人看重的物件，他少有看上眼的，不光对权势无爱，对于武道攀升也是跟着兴致走，这才让他没能跻身天下十大高手之列。

种凉用双手揉了揉眼皮，笑道："还真是王绣的弧字诀，好小子，学什么像什么，有我的风采嘛。"

种凉目不转睛地看了一会儿，转头对门槛那边的"王后娘娘"做了个索要一根铁矛的手势。

三弧成势，三势成小圆，三小圆成就一大圆，生生不息。当初王绣便以弧字诀跟同为四大宗师之一的符将甲人足足厮杀了三天三夜，据说王绣的最后一个弧囊括了方圆三里，飞鸟死绝，寸草不生。

弧枪不弧时我便死！

一直在流民聚集之地隐姓埋名的种凉破天荒地有些手痒了。

弧枪之中又挟有崩雷和拖枪两诀，唐华馆的横竖两剑阵很快就支撑不住了，徐凤年的最后一弧已经涵盖整座广场，虞柔柔等人只见得桃花随着浓烈的罡气疾速旋转，绚烂无比。徐凤年拧枪绕身，以北莽魔头端孛尔纥纥的成名绝学雷矛术，内用吴家剑冢的驭气术，外用王绣的崩字诀，丢掷向那位"龙王府"的唐大供奉。出矛之后，徐凤年眯起眼睛，有些匪夷所思，这位老供奉的狗急跳墙之举也太仓促了吧？别人狗急跳墙那都是为了逃命，这位赵勾老谍子竟是不要命地提起一柄剑，任由铁矛直接穿透腹部，再不要命地跃身提剑刺向徐凤年。

徐凤年侧身躲过那一剑，轻轻伸出一只隐隐约约绕红缠丝的手臂，按住唐华馆的头颅，往下一压，逼迫其跪在自己身前。

临死之前，七窍流血的唐华馆艰难地动了动嘴唇，眼中并无恨意，反而像是解脱了，老人轻声道出临终之言。

两个字。

"稚。"

"走。"

徐凤年一头雾水，那个被离阳用来剪除异己的疯狗赵勾，一大半的指挥权原本在皇后赵稚的一名亲戚的手上，难道是唐华馆这个老谍子得了赵稚的密令？可赵稚哪里是有着菩萨心肠的妇人？徐、赵两家的情谊，其实分为两份，一份是徐骁跟先帝，一份是徐凤年的娘亲跟赵稚，可这两份都已经在徐凤年上次入京时在九九馆外边烟消云散。何况流民聚集之地跟离阳赵室之间还隔着一个兵马雄壮的北凉，哪里轮得到赵稚来指手画脚？徐凤年蓦然心头一惊，他连天子的圣旨都敢拒收，虽然也无所谓赵稚的心机，但是也许算错了一件事，这让徐凤年感到一丝不安，不过此时也容不得他临时改变计划，大不了就用上最笨的法子，兵来将挡水来土掩，就看到头来谁是螳螂谁是黄雀了。

门口的顾飞卿抛了一杆铁矛给门内的种凉。种魔头掂量了一下，娴熟地耍出一记枪花，矛身颤出一个漂亮的弧度。种凉的气势骤然一变，不复先前那份万事不挂心头的闲云野鹤之态，他拖矛而走，矛尖在青砖地面上哗啦啦滑行。种凉的步伐并无规律，时急时缓，看似随心所欲，几个眨眼的工夫就一言不发地杀到了徐凤年的身前，手握铁矛的底端，笔直地抡出一个大弧，鞭砸向徐凤年的脑门儿。徐凤年不至于傻到双手托矛格挡，手中与种凉同等制式的铁矛斜撩画弧。横竖两矛一撞之下，徐凤年第一时间便将铁矛脱手而出，不去接下撞击给铁矛带来的冲劲，却也没有离手太久，不等铁矛被种魔头击落在地，转瞬之后便握住了仅剩气机“余韵”的铁矛。在外行看来，徐凤年始终握紧铁矛，硬碰硬地跟种凉来了一次交锋。徐凤年虽然耍了心眼儿，躲过了第一拨在铁矛上如洪水倾泻般的凶险气机，可是种凉赋予铁矛的雄浑内力出人意料的巨大，徐凤年握住铁矛之后，不得不抖腕使出崩字诀震散矛上的残留气机，只是高手过招，少有“枪仙”王绣跟符将甲人这样没日没夜的纠缠厮杀，往往都是一步错步步错，胜负立判。

徐凤年使出崩字诀后才卸去自己铁矛上的劲道，种凉就继续以王绣竖弧之势咄咄逼人，迫使没有回旋余地的徐凤年继续保持横拿着矛的防御姿态，再次硬扛下这一弧。只是上次是徐凤年取巧，这回轮到了种凉取巧。是弧字诀不假，矛尖却因崩字诀而炸出了一大团罡气，种凉手中坚硬的铁矛本就弯曲出了一个让人无法想象的柔软的半圆形，矛尖恰好指向了徐凤年的额头，相距一尺，罡气长达一尺，丝毫不差！徐凤年要么全盘接下铁矛弧字诀带来的冲劲，要么涉险尝试以袖中的飞剑破去崩字诀的罡气。徐凤年毫不犹豫地选择了前者——在一名“剑坯”面前炫耀驭剑术，无异于班门弄斧。徐凤年退而求其次，身形倒滑的同时微屈双膝，以此卸去种凉弧矛泻下的磅礴气机。种凉手持铁矛，不急于痛打落水狗，仅是如影随形，始终将矛尖搁在离徐凤年眉眼一尺的地方，甚至没有立即使出立竿见影的崩字诀，罡气欲隐欲现，这位在北莽屈居第二的大魔头就这么肆意地嘲弄着徐凤年。

种凉之所以能轻而易举地拿捏出不输徐凤年的“枪仙”秘术，不仅是因为他天赋奇高，还因为他前年参加过一场在北莽举行的巅峰之战，对手正是天下十人之一的断矛邓茂！种凉对于枪矛技击的深切体会，跟近水楼台的徐凤年不相伯仲，不过徐凤年如今明面上才拥有二品内力，比起种凉差了一大截。种凉又不是那些关起门来做武夫文斗的“世外高人”，种魔头这辈子就一直在跟人打打杀杀，因此两人纯粹以矛对矛，徐凤年的落败是再正常不过的。

如果论天赋，徐凤年不如自握剑起便自认天下第一的羊皮裘老头儿，不如生平只会读书却读成儒圣的轩辕敬城，不如那个天生的剑仙坯子卖炭妞，还要输给种凉在内的这些江湖风流子。可说到玩命，徐凤年不说胜过他们，起码与他们平分秋色。

徐凤年从两棵桃树中退出，在即将背靠“宫墙”时不再后退，挽出一个小幅度的弧枪，似乎要拼死拦腰弧杀种凉。种凉云淡风轻得很，没有收矛，矛尖趁势“缓缓”往前推出半尺，竟然是如徐凤年一般一命换一命的亡命徒打法，仿佛此次咄咄逼人，志不在大获全胜，以至刻意隐藏实力，就在赌，赌徐凤年敢不敢跟他换命。徐凤年没有任何犹豫，弧枪照旧去势不减，不过与此同时，左手握住左腰所佩的绣冬——这柄白狐儿脸割爱的赠刀，算是最得徐凤年喜爱了，陪他一路走完了离阳、北莽两趟江湖。当走养意一途的徐凤年握住绣冬时，那就是一番截然不同的气象了，如同手无寸铁的“龙王府”二供奉变成了握着矛的种魔头。

种凉的眼神变冷了几分，体内的气机流转得越发迅猛了，随之泛起心念万千：到了换命的紧要关头，这小子仍旧不是想着逃命，而是生怕弧矛拦腰扫不死我，得给我补上一刀才放心？这小子莫不是真不把北凉王当什么藩王了，还真有与我同归于尽的决心？

种凉的眼神瞬间变得炽热，他再不含糊，矛尖的罡气似那被抛出炉子的熊熊炭火，在徐凤年的铁矛扫中种凉的同时，种魔头的矛尖连同罡气一起轰砸在徐凤年的眉心。电光石火之间，饶是武力值极高的种凉也横掠出去三丈，仍是没能全身而退，肩头被撕出一条深可见骨的血槽。种凉望向那个撞塌“宫墙”的年轻男子，下场比他更为凄惨，已经丢弃铁矛，刀却也归鞘，眉心一点猩红不说，双眼之间血肉模糊，而且有红丝如纤细的赤蛇从年轻男子的双袖攀附双臂再由脖子向上，从两鬓爬上眉眼，让人瞧着就倍觉瘆人。

种凉显然有些恼火，嘀咕了一句：“刀法有点儿像是顾剑棠半吊子的方寸雷，这附龙术，难不成是‘人猫’的指玄？”

种凉叹了一口气，用怜悯的眼神看向这个让自己有意外之喜的新北凉王，说道："早知道就再多出几分气力了，说不定你还能做得更好一些。可惜接下来没我啥事了。"

青苍之主蔡浚臣龟缩在"金銮殿"内，一手撑住金漆廊柱，一手攥紧悬于腰间的雕着龙的玉佩，神情紧张。他知道自己只是傀儡，三位供奉爷明面上都对他有求必应，可谁都没把他真当一回事。

蔡浚臣盯着一位笼着手的老人的背影——老者是府上的三供奉，南疆人士，精通药毒以及巫蛊术，不仅擅长杀人、救人，折磨人的手段更是层出不穷。蔡浚臣迄今为止都没搞清楚三位供奉的确切来历，青苍的谍报机构历来形同虚设，不是蔡浚臣不想在这一方面出死力搞好，而是力有不逮。

青苍在数个豪强势力的夹缝里苟延残喘，置办好数百套甲胄、军械就已经让蔡浚臣绞尽脑汁，而且对于一个乱世中的小王朝来说，真正考量国力的，有两件事较为直观——一项是养兵千日用兵一时的修武，即士卒的披甲数目。养兵是个无底洞，用兵更是，打了胜仗还好说，打输了血本无归，很容易拖垮一个割据自雄但是根基不稳的政权；再一项便是搜集军情秘事，这是一只吞金兽，许多密信上的只言片语，更是用鲜血和人命换来的。

先前"龙王府"的谍子头目信誓旦旦地说那名年轻藩王是孤身犯境，北凉不曾有大规模的兵马动作，蔡浚臣的本意是略微试探一番，然后就"王对王"，与北凉王一起坐下来享受醇酒、美人，好好谈上一谈，若是这位离阳王朝最年轻的王爷果真有诚意，蔡浚臣便不介意当个北凉治下的刺史，或者当个拥有实权的将军；如果他没有诚意，再撕破脸皮杀人也不迟。可惜先是唐华馆这老儿执意要动用那座算是"龙王府"最大手笔的符阵，然后是三供奉和骑军大将蒋横都附和，自称春秋遗民却操北莽口音的二供奉梁钟倒是一如既往的散淡性子，选择了袖手旁观。这就彻底打乱了蔡浚臣的如意算盘，他只能寄希望于殿外的徐凤年身死，最好是接下来北凉动荡崩塌，否则他就只能带上一股亲兵逃至更为贫瘠、荒凉的西域了。

蔡浚臣哀叹一声，转头回望了一眼那把金灿灿的"龙椅"，又转头踮起脚看了看殿外的光景，怔怔出神，然后蔡浚臣就一阵头皮发麻，艰难地转身，看到了素未谋面的三男一女——两名成年男子，一对少年少女。少年是个胖墩儿，此时正在宽敞的"龙椅"上打滚，似乎很享受滚"龙椅"的感觉；少女也不是什么美人坯子，相貌平平，好在一白遮百丑，若是搁在"龙王府"那些秀女、宫娥里，无女不愉的蔡浚臣都不会正眼看她一眼，少女正蹲在“龙椅”边上，一张嘴就狠狠地咬了一口，好像是在验证这把“龙椅”是不是由黄金打造而成。

蔡浚臣可以对这双顽劣的孩子不上心，那两名年纪相差约莫十岁的男子可就令他望而生畏了。

稍稍年轻的男子身材魁伟，生得“有目无珠”，说他是瞎子似乎也不准确。

那名男子的身侧站着一位身着北莽北朝服饰的矮小男子，留给蔡浚臣一个侧脸。他伸出一只手在抚摩“龙椅”，划抹得极为缓慢，似向往似讥讽。

穿着一身正黄色“龙袍”的蔡浚臣咽了口唾沫，别说出声呵斥，就是大气都不敢喘一下。

身材矮小的男子笑了笑，没有看蔡浚臣，而是轻声问道：“这把龙椅跟离阳金銮殿上的那把相比，是大了还是小了？”

蔡浚臣略通北莽言语，小心翼翼地答复道：“小了许多。”

男子点了点头，缩回那只抚摩“龙椅”的手，转过身面朝蔡浚臣，半边脸庞上伤痕交错，用拇指在脸上的伤疤上揉了揉。

看到这一幕，记起一个传言的蔡浚臣心头骇然，踉跄着往后退了几步。

传说北莽有个年纪轻轻的兵法奇才，出身北朝宗室，将游骑侵掠发挥到了极致，硬是以少量的兵力在东线打得离阳如今仍存活的两位大将军灰头土脸，最后胆大包天到驰援西线，跟当时势如破竹的北凉铁骑有过数次正面交锋，非但不落下风，还胜了几次，直到在一个叫赤金的地方被李义山往死里阴了一把，被一个同样精于孤军游骑的姓褚的胖子缠住，双方各自领兵三千骑，相互迂回，相互奔袭，互杀了整整八百多里路，到最后这位北莽宗亲身边不存一兵一卒，姓褚的也没好到哪里去，身边还剩八十余骑！那场震动天下的死战，虽然不足以对大局起到一锤定音的作用，但几乎让所有将军为之惊叹。

这个貌不惊人的男子，是最正宗的北莽皇亲国戚，慕容女帝同父异母的弟弟——慕容宝鼎！

“慕容半面佛”的称号，全拜如今的北凉都护褚禄山所赐。

慕容宝鼎不仅是兵法奇才，更是当之无愧的武道天才，不是大金刚境胜似大金刚境，金身不败媲美两禅寺的白衣僧人。

北莽橘子州持节令慕容宝鼎看出了蔡浚臣的怯弱，笑着问道：“认出来了？”

然后，这个身材矮小的男子指了指自己身边相貌清逸的无瞳男子，说道：“你该怕他才是，柔然三镇铁骑的共主——洪敬岩。”

洪敬岩？

虽说他被天下第一大魔头从天下第四的宝座赶到了天下第六的位置，可天下第六就不是高手了？

再加上一个同为天下十大高手之一的慕容宝鼎，这两人同时出现在青苍，意味着什么？

很怕死的蔡浚臣都已经有了生死有命的觉悟，脑子里只有一个念头——殿外的那个北凉王死定了。

蔡浚臣会有这种想法并不奇怪，在他看来，北凉军中的好手，“小人屠”已经叛离北凉就藩西蜀，做了逍遥快活的蜀王；袁白熊如今身为骑军统帅，位高责重，多半不会跑来流民聚集之地；听说老北凉王那个身为“枪仙”师弟的贴身扈从韩崂山，是做了陵州将军还是副将来着？蔡浚臣想到这里就有些兔死狐悲了，自个儿比起殿外的年轻藩王，下场不会好到哪里去。那个年轻人只身犯险，试图拿出足够的诚意来招安他，想法是不错，未必没有成功的可能，起码他蔡浚臣会对一州刺史或是将军而心动。在蔡浚臣看来，应该是某个谍报环节出了致命的纰漏，被北莽人知晓了天机，否则凉州到青苍这段短暂的路途，不足以让橘子州持节令跟柔然铁骑共主兴师动众到需要联袂而来，关键是踩点踩得如此之准。蔡浚臣心想：咱们青苍的谍报是块烂豆腐，你们财大气粗的北凉好像也没好到哪里去嘛。蔡浚臣一想到自己跟堂堂北凉王成了难兄难弟，心情都变得轻松了几分。

不过，当青苍之主看到大殿上发生的一幕时，一颗心很快就沉到了底。

那把“龙椅”被少女饿狗刨篓般咬了许多口后，她便没了兴致，站到慕容宝鼎身边，拎着一个织工精美的丝绸食囊，往嘴里喂着一块块从北莽南朝的闹市购置的糕点。胖墩儿像个脑子有问题的财迷，在“龙椅”上摸爬滚打拿捏敲揉，两眼放光，跳下“龙椅”后就想要将“龙椅”扛走。重达千斤的“龙椅”哪里那么容易被扛起？少年显然相当恼火，背对着蔡浚臣，浑身肥肉微颤的他摊开双手，猛然按在椅子边缘的两颗龙首上，一把金灿灿的“龙椅”瞬间就如冰雪遭到烈火的烧烤，迅速消融成一大摊金水，垫在台阶上的名贵毯子被灼烧得火光闪耀。金水肆意流淌，胖墩儿的靴子和裤脚都被焚烧殆尽，可他本身毫发无损。少年扑通一声狠狠地趴在地上，掬起一捧金水，露出贪婪的眼神。金水流下玉璧台阶的期间，原本要途经少女和慕容宝鼎、洪敬岩三人所站的位置，不过等少女冷哼一声后，以她为圆心，喧沸的金水眨眼就冰冻成了一圈金块！少女身畔雾气缭绕，透着一股泛青的霜雪寒意。她犹是气愤不过，大概是恼怒那同龄死胖子的财迷心窍，无视脚下那股温度不减的“龙椅”金液，径直踩出一连串小碎步，一脚踏在少年的屁股上，踹得胖墩儿整个人扑在滚烫的金水中。少年转头瞪了她一眼，很快就把脸转了回来，贴在地面上，双手欢快地不断把金水往脑袋上方搂。少女腮帮鼓鼓，嚼着有些硬的糕点，一脚一脚地踏在胖墩儿肥硕的屁股上，溅起金水无数。这些金水在半空中凝结成大小不一的黄金“冰块”，坠入金水后又消融，看得蔡浚臣跟白日见了鬼一般，脸色苍白——慕容宝鼎他们从哪里觅得了这么一对水火怪胎？有慕容“半面佛”跟洪敬岩两人就足以让青苍城翻天覆地，加上这么一对来路不明的精怪，别说小小的青苍城，便是戒备森严的清凉山王府也能杀进杀出好几趟了吧？

慕容宝鼎走下台阶，来到蔡浚臣身边，轻声笑道：“要是北凉人知道他们的新主子世袭没几天就死在了你的家里，你怎么办？”

蔡浚臣心思急转，用北莽北地方言小心应对道：“持节令有地方收留小的？”

比蔡浚臣要矮上半个脑袋的橘子州持节令笑了笑，缓缓说道：“北莽虽然远远不如离阳中原富饶，可肥美的草原也有不少，比起流民聚集之地还是要更适宜居住的，本王的橘子州更是北莽少有的富庶之地，收留几个蔡浚臣有什么难？不过你蔡浚臣想要去北莽继续过土皇帝的神仙日子也不容易，关键是在你的带领下，青苍到底往北莽迁徙了几万名流民。本王这次南下，杀北凉王自然是头等要务，不过你蔡浚臣要是能给本王带来锦上添花的功劳，本王也好替你去陛下那里讨要赏赐，说不定一枚紫金鱼袋都有可能得到，你应该知道，紫金鱼袋在整个北莽也不足六十枚，连手握柔然三镇雄兵的洪敬岩也是近日才领到的。”

蔡浚臣面有难色。治理流民聚集之地难就难在这里的难民从来不推崇什么礼义廉耻，尤其不知道“忠”字怎么写，在这里别说兄弟反目成仇是常事，就是父子反目、夫妻互杀都不稀奇。管束流民只能以力服人，从来没有以德服人的说法，谁的兵马多，谁的甲胄鲜亮，谁就能在别人的头上拉屎撒尿。蔡浚臣的“辖境”以常驻两万人的青苍古军镇为中心，“龙王府”蔡家的影响力出了城池就开始骤减，如果说明天传出“龙王府”毁于一旦的消息，城外的流民只要得知不至于兵荒马乱大难临头，也就掏掏耳屎继续该做什么做什么了，才懒得计较青苍是姓蔡还是姓什么。蔡浚臣除了自己手上有不足两千人的“龙鳞军”，哪怕是往常心腹将校掌握的四五千名亲兵，都实在没有把握多带出几人赶赴北莽。对流民来说，人生在世，苦难的日子就这样了，再苦也苦不到哪里去，习惯了做流民聚集之地的井底之蛙，甚至都不愿意往别处游荡，故而在流民聚集之地，佛教传播得最深入、广泛，因为既然不能寄希望于今生富贵，那就干脆多吃苦，这辈子的苦难都吃到了尽头，好盼着来生投胎到好人家。在横祸遍地的流民聚集之地，能够做到孤身一人安稳游荡的人物，不是什么恃力凌人的武道高手，而是那跟流民一样穷得叮当响的佛门苦行僧人。

蔡浚臣没敢当场拍胸脯给承诺，慕容宝鼎显然对流民聚集之地的独有境况也很清楚，没有如何为难蔡浚臣，轻声笑道："你有你的难处，本王能体谅。在寻常流民看来，便是去了北莽，就算一时能吃喝好了，保不齐哪天就要为北莽卖命，一旦莽凉大战开启，第一拨死的人就会是投诚的他们。换言之，你们假若依附北凉，也是一样的道理。唯一的不同，不过是死在北莽的弓矢下还是死在北凉的马蹄下。既然如此，自然是继续躲在流民聚集之地更好。北莽与北凉，他们哪里都不去。你们中原有个说法，好死不如赖活着，说的就是你们这人人上马可战的十数万名流民了。"

蔡浚臣谄媚地笑道："持节令早已看透世事人情，若是北莽军权尽在持节令之手，赵室朝廷就唯有俯首帖耳的份儿了。"

慕容宝鼎淡淡地说道："你虽是违心的溜须拍马，不过还真说对了本王的心思。拓跋菩萨虽是所谓的军神，但也不过是将兵之才，中材而已。在调兵遣将方面，董卓倒是更厉害些，可他本事再高，混得再好，也不过是离阳徐骁的命数。可惜董卓起势太晚了，排在他前头的那几位南朝大将军都还能撑好些年，董胖子未必能顺利地活到功高震主封无可封的那一天。"

蔡浚臣的头皮一阵阵发麻，他苦着脸低声说道："持节令不需要跟小的说这些天机，小的目光短浅，学识浅陋，听不懂。"

半张脸狰狞恐怖的慕容宝鼎扯了扯嘴角，一只手在蔡浚臣的肩头拍了拍，说道："放心，左右为难的流民聚集之地如今局势很微妙，莽凉双方的'得失'都要按双份来算。本王招徕了一个蔡浚臣，那么北凉少了一个蔡浚臣不说，将来还要面对一个紫金鱼袋在腰间的蔡将军，这种妇孺都知晓利弊的买卖，本王不会去做。本王年轻时是说过要将流民全部堆尸于清凉山的混账话，那会儿年轻气盛，总是自以为可以力挽狂澜，吃了不少大亏啊。"

那双少年少女不知何时跑到了两人身边。胖墩儿的衣衫已经被金水毁去大半，他就直接将后背的衣饰扒下做裙系在腰间，勉强遮住了裤裆中的物件和白花花的屁股。他望向对他忌惮无比的蔡浚臣，笑嘻嘻地问道："这位官老爷，有钱财宝贝吗？"

蔡浚臣表情僵硬地解下腰间那枚据说是从昆仑山顶破石而得的羊脂美玉，不承想，胸口沾满金水的少年只瞥了一眼就大失所望，急匆匆地说道："得跟那把椅子一样，金灿灿的，否则就不值钱。"

蔡浚臣一脸无奈地望向慕容宝鼎，后者视而不见，挪动脚步去跟洪敬岩窃窃私语。祸不单行，姿色平平的少女也走到蔡浚臣身前，冷冷地威胁道："有吃的吗？没有的话，我就把你变成一座冰雕死尸！"

一个财迷，一个吃货？

昨天还是青苍名义上的皇帝的蔡浚臣手足无措，就差没求这两个孩子别折磨他了。

洪敬岩在跟慕容宝鼎交谈的时候，"望向"那双被北莽百官秘密奉为国宝的年轻男女。中原练气士分南北，南方以南海孤岛观音宗为尊，北派则集中在钦天监，任何一名权贵公卿胆敢私养一名练气士都会掉脑袋。李密弼曾经获悉，北派攀附赵室的寻龙练气士这些年一直为天象高手柳蒿师所用，只是不知是为其破境入圣出力，还是在太安城打造了什么阵法。北莽的练气士不多，巅峰时大概也就百余人，人数恐怕还比不上一个观音宗的人，如今更是死得十去其九。这个悲剧缘于慕容宝鼎找寻到了那对亲生兄妹，两人被分别赋予耶律、慕容两大国姓，一个叫耶律采阴，一个叫慕容采阳，是练气士记载在秘籍上的"活人刀圭饵"，据传两者食其一，或可入天庭，或可入地府。不过慕容宝鼎从来不信这一套，当时将他们进献给了他的姐姐北莽女帝，后者亦是对道教长生飞升之说嗤之以鼻，对于这对兄妹的归属，对弟弟笑言"天予不取，反受其祸"，还赠给了橘子州持节令。女帝甚至不惜举国之力，让兄妹二人阴错阳差地成为北莽练气士的集大成者，耶律采阴擅长驭火，慕容采阳则可让大江在夏日一瞬间结出冰河长桥，皆是妙不可言。

慕容宝鼎笑着问道："你觉得种凉杀得掉那个年轻人？"

洪敬岩平静地回答道："种凉玩世不恭，不知珍惜天赋，境界撑死了跟第五貉相同。单对单的话，种凉赢面很大，但赢面大，不一定就能杀人。"

慕容宝鼎率先走向大殿门口，问道："他跟魔头洛阳关系匪浅，你就没些想法？"

洪敬岩说了句暗藏玄机的话："我想杀他，怕就怕持节令要拦着。"

慕容宝鼎一笑置之，转移话题道："北莽、离阳加北凉，三足鼎立，原本只要徐骁不死，其余的两方就都得乖乖地看北凉的脸色行事。那会儿离阳恨不得徐凤年夭折，进行了许多袭杀、刺杀，希望北凉一世而亡，后来出乎所有人意料，北凉竟然悄然大局底定，徐凤年世袭无法阻挡，然后是陈芝豹入京，随着他辞去兵部尚书一职被封为蜀王，结果轮到一直看热闹的咱们急眼了。去年那场大战，咱们北莽被北凉打得肉疼，南北两朝官员无数，就只有太平令跟董卓坚持要先打西线，执意要跟有新王坐镇的北凉以及西蜀陈芝豹硬碰硬地打两仗，于是李密弼的朱魍把重心从本王这些人的身上转移到了徐凤年的身上，希望宰了已经没有徐骁可以依靠的新北凉王，到时候北凉群龙无首，就要好欺负许多。风水轮流转，既然大致确定了徐凤年不会造反，离阳赵勾反过来得捏着鼻子死命保着他徐凤年不要死在北莽人的手上，以免丢失了西北门户，真是个天大的笑话。有北凉三十万铁骑跟南朝消耗，后头又有陈芝豹在西蜀虎视眈眈，太平令关于东西对峙的谋划，实施起来就要困难许多，就算成了，按照太平令的说法，也得多失去二十几万条性命。这也许就是太安城那个叫元本溪的男子的厉害之处了。文人动动嘴，武人沙场死。眼下的无趣局面，北凉不动，北莽、离阳就都不敢轻举妄动，不知不觉就给两朝百姓换来了二十来年的太平日子。嘿，这都是李义山的功劳啊，可惜他已经死了，再无法跟他当面诉说，本王满肚子的话也就只能跟你唠叨唠叨了。”

洪敬岩笑道：“所幸还有个褚禄山。”

慕容宝鼎伸出手掌贴在脸颊上，说道：“是啊，还有个褚禄山。”

两人已经跨出大殿的门槛，看到广场上略显寂寥的场景后，洪敬岩突然说道：“徐偃兵秘密随行为徐凤年护驾，是情理之中的事情，此人在边境上拦截、解救北凉经略使之子的手段不容小觑。如果没有持节令大人，我还真没有把握在青苍杀人。既然徐偃兵还没有露面，说明如我先前所猜，一个种凉是真的杀不掉徐凤年的。先是不愿当皇帝过过瘾的‘人屠’徐骁，一心想要两战定江山的陈芝豹，忠奸难辨的褚禄山，现在又多了个喜欢火中取栗的徐凤年，北凉果真多怪人、怪事。要我说，还是依照帝师所谋，先灭了北凉才好。”

慕容宝鼎一语道破天机：“不打距离近的北凉，你怎么去跟董卓抢军功，怎么做南院大王？”

洪敬岩与慕容宝鼎针锋相对，说道：“持节令当真要跟北凉王做买卖？”

慕容宝鼎笑着说道：“只要这小子答应下来，而且你不捣乱，将来他是北院大王，你是南院大王。再等到北莽平定了天下，你们的北院、南院可就不是以如今的北莽南北朝界定了，而是以当下的北莽、离阳界定。你说他会不会答应？他徐凤年以孤身入城作为诚意，本王更是不远千里南下来到这流民聚集之地，并且饶他一条性命，诚意应该算不小了吧？”

洪敬岩淡淡地说道："徐凤年若是能招安十数万名流民，自可坐稳北凉王之位；同理，持节令要是可以驯服三十万铁骑，也可在当今陛下登天后顺利称帝。可是在这之前，我若是违抗了陛下的旨意，才到手的柔然军权丢去不说，还要步洛阳的后尘，被追杀不止。明面上看，不如老老实实地按照陛下的吩咐，宰了徐凤年让他去陪他爹，然后跟董胖子各凭本事，在北凉抢人抢粮抢地盘，到时候谁能灭西蜀谁封王……"

慕容宝鼎直接打断洪敬岩的话，嗤笑道："那老妪也活不了多久了。北莽旧主耶律家的人对她的忌恨有多深重你也清楚，不让本王接任，慕容氏就得冒着被耶律氏把慕容氏的祖坟都挖干净的风险。老妪对本王这个弟弟警惕心极重，当然会有她死后的布局，只是人死政亡就如那灯灭，李密弼没了她的照拂，注定会死得很惨。拓跋菩萨想杀本王，除非本王跟他单挑，否则以他的带兵本事，十万对十万，本王必败无疑，可二十万之上，则是他必死无疑。本王与种神通的勾连，在北莽庙堂上差不多是谁都知道的事实，那老妪身为一国之君，又能拿种家人如何？种家不比徐家，那可是说反就反的泼皮人家。这也是本王对北凉徐家刮目相看的根源。"

棋剑乐府的"更漏子"陷入沉默。

"宫中"广场上的变故让人应接不暇，已经完全超出"王后"虞柔柔跟毛、顾二人的想象。先是唐大供奉有符阵傍身却死在了徐凤年的手上，然后二供奉梁钟出奇的强大，仅以一根普通的铁矛就打得那年轻藩王眉眼处绽放鲜血，接下来的态势就越发让人摸不着头脑了，出身南疆的三供奉露面以后没有急于跟二供奉联手，而是轻描淡写地用深紫色的五指从袖中拿出了一个锦囊，然后就拂袖卷起漫天桃花席卷二供奉，以致"宫墙"下的两排桃树都成了无花的枯树。那会儿毛、顾两位客卿才知道符阵的精髓根本不在气势汹汹的两拨符剑，而是不起眼儿的沾了毒的桃花。毛碧山已经脚底抹油，一直忠于"龙王府"的顾飞卿顾不得礼仪尊卑，屏气凝神，一把按住"王后娘娘"的肩头，将其往外一丢，冒死关上"宫门"后，才走出几步路，就七窍淌出黑血，倒地身亡。

南疆有神仙蛊，专杀神仙。

这个"神仙"，自然不是逍遥天地的陆地神仙，而是那之下的一品三境高手。

不过，跟江湖上很多名头唬人却不堪一击的招式相似，三供奉的桃花神仙蛊虽然已经很不俗气，却也没能夺去种魔头的性命，而是被种凉一矛钉挂在"宫墙"

上。令人匪夷所思的是，老人竟能发出阴笑声，双手按住铁矛，一寸一寸地将自己的身体“拔出”长矛，坠地后嗓音沙哑，坐着跟一直袖手旁观的年轻人笑着说了句“奉主人李元婴之命，恭迎北凉王”，这才瞪大眼睛死去。要去这位死士性命的不是那根矛，而是桃花蛊。不过，种凉也并非毫发无损，耳孔里流出了黑血，虽说性命无虞，但修为还是受到了影响。

慕容宝鼎跟洪敬岩就是在此时出殿的，满脸络腮胡子的种凉在默默疗伤，徐凤年蹲在年迈的北凉死士身前，替老人合上双眼。

徐凤年曾经在听潮阁的秘密档案上见过慕容宝鼎的画册图像，站起身后，听到这位“半面佛”持节令笑着问道：“本王身边之人是天下第六的更漏子，不知徐偃兵身在何处？”

徐凤年笑了笑，没有说话。

慕容宝鼎故意倒抽了一口冷气，意味深长地问道：“你小子真是一个人来青苍城的？这是要以自己做鱼饵钓几尾大鱼？”

徐凤年坦诚地说道：“钓鱼不假，不过是自家的，谈不上什么钓大鱼。徐偃兵来是肯定来了，不过本王不知道他在何地，更不知道他会在何时出现。”

慕容宝鼎看着在墙下泰然自若的年轻人，有些由衷的欣赏，有些理解当今赵家天子为何独独钟情于陈芝豹了，以后等到自己君临天下时，有这般气韵的风流臣子站在庙堂上，不说其他，光是看着他们站在那里是在为自己效命，就觉得赏心悦目。

慕容宝鼎开怀笑道：“徐凤年，你可能不知道，‘一截柳’才是本王真正的嫡长子，你与他的恩怨，本王可以既往不咎。”

徐凤年摘下腰间的过河卒，将其横着放在眼前，轻轻呵出一口气，一颗颗紫雷滚落在刀鞘之上，轻轻弹跳。

刀上有九雷连珠。

这些都是当初“他”与柳蒿师一战后得到的价值连城的遗产。

徐凤年望向并肩而立的慕容宝鼎跟洪敬岩，说了句连这两位当世顶尖的高手都听不太懂的话：“王仙芝的心态，我八百年前就有了。”

举世为敌，我于世间无敌手。

慕容宝鼎瞥了一眼鞘上的滚雷，有些意外。虽说武学浩瀚，有不计其数的门派，不过只要是能跟练气士沾边的就算上乘。慕容宝鼎身后的那对兄妹更是对此再熟悉不过，北莽就有练气士宗师精于采撷雷电，财迷少年跟吃货少女聚在一起窃窃私语，尤其是贪嘴的少女，咂吧咂吧嘴巴，死死地盯住那九颗货真价实的紫色天雷，眼馋得很。它们只要被她吞入腹中，温养个几年，到时候她肯定就可以把身边这个碍眼的死胖子揍成猪头！洪敬岩始终神情淡漠，武道境界到了他这种高度，无非就是以不变应万变。

徐凤年左手里的过河卒刹那间出鞘，刀速之快，快到了脱离手心的刀鞘逆向撞入“宫墙”的地步。徐凤年的手臂循着王绣的弧字诀一抡，一刀劈下，九雷萦绕，紫霞耀眼。种凉很不客气地驭回了被徐凤年舍弃的那杆铁矛，先前一直单手持矛，这回总算是双手握矛了，拿出足够的重视应对那柄已经出鞘的刀。长矛横弯，趁着雪亮的刀锋还未临面，弧顶的矛尖已经指向徐凤年的腰间。徐凤年没有刻意收势转攻为守，只是轻轻松松地人随刀走，宛如神明附体，通晓了指玄未卜先知的妙处，刀尖骤然一拧，越发疾速地往下坠，身体也就被强行向前拔了数尺距离，滚刀术还是滚刀术，只是比起寻常刀客的滚刀术多了太多的玄机。一矛无缘无故地落了空，种凉眼前一亮，借着弧矛的劲道，矛弧身亦走弧，在旁人看来那就是一个人跟刀走，另外一个不甘落后，那就人随矛走。起先慕容宝鼎眼中含笑，并不看好那小子的滚刀术，只是见徐凤年的刀式看似杂乱无章，却能刀刀劈向种凉的命门四尺外时，“半面佛”才觉得惊讶。

不断闪避的种凉皱了皱眉头，不是恼火这小子报复自己先前以矛尖指他眉心，而是这样如稚子胡乱挥刀的荒唐滚刀术前所未见。种凉自然不知一个叫宋念卿的东越老剑客，最后一次走江湖时曾带有十四剑十四招，唯一挂有剑穗之剑名“照胆”，寓意“提灯照胆看江山”，就是如此“走剑”，一路踉踉跄跄地“走”到了洛阳的身边。徐凤年每一次滚刀指面便悬停一颗紫雷，九次之后，空闲的右手猛然握紧，九雷之中藏有九柄飞剑，凝聚成阵，将种凉围困在里面。徐凤年根本不去看种魔头如何应对，一只手虚空胡乱拍下，是那雨巷一战中目盲女琴师的胡笳十八拍，一指敲在过河卒之上，则是幽燕山庄湖面上少妇练气士“指山山去填海”的指剑秘术。广场上许多先前残留下的废弃符剑，此刻从地面上伶俐地跳起，轨迹扭曲地朝种凉刺去，跟霸气无比的雷池飞剑以及不可猜测的胡笳拍子一同成就恢宏的气象。弧字诀三弧成势，徐凤年此时这“三弧”，分别偷师于宋念卿、薛宋官跟南海练气士。它们看似风马牛不相及，却被熔于一炉，隐约有了气吞万里如虎的大宗师境界。

慕容宝鼎轻声笑道：“好看，也挺实用，就是太乱了，距离返璞归真的天象境界还是有一段距离。”

种凉在阵中疲于应付三弧，那凭空而起的胡笳拍子还好应对，种凉身具金刚体魄，便是挨上了，也无非是些皮肉伤，丢面子不丢里子的小事而已。不知如何被那小子驾驭的那十几柄符剑，种凉的指玄感悟都能轻巧应对，若是在往常，以他的罕见天赋，躲都不用躲，但是怕就怕在他不躲，就掉入了陷阱，何况有紫雷做“衣裳”的剑冢飞剑不再亲近他这个天生“剑坯”，九种剑气各有杀机，这才是真正的撒手锏！种凉双手紧握着的铁矛已经被紫雷削去矛头，从那家伙左手刀出鞘开始，种凉竟然无法拥有还手之力，这让在北莽十大魔头中排名相对靠后但实力卓绝的种家二少爷真正动了肝火。

北莽的一品武夫，相互间放开手脚厮杀的次数要远多于离阳高手间切磋的次数，他们从来就不兴那套不伤和气的武人文斗的方式。离阳江湖要是没有武帝城的王老怪去做磨刀石，恐怕武评登榜人数连跟北莽五五分账都做不到。在北莽，英雄不论出处，很多人前一天还是无名小卒，第二天就可能一跃成为持节令的座上宾。种凉在北莽江湖脱颖而出靠的不是种神通弟弟的身份，而是一次次的追杀与被追杀。种凉年轻的时候惹上了如今与自己同在北莽十大魔头里的“龙王”，被追杀了将近一个月。正是那趟多次命悬一线的逃窜，让他最终跻身一品高手之列。种凉先前故意手下留情，除了有折辱徐凤年的意思，还有就是看不惯那小子练刀佩刀却偏偏刀不出鞘的行为，敢在他种凉的面前摆架子？他此时才知这位年纪轻轻的北凉王所学驳杂，丝毫不输他种凉，出刀之后更是气势如虹，他这才不得不把徐凤年当作可以倾力一战的对手。种凉当然知道眼前站在离自己五丈远的年轻人花样迭出，杀招儿除了裹雷飞剑，肯定还留有一手绝技，种凉猜想定然是那右边腰间的第二柄刀。

种凉听闻曾经师从李淳罡的徐凤年以养意法养刀，在草原上用一袖刀将拓跋春隼身边的彩蟒魔头毙命。种凉一一应付那些跟随胡笳拍子起伏不定的符剑，当然还有更为棘手的紫雷剑阵。徐凤年出招儿，种凉接招儿，看似繁复漫长，其实不过是短暂的几次眨眼的工夫，符剑便已全部折断落地，种凉的铁矛也已经被削去一大半，长矛成了长刀。所幸种凉天资太高，不管学什么都轻而易举，比许多高手一辈子钻研都要走得更远，断矛在他的手上敲击紫雷飞剑，声响洪亮如撞击数千斤重的钟，“龙王府”外清晰可闻，每一次以矛撞剑，种凉对于每一柄雷中飞剑就多一分感知。

当那面无表情的持刀年轻人的右手终于按捺不住悄悄一动时，种凉瞳孔微缩，知道那记右手刀马上就要出鞘。

局外人慕容宝鼎跟洪敬岩几乎同时轻轻叹息一声。

徐凤年的的确确握住了右边的绣冬的刀柄。

可他出手的不是绣冬，而是手中无鞘的过河卒。

徐凤年虎口绽裂，鲜血四溅。

足见过河卒去势之快，快到连握刀的徐凤年都完全无法掌控。

在神武城外，一人远在武帝城借剑，徐凤年果断给剑，以此在最后生死存亡的关头杀了那只号称“陆地神仙下韩无敌”的“人猫”。

只是那次借剑是借给了吃剑老祖宗隋姓老头儿，徐凤年这一次还刀，则是还给了过河卒的刀鞘。否则以徐凤年早已能够养意养出一袖青龙的神意底蕴，不至于仅仅以脱胎于宋念卿“照胆”走剑的滚刀术对敌种凉，一切的一切不过是阴险至极的障眼法，只为还刀做铺垫。神武城外那个惊心动魄的陷阱，名剑春秋离“人猫”的心口不过咫尺，借剑之人越远去势越足，但是种凉毕竟不是韩生宣，这一趟刀归鞘，仍是直接穿透了这个北莽魔头的胸膛，只是这个北莽魔头没能死在当场。三供奉之前是把身体向前拔出铁矛，种凉则是直截了当地透过过河卒的刀鞘，撞倒“宫墙”逃离遁走。徐凤年没有追杀，只是看了一眼坐地而死的北凉谍子，算是为老人报了那一矛之仇。

慕容宝鼎惋惜地说道：“本来以种凉的本事，一开始就全力应对的话，哪里会这般狼狈不堪？他的天资真的很高，在洛阳横空出世之前，他曾是由金刚境进入指玄境最快的北莽武夫，甚至要快过当年离阳的李淳罡。种凉幸运的是作为仙剑坯子，对出自剑道的那一记归鞘刀，在刺透心口前总算敏锐地感知到了危机，这才避免了被一刀钻心的横死下场。不幸的是，他侥幸躲过了这一刀，就万万躲不过提着刹那枪而来的徐偃兵了。”

洪敬岩犹豫了一下，就要踏步前行。

慕容宝鼎低声笑道：“想好了？真要从徐偃兵手上救下种凉，好去跟本王的姐姐示好？别后悔啊。”

洪敬岩反问道：“洪敬岩能跟陛下隐瞒持节令的南下秘事，持节令就不能等洪敬岩的谋而后动？”

慕容宝鼎没有说话，摇了摇头。

两人就此分道扬镳。

第五章

听潮湖边的游魂
清凉山上的野鬼

等洪敬岩出了“龙王府”，慕容宝鼎喃喃自语：“不敢豪赌，如何豪取？”

慕容宝鼎对徐凤年笑道：“别看这位更漏子武道修为高，在本王眼中他其实比你差远了。方才本王还许诺他与你分占南北院大王，现在看来，真是在羞辱你徐凤年啊。”

徐凤年深吸一口气，吸掉了那九颗紫雷，再驭气拿回安静在鞘的过河卒，随手抖了抖，抖落了刀鞘上种凉的那些鲜血，笑着问道：“要是你慕容宝鼎面对这一刀，结果会如何？”

两人之间没有剑拔弩张的紧张气氛，慕容宝鼎懒洋洋地坐在台阶上，哈哈笑道：“本王可以预料那一刀，但是多半躲不过。不过呢，就算你的刀刺中本王的心口，却也刺不穿。不是本王小觑你，而是天底下有这份本事的人中，王仙芝跟拓跋菩萨徒手就可做到，邓太阿的剑也行。至于其他人嘛，难度不小。哦对了，还有金刚怒目的李当心。所以就算洪敬岩得失心疯了掉头来杀本王，也没关系，本王慢悠悠地跑回北莽便是了，说不定还能跟你们几位唠唠家常。”

北莽的武评断言只要王仙芝愿意与拓跋菩萨联手，就可以杀绝排在他们身后的八人，不论世人如何议论纷纷，都没法子知晓这八人到底有何想法。此时“龙王府”内恰巧就有两位，一个天下第六,一个天下第八，他们在南下的途中有过一场对饮闲聊。位置站得稍高的洪敬岩承认这一点，慕容宝鼎对此则持否定态度，但他之所以否定，是因为他觉得借剑以后出海访仙的邓太阿一旦有大机缘，便有望拥有真正超出拓跋菩萨的境界，去跟王仙芝平起平坐。

徐凤年问道：“连徐偃兵的刹那枪也做不到？”

慕容宝鼎认真思量了一番，说道：“一来本王不知他功夫的真正深浅，二来本王若是说他做不到的话，你也只觉得是吹牛。”

徐凤年笑道：“徐偃兵不跟你打，自然有人跟你打。”

慕容宝鼎沉声问道：“没的商量？非要打打杀杀？”

徐凤年摇头道：“徐骁生前一直懒得理睬你们，我这辈子也不会跟北莽人谈生意做买卖。”

慕容宝鼎满脸遗憾之色地站起身，伸了个懒腰，说道：“原来你比本王想象的要愚蠢很多。”

徐凤年笑着说了一句：“这句话也还你。”

青苍的谍子头目其实是北莽安插的棋子，在跟蔡浚臣谎报军情后早已不知所终，他说徐凤年是只身一人进入流民聚集之地的，北凉并无大队兵马压境，其实只说对了一大半。入境的除了这位年轻北凉王，还有浩浩荡荡的千人骑队，只是披甲之人不足百人，其余八九百人皆是身披袈裟，一颗颗光头很是扎眼，竟然是大队僧人。马车就一辆，附近有一头体形巨大的黑虎四处奔走，时不时驻足、转头，等待马车。两旁百骑尽是重马重甲，哪怕是孤陋寡闻的流民，也是看一眼便知这是去年撕碎北莽南朝三座军镇的龙象军！是北凉精锐铁骑中的精锐！正是三万龙象铁骑，把大半座姑塞州踩踏得稀烂，北莽南朝的官员谁不对那少年冲锋陷阵无敌天下的本事惊惧不已？

北凉历来亲佛，尤其是离阳朝廷灭佛之后，无数僧人逃难到了北凉道这块好似世间仅存的无忧净土。

然后，新任北凉王在近期突然一纸令下，要凉州境内的所有僧侣进入流民聚集之地宣扬佛法，并且承诺有铁骑甲士保驾护航。大多数外地僧人生怕才出狼窝便入虎穴，一时间持观望态度，好在那位北凉王也没有为难他们，仅是让凉州本地的六百名僧人集结“西行”，不得抗拒。不过，有三百余名外地僧人仍是抱着“我不入地狱谁入地狱”的必死想法随行，其中除了从凉州动身的，也不乏从幽、陵两州火速动身的僧侣。

许多选择放弃涉险的僧人得知那头当年在大真人齐玄帧座下听经的黑虎也在马队之中时就后悔了。许多熟谙人情世故的僧人想要亡羊补牢，试图偷偷跟在马队后头，结果被边境铁骑毫不留情地赶回了凉州。

在青荣观蛰伏多年的北莽大谍子青槐道人被北凉鹰隼剿杀后，本是江南道名僧的黄灯禅师亲眼见到了老道士的身死道消，成了青荣观的新住持。此次新北凉王下令僧人西行至流民聚集之地，年迈的禅师在第一批主动赴凉州的僧人之中名气最大，因此被北凉王特许乘坐马车，殊荣卓然。不过老禅师这一路都显得坐立不安，不是年迈的高僧面对权贵就折腰，要知道黄灯禅师在江南道与人说法时，哪怕是面对尊贵如出身豪阀的刺史，也是将其与贩夫走卒同样对待。他之所以“不得自在”，是因为马车内坐着那新北凉王的弟弟——那个去年在边境上血腥屠城加上坑杀降卒的徐龙象！如果仅如此，高僧还不至于太过拘束，主要是这位殿下不像以往那样赤足、着黑衣，而是被一件诡谲至极的鲜红甲胄包裹着身躯，只露出双目！

杀气满车厢。

可怜了满身佛气的黄灯禅师。

队伍离青苍城还有一段距离，有一只游隼在空中低低地盘旋。

听到声响的少年猛然起身离开马车，开始疯狂奔跑。

这个少年在进入位于青苍城最西边的“龙王府”之前，已经沿一条直线撞裂了整座青苍城。

大金刚境对敌大金刚境！

种凉才破墙而出，立即有人破墙而来，何况这家伙还一身鲜红甲胄，瞧着像是相当值钱的家当，这让财迷少年瞪大了眼珠子，很是羡慕，觉着他要是有这身行头那才威风。比起哥哥更天赋异禀一些的吃货少女也不例外，躲在了慕容宝鼎的身后，探出一颗脑袋，目不转睛地看着。

慕容宝鼎此时心中的荒谬感多于震怒之情——敢情姓徐的就这么用一具甲人打发来他橘子州持节令了？他倒是听说过当初离阳四大宗师里有个符将甲人，是被“人猫”剥皮抽筋了的废物。慕容宝鼎对于这类假借外物作威作福的所谓高手一直有成见，他脸色阴沉地望向徐凤年，说道：“洪敬岩拒绝了本王一次，本王的耐心已经所剩不多。徐凤年，本王奉劝你别得了便宜还卖乖，小心成为第二个蔡浚臣。”

徐凤年的心情似乎不错，他走到“红甲”身边，这里敲敲那里摸摸，有一丝如释重负的意味，转头对“半面佛”笑眯眯地说道：“慕容宝鼎，你还真别太把自己当回事，一口一个‘本王’，吓唬谁？这儿又不是橘子州，你也没当上北莽皇帝。我呢，沾我爹的光，离阳天子见过，北莽女帝也见过，至于离阳的几大藩王，更是都见过，在武评上排名比你高的人也见了不少，他们好像都没你架子大，所以你有多大本事，就说多大口气的话。”

慕容宝鼎皮笑肉不笑地扯了扯嘴角，露出浓郁的杀机。

徐龙象看了哥哥一眼，后者点点头，示意他放开手脚玩一次——“一截柳”既然是慕容宝鼎的私生子，那就子债父还。

徐龙象转过身面对慕容宝鼎，不知是符甲严密遮掩的缘故，还是他纯粹在虚张声势，慕容宝鼎并没有察觉出任何充沛的气机流淌，这让眼界很高的持节令大人很是纳闷儿：徐凤年从哪里捣鼓出了这么一个笑话玩意儿，就不怕丢人现眼？慕容宝鼎只知道徐骁的小儿子生而金刚，着黑衣、赤足，身先士卒，率领龙象铁骑把君子馆在内的三座军镇内的北莽铁骑打得毫无还手之力。自己儿子那般精湛的杀人剑气都没能刺死此子，橘子州持节令也就自然料不到徐凤年会多此一举，让金刚体魄的弟弟披上符将红甲。

徐龙象的五根手指伸缩了一下，握成拳头，身形一动，瞬间就一拳砸在了慕容宝鼎的胸膛上。气机浩荡，广场震荡，慕容宝鼎的身躯虽然仅有不易察觉的小幅度晃动，看上去纹丝不动，可是徐龙象跟持节令之间竖起的那道无形的镜面上泛起了剧烈的涟漪，以至于镜面边缘的两面“宫墙”被撕裂开去，更别提墙脚附近的桃树，刹那间被碾为齑粉了。慕容宝鼎伸出一只手，揉了揉身后的慕容采阳的小脑袋，少女知道轻重，马上跟耶律采阴往“金銮殿”那边后退。徐龙象一拳砸出之后身形往后退，回到原处，双臂环胸，这架势明摆着是要那慕容老儿还他一拳，他也不躲。慕容宝鼎哦了一声，说道：“原来是天生神力的徐家黄蛮儿，难怪难怪。”

徐凤年一巴掌轻轻拍在黄蛮儿的脑袋上，气笑了：“人家是天下第八的慕容‘半面佛’，你跟他客气个啥？一人一拳，你当过家家啊？放开手脚去揍他！这家伙的排名在十人中不高，就是挨打的功夫很出众，杀伤力不行，比邓太阿、韩生宣都要差多了。换成十人中的其他任何一个，我还真不放心，既然是他慕容宝鼎，那就无所谓了，哥刚好检验一下墨家巨子精心打造出来的符甲有何纰漏。”

徐凤年看着黄蛮儿的眼神，瞪眼说道：“不许卸甲！”

慕容宝鼎一边走下台阶一边自嘲道：“你们哥儿俩，还真是不把本王当回事啊。”

徐凤年抄着手远远地躲到墙脚，蹲在老供奉的尸体旁边。

慕容宝鼎没有走完台阶，脚尖一点，踩出一个坑，轻描淡写地一掌推在徐龙象罩着盔甲的脑袋上。徐龙象轰然倒撞出去，不但撞碎了“宫门”，连城门那边也传来一阵震破耳膜的碎裂声。慕容宝鼎的身躯在空中悬停了片刻，飘然而落，如飞羽落地，这轻轻的一根羽毛竟然压垮了结实的青砖。慕容宝鼎才落下，一抹长虹便去而复返，这一次轮到慕容宝鼎往后倒飞十数丈，再一眨眼，慕容宝鼎一步踏出，左拳挥出，徐龙象的右拳与之对撞。罡气扑面而来，徐凤年不得不伸出手臂护在身边的北凉老谍子跟前。然后两位大金刚境武夫分别以左拳右拳针锋相对，如两头蛮牛角力，谈不上什么高手风范，但气势出奇地足。慕容宝鼎怒喝一声，整张脸庞变得金光熠熠，把徐龙象蛮横地推出数尺，一脚踢过去。瞧不清神情的徐龙象弯腰，双手裹住“半面佛”的那条腿，腰肢一扭，拔萝卜似的把慕容宝鼎强行拔离地面，旋转一圈后丢掷出去，砸倒了半面“宫墙”。徐龙象一跃，朝慕容宝鼎的头颅一脚踩下。后者单手一拍，身形如龙腾飞而起，一记鞭腿就把徐龙象砸到了徐凤年这边的“宫墙”上，两道“宫墙”就这么各自毁去了一半。徐龙象从尘土中站起身，一掌拍在符甲胸口的位置上，气机层层递进，驱散了积压在符甲上的灰尘，红甲依旧鲜亮，没有丝毫破损。

徐凤年咧嘴笑得很开心，这大半年来机造局的那帮老头子差点儿被他逼得悬梁自尽了，就连以前很好说话的两位墨家巨子都没半点儿好脸色给他，后边几次只要一听说他到了机造局，干脆就用闭关的蹩脚借口躲起来，要不就是说年纪大了腰酸背痛腿抽筋，需要休养啊或者砍头之前还得赏口好酒喝啊，徐凤年就跟老头子们死皮赖脸地相互磨，就看谁更不要脸了。好在这副涉及材质、道门符箓、佛教密咒等方面知识的符甲终于如期完工，其实到后来，反而是老人们自己钻研上瘾了，徐凤年说要拿它出去遛一遛，两位墨家巨匠的眼神，就跟他抢了他们媳妇儿一样幽怨，二人扬言要是符甲磕碰到半点儿，就要跟他拼命。好在徐凤年丢下一个天大的诱饵，说是不管耗费北凉多少人力、物力、财力，都要把符甲打造成可扛天雷的符甲，还用激将法询问他们敢不敢这么逆天而行，这让一大帮老头子眼睛立马放光，转身就跑去绘制图纸，是真的跑，一溜烟儿的那种。

徐凤年举目望去，“金銮殿”还算好，“宫墙”已经荡然无存，黄蛮儿不知怎的双手环住了慕容宝鼎的脑袋，将它夹在腋下，两人就这么撞来撞去，撞完了“宫墙”，就去找“皇城”城墙的麻烦。慕容宝鼎还以颜色，挣脱束缚后抓住黄蛮儿的脚踝，将符甲当作一把切割宣纸的刀子，在城墙中间割出一条沟壑。黄蛮儿也不落后，在空中一脚踩在慕容宝鼎的心口处，将有“不动明王”美誉的“半面佛”踹了个踉跄，然后两人就开始你来我往，都在对方的脑袋上砸拳，每一拳过后，二人都安然无恙，脚下的地面则寸寸裂开。黄蛮儿还好，有符甲在身，不显得如何狼狈；慕容宝鼎早已衣衫褴褛，没能剩半点儿北莽持节令的气度。

不知是打得太过酣畅淋漓还是彻底恼羞成怒了，慕容宝鼎随手抄起广场上一根被人遗落的铁矛，一矛扎在黄蛮儿的腰间——黄蛮儿无事，铁矛从头到尾粉碎得彻底。地上还有许多铁矛，都被慕容宝鼎抓起，其间有两根铁矛分别刺向了黄蛮儿的双目，但都没能得逞，该碎照样碎。没了“宫墙”的遮蔽，徐凤年视野还算开阔，看到这一幕，难免有些胆战心惊。先前他言辞间有意轻视慕容宝鼎这个天下第八名的高手，尽管“半面佛”的手段是不如其他九人那般能摧城撼山，可那也只是跟王仙芝、拓跋菩萨、邓太阿相比，因而并不意味着慕容宝鼎就是只会挨打受气的缩头乌龟。“半面佛”的拳打脚踢在黄蛮儿身上显现不出滔天威力，但换成寻常的金刚境武夫，如此气机累加，早就被打得不成人形了。徐凤年已经看出“半面佛”攻势的精妙之处在于一拳过后在敌手身上仍旧留有“余韵”——“一截柳”剑气的精妙是能够插柳成荫，十有八九就脱胎于此——因此慕容宝鼎打了不下百拳过后，不断累积在黄蛮儿符甲上的气机该有多沉重？所以黄蛮儿被慕容宝鼎一拳推到城墙边，符甲还不曾触及墙壁，墙面就已被红甲蕴藏的沉重气机炸出了一个大窟窿。

慕容宝鼎看了一眼从废墟中站起身的少年，悠悠地呼出一口浊气。他们家族崇佛，慕容宝鼎年幼时就喜欢跟随长辈去寺庙敬佛、礼佛，而且经常仰头看那些镏金大佛，往往一看就是好几个时辰。随着年纪的增长，尤其是在慕容女帝篡位之后，慕容氏荣贵至极，慕容宝鼎除了潜心习武跟学习兵法两不误外，一有空闲就去拜访名寺大庙，去抬头“看佛”——这个怪癖北莽北朝几乎人人皆知。慕容宝鼎在两国战事中擅长以少量精锐骑兵长途奔袭掠杀敌军，成名很早，但在武道上则要慢上许多。直到那场兵败之后，慕容宝鼎独自出门散心，观一尊大佛有大悟：悟出了一门坐佛的金刚不败。之后一窍开窍窍开，又有了立佛、卧佛两大悟，这才成就了“大宝瓶金刚身”的超凡境界。

慕容宝鼎缓缓竖起左掌放在胸口处，右手就要贴上左手，做僧人双手合十状，立佛于天地间。

徐龙象转头看了一眼在远处蹲着的徐凤年，双手摘下符甲的头甲，丢在脚下。他本想按照哥哥要他死记硬背的手法，手指敲击几处阵眼，就可以一气呵成地脱下红甲。不过徐龙象犹豫了一下，仅是摘去头甲，却没有完全卸甲。

徐凤年看到这一幕，叹息一声，没有出声。

徐龙象比起当年前往龙虎山跟随老天师赵希抟修道时要高了不少，面黄肌瘦的样子倒是没有变，最大的变化，是眼神少了许多懵懂之色，多了一分偏执、坚毅之色。

正是这样一个少年屠光了北莽三座军镇的甲士，亲手造就了春秋之后第一场坑杀降卒的残酷举动。

徐龙象扭了扭脖子，右手一拳砸在左手的掌心上。

然后，他微微屈膝，望向那尊满身金光的“半面佛”。

徐龙象扯了扯嘴角。

以徐龙象为圆心，不光是慕容宝鼎留在符甲上的拳势蓦地被消弭一空，天地之间的气象仿佛被少年汲取殆尽。

少年如同一只上古凶兽，神挡杀神，佛挡杀佛。

徐龙象开始奔跑，一步一步踏在地面上，有千骑奔雷之势。

然后他轻轻跃起，十指交错，合成一拳，朝那尊立佛当头砸下！

慕容宝鼎的不败金身在被砸入地下之时，双手已然露出一丝缝隙。

徐凤年站起身，知道青苍城大局已定。

徐凤年没有阻拦那对少年少女的悄然离去，虽说慕容宝鼎被黄蛮儿一拳破去了立佛宝瓶身，可双方真要玩儿命的话，徐凤年未必能赚到什么。

徐凤年望向黄蛮儿的背影。大概是觉得摘了符甲的头盔后哥哥会骂他，徐龙象往坑里瞅了半天，没等到慕容宝鼎露面，就跑去蹲着戴上头盔，始终背对着徐凤年，就那么蹲着“面地思过”了。

徐凤年有点儿哭笑不得，也没有理会他，只是轻轻背起老谍子的尸体，走入那座很小家子气的“金銮殿”。

穿着一身“龙袍”的蔡浚臣使劲儿弯着腰，口呼“北凉王”，说了一大通肉麻的阿谀奉承的话。徐凤年把老人的尸体放在雕着龙的梁柱旁边，也没说话，只是瞥了蔡浚臣一眼，后者识趣地很快就闭嘴，意识到身前这位见过大风大浪的年轻藩王并不是自己所依附过的不但眼皮子浅，而且耳根子也软的前几任豪强。蔡浚臣在心中哀叹，半个时辰以前他还等着手下把这家伙五花大绑到“金銮殿”，希望能享受一回堂堂离阳异姓王的跪拜，这会儿外边已是打得天翻地覆，不但柔然山主洪敬岩出手了，连慕容宝鼎都不得不亲自上阵。蔡浚臣想到这里，腰弯得更低了。

徐凤年开门见山地说道：“本来是想还能靠北凉王的身份跟你喝着酒聊正事的，不过你这位青苍城主架子真不算小，也好，咱们可以新账、旧账一起算。阮山东是北凉人，你的三供奉也是，都因你而死。你的脑袋值不了几个钱，赔不起。我进来的时候估算了一下，你得用两万名忠心耿耿的流民来赔。蒋横跟贺大捷的亲兵大概有三千名，不在城中的沈从武的手上还有一千六百名，加上‘龙王府’的一千多名龙鳞卫，这些都不算在那两万人里头，就当是你给我的见面礼。”

蔡浚臣哭丧着脸道：“王爷，小的也没有撒豆成兵的本事呀，笼络起两万名流民比登天还难，更别提还要他们忠心了。小的不是不想给王爷鞠躬尽瘁，委实是小的心有余而力不足……”

徐凤年的一只手猛然掐住蔡浚臣的脖子，将他砸在一根栋梁上。蔡浚臣双脚离地，背靠柱子，喘不过气来。徐凤年手臂上的赤蛇盘旋而上。他冷笑道：“那你就去死好了。看来你的脑袋掉了以后拿出去震慑青苍城的流民，比留在肩上更有用。”

蔡浚臣的双手竭力扯住徐凤年的手臂，他在垂死挣扎。他只听说这位去年还是世子殿下的年轻人嚣张无比，哪里知道对方如此不愿拖泥带水，一言不合便要人的性命。蔡浚臣正因为聪明，才知道待价而沽。这个北凉王似乎不喜欢聪明人，早知道是这样，给他几个胆，他也不敢藏着掖着耍什么心机了。

徐凤年伸手抽出那柄过河卒，侧过刀身，用刀尖轻轻抵住蔡浚臣的额头，微笑着说道：“横着刀锋扎入你的头颅，大概就能把你钉死在柱子上了。我确实一直想杀皇帝，先拿你试试手也不错。”

不知过了多久，恢复知觉的蔡浚臣艰难地撑开眼皮，神情恍惚，视线模糊，心想自己是到了阴曹地府，还是仍然走在黄泉路上，尚未过那奈何桥？蔡浚臣下意识地摸了摸额头，好像没有留下刀口子！蔡浚臣想要破口大骂那姓徐的心狠手辣，可喉咙里跟塞了一块火炭似的，非常难受。他伸手摸了一下，疼得身躯战栗，冷汗直流，蓦然睁大眼睛，抬起头，看到了那位北凉王身上的雪白麻衣，再往上就是那张让蔡浚臣畏惧到了骨子里的年轻面孔了。

徐凤年俯视这个瘫软在地的土皇帝，扯了扯嘴角，说道：“蔡浚臣，你又欠了我一条命，说说看，现在得拿多少数目的流民来还债？”

知道自己在鬼门关打了个转的蔡浚臣这会儿是真的学聪明了，一把抱住北凉王的大腿，嗓音沙哑地哭喊道：“王爷，你说几万就是几万，小的都听王爷的，小的敢说半个‘不’字，王爷就赏给小的一柄刀，都不用王爷你动手啊……”

徐凤年一脚踢开蔡浚臣，走向殿外，黄蛮儿还在那里蹲着。

个子不高的少年身披红甲，如高楼。

北凉、北莽之间有红楼，要杀北凉王，先过此楼。

徐偃兵还没有回来。

饭还是得吃，大难不死的蔡浚臣不敢用大鱼大肉摆阔，让“御膳房”精心准备了一桌素宴，“王后”虞柔柔从旁作陪，负责持瓶倒米酒。蔡浚臣已经识趣地脱去“龙袍”，换上了一身寻常富家翁常穿的锦衣。虞柔柔自然也是夫唱妇随，不过虽说没了凤冠霞帔，但仍是花了些巧心思，戴了顶青红绒锦制成的黄姑冠，缀珠嵌玉高一尺，如直颈鹅头，将她纤细、白皙的脖子衬得越发诱人，也有几分江南仕女的雅气。黄蛮儿狼吞虎咽完毕，就拎着青苍城的一名将领去布置西行僧人的住处。蔡浚臣小心地瞥了一眼细嚼慢咽的北凉王，打定主意陪吃陪喝，至于陪睡嘛，他一个大老爷们儿有心无力，不过这倒是那位青苍城“王后娘娘”的拿手本事。

徐凤年没有理会虞柔柔抛来的媚眼，而是让蔡浚臣说些凤翔、临谣两位草头王的境况。

北凉谍子不是神仙，不可能做到事无巨细面面俱到，蔡浚臣身为流民聚集之地的四位头领之一，说出来的消息可信度不低。“凤翔王”马六可曾经是一名寂寂无名的扬州金工，发家路数跟蔡浚臣有些相似，都是先给别的豪强卖命，不过是个出谋划策的幕僚先生，后来旧主死于一场袭杀，名义上的凤翔之主年幼无知，就被马六可“挟天子以令诸侯”了，一点儿一点儿地积攒出了殷实的家底。不过蔡浚臣说此人跟西域烂陀山的人有些机缘，从去年开始窝藏着数百名僧兵，这些僧兵极为骁勇善战。北凉谍报上显示北凉世族出身的“临谣王”蔡鞍山刻薄寡恩，是个能共患难却不能同富贵的人物，但在蔡浚臣嘴里，他竟成了颇有豪气的老头子。能让真小人蔡浚臣都心服口服，徐凤年觉得蔡鞍山多半有些能耐。

至于临谣、凤翔之间的那个帮派，帮派内的人都是靠劫掠为生的马匪，翻脸不认人，黑吃黑的一把好手。这么多年三座军镇里的人没少吃苦头，而且这伙马贼胆肥到经常越境去北莽南朝搜刮油水的地步，有一次惊动了北莽大将军刘珪。刘珪不仅亲自领兵剿匪，还专程嘱咐一个姓董的胖子盯着这一块，姑塞州的边境马患在这之后才消停了许多。这个无法无天的帮派驻扎在石刻山，蔡浚臣说帮主是一名风华正茂的妖艳女子，他道破天机，提醒徐凤年别看这股马匪跟北莽人不对付，他跟蔡鞍山私下都觉得这不过是苦肉计，这股马匪实则是北莽安插在流民聚集之地的奸细，否则那么多熟马如何来的？

徐凤年把蔡浚臣的话一点儿一点儿地加以梳理，没有找出太大的漏洞，就问道：“三座旧军镇加上那股马贼，总计十七八万名罪民，青壮年大致占到半数，上马可战下马可耕，是一支北凉、北莽都很眼馋的兵源，我不奢望将其一口气搂到手里。要你看，凤翔、临谣跟石刻山，在三地掌权的也就是二十几人，有几个愿意被安抚招降？”

蔡浚臣犹豫了一下，咬牙说道：“小的冒死说句实话，不到万不得已，就以流民跟北凉的恩怨，只要不是真的饿死，那都是宁愿更饿，也不乐意去吃北凉施舍的残羹冷炙的。就说小的这座青苍城，用屁股想都能想到，沈从武跟他的一千六百名亲兵趁着这个机会，要么大摇大摆地自立门户，要么干脆跑去依附临谣城的蔡鞍山了，是打死都不会跑回青苍城的，王爷封他多大的官都没用。那家伙六岁的时候亲眼见到全族的长辈被砍下脑袋，然后被驱赶到这鸟不拉屎的流民聚集之地，做梦都在想如何杀回北凉报仇。凤翔、临谣也有不少这样与北凉有着不共戴天之仇的壮年家伙手握兵权，小的一来不是出身当初覆灭的北凉豪族，跟北凉没仇，二来打心眼儿里钦佩王爷的本事，这才愿意为北凉做牛做马。”

徐凤年放下筷子，平静地说道：“如果你坐在我的位置上，该怎么收拢流民？事情再难办，可还得办不是？你要是能说出个子丑寅卯来，就记你一件大功，青苍仍然是你的囊中物。”

蔡浚臣正要装出战战兢兢的模样，虞柔柔轻轻咳嗽一声，蔡浚臣很快回过神。他大概知晓了这位年轻藩王跟人说正经事情时候的习惯，别含糊，直截了当比什么都强，便喝了杯酒壮胆，这才说道：“咱们流民都是没家没根的孤魂野鬼，嗯，就是那种清明时节都不知道去哪儿上坟祭祖的可怜虫，都信奉‘此处不留爷，自有留爷处’。咱们这儿也不兴长远买卖，没谁有那放长线钓大鱼的耐性，只讲究你这会儿兜儿里能掏出啥来，给银子给粮食，那就是你的人了，你每天好酒好肉地打赏着，老子就肯为你拼命。当然，北凉这个‘外人’除外，委实是这么多年我们吃了太多的苦头，王爷家里的游弩手三天两头来这儿杀人，我们是又怕又恨啊，恨跟怕都到了骨子里。所以，流民这锅粥，下勺子太快容易烫着嘴，得慢慢来。听说王爷领着一千余名僧人进入了流民聚集之地，这可是小的想破脑袋也想不出的妙手，厉害啊！整个流民聚集之地就没几本典籍，所以儒家学说在这儿就是个笑话，至于道教的一人得道鸡犬升天，更是没人有兴趣，饭都吃不饱了，还去修道？只有僧人的那一套说法很多人乐意去信，反正这辈子就是投胎来吃苦的贱命，大不了破罐子破摔，怎么着了，可不就只能眼巴巴地盯着来世吗？这人哪，我算是看透了，只要有丁点儿念想，就开始怕死了，就说我蔡浚臣，刚才一听说王爷要留我性命让我继续留在青苍，心思难免就活泛了。这僧人一来，给流民们日复一日地说法、祈福，不说让流民感恩戴德，好歹让他们有了念想，不再自暴自弃，不会只想着这辈子能杀一个北凉甲士就算回本，杀两个就是赚到了。但是呢，窃以为光有僧人给咱们捣鼓出个念想还是不太顶用，得来些实在的，尤其是能填饱肚子的。咱们青苍城以往连‘龙王府’都捉襟见肘，实在没那本钱去收买人心，可有了王爷的北凉撑腰，不要多，只要每天能在三座城门口各摆上十来口大锅，我就不信没人上钩，一天没人来，十天半个月总该有一个人来吧？只要有人牵头，那就拦不住流民蜂拥而至了。骨气这玩意儿，也许大家都有一些，不过也分轻重，有人看重，甚至有人将它看得重于性命，可更多人还是轻看它的。”

虞柔柔怯生生地打断蔡浚臣："若真是无人敢来，可以让身子骨孱弱的青苍甲士去假扮流民。"

蔡浚臣瞪眼道："妇人闭嘴！"

徐凤年摆了摆手，对虞柔柔的计策不置可否，示意蔡浚臣继续。

一肚子坏水儿的蔡浚臣这回喝酒成了润嗓子，红光满面，显然是渐入佳境了，说道："光是用北凉铁骑威慑三镇，流民打是肯定打不过的，但可以躲，去西域是躲，去北莽也是躲，呼啦啦作鸟兽散，也就误了王爷的千秋大计。持节令，哦不，那慕容老儿先前曾说流民夹在凉莽之间，得失是按照双份来算的，可见对王爷来说流民用处不小，真被北凉铁骑逼急了，必然有人一气之下就投了北莽南朝。小的听说南朝西京的庙堂上，确实有大人物想要收流民为己用，不过那些安民政策都是雷声大雨点小，想来是受到了西京内部的阻拦。再说了，流民穷归穷，却不傻，就怕北莽人不安好心，怕一旦上了北莽南朝的贼船，就要被驱使着去跟北凉甲天下的铁骑死磕。北莽南朝的那些春秋遗民，肚子里的坏水儿比起我蔡浚臣的只多不少。窝里斗、自己祸害自己的本事，这帮子投靠了北莽的两姓家奴，那都是揣着几百甚至上千年一代代老祖宗慢慢积攒下来的经验的。一部部史书，可不就是在孜孜不倦地传授后辈读书人如何不见血地杀人吗？"

徐凤年对蔡浚臣有些刮目相看了，和颜悦色地笑道："别感慨了，说正经事。"

蔡浚臣连忙小鸡啄米般点头道："小的有一策，四个字——分而治之。这个'分'，分为两种：一种是地域上的，抛开小的这个狗屁青苍王，王爷可以许诺其余三支兵马的统帅继续当那土皇帝，但是名义上得归顺北凉。王爷将流民聚集之地添为一个新州，这就有了刺史跟将军两顶不小的官帽子，像蔡鞍山肯定要嗤之以鼻，但不打紧，只顾自己享福不太管别人死活的马六可就有可能心动，何况蔡鞍山不识趣、不领情，保不齐他的部下要蠢蠢欲动。如此一来，两镇的兵老爷们或多或少就会各怀鬼胎，反正投诚了北凉，到时候真要去沙场上拼死拼活的话，也是手底下那些当兵做卒的去，不是他们官老爷去，不过这件事还得王爷你亲口跟他们讲一讲；第二个分而治之，则是针对有罪在身的流民。其中一些是在北凉军中犯了重罪的弃卒，这伙人，免罪。还有一些人是近十来年北凉境内的豪强家族的子弟，被赶到了咱们这里，王爷可以恢复他们在北凉的家产，有官身的，还给他们即可，这要是太瞧得起他们，可以家产减半，官帽子缩水些，往少了、小了去安抚。至于最早一拨的那些流民，围在他们身边的家伙死性不改，人数也多，但未必就真的油盐不进，他们的祖业、祖坟不都在北凉境内吗？准许他们还乡祭祖便是，见识过了北凉家乡的繁花似锦，总会有人愿意叶落归根的。还剩下些无处可逃只能到流民聚集之地避难的亡命之徒，他们中有中原江湖人士，也有对离阳朝廷恨之入骨的官宦后代，这些人就更好打发了，王爷一声令下，为其打开北凉门户，他们将是最乐意离开流民聚集之地的那拨人。小的还有一事，得斗胆说上一说。王爷志向远大，兵锋所指自是所向披靡，所以北凉肯定是可以吃下十数万名流民这块肥肉的，可吃相还得好看一些才行。怎么个好看法呢？比如一旦招安了三镇罪民，不急于将他们编入边军，而是送往相对安稳的陵州，但俸禄可以很低，比边境军伍甚至是陵州军都要低出一大截，等他们融入了北凉，本就是彪悍、有血性、耐不住寂寞的人物，大多又没有牵挂，届时大概自己就开始想要去边境捞取军功了。嘿，说远了，王爷莫怪罪，小的这就说近一点儿的。想要让分而治之成功，不外乎采用古往今来所有上位者都喜欢用的恩威并施的方法。恩惠小的已经说过，给本就当官的人官帽子，给饿肚子的人一口饭吃，给有罪在身的人摘掉罪名，都是王爷的大恩大德；立威一事，不一定需要王爷像今天这般亲自出马，小王爷带着几千龙象铁骑便足矣！小王爷早已打出了赫赫威名，那可是打杀北莽精兵如割稻谷的无敌猛将！有王爷施恩在前，小王爷铁骑游弋在后，骨头硬却也硬不到哪里去的流民也就顺水推舟地降了。反正输给这样的英雄好汉也不丢人。剩下冥顽不灵的那些人，想死的话就去死呗。从老王爷交到王爷手上的北凉三十万铁骑，杀谁含糊了？”

虞柔柔悄悄弯起了眉眼，时时刻刻都在小心打量那位年轻藩王的脸色，夫君的“胡言乱语”看上去不好说能否让他保住青苍之主的位置，但起码让他们没有往更坏的境地下陷。

徐凤年笑了笑，说道：“你跟某人治理流民的策略有点儿不谋而合的意思，有他五六分的功力。不过他从没到过流民聚集之地，跟你不一样。”

蔡浚臣连坐着都下意识地弯着腰，谄媚地说道：“小的那都是胡诌的，可不敢跟王爷身边的高人比较，有十之一二的相似就都是巧合。”

徐凤年站起身，蔡浚臣赶紧跟着起身。

徐凤年说道：“蔡浚臣，给你两个选择，要么留在青苍城给那人打下手，要么去陵州境内当个郡守。不过我觉得你还是选后者更稳妥，就你那点儿骨气，日后遇上生死抉择，一定会当北凉的叛徒，到时候我肯定要你死。你这种人，当个太平官，勉强能算一员能吏。北凉缺官，但独独不缺清官，你到时候成了贪官，我不介意，但记住千万别耽误了给北凉百姓做事。贪官，贪多贪少，就一张嘴、两只手，能吃多少、拿多少？何况真正值钱的，也都无法带到棺材里，丰厚的家产都在那里摆着呢，真要拿这个说事拿这个开刀，北凉边境的军力还能再上一个台阶，不过徐家还没山穷水尽到这一步罢了。”

跪下谢恩的蔡浚臣跟虞柔柔对视一眼，都从对方的眼中看到了忌惮之色。

徐凤年淡淡地说道：“都起来，你们大概还能在青苍逗留个把月。”

蔡浚臣跟虞柔柔起身后并肩而立。徐凤年突然对虞柔柔笑道：“你的事情，北凉的谍报上都写了，我给了蔡浚臣一个郡守之位，也没什么能送给你的，起码只要你不愿意的话，以后就没人能让你脱衣服了。如果有，蔡浚臣又不要脸地答应下来了，你就来清凉山，我帮你拦着。”

徐凤年走后，身后传来一道响亮的耳光声，然后是号啕大哭的声音，哭声有虞柔柔的，也有蔡浚臣的。

徐凤年径直走出“龙王府”北门，也就等于出了城，城北有一座水浅才及膝的小湖，他蹲在湖边，抓起一把沙土轻轻抛入湖中，怔怔出神。

其实按照陈锡亮原本的计策，头一件立威之事就是用两万铁骑血洗青苍城，杀得青苍城周边寸草不生，再去谈施恩一事。

那马六可的僧兵其实是徐凤年跟烂陀山那位六珠菩萨的一桩买卖，马六可当然不清楚内情，密教的女子法王要做那烂陀山之主，就得跟手握铁骑的北凉徐家联手，徐凤年则以此掌控广袤的西域地区。当然，此举还可解燃眉之急，那就是形成东西钳制十数万名流民的军事态势，他再遣以数万轻骑在南北边境虎视眈眈，阻止十数万名流民四处流窜。事实上，在这个大口袋里的流民，要么降，要么死，北莽南朝故意散布流言说徐骁死前有遗言要流民陪葬，其实误打误撞不小心说对了一半。李义山死前留下一个锦囊，陈锡亮的狠毒策略与锦囊内纸上所写的内容不谋而合。

可是徐凤年知道，师父对于这些因为自己而流离失所的人是怀有愧疚之情的，只是从未付之于口，却都付诸了笔端。

死后无坟的师父的骨灰就撒在了边境上。

幼有所养，老有所依，死有所葬，这就是师父说的“人生三大福”。

在这片土地上颠沛流离的十数万名流民，似乎没能享受到。

撰写了流民二十年历史《知秋录》的李义山，暮年自号“水浒山鬼”。

水浒，在野也，水浒山鬼，水边野鬼也。

也许是因为在师父看来，他跟那个携带数千名奴仆浩浩荡荡地投身徐家的世家子赵长陵不一样，跟那个志在平天下的春秋阳才不一样，他李义山从没有走进过庙堂，从没有跪过谁，归根结底，他跟这些无家可归、无坟可祭的流民一样，始终仅是听潮湖边的游魂，清凉山上的野鬼。

徐凤年向后仰去，闭上眼睛，躺在黄沙地上，双手搁在后脑勺儿下。

先前吃了柳蒿师的紫雷，后来又吃了麒麟真人袁青山的那只包子，他有些饱啊。

“龙王府”差不多算是翻天覆地，可青苍城倒是没有什么变化，对城内的流民而言，也就是多了几百颗亮闪闪的光头，消息灵通一些的流民知晓有一支八百人的骑队星夜入城，戍守“龙王府”，这支精锐骑军一律骑白马披白甲，而且佩刀携弩，气势雄壮。北凉掌控青苍已经是事实，不仅没有屠城，而且不断有物资涌入城中，许多平日里有价无市的稀罕物件一夜之间就在青苍如雨后春笋般涌现，大多数流民也就继续该怎样生活就怎样生活了。也不是没有出城逃难的百姓，不过门禁宽松，没有任何人阻拦，过了些日子，这些有点儿家底的青苍权贵默默冷眼旁观，见城内一派太平盛世的景象，又讪讪地返回城中。青苍城内除了城门处有人摆锅送粥，大街小巷还张贴着榜文告示。一个姓陈的北凉年轻士子暂任青苍城牧，“龙王府”摇身一变，成了新州牧的官邸。北凉不再对青苍禁运盐、铁，而且城牧大人开始着手制定户牒，听说只要是通过审查的青苍百姓，将被准许进入北凉道三州中最富饶的陵州做生意。有心人咂摸出了春雨润物细无声的感觉，自然是有人悲有人喜。这辈子都没机会再穿上“龙袍”的蔡浚臣反正是很欣喜，北凉王做事就是爽快，北凉都护褚禄山以及经略使李功德两人手批的官文已经下达至整个陵州，他若非还要帮着陈城牧收拾青苍城这个烂摊子，原本都可以拖家带口地赶赴陵州粮仓黄楠郡担任郡守了。这个郡守可是实打实的肥缺，上一任主官宋岩如今贵为陵州别驾，这黄楠郡分明是一块有助于升官发财的风水宝地！蔡浚臣这棵墙头草有一点很好——只要不需要他卖命，再给他十分好处，他就能出十分力。他这半旬在城内给人生地不熟的陈城牧鞍前马后地办事，那叫一个任劳任怨、鞠躬尽瘁，原本一个可以日日不早朝的土皇帝，这些日子里就没有睡过几个好觉。转眼间成为后娘养的青苍亲兵既有怨气也有惊惧之情，夹在新主和旧部中间的蔡浚臣真是又当媒婆又当新妇，上火得满嘴冒疱。不过，俨然以郡守大人自居的蔡浚臣精气神不错，有了盼头的人物多半是如此，再短视眼浅，只要看得见前途，就不怕累。

夜幕将落未落，赶在城门关闭之前，一名书生模样的年轻人在一队白马轻骑的护送下单独走上破败不堪的城北围墙，看到束发成武当黄庭道冠样式的家伙就蹲在城头上，腰悬双刀，远眺北方。书生顺着刀客的视线往北望去。北莽姑塞州，去年那场一边倒的战事，看似是北凉铁骑出人意料地大获全胜，可书生心知肚明，北凉只是把北莽打痛了，远远没有让其伤筋动骨，总体上说是利弊参半：好处在于姑塞州被碾压得千疮百孔，烽燧和驿路十去八九，一时间很难让大股骑军挥师南下；坏处则是打醒了北莽百官，南朝中的几位军功显赫的大将军会开始重新衡量凉莽双方的武备战力，下一次战事全面拉开帷幕后，北凉就再难如此轻轻松松地以破竹之势长驱北上了。

年轻的新任青苍城牧走上前，轻声说道："见过北凉王。"

徐凤年转头笑道："锡亮来了啊？这半旬见你实在忙得焦头烂额，都没好意思找你喝酒。"

陈锡亮笑了笑，没有如何附和，这恐怕也是他跟徐北枳不同的地方。徐北枳无论是在跟世子殿下相处时，还是在跟新北凉王待在一起时，都是该讥讽讥讽、该翻白眼翻白眼。陈锡亮则不同，一直谨守本分。当时，世子殿下的这两位心腹幕僚"分道扬镳"，徐北枳被外放至龙睛郡，陈锡亮则在清凉山王府深居简出，住到了听潮阁顶楼的偏屋，遍览群书，所捧书籍都是李义山遗留下来的藏书和笔札。如今北凉的治军方略，尤其是重新划分武臣的官职，以及按照地理布置下十四位未来北凉炙手可热的拥有实权的校尉的策略，便是出自陈锡亮之手。只不过陈锡亮离开听潮阁之后全权处置漕粮入凉跟盐铁官营两事，都不尽如人意。前者是离阳朝廷门下省主官"坦坦翁"桓温亲自出面支着，刻意刁难北凉，陈锡亮输得并不冤枉，可之后在幽州，即便可以"使唤"手握幽州军权的皇甫枰，仍是被势力盘根错节的"吃盐"家族联手排挤，几大盐池的归属至今仍悬而未决，这让北凉的许多高官嗤之以鼻，私下笑话这个跟徐北枳年龄相仿又一同出山的读书人，丢下一句"果然寒门无贵子"！然后，出师未捷的陈锡亮就被新北凉王紧急召回，丢到了鸟不拉屎的流民聚集之地自生自灭。青苍城牧比得上陵州城内的随便一个郡守？这不是明摆着的贬谪吗？再回头看看徐北枳，都已是北凉文官中仅次于经略使的一州主官了！人比人气死人哪。

徐凤年换了个坐姿，双手轻拍过河卒跟绣冬的刀柄，说道："漕粮那边已经交付给经略使大人亲自去跟离阳官油子打交道，至于盐池公私一事，我知道你的打算，想着文归文武归武，给北凉立下新规矩，所以宁愿碰壁，也不要皇甫枰插手，一心想要文火慢炖，不留半点儿后患。其实，原本就算你到了青苍，也可以遥领此事，不过我仍是让你不再插手，一方面是你可能不知道，北莽已经决意先打西线，硬是要搬走北凉这块茅坑里的臭石头。北凉拖不起，时间耗不起，不是你的策略不好，而是大势所趋，你的人和输给了天时。再有就是青苍之重，对整个北凉来说，重要到了北凉的许多将军没有想到的地步。像离阳在几次吃了大亏的战事之后国库告竭，当今天子那会儿被朝野上下骂成了天底下头一号的败家子。前十年，朝廷在许多名臣巨卿的瞎谋划下，把整条战线往南移了两百里，裁撤了许多军镇塞堡，这当然不全错，甚至确实让离阳朝廷得以喘口气，慢慢休养生息，南移后的战线也越发稳固，但是为何顾剑棠执意要冒着巨大的政治风险，被御史台以及兵部以外五科给事中扣上穷兵黩武的帽子，也一定要将战线往北推？顾剑棠的本意不是将朝廷这条已经吃掉帝国将近一半赋税的漫长东线整体向北推进，而是有选择地恢复十六个雄关军镇，只是哪怕有‘碧眼儿’的竭力支持，顾剑棠得到总领北地军政的诰命之后，也不过是建成了六座。再后来的事你也清楚，新任兵部尚书陈芝豹这么一个被赵家天子欣赏的宠儿，也只能去跟各有小算盘的满朝文武官员虎口夺食，加上不知如何跟‘碧眼儿’、顾剑棠达成了一致，明面上退了半步，暗地里前进了一大步，裁撤掉新东线一些有战略地位重叠嫌疑的次要军镇，这才好不容易在旧东线上恢复了‘六后又三镇’。陈芝豹离任时，加在一起，不过才让顾剑棠心目中完美的东线大局完成了一半。这九座吞掉金银无数的新镇，它们的用处不是一口气就将北莽铁骑拦在北边，而是死守，不要脸、不要命地死守，试图做到跟当初王明阳困守襄樊城一个德行。离阳设置它们的真正用意，是让抱有速战速决心思的北莽将领知道硬攻不下，一旦他们绕道而行，补给线就得受到这些军镇精骑的骚扰，不说被切断，最不济也会让他们疲于应付。离阳就算前期落败，甚至一败涂地，把整个新东线双手奉上，任由北莽一路打到了太安城下，那也无妨，只要各地藩王勤于建功，到时候有这九座军镇遥相呼应，很有可能让北莽军队有来无回。当然，很多人觉得北莽军大不了就一口一口吃掉旧东线的新军镇，可北莽军这些年虽然学到了中原的不少攻城战术，骨子里还是游掠的性格，真要下马攻城，死伤太大了，赢了一时一地的战役，就输了问鼎天下的大局。北莽根本上无非就是一个疆域更大的北凉，同样耗不起时间的。等到西楚复国失败，离阳收拾了这帮最后的春秋遗臣贼子，不光是中原财力尽在赵室之手，连民心都也一并被赵室拿全了，那个时候的离阳才是真正走到了巅峰。嗯，跟八百年前的大秦勉强有一战之力了。”

陈锡亮的嘴唇紧紧抿起，他没有作声。

徐凤年轻笑着说道：“知道你心里头还有怨言，觉得要两手抓、两不误，不过你说归说，我不会听你的。反正我马上就要离开青苍，你说什么我都假装听不见。你做完了青苍城牧，不出意外接下来就要做流州刺史——”

陈锡亮摇头打断道：“我这人自知斤两，处理青苍事务就已经很吃力，所以我不会当什么流州刺史。而且你也说过，青苍对北凉战线来说至关重要，更别提囊括青苍的流州了，我就只会动动嘴皮子，打仗更是外行，而且我很怕死人，因我的谋划而流血，只要我没看见，我就尚可心安理得，可亲眼见到硝烟四起，身边有人死去，陈锡亮万万做不到。”

徐凤年叹了一口气——陈锡亮这打定主意后十头牛也拉不回来的死犟性子，跟橘子倒是如出一辙。

徐凤年自嘲地笑道：“不做就不做，我不为难你，何况我还多了个大鱼饵——一州刺史，这可是有无数人眼红的高位。这次整顿北凉军，北凉道原有的三个州都让文官上了位，文人治政，武人统兵，不奢望二者很快就可以相得益彰，起码得井水不犯河水，双方的吃相都别太难看。多出的这个你不要的刺史之位，我可以让吃了亏的武夫将种来当，不光是刺史，流州上上下下都交由他们去占位置，就当作安抚一下他们。否则你别看初春校武之后，边境上的兵将一个个安分守己得很，其实不乏大量有实权的人物还在偷偷地戳我的脊梁骨，都在借酒消愁呢，听说绿蚁酒可比往年卖得好多了。”

陈锡亮会心一笑，说道：“这个北凉王的确不好当，也是该用流州的一大堆官职去安抚人心了。现在北凉有大举任用士子为官的迹象，又是鼓励士子结社，又是出资创办各大书院，还让上阴学宫的大先生以及黄裳这些文坛清流巨擘评点文章，每年从北凉道三州各评出三篇‘魁文’，幽、凉、陵夺魁者不论出身，皆可以直接为官，最低都是正八品官，这足以让那些自认怀才不遇的饱学之士癫狂。反观武官集团这批既得利益者少了钱财进项，当权者失去权柄，何止是心情失落，想必杀人的心都有了吧？北凉王身为北凉的家主，是时候给被打了一棒子的他们一颗枣了。”

徐凤年点了点头。

陈锡亮不再说话。

这两人相逢于江南道报国寺那场流觞，徐凤年错过了声名大噪的瞎子陆诩，好歹没有再错过这名在李义山看来“只需宏阔其格局”的江南寒士。

陈锡亮站在墙头上，双手按在粗糙的泥墙上，脸色变得柔和了许多，轻声笑道：“当年陈锡亮不过是个痴心妄想要‘死谥文正’的疯子，却连报国寺的大门都进不去，别说寺内那些席地而坐的风流雅士，就是在寺外游荡的纨绔子弟也能对我翻白眼，成天只能用木炭画龙解闷儿，哪里能想到突然有一天就阔气得不行了，有人让我当一州刺史我都不乐意当。这人生际遇啊，真是连我这个疯子都觉得荒唐，有些时候清晨醒来，很想扇自己两个耳光，只有疼了，才相信自己不是在做梦。我这不就正在跟一位手握三十万铁骑的煊赫藩王聊着闲话，顺带指点江山吗？一个满肚子不合时宜想法的落魄寒士，也能变成满腹豪气的大人物？”

徐凤年被逗乐了，开玩笑道：“希望咱俩能好聚好散，千万别有让你陈锡亮生出‘遇人不淑’这种感慨的那一天。”

陈锡亮点了点头，双拳紧握，搁在城墙上，说道：“希望能跟北凉王善始善终。”

陈锡亮作为土生土长的江南人士，初来北凉那会儿很不习惯帝国西北的风土景致，这里的暮色总是姗姗来迟，这里的天空总显得比南方的更高一些，这里一望无垠的黄沙大漠会让置身其中的他感到自身的渺小，这里的每一寸土地曾经都浸透着鲜血，那些曾经日夜不停如今终于慢慢消散的狼烟，让这位来自江南的读书人发出一声长叹。从这里往北，那里生活着被中原书籍描绘成只知茹毛饮血的未开化的蛮人，他们实则是一个以往任何一个中原王朝都没遇到过的劲敌。从这里往东，一直往东，就是太安城——离阳王室的居所。此时的离阳，君臣和睦，国运昌盛，以至于喜好读史的陈锡亮无比确定将来的史书中，天子不论是否姓赵，都要被这春秋之后二十年离阳王朝的文治武功折服，后人都要心生向往。离阳又一次开辟盛世，有着一位以勤政和宽容著称于世的明君，围绕在他身边的臣子中，有一大批足以让后世心颤的重臣名士：张巨鹿、桓温、姚白峰、卢道林、顾剑棠、陈芝豹、卢白颉、卢升象、纳兰右慈、赵右龄、殷茂春……更有武帝城的王仙芝、“西楚最得意”的曹长卿、上阴学宫的齐阳龙。这些人物一同在春秋废墟上熠熠生辉，气象之鼎盛，八百年来独有。

陈锡亮下意识地去找寻徐凤年的身影，比他还要年轻好几岁的北凉王早已远去。

天高任鸟飞，这人真的能高飞？

都说梧桐树能引来凤凰栖息，其实梧桐喜阳不耐阴寒，萌芽尤其脆弱，很难想象在北凉这种地方能有活着的梧桐树，不过既然它是生在清凉山先前世子殿下的私宅院落里，就等于投了个好胎，不但活了下来，而且异常枝繁叶茂。只是梧桐苑里的梧桐树长势喜人，这座院子里却有了几分阴郁的景象，大概是临近清明的缘故，地下之人太念着地上之人，于是梧桐苑就有人悄无声息地死了，死去的人是“批朱女翰林”里的黄瓜。这位二等丫鬟，姓名早已被人忘记，喜好吃黄瓜的世子殿下第一次游历江湖返回后，就给她起了个“黄瓜”的恶俗绰号，当年她还抗议来着，后来被喊习惯了，也就幽怨地接纳了。黄瓜的死，突兀而莫名，她死在了新北凉王恰巧不在清凉山的空当，让许多人措手不及。梧桐苑以外的王府清客、仆役根本不敢碎嘴，就算是院子里头的人，也都守口如瓶。掌管梧桐苑大小军机事务的徐渭熊没有作声，丧葬从简，草草了事。

徐凤年轻车从简地从流民聚集之地回到王府，依旧没有去那座他越来越少去的梧桐苑。坐在轮椅上的徐渭熊在听潮湖上的凉亭里找到他，交给他一封黄瓜自尽前亲笔所写的遗书。徐凤年接过后没有看一眼，就将它丢到了湖中。薄薄的一张沉檀色花笺落在了湖面上，被浸透后就缓缓沉下湖面，甚至没有惊起半点儿涟漪。遗书跟那女子都是如此，轻飘飘的，仿佛说没就没了，无足轻重。

徐渭熊平静地告诉徐凤年，黄瓜写完信后，在屋里用一双筷子刺透脖子，伏案而亡，死法很古怪，第二天拂晓时分才被喊她去主屋批朱的，与她同为二等丫鬟的白酒发现。徐渭熊还说，在信上，黄瓜承认了她自幼便是朝廷安插在北凉的赵勾密谍，这辈子有过两次背叛：一次是这回殿下孤身涉险闯入流民聚集之地，上一次是泄露了殿下北莽之行的行踪。信的末尾，她说她希望殿下能活着回来看到她的遗书，还说下辈子还想服侍殿下，再不会如此人不人鬼不鬼了。

徐凤年神情平静，看不出悲喜。

徐渭熊亦是淡然地说道：“北凉鹰、隼分家，梧桐苑跟褚禄山的谍报有了内外之分，我当时就知道你已经察觉梧桐苑有内鬼，希望她们可以收敛一点儿，见好就收，当是给了她们一个活下去的机会。只不过你该知道一点，她们既然走上了这条路，就根本没法子回头，谈不上什么惜命不惜命。女子命薄，何况还是个女谍子？她毕竟还能自己决定何时死，怎么个死法，死之前也没遭罪。以前那场春秋不义战，被人从战火硝烟背后挖出来的女谍子，没谁有她这福分。”

徐凤年叹了一口气，狠狠地揉了揉脸颊，声音从指缝间透出，略显含混不清。

“还有个跟北莽有牵连的谍子隐藏得更深，是谁？没有她泄密，别说惊动橘子州持节令慕容宝鼎的大驾，连洪敬岩都不可能跑去青苍城截杀我。这两人踩点儿踩得恰到好处，显然是经过北莽智囊精密推演的，那个谍子似乎比黄瓜那丫头脸皮厚很多啊。”

徐渭熊反问道："你是真不知道还是在装傻？梧桐苑有这份隐忍和心机的人能有几个？"

徐凤年放下手，笼着手转头望向湖面，轻声说道："我这就去见一见她。姐，你帮我准备两杯酒。"

徐渭熊犹豫了一下，终于还是没有作声。

梧桐苑的二等丫鬟都有自己的私屋，私屋各有各的韵味，又以王府小国手绿蚁的屋子里东西最多，屋内摆放了许多稀奇古怪的物件，藏书反而不多。她精于弈棋，屋中却没有棋墩，不见一颗棋子，要下棋，她都是跟当年的世子殿下直接在主院里手谈，总能杀得徐凤年丢盔弃甲，从不手下留情，便是对上神乎其神首创十九道的二郡主，偶尔也能打成平手，足见其聪慧。大概是慧极必伤的缘故，绿蚁也是梧桐苑丫鬟里身子骨最弱的一个，好在徐凤年是个对身边的人很好的败家子，便是武当山老真人宋知命送到王府的珍品丹药，也常年定期送给绿蚁温养身体。今天梧桐苑不是绿蚁当值批朱，屋门没有掩上，她独自坐在窗口处，看着窗外泛绿的梧桐树，嘴角噙笑，当听到敲门声，转头看到一手拿着一杯酒的世子殿下时，笑意盈盈地站起身。梧桐苑的女子，大抵都还喜欢把这个温柔英俊的年轻男子视作她们的世子殿下。徐凤年走到窗口处，搁下两杯酒，顺着她先前的视线望向绿纱窗外。绿蚁从不在意那些尊卑之分，反正梧桐苑的人也不怎么讲究这些规矩。她轻轻坐回椅子上，手肘抵在椅子的把手上，身躯倾斜，抬头看着他。这么多年来都是如此，这个男人始终盯着北凉，在看江湖和江山，她就只能看着他，看他的侧面或是背影，只有在下棋、对饮时，才能够看他的正面。

绿蚁柔声笑着问道："黄瓜是个傻瓜，殿下，你说是不是？"

徐凤年没有转移视线，点头道："这个院子里，她一直是最笨的那个，字写得最丑，下棋最臭，古筝也弹得没甚灵气，每次都被你们怂恿去触霉头，去挑衅鱼幼薇，去挑衅裴南苇，去挑衅陆丞燕，四面出击四面树敌，背了黑锅还觉得自个儿义薄云天，是顶天立地的女侠。我每次都想骂她几句却不知如何开口，拐弯抹角地骂，她保准当成是夸她；骂得直白了，她还不得哭死？最笨的一个成了谍子，到头来真的是笨死的。所以我不怪她，因为她就是个傻丫头，何况她在离阳泱州那边还有爹娘健在，是迫不得已。那你呢？你从来都是院子里最聪明的一个，我姐说了，你在北莽无亲无故的，为什么还乐意给蛮子卖命效死？好玩？你要是早些倒戈，安安心心地做你的北凉女子绿蚁，谁能来梧桐苑杀你？是种凉、慕容宝鼎还是洪敬岩？后头两个，均在天下十大高手之列，一起被你喊去青苍城，不是一样没能杀掉我？我实在想不明白。”

绿蚁平静地说道：“殿下，要不咱们喝着酒聊天？哪杯是殿下的，哪杯是奴婢的？就当给奴婢饯行了。奴婢比黄瓜胆子更大，城府更深，我们都希望殿下能活着回家，不过奴婢更想跟殿下再说上话，黄瓜她就不敢，她不但笨，还是个胆小鬼。”

徐凤年冷笑道：“真的已经是鬼了。赶在清明前，挺好。”

绿蚁摇了摇徐凤年的袖口，眼神迷离，跟他对视。这名秀外慧中的女子喃喃自语道：“大家都是女子，我凭什么是丫鬟，凭什么见到殿下就得自称‘奴婢’，凭什么一辈子只能远远地看着你？我不笨，也敢杀人，更能笔下杀人纸上害人。我也有名字，也想嫁人，更想相夫教子。我有太多的想法，最大的一个想法，殿下知道是什么吗？记得殿下从京城回来，跟我喝酒时说了很多醉话，说了有关梦想的很多闲话。说丧家犬的梦想，就是有个家；说过河卒子的梦想，就是过了河能回头；说剑客的梦想，就是进江湖时有剑、出江湖时还有剑；还说过你不想有人因你而死，不想眼睁睁地看着身边的人一个接着一个地需要你去给他们上坟。所以我的梦想，就是让你多看我一眼，真真正正地看着我，就像现在这样。我死了，你才能记住我，我活多久，你就恨我多久。”

徐凤年抽回袖子，不让她攥住。

绿蚁呼出一口气，嫣然笑道：“奴婢说完了，也可以死了。殿下可以走了，别污了殿下的眼睛，我不想临死还让殿下多出一桩愧疚之事。”

徐凤年径直转身离去。

徐凤年离开屋子没多久，屋外传来一阵轻微的轮椅的吱吱声。

绿蚁没有转头去看那个比自己更冷漠也更聪明的女子，弯腰伸手握住一杯酒，问道：“是二郡主准备的绿蚁酒吧？”

绿蚁没有去看在轮椅上坐着的女子，后者同样没有看绿蚁。

绿蚁轻声说道：“那就没两样了。”

绿蚁真的很聪明。如果是徐凤年准备的两杯绿蚁酒，则一杯是鸩酒，另外一杯便是法外开恩的寻常绿蚁酒，绿蚁是死是活，得看天命。可如果是二郡主徐渭熊赐下的两杯酒，注定会背着徐凤年送来两杯毒酒，因此她喝下哪一杯都一样。

绿蚁随手拿起一杯绿蚁酒一饮而尽，还没有尝出滋味就又端起第二杯酒，还是仰头一口灌入腹中。既然是死，多喝一杯酒总是赚的，以往那么多次跟二郡主对弈，寥寥几次获胜，正是靠她一点一滴的优势积累。

绿蚁坐回椅子上，静静等死。

许久过后，绿蚁皱了皱眉头，只听到徐渭熊冷冷地说道："我的确帮你准备了两杯毒酒，也猜到他会给你换掉。他想着让你饮尽一杯酒，觉得自己能侥幸偷生，然后离开北凉，寻一个山清水秀的地方躲起来，可以心安理得地活下去。可我不会让你这么舒舒服服地离开这座院子，我就是要来逼着你喝光两杯酒，让你这头养不熟的白眼狼清楚地知道到底是谁亏欠了谁！他不想你死，又想让你舒服地活着，我没那么好的心肠，除了老死，你就别想死了，我会让几只精锐游隼跟着你一辈子——"

一道男声打断了两个女子的针锋相对。

"行了，姐。"

徐凤年折返回来，推着轮椅离开。

徐凤年推着徐渭熊去了清凉山上，一起俯瞰凉州城，轻声说道："我最后的那点儿耐心也被磨光了，所以姐你放心，以后我不会还这么菩萨心肠。娘以前说过，谁都不是生来就该遭罪的，一个男人就算不能善待女子，也不可以随意祸害女子，得把她们真的当人看。如今梧桐苑清净了，我也没了后顾之忧，这回你就当我做了次了断，最后跟你任性一次。姐，咋样？"

徐渭熊嗯了一声。

徐凤年讶异地笑道："姐，你怎么这么讲理了？我不太适应啊。"

徐渭熊的脑袋往后一撞，狠狠地撞了他一下，她平淡地说道："我是见你当上北凉王之后，去后山机造局的次数超出了我的预估，才破例准你任性一次的。"

北凉机造局就建在清凉山后山的山底。

正是这个不起眼儿的机构，给北凉铁骑制造了天下最好的战刀、铁矛、弓弩、铁甲。

每一柄战刀、每一根铁矛、每一张弓弩、每一具铁甲，虽然只比别人的好上一点点，但三十万铁骑累积出来的隐性优势是何等惊人？

北凉最吃金银的地方，除了养兵的军费，就是机造局制造的大量军械。

镇守帝国西北门户的第二任北凉王，对机造局的重视程度犹胜旧王，简直到了无以复加的地步。

徐凤年眼神坚毅，伸手做出弓箭抛射的手势，沉声说道："我要跟北莽、离阳讲一个徐骁当年常讲的道理——天底下最大的道理，就在北凉弓弩的射程之内！"

第六章

看不尽大好河山
割不尽大好头颅

北凉百姓只知道清凉山北面住着一帮“山后之人”，至于这些人是做什么的，又是什么身份，无从知晓。清凉山的后山又称作“背阴山”，一直是禁地。一辆轮椅车缓缓下山，徐渭熊裹了件厚实的黑色裘子，双指轻轻拢住领口。山脚处有一小片藏青色的建筑，并不起眼儿，她自然知道真正的北凉机造局建在地面之下，那里常年灯火通明，亮如白昼。当初离阳吞食春秋，墨家巨子为赵室出了死力，大济苍生后本想着可以功成身退，退隐山林做些学问，不过离阳老首辅一直将墨家贬低为“春秋流氓第十国”，散布在朝廷上下的数千名墨家巨子被屠戮殆尽，尤其是顾剑棠和其他几位大将军行伍中的墨家巨子，几乎一夜之间就从人间蒸发，连尸体都找不到，只余下不足百人在徐家的庇护下苟且偷安。其中以巨匠宋长穗跟杨光斗两位老人为尊。宋长穗精于兵器锻造，杨光斗长于攻守推演，都曾是老巨子左祁连的得意门生。在守孝期间，推着轮椅车的徐凤年去机造局除了“追魂索命”，死皮赖脸地督促宋长穗师徒加紧打造符甲，还要跟杨光斗讨教西线推演。

徐凤年对机造局不陌生，在他还是少年时就隔三岔五地溜到机造局欣赏那里热火朝天的独有景象。当初徐凤年跟江湖仇家玩钓鱼把戏，故意从北凉王府泄露出去的那幅《清凉山地理图志》，就出自徐凤年跟巨匠宋长穗的徒弟曹嵬两人之手。靠着这幅地图，想要进入清凉山然后靠近梧桐苑不难，可要想找到机造局确切的地点，无异于痴人说梦。可以说世子殿下跟曹嵬这两人都是祸害，肚子里的坏水儿一样多。少年时代，徐凤年没少被曹嵬仗着身手好打得鼻青脸肿，徐骁要是想去机造局帮儿子找回场子，宋、杨两位老头子就一个抬起头挖鼻孔一个斜着眼掏耳屎，一问三不知，反正想要在那座迷宫里找到曹嵬那孩子，除非徐骁铁了心要用两三千名甲士挖地三尺。不过后来徐凤年学聪明了，收买了机造局里的许多同龄人，合伙打压曹嵬，一起拦路堵截、套麻袋，这才算扳回几局。总之徐凤年跟比他稍大几岁的曹嵬关系称不上如何融洽，还有点儿天生不和、命中相克的意思。但二人都是仗义之人，比如徐凤年说想要陷害谁了，或者想捣鼓一些奇巧物件，曹嵬不管嘴上叨叨叨如何不情不愿，真做起事情来手脚比谁都麻利。

徐渭熊到了机造局门口却没有进去，让徐凤年独自进去，她则绕道而行，驱使轮椅车沿着幽静的青石板小径，折回了清凉山向阳的那一面。

徐凤年熟门熟路地走入机造局，一路畅通无阻，墙壁上嵌有灯火的地道不断向下延伸，好似没有尽头。机造局号称能填下一座倒扣过来的清凉山，规模之大可想而知。

徐凤年曲曲折折地走了小半个时辰，穿过了七座密室、十二条密道，才终于走到底层的某处。该处视野开阔，有一座两层楼高的炼器炉，炉子的四周架有十几架梯子，距离炉子十几丈的地方摆有一张书案，书案上堆满了字迹潦草的图纸，桌子底下也散乱地放着无数张图纸，几个面红耳赤的古稀老人在那里争执不休，偶尔对着炉子指指点点。徐凤年没有打搅这帮老头子的骂战，走到炉子前，被火光映照得红光满面。这只炉子名“鼎器”，来历非凡，已经作古的棠溪剑炉以及还在铸剑的东越剑池的风雪炉，比起这个，都是小巫见大巫。据说大秦得天下，收缴天下铁器铸就九鼎，用以镇压两城三河四山，用的就是这种由墨家前辈打造的炉子。

徐凤年笑了笑，正在遐想时，脑袋被人拍了一下。徐凤年懒得转身，一巴掌就把那不懂礼数的家伙轻轻拍飞，背后立马传来一阵骂骂咧咧的声音。自从徐凤年练刀后，他身后这家伙就变得老实了许多，不过江山易改，秉性难移，姓曹的还是忍不住要挑衅几下，然后就是这个下场。

曹嵬揉着脸颊跟徐凤年并肩而立，这个年轻男人身材矮小，输人不输阵，跟徐凤年相处时喜欢踮起脚，可即便这样，仍要比徐凤年矮半个脑袋。

徐凤年笑道：“听说‘重孙’被你折腾出来了？”

曹嵬得意扬扬地说道：“比起最锋利的‘老祖宗’，锋利程度就差了一分；比起最结实的‘孙子’，牢固度差了半分；比起最轻巧的‘老爹’，不过重了小半两。这下子你知道厉害了吧？”

徐凤年讥讽道：“都是差上一点儿，就没有哪一样是历代北凉刀里最好的？”

“老祖宗”也好，“孙子”“重孙”也罢，都是徐凤年跟曹嵬两人给北凉刀起的绰号。

“老祖宗”是第一代真正成制的北凉刀，在春秋早期的战事中，徐家军就是靠着这种锋芒毕露的初代北凉刀打天下的，可谓所向披靡。在春秋中后期，比如征战西蜀跟襄樊攻守的末期，徐家军就换上了第二代北凉刀，锋锐程度不如“老祖宗”，但是相对轻便而且结实；徐家入主北凉后，第三代北凉刀“老爹”重新做了取舍，时下许多与北凉道毗邻的州郡的纨绔子弟所佩带的北凉刀，大多是刀身曲线最为美妙的“儿子”。到“孙子”这一代时，北凉刀已经历经五代，然后在曹嵬手上，算是六代同堂，迎来了最新的“重孙”。这六种北凉刀，除非是摸惯了北凉刀的老卒，否则很难辨出其中的差异。

被徐、曹两人私下称为“孙子”的第五代北凉刀，已经是被离阳、北莽两朝的兵法大家公认为攻守兼备的战刀。北莽南朝的几位大将军跟离阳的燕剌王赵炳、广陵王赵毅这些著名武夫，不是没想过大批量仿制，只是看似简简单单的一柄刀的成功出炉，涉及铁矿质地、采铁效率、炉子火候、锻打工艺、模具制定等方面的因素，甚至还要考虑用刀士卒的身材、手臂比例、气力大小，涉及的学问繁复而艰深，北凉除了拥有铁矿质地出众以及工匠手艺精湛等诸多优势外，最重要的是北凉铁骑戍守边塞二十年，刀这东西，喝没喝过血，喝多还是喝少，都会相应地影响它的精气神。

别看徐凤年嘴上挖苦曹嵬锻出的“重孙”，实则不用亲眼看刀亲手摸刀，他就已经从只言片语中确定了这一代新出炉的“徐刀”的霸道，它不是最锋利、最坚固的，却肯定是最能发挥出持久杀伤力的杀人利器！

果不其然，觉得被侮辱了的曹嵬跳脚骂道：“你个门外汉，有本事这辈子都别碰一下‘重孙’！”

徐凤年懒得跟他斤斤计较，伸出手，很快就有曹嵬的师兄弟跑来双手奉上三柄新刀。这几把北凉刀同为“重孙”，只是按照常例，骑军、步军以及镇守后防的陵州将卒，三者佩刀又各有微妙偏重。一般而言，北凉铁骑尤其是几支精锐重骑所配的北凉刀肯定是最为崭新和出众的，只要新刀现世，几乎第一时间就可以换上，而陵州境内寻常的守军，例如那些并非潼关险隘的镇军，全部换装则要缓慢许多。徐凤年接过一柄战骑佩刀，左手握住刀柄横刀在胸，右手的手指抹过刀锋，对于食指渗出的血丝视而不见。他眯起眼，在刀身上敲了十几下，竖起耳朵听着常人辨识不出的轻微回响，满意地点了点头，笑容在那张清逸的脸庞上慢慢洋溢开去。被曹嵬当作“叛徒”的几名年轻巨子都如释重负，相视一笑。

徐凤年正要说话，就听到一声巨吼，有个老头子直呼“姓徐的”。徐凤年把刀递还给一名巨子，走向书案。墨家巨匠宋长穗双手负后，满身酒气，扭了扭头，示意徐凤年跟在身后，满脸胡须如杂草丛生的老人径直走向一间新辟出的密室。

杨光斗不像宋长穗这般不修边幅，身上的一袭青衫干净清爽，走在徐凤年身边，轻声说道：“老宋按照王爷的意思，用了两旬时间才弄好，每天得喝六七壶酒提神才行。杨某看过以后觉得还不错。对了，王爷，小王爷那件符甲如何？扛下了慕容宝鼎的几成攻势？换成斤两，有没有超出咱们预判的一万六千斤？符甲自己生长出来的韧性又有多少？何处需要改良、完善？天劫紫雷若是以八八之数或者九九之数衡量，具体该有多重，王爷你该给咱们一个确切的数目了吧？机造局也好做到有的放矢，总不能让咱们耗费心血，到头来搭建一座海市蜃楼吧？这不合我墨家的规矩。王爷想必也知道宋老头儿的脾气，就他那刨根儿问底儿的性子……”

前头的宋长穗重重地冷哼一声。

徐凤年从怀里掏出一封早已准备好的手札，笑道：“这些事情我都写在密札上了，杨老接下来按部就班即可。”

杨光斗将密札收入袖中，笑着点头。

宋长穗推开密室的大门，视野豁然开朗。

脚下有山河！

这恐怕是史上最宏大、精细的一座沙盘，它囊括了北凉三州、流民聚集之地、西域、西蜀跟南诏，以及全部的北莽王朝十三州。确切地说，这便是一整条贯穿天下的西线！

宋长穗没有半点儿成就感，盯着偌大的沙盘，语气凝重地说道：“二十条主要河流、六十七座山以及一百四十座城池、军镇尽在其中。按照谍报所述的几方兵力配置，也以棋子数目一颗代替千人堆放其上，勉强做到了一目了然。之所以没日没夜地帮你做这个，一是因为我墨门寄人篱下，徐家帮我们这帮贼子余孽保命二十多年，该出力十分，于情于理都要出力十分；二是因为你的谋划很符合我的胃口，对我宋长穗来说，天底下的万物万事，没有一样是没法子去精确计算的，小到一家家底的多寡，大到一国的国力、陆地神仙的境界，都可以拿来算计算计。徐凤年，你跟我交个底，北莽真要先打西线？”

徐凤年嗯了一声，平静地说道：“是北莽女帝亲口说的，现在就看是什么时候开打、在什么地方开打了。咱们北凉已经不用奢望北莽会两只脚都先闯进离阳东线那座大泥潭，杨老跟上阴学宫的王大先生预期推演的一脚踩东一脚踩西，也得全盘推倒重来。”

杨光斗叹息一声，愧疚地说道：“是杨某学艺不精，谋划失当，误导了大将军跟王爷。当年二郡主不是没有提醒过杨某，要做最坏的打算，可杨某数次推演，都不觉得北莽太平令东线直下有何胜算——”

徐凤年摆摆手，打断杨光斗的话，轻声说道：“无妨，杨老不用自责，书桌上的得失，说到底还得让步于一场场硬仗的胜负。”

宋长穗嗤笑道：“杨老头儿，你听听这话，这小子打心眼儿里瞧不起你们这帮纸上谈兵的谋士。他跟徐瘸子还真是一脉相承，啥都不信，归根结底，只信自己手里的刀！”

徐凤年跟杨光斗对此皆是一笑置之。

曹嵬不知何时偷溜到沙盘中，走出一道弧线，蹲在一处念念有词。

徐凤年看着这家伙的背影。两人是天生的死对头，徐凤年对曹嵬再熟悉不过，这个矮子很贱，属于那种能坐着绝不站着、能躺着绝不坐着的家伙，很厚颜无耻，不熟悉他的人，与他交谈三言两语过后，就会开始觉得他欠骂，与他熟悉了以后，就会觉得他真是欠揍。曹嵬又怕死又怕见血，却偏偏想着有朝一日能够带兵打仗，做梦都想着亲自去征战沙场。别的人希冀着封侯拜将，都是奔着锦绣前程和手握权柄去的，曹矮子则是奔着好玩儿去的。徐凤年还没承袭王位的时候，曹嵬还算消停，两人见了面也无非是拌嘴吵架，这段时日，徐凤年成了北凉王，曹嵬就跟打了鸡血一般，嚷着向徐凤年要几千轻骑，然后跑去西域躲起来，最后来一场鬼鬼祟祟的长途奔袭，用他的话说，就是他要直接往北莽的屁股上狠狠地来一刀。徐凤年一开始没搭理他，这小子就扬言用第六代北凉刀来换取几千骑兵的统兵权，结果还真被他把“重孙”捣鼓出来了。曹嵬的用兵之法是野路子，徐凤年也不确定曹嵬的深浅，但曹嵬的风格可以举个例子说明，就像下棋，曹嵬不愿意坐下来入局，觉得太累，何必要先手布局跟中盘长考呢？曹嵬会冷眼旁观对弈的两人，也会观棋不语，只不过当双方总算要收官时，他就要胡乱拿出本不该落在棋盘上的棋子，往下一敲，美其名曰“大局已定”，说“老子一两颗棋子就能解决掉两百颗的官子局”。这种无赖，谁遇到不想往死里抽他？不过，吊儿郎当的曹嵬只怕一个人，那就是徐渭熊，不论是打架、下棋还是兵法、吵架，曹嵬都无法胜过她，实在不得不服。以前曹嵬个子矮，口头禅是“等老子当上定国安邦的大将军后，敢看不起我，我就砍下你的脑袋，到时候再来看谁个子高”，结果被徐渭熊不冷不热地顶了一句，说是“就你这高度，光砍别人的脑袋还是没用，得将别人腰斩，你才能比别人高”。自那以后，曹嵬就再也不乐意说这句口头禅了。

徐凤年临走前，被临时起意的宋老头儿骂得那叫一个狗血喷头，宋长穗骂这家伙是个不懂持家的败家子，竟然到今天为止还没能拿下漕运，骂这个家伙竟然接受了朝廷的第二道圣旨，接下了上柱国的头衔和朝廷不予夺情起复的决定，骂他没骨气，还骂徐凤年舍本逐末，不应该那般重视士子冷落武将，反正这个老头子想到什么骂什么。宋长穗一副对什么都不满意的架势，年轻的北凉王被喷了一脸的唾沫星子，笑脸不变，也不还嘴，站在那儿用袖子擦了好几次脸。如果不是杨光斗拦着，说得起劲儿的宋长穗差点儿就要卷起袖口，直接指着新藩王的鼻子骂了。

徐凤年等到老头子没力气再骂了，这才神色无奈地转身离去。

杨光斗站在门口，一脸无奈地说道："老宋，差不多得了，徐凤年毕竟是北凉王了。"

宋长穗瞪眼道："咋了，当上藩王就骂不得了？"

杨光斗瞥了一眼年轻人远去的背影，轻声说道："好歹给他留点儿面子，你我都了解这个年轻人当家不易。换成别人被你这么骂，早对你甩脸子了。"

宋长穗冷哼道："他敢？"

杨光斗笑眯眯地反问道："你真以为他不敢？"

宋长穗愣了愣，会心地笑道："这小子不会的。"

杨光斗缓缓点头道："这才对。"

宋长穗轻声感慨道："别人我懒得骂，也不愿意骂。如今的北凉，能骂他的老家伙走得差不多了，连我都不骂他的话，这小子才会真的觉得寂寞。"

曹嵬偷偷摸摸地来到两个师父的身后，觍着脸问道："刀也造出来了，那家伙总不能不给我一兵一卒吧？"

宋长穗一巴掌顺手拍在曹嵬的脑袋上，说道："瞧你那点儿出息，一边儿玩儿去！"

曹嵬怒道："这家伙真会吝啬到啥都不给我？他好意思？不行，刀还我！"

杨光斗眨了眨眼睛，伸出一只手掌，翻覆了一下，笑道："这个数是跑不掉的。"

曹嵬愣在当场。

徐凤年拎着一柄新北凉刀走回地面，沿着背阴的山路走上清凉山的山顶，坐在楼底的石凳上，从刀鞘里抽出可能马上就要在边境上染血的北凉刀，轻轻屈指一弹。

大好河山，割不尽的大好头颅。

陵州南境的肥寿城是离阳漕运的西北终点，青州的襄樊城则位于这条帝国补给线的中枢，因此朝廷要精准拿捏住北凉的七寸，就必须有靖安王赵珣的配合。就目前而言，担任中书省左仆射的"坦坦翁"很满意襄樊方面的动作，为此跟朝廷讨要了一份破例擢升的资格，同样也是这不合规矩的授衔，把靖安王府幕后的陆诩大大方方地请到了台前，赐翰林讲学，即寻常百姓所谓的大黄门郎，并且特准其不用去京城当差。先前北凉陈锡亮曾暂居肥寿城，跟朝廷的漕运副使顾大城拖磨了足足一旬光景，机关算尽都没能让这位副使大人有丝毫松口的迹象。

拂晓时分，一辆简陋的马车由北门驶入肥寿城，在城南的山海码头停下，从马车上走下三名年龄悬殊的男子——两个年纪相仿的年轻人、一位身着青衫的清瘦老者。三人站在不见几艘粮船的冷清的码头上，身材矮小的年轻人腰间佩了柄北凉刀，用脚踹了踹用来拴船的一根木桩，眼睛瞄向那座漕粮转运副使所住的临时官邸，跟身边头发灰白的公子哥儿没好气地说道："顾大城跟他老爹顾骓号称'河上大小顾貔貅'，顾骓当年认了如今司礼监掌印太监的师父做义父，父子得以先后担任漕粮转运使。据说他们赚到的银子都能把一个丙字号粮仓填满，不过如今朝廷有桓老头儿亲自盯着顾大城的钱袋子，顾大城胆子再肥，也不敢要北凉的一枚铜钱。要我看，这本就是个死局，还不如干脆宰了姓顾的，以后来几个转运使就杀几个，杀得离阳那边没人敢来触霉头，到时候咱们北凉自个儿大摇大摆地私营漕粮。从肥寿城到襄樊城这一段漕运，大小十六渠，粮仓不下五十座，总有人敢跟北凉做买卖的。实在不行，咱们就抢嘛，清凉山养了那么多江湖鹰犬，总不能常年光吃饭不出工吧？天底下没这样的好事。"

可惜微服私访的北凉王跟墨门巨匠杨光斗就没有附和他半个字，仅是沿着山海码头的青石地板缓缓散步，走向不远处的转运使官邸。官邸建了有些年月，加上少有修葺，相较城内的郡守府邸，就越发显得破败不堪了。这也怪不得顾家父子不去装点门面，实在是稍有僭越，就会被言官说成勾结北凉中饱私囊，那还不得被言官往死里弹劾？就算在京城里有大宦官撑腰也不管用，在这种事情上谁说情谁找死。

转运使府邸外围有栅栏，十几名披甲士卒都有些风声鹤唳的感觉，眼神畏缩。一些出生于当地的顽劣稚童不断地往栅栏里头扔石头子儿，也没有任何一名甲士胆敢声张，实在无聊，就只好苦中作乐，趁着官老爷不在场，用铁矛去挑落石头子儿，那帮本就玩儿心很重的孩童因此更是乐此不疲，四处找石头子儿往里丢。

徐凤年站在离栅栏几丈远的地方，轻声说道："朝廷在漕运一事上刁难北凉，也不全是为了试探我的底线，西楚复国在即，虽说到时候各地勤王之师不敢狮子大开口，可总得保证他们能填饱肚子。弓弩一响，那就是黄金万两，打仗说到底还是比拼家底，否则一没钱二没粮，顾剑棠就算有几十万大军，也打不过有孙希济在内运筹帷幄、曹长卿在外统兵征战的新西楚。很多人说当年西楚人若是早些下定决心，在西垒壁之战之前，早早让曹长卿分去叶白夔的兵权，离阳要彻底平定春秋，起码要晚上个五年甚至十年。"

杨光斗微笑着说道："对于西楚复国一事，杨某曾做过无数次推演，双方有的打，战事一时半会儿肯定结束不了。"

徐凤年点头道："天下赋税六出西楚，这些年离阳把西楚百姓压榨得够惨，再富饶的地方也经不起这么杀鸡取卵。不过元本溪、'碧眼儿'这拨人本来就存心逼着西楚百姓去反，顾剑棠跟顾庐的人也是做梦都想着能跟西楚打起来，太平盛世文官享福，武将就只能吃老本，所以赵家天子赶紧给赵右龄、殷茂春这些庙堂重臣找点儿事情做，要么去考评官员，要么去主持科举，省得他们到时候精力太旺盛，只能用在拖后腿上。这么多年，朝廷有意在西楚周边削弱兵防，一方面让西楚人觉得复国有望，另一方面就有些用心险恶了，几大藩王里头不去说路途遥远的胶东王赵睢，就说淮南王赵英跟靖安王赵衡这几位，都属于相对势弱的藩王，但是手头上还剩了少则四五千多则一万多的精兵，让他们去靖难，就是让他们不得不被朝廷牵着鼻子走，老老实实地跑到西楚边境上把精兵打得一干二净的阳谋，这样阴毒的削藩举措，肯定是元本溪的主意。等到西楚事了，广陵王赵毅的大军要跟西楚军队正面交锋，那一身好不容易养出来的肥肉经此一战得割掉一大半，运气不好，一兵一卒都留不下，我都替他感到肉疼。胶东王赵睢本就被顾剑棠弹压得喘不过气，那么就只留下我跟燕剌王赵炳仍然不受管束，但是北莽多善解人意啊！北莽跟离阳心有灵犀一点通，马上要跟北凉死磕，你打你的西楚，我打我的北凉，大家各打各的，我都怀疑元本溪跟那个太平令是一伙儿的。说到底，就只有赵铸他老爹这一位大藩王还能逍遥自在。"

杨光斗轻轻笑道："纳兰右慈避祸的本领，自称天下第二就没谁能称天下第一。"

徐凤年自言自语道："离阳、西楚这场仗肯定要打在咱们跟北莽的前头，赵室就算明知北莽无暇顾及东线，也不会让顾剑棠参与其中——好不容易走了个徐骁，不能再养出个顾剑棠，文臣谈不上什么封无可封、赏无可赏，武将就多半要拥兵自重。不出意外，应该是卢白颉、卢升象一位坐镇兵部一位出京南下，不过卢白颉才任兵部尚书，由他带兵的可能性较小，卢升象只有得了军功，他年返京才好跟卢白颉抗衡，不至于让兵部变成'棠溪剑仙'一人的。如果是卢升象牵头的话，几个老不死的，像安国大将军杨慎杏肯定会趁着还能勉勉强强上马挎刀跑去分一杯羹，但是卢升象也好，杨慎杏也罢，都比曹长卿差了一大截。卢升象还好，用兵其实不差，只是注定会受到方方面面的掣肘。前期可以在劣势情况下去死战的，估计只有广陵王赵毅的兵马，要我看，这场仗不是有的打，而是说不定曹长卿一路势如破竹，直接打到太安城。”

杨光斗皱了皱眉头，说道：“西楚占优之后要北上？别说是曹长卿，就算是北莽，只要敢把决战放在太安城外，胜算就不大。”

徐凤年笑道：“我就随口说说。”

杨光斗哈哈笑道：“若真是如此，对北凉倒是天大的好事，指不定北莽就会果断放弃西线，掉头去打东线，跟西楚一北一南夹击太安城，那就真的是精彩至极了。顾剑棠不是总觉得自己输给大将军，仅是输在了天时吗？这下子他就有机会证明自己了嘛。他打造的那条东线这么多年要人有人、要钱有钱，伸手跟朝廷要什么就能得到什么，要是还不济事，顾剑棠这家伙就只好去拿几根面条上吊了。”

曹嵬插嘴问道：“曹长卿真有这么厉害？”

杨光斗轻轻感慨道：“春秋以西楚士子最多，西楚又以曹龙鲤最得意。曹头秀，独秀西楚，这可不是胡吹的。只不过世人都被他四入皇宫的壮举蒙蔽了，大多数人觉得他是个武功盖世之人，要说排兵布阵的功底，他跟陈芝豹大概要强于其他人。顾剑棠的强处在于每一战必先苛求占尽地利，号称‘不打则已，打则必赢’，总体说来，比起曹、陈这两人，还是稍逊一筹。不过，奉天承运的天时一事，既虚无缥缈，又可遇不可求，顾剑棠的天时便是离阳的大势，曹长卿的则是西楚气数的长短，至于陈芝豹，估计还在等。”

徐凤年淡淡地笑道：“陈芝豹是在等曹长卿跟随西楚一同覆灭，在等北莽跟北凉以及顾剑棠打得元气大伤，然后就轮到他‘小人屠’登场了。徐骁不过是踏平了春秋，陈芝豹的野心显然更大，他要亲手一统天下，铸造出一个千年未有的强大帝国。至于他想不想做皇帝，天晓得。”

杨光斗呼出一口气，说道：“大将军一走，这个天下就开始大乱了。”

曹嵬啧啧道：“反正我肯定是不会跟陈芝豹面对面厮杀的。”

这个矮子掰着手指缓缓说道：“凤字营已经驻扎在青苍，小王爷的龙象军也渗透得差不多了，加上凉、幽两州北边的褚胖子跟袁白熊，咱们北凉总算也有自己的东线、西线了，境内十四位新校尉把守的重镇关隘，属于第二道防线。我呢，再往流民聚集之地更西北一些，算是至关重要的第三道防线。其实也谈不上什么防守不防守，反正只攻不守，等你们打得死去活来时，老子来个一锤定音。喂，姓徐的，事先说好了，给我五千轻骑、一万匹上等战马，我可以帮你浑水摸鱼，一口气铲平北莽南朝的老巢，你要是敢给我一万人、两万匹马，我就帮你把北莽北朝的王帐也掀翻。”

徐凤年无奈地说道：“不是不可以给你，不过你真当北莽人都是睁眼瞎、酒囊饭袋？”

曹嵬翻了个白眼，说道：“对于这场注定要名垂青史的大奔袭，老子翻来覆去地推演了十来年，这辈子就指望着一仗成名了！”

徐凤年正要说话，蓦地听到一声再熟悉不过的“呵呵”。

还是不断有石头子儿从栅栏外丢入栅栏内，石头子儿的个头越来越大，一些身材高壮的北凉少年也加入其中，这些北凉少年膂力更大，这就不是嬉耍玩闹了，但在转运副使官邸任职的离阳甲士仍是不敢还手，只敢怒目相视。他们畏惧的当然不是这些稚童和健硕的少年，而是他们背后的北凉，何况副使大人顾大城三令五申，不许官邸内的任何人挑衅北凉当地百姓，违者一律剥去甲胄摘掉官身。

一名都尉模样的小头目见到下属身上的铁甲被石头子儿砸中，溅起一串刺眼的火花，约莫是想着泥菩萨也有三分火气，用铁矛暗中挑回了一颗石头子儿。石头子儿飞向栅栏，从缝隙中穿过，就要砸到一名少年的身上。少年躲闪不及，下意识地闭上眼睛，就在他要被石头子儿砸出满脸鲜血的关头，石头子儿竟被一名腰悬双刀的俊逸公子哥儿伸手握住。少年睁开眼，朝那位公子哥儿腼腆又感激地笑了。

那都尉见到那年纪轻轻的世家子，只当对方是寻常的富家子弟，并未多想，只是当他视线游弋，停在公子哥儿身边一个矮子的腰间时，顿时头皮炸开——一柄货真价实的北凉刀!

如今的北凉，不论以往功勋如何，只要不是军旅甲士，就不准私自佩带北凉刀，任你家族中有几个杂号将军，还是有谁担当刺史、郡守，一旦被专职督察此事的巡城骑卫发现，全部当场擒拿，鞭挞五十，丢入大牢三个月到半年不等。因此，这个祥符元年的春天，陵州境内的各座大牢内格外热闹，已经挤满了大大小小的将种子弟，一个个皮开肉绽。这些撞到新任刺史徐北枳枪口上的膏粱子弟中，除了有私自佩带北凉刀的，还有当街纵马的，不过这些难兄难弟在牢狱里凑在一起不耽误靠着关系喝上酒吃上肉，一块儿蹲着监狱侃天侃地，交情反而比以往好了几分。

顾大城手下的这员都尉懒得计较北凉的局势是好还是坏，可要说自己惹上了一个在北凉有资格不把规矩当回事的将种子孙，那还不得被顾大人剥皮抽筋？若是再害得转运副使官邸被自己殃及，被北凉铁骑来一场马踏连营，他一个吃离阳俸禄的小小都尉怎么活？

不过，都尉有些纳闷儿：以北凉蛮子的脾性，他们竟然没有小题大做？那个头发灰白的公子哥儿直接转身离去，胆大包天佩带北凉刀的矮子也没如何不依不饶。劫后余生的都尉犹豫了一下，觉得有必要跟顾大人知会一声，以免将来被秋后算账。

顾大城是个很容易让人记住的官员，不管享用何种美食，都生得瘦骨嶙峋，自号“一袋米先生”，常年在腰间悬挂一个装满大米的红绸袋子。相传顾家发迹前，顾雏是靠着别人施舍的一袋米才活下来的，顾家老小都是被战争吓得将此事刻在了骨子里的，飞黄腾达后不忘本，父子两只貔貅都有挂米袋子的习惯，这在离阳漕运这条线上的一大串官员中间一直就是一桩笑谈。更有传言说去年顾雏进京时，专程拜访已是中书省主官的“坦坦翁”，谁都以为这么个声名狼藉的从三品官员跨不过桓老爷子家的门槛，不承想，“坦坦翁”不但让顾大貔貅进了门，还留下了那袋米，说是恰逢家中无米下炊。自那以后，取笑第二天升任户部侍郎的顾雏的官员明显少了，笑谈也逐渐成了雅谈。

在都尉禀明栅栏外状况时，顾大城正在独自坐着品茗，听着心腹细致的回报，一开始没有太过上心，然而突然想到了什么，详细地问起了那佩双刀的世家子的模样，连马夫的模样也问了。都尉凭着记忆说了一遍，说那年轻人头发灰白，身材修长，有着女子般的眉眼，至于那名马夫，他离得远，瞧不真切，只能看出约莫身长八尺。

顾大城露出一副牙疼的表情，手指颤抖着点了点都尉，骂了一句“成事不足败事有余的东西”，跳下锦绣小榻，顾不得穿靴子，一溜烟儿地跑出官邸，最终还是追到了那逗留在码头上的一行人。只是顾大城猛然停下脚步，犹豫不决，最终还是没去跟那位新北凉王寒暄。

顾大城蹑手蹑脚地转身回到府邸，喊来两位上了年纪的心腹幕僚，要他们赶紧写一封盖印的驿信，通知肥寿到襄樊之间的所有漕运官员动起来，却不是大动，而是借口几大主干河渠阻塞，“竭力”调配少量漕船，火速运送往年三成的漕粮入凉。两个幕僚都有些不解，顾大城却没有为他们解惑的心情。

顾大城回到茶室时茶水早已凉透。

家家有本难念的经。

他自知为官能力如何，赚钱还算一把好手，可这两年朝廷那么多令人眼花缭乱的大动作，他跟他老爹都只能雾里看花，好在他老爹上次去京城后依附上了桓老爷子，经过“坦坦翁”的一番指点迷津，顾大城这才“世袭”了转运副使的宝座。加上老爹加官晋爵，父子二人，儿子在地方上赚钱，老子去朝中当大官，所以顾家这次铁了心给朝廷当恶人，跟北凉正面起冲突，顾大城等于抱着必死之心坐镇肥寿城，就是给“坦坦翁”报恩而已。不过桓老爷子毕竟是桓老爷子，甚至亲自为顾大城传道授业，送了顾家一张保命符，那就是北凉这边只要徐凤年本人没有恼羞成怒，顾大城就往死里压着漕船不动弹，唯有哪天这个年轻藩王按捺不住亲自出马了，顾大城就有了应对之策：桓老爷子已经跟襄樊城那边的人打好招呼，到时候可以给北凉往年三成的漕粮。顾大城虽说遵循桓老爷子的意思打出了这张护身符，但北凉这边到底如何计较，顾大城心中没底。其实上次让陈锡亮骑虎难下，顾大城就很忐忑不安，别人不知道北凉王对这名寒士的器重，但当初在桓府面谈，“坦坦翁”数次提及，都说此人不可小觑，能够让其晚一天出人头地都是好事。年纪不大却老态尽显的顾大城想到自己这大半年在肥寿城的苦难日子，摸了摸腰间的米袋子，苦笑道：“老兄弟，富贵险中求，顾家已经有了富，只要这趟差事办妥了，以后就安安分分地求贵，打死都不去跟北凉蛮子打交道了。如今连肥寿城最没名气的清倌儿都不乐意赚我的银子了，真是有钱都没地方花，怎一个惨字了得啊！”

一名少女扛着一根枯败的向日葵秆子站在渡口边，呵呵一笑过后，就背过身对着浑浊的河水发呆。北凉女子大多雄高非凡，曹嵬好不容易遇到一个比他矮的姑娘，瞧着这姑娘跟姓徐的有些渊源，就想上前去套近乎。徐凤年于公于私都没想要拦着，然后武艺不俗的曹嵬就被小姑娘干脆利落地一巴掌拍入河水，根本来不及抽刀，甚至可以说连丝毫危机都没有察觉。巨子杨光斗难以置信地看着那个姑娘，徐凤年轻声解释道：“芦苇荡一役，当时离阳武评的天下第十一名王明寅就是被她一击毙命的。后来柳蒿师逃离神武城，应该也是被她偷偷摸摸宰掉的。”

杨光斗骇然加恍然——难怪武道修行杂而不精的曹嵬会在她的手上吃瘪。

徐凤年走到她的身边，问道：“怎么现在就来北凉了？我没记错的话，还没有到先前我跟黄三甲约定的时候啊？”

少女默不作声。

徐凤年也不知道如何闲聊才算适宜，微笑着说道：“那你要不跟着我？不过这会儿北凉没啥高手值得你去杀，若不是这样，我也开不了这个口——终归有借刀杀人的嫌疑。我刚好要在北凉境内四处走一走，在遇到你之前就已经在陵州闲逛了一个月。这两年哪，我还真是经常惦念你做的酱牛肉。”

不知是叫贾家嘉还是贾佳加的少女呵了一声。

徐凤年看了看向日葵的干枯秆子，又看了看她的气色，伸手握住少女的手臂查探气机流转的情况，轻声说道：“不管是黄三甲误打误撞还是神机妙算，我都要告诉你一个好消息，你当初替我承受的赵老王八的气运横祸，我已经有六分把握帮你解决。当然，必须承认一点——这对我自己也有莫大的裨益。我目前除了在慢慢培植韩生宣残留的红丝，体内更有柳蒿师精心培育了小半辈子的几十颗紫雷，外加跟北莽国师袁青山做买卖时赚到的一个包子，离儒、道合流还有一线之隔，如果再将赵宣素留下的龙虎山紫金气运化为己用，就算圆满了。再接下去就要看机缘了，若能汲取佛门精髓，到时候三教合流，只要自成了小千世界，我不当陆地神仙都说不过去，说不定跟四百年前的大魔头高树露，以及当下以力证道的武帝城王仙芝都有一拼。不过，要走到这一步，不知道要到猴年马月就是了。反正我跟你有一说一，你要是不说话，我就当你答应了。”

杨光斗有点儿咋舌。北凉王果真是不把这个杀手姑娘当外人，这些秘事，老人也都是第一次听说，传出去的话，定会在江湖上掀起轩然大波。春秋三尊大魔头，“人屠”徐骁老死，“人猫”韩貂寺“暴毙于皇宫”，已经三去其二，黄龙士神龙见首不见尾，多半是正躲在幕后搅局，难道身边这个年轻藩王既要当手握权柄的北凉共主，又要在韩貂寺之后成为以一己之力就让所有江湖人噤若寒蝉的大魔头？以前北凉是靠着铁骑和鹰隼让江湖人士不敢造次，看来以后新北凉王一人就能让北凉周边的江湖人俯首帖耳了！

呵呵姑娘缩回手臂，用手指指了指自己的肚子。

徐凤年笑了笑，柔声说道：“行啊，正好我也饿了，咱们进城找酱牛肉吃去，不好吃咱们就不给钱！”

浑身湿漉漉的曹嵬狼狈地从河水中跃上岸，跳脚怒目道：“不是说好了不在肥寿城停留的吗？老子要去秦楼楚馆多如牛毛的黄楠郡！姓徐的，你敢见色忘义，信不信老子拿刀砍死你？！”

只见徐凤年一抬腿作势要踹得曹矮子再度坠河，很会给自己找台阶下的曹嵬一边破口大骂一边跑向马车。

马车不大，车厢里又堆满了地理图志，如今多了个小姑娘，越发显得狭窄了，好在曹嵬很识趣，坐在徐偃兵身边，忙着拧袖子挤水。

这一路行来，徐凤年一直跟杨光斗在车厢内推演战事走向，其中凉州跟姑塞州对峙的西线有两处，幽州倒马关外的葫芦口也算一处。出了车厢，徐凤年这一个月在陵州走走停停，并非达官显贵都会被召见。按照徐北枳对官员十九层境界的划分，梧桐苑众人精心撰写出了一份暂时仍算粗略的北凉官评，只重事功，轻学问、清誉，薄家世背景。徐凤年只在暗中面见荣登此评的官员，此行所见之七八人，徐凤年的希望跟失望之情大致参半。大小不一的官场，就像是每家每户都有的筛子，掌握在谁的手中，这个人的口味就注定了具体的筛选方式。赵家天子是在张巨鹿跟赵右龄的打理下筛选天下官员，“筛子”在徐凤年手上就是筛选北凉官员，比起离阳朝廷，少了几分气定神闲，多了几分功利性，在徐北枳手上就再等而下之，只能筛选陵州官员，照此类推，层层筛选，最终能够冒尖并且稳坐钓鱼台的都不会是傻子。

徐凤年一旦逛完了陵州，接下来就要去幽州了。如果说凉州是北凉道的嫡长子，富饶的陵州是姨娘养的极有出息的庶子，那么比凉州兵权要小又比陵州穷苦的两头不靠的幽州就显得很尴尬了。但幽州才是徐凤年此行的主要目的，事实上的确是幽州百姓对他这个北凉王的怨气最大，尤其是在徐凤年接受上柱国头衔，没有像上次拒收徐骁谥号那样再次拒退圣旨之后，幽州有些使劲儿蹦跳的军伍官员就跟陵州遭受了牢狱之灾的将种门庭隐约有了遥相呼应之势。徐凤年当初在陵州当将军，破天荒地没有大开杀戒，跟谁都挺好说话，许多人觉得他有着妇人心肠，这次去由燕文鸾一手把持的幽州，徐凤年觉得是时候割下一些脑袋了。他们想跟他玩儿，可以，得拿出性命来玩儿。

少女杀手突然问道：“你认不认识一个叫赵铸的人？”

徐凤年愣了一下，说道：“当然，我跟他很熟。这家伙是燕剌王的世子，喜欢筑京观，我们前不久还在春神湖上见过一面。”

双手竖起向日葵秆子的小姑娘随口说道：“还有个姓纳兰的人，我都见过了。”

杨光斗的双手压抑不住地颤抖起来，他死死地望向徐凤年。

徐凤年嗯了一声，没有说话。

她见过了，自然意味着黄三甲跟赵铸以及纳兰右慈秘密见面了。

先前徐凤年还跟杨光斗、曹嵬戏言曹长卿会北临太安城，那纳兰右慈极有可能会偷偷藏身于世子殿下赵铸那几千轻骑之中，跑去跟黄龙士秘密会晤，这何尝不是一种更为悄无声息却更加惊世骇俗的北上？

少女语不惊人死不休，漫不经心地说道：“老黄喝醉酒后说了，当今的赵家天子还不错，就是儿子不行，好大喜功，还有……呵呵，我忘了……”

杨光斗的嘴角抽搐了一下。

徐凤年心中翻江倒海。

袁青山为何要用一个世间最昂贵的包子跟他换取那枚铜钱？因为这位陆地神仙在离阳之时，那名关门弟子正是赵铸！

如今赵铸有父亲燕剌王赵炳的数十万雄兵作为家底，有纳兰右慈倾力辅弼，更有了跟北凉的“一钱之约”，再加上黄龙士十有八九已经在这家伙身上下了天大的赌注！

徐凤年笑道：“纳兰右慈苦心经营燕剌道，已经让赵铸有了地利、人和，一直在苦等天时，如今好了，总算是天命所归了。”

徐凤年随即自问自答：“可是元本溪会束手待毙吗？不可能的。”

马车在肥寿城的南面随便逛了一圈。售卖卤牛肉的铺子不难找，铺子里的卤牛肉勉强算是可以下咽。曹嵬先前还觉得这少女瞅着不怎么邋里邋遢，后来瞥见她吃完酱牛肉，油腻的双手就随便往身上一擦，直翻白眼。

姓徐的没让曹嵬看走眼，毫不掩饰他的重色轻友，竟然亲自跑去绸缎庄给那姑娘买了几身鲜亮的衣裳，这还不止，瞧见那小姑娘直愣愣地盯着一大堆色彩绚丽的胭脂盒子，就又掏出了不少银子。

这让曹嵬有些扛不住，心想：你好歹是一个言行关系着北凉兴衰存亡的家伙，就这么有闲情逸致陪个小姑娘吃喝玩乐？

马车由肥寿城的北门出城，马不停蹄地赶往下一个歇脚地，于昏黄的暮色中到达黄楠郡。

新任郡守蔡浚臣拖家带口地刚搬入宋岩曾经居住过的府邸。猛然间从流民聚集之地转入繁花似锦的黄楠郡城，估计这家伙还没彻底回过神，一听门房说北凉王大驾光临，顿时脚下生风，恨不得手脚并用，端的一副极为听话的“狗腿”模样。

徐凤年自然不用在门外等候，才走入府邸，就看到蔡浚臣跟虞柔柔一同跑来了。蔡浚臣剑术平平，好歹还有些三脚猫功夫打底子，可怜了这位昔日青苍城的“王后娘娘”，停脚的时候上气不接下气，霞飞双颊。徐凤年摆摆手让她跟蔡浚臣都免了叩拜礼仪，一同走入府院深处，打量了一眼蔡浚臣身上那崭新的四品文官补子，打趣道：“蔡郡守，听城里的百姓说你睡觉时都不肯脱下官服，我就纳闷儿了，它能比你以前穿的‘龙袍’舒服？”

蔡浚臣躬着身子，灿烂地笑着，说道："卑职真不是跟王爷溜须拍马，确实舒服多了，在青苍穿那玩意儿就是过把瘾，能过一天是一天，就怕第二天自己的脑袋就不知道被人搁哪儿了，睡不踏实。如今大大不同，正儿八经的云雀官补子，卑职祖辈往上推十几二十代，当官的有，可那也只是芝麻绿豆大小的官，卑职这回算是光宗耀祖了，回头等卑职把黄楠郡的事务给王爷弄妥当了，就想着要重新修订族谱，斗胆恳请王爷到时候不吝笔墨，帮卑职写点儿桌面文章，几十个字就行。"

徐凤年点头道："这是小事，只要你镇得住黄楠郡望的四支王氏，别把黄楠郡祸害得乌烟瘴气，修订族谱的事情我肯定出力，至于'虞王后'的诰命，我也一并赐下。"

听到"王后"这个称呼，已是郡守之妻的虞柔柔嫣然一笑。兴许一方水土真的能养育一方人，她以往的狐媚风姿中，媚还在，"狐"字则要修改成"明"字。

本来两根手指在捻官补子的蔡浚臣闻言大喜，狠狠搓手，又听到登门送喜的北凉王说道："好人做到底，我不妨跟你透个底，不说书生入仕、士子结社跟创办书院这几件事，只说黄楠郡在整个北凉道是名列前茅的风水宝地，你到时候好好盯着，我许你全权处置，记住别让喜事变成祸事。你从青苍城偷偷带到黄楠郡的那些古董、字画，共计四十六件，我就当一件都没看见，你正好将它们拿来跟赴凉士子做人情，以后等他们有了官身，不管是在哪个州站稳脚跟，你再想笼络，今天一两银子的小事，那时候就得花费一两金子了。"

蔡浚臣嗫嗫嚅嚅不敢言语，倒是虞柔柔不见以往的怯弱模样，笑道："王爷尽管放心，妾身粗略地算了一下，这些物件贱卖的话，值个二十万两白银，郡守府肯定会将这些银子全花在治理黄楠郡民生之上。可惜的就是夫君在这儿人生地不熟，卖不出公道的价钱，否则……"

徐凤年指了指蔡浚臣，笑着教训道："蔡大人，'虞王后'比你会做人多了。仅仅让她主内，大材小用。我再唠叨一句，你只能先放下一半的心，我跟水经王氏的王熙桦和灵素王氏的王贞律两位家主知会一声，他们都是风雅名士，有他们开了好头，你那些物件不愁卖不出高价。另一半的心你还得悬着，黄楠四王氏这些风流大族，就算有我牵线，骨子里瞧不起你还是很正常，瞧得起你才叫怪事，你在青苍的那套人情历练，搁在这儿不灵光，蔡大人要有重头再学的觉悟。最后就是别觉得我这趟进府，是要逼着你砸锅卖铁做赔本买卖，捞钱这个行当，胜在细水长流，只要他日坐稳了黄楠郡守的位置，二十万两白银？黄楠郡一个中县的县令都未必瞧得上眼。其实我清楚得很，这些千辛万苦从青苍搬来的家当，你蔡浚臣是想送给经略使大人的，至于送多少，你们自己看着办，别顾忌什么，我跟李家人的关系没外界想象的那样不堪。你送李功德银子，他敢收，还不敢收了不办事，有他这个‘老黄楠’帮衬一二，你在黄楠郡做事会顺利很多。”

蔡浚臣只是重重地嗯了一声。

徐凤年也没有在府邸内长久逗留，吃了顿饭就离开了。

蔡浚臣将他送到门口，看着他登上马车，看马头指向，该是去王熙桦的宅子。

蔡浚臣没有直接入府，而是一屁股坐在门口的台阶上。虞柔柔有些讶异，坐下后扯了扯丰满臀瓣下的裙子，小声询问道：“怎么了？不像你啊。”

蔡浚臣揉了揉脸颊，叹了口气，轻声说道：“夫君这辈子算是在流民聚集之地的血水里蹚过来的，当过‘皇帝’穿过‘龙袍’，其实真要说在实打实的官场里厮混，只是个门外汉，但没吃过狗肉总见过狗刨，最不济也听过狗吠不是？你说在哪里当官，不是下边的人拼了命去揣摩上意？生怕提了猪头却走错庙，拜错菩萨？夫君这个陵州郡守倒好，颠倒了，轮到堂堂北凉王用心良苦地来教我如何当官，还给我铺路？真是我蔡浚臣有多大经国济世的能耐？我蔡浚臣就头一个不信。他北凉王的心思，比如拿我千金买骨，用我一个外人去将黄楠郡梳理干净，这些我都懂，不过真要是说换个人坐夫君此时屁股下的椅子，也不难，北凉再缺人，还不至于如此寒酸。北凉王没逼着咱们为他砸锅卖铁，这分明是要逼着我蔡浚臣心甘情愿地为北凉效死啊。”

虞柔柔笑了笑，问道：“夫君不乐意？”

蔡浚臣缓缓起身，平静地说道：“活了半辈子，第一次理直气壮地站着做人，又不是真要我去沙场送死，有什么不愿意的？”

虞柔柔弯起眉眼，妩媚地笑了，问道：“如果，我是说如果那人瞧上了我这残花败柳，你这回送不送？”

蔡浚臣眼神坚毅地直视她，沉声说道：“以前那是为了活命。假如在北凉到头来还是有这一天，我是打死也不送了。做人不能越做越回去。”

虞柔柔笑了，俏皮地皱了皱鼻子，不像风情万种的妇人，倒像是个天真无邪的女孩儿，气呼呼地说道：“你是知道他不会，才故意说好话给我听的吧？”

蔡浚臣伸出手指，帮她撩起额角处的一缕青丝，红着眼睛说道：“媳妇儿，这些年对不住了。”

虞柔柔猛然转过身，脚步轻快地走上台阶，双手拧在身后。

马车上，曹嵬缩在离那个忙着涂抹胭脂水粉的少女最远的一个角落里，对徐凤年讥笑道：“呦，姓徐的，以前没看出来，你这么擅长收买人心呢。”

徐凤年斜着眼道：“我收买你的师兄弟一起揍你的时候，你就应该知道了吧？”

被揭伤疤的曹嵬一手握刀，说道：“我真砍你啊！”

徐凤年火上浇油地说道：“到了龙睛郡，你这把刀我得送人，你现在赶紧多摸几下。”

曹嵬怒道：“休想！”

徐凤年微笑着说道：“你不给，我不会抢啊？”

曹嵬正要说话，只见徐凤年伸出两只手，弯下一根手指，说道：“一万精骑，只剩下九千了。”

曹嵬饿虎扑羊，死皮赖脸地握住徐凤年弯下一根手指的手，嬉皮笑脸地道：“姓徐的，徐凤年，徐大爷，徐祖宗！咱们君子一言驷马难追，说一万可以给两万，独独不可以只给九千啊，做买卖怎么可以缺斤短两？做买卖讲究的就是一个童叟无欺！你我英雄惜英雄，要豪气！”

徐凤年皮笑肉不笑地说道：“要我收回那一千骑也行，一边凉快去，别碍眼。”

曹嵬干笑道：“车厢就这么大。”

徐凤年指了指车帘。

曹嵬毫不拖泥带水，滚出车厢，然后掀起帘子探出那颗脑袋，说道：“别忘了，是一万而不是九千啊！少一兵一马我跟你急。”

结果曹矮子忘了那脾气火暴的杀手姑娘的存在，被一块突如其来的铜镜拍飞出去。曹嵬连屁也不敢放一个，坐在马夫徐偃兵身边龇牙咧嘴，百无聊赖，于是旧调重弹，笑嘻嘻地问这位世间顶尖高手：“徐高手，我是不是比里头那个姓徐的更加玉树临风？”

徐偃兵无动于衷。

曹嵬不肯罢休，追问道：“你不承认这一点没关系，那我比姓徐的高大威猛，你总该点点头吧？”

徐偃兵依旧置若罔闻。

曹嵬爬到徐偃兵身边，很不客气地与之勾肩搭背，一本正经地说道：“我知道你是顶厉害的高手，否则也不能追着洪敬岩和种凉一路打到姑塞州边境。不过我曹嵬也不差啊，我跟里头同样姓徐的那个人是不对付，不过跟你一见面就觉得相见恨晚，有些事情我就得先跟你讲清楚……”

徐偃兵低声笑道："你是不是想说'我曹嵬读书少见识少，你别骗我的钱，骗我的钱我脾气好，不打你。我相貌英俊高大威猛，你也别骗我，这件事情你敢骗我，我肯定打死你'？"

曹嵬惊叹道："姓徐的这都跟你说了？这个王八蛋肯定还说了很多毁我名声的话。徐高手，你可别信那厮啊，他别的本事不大，骗人是真厉害，绝对称得上炉火纯青！"

徐偃兵这样冷面冷心的人物也有些哭笑不得了，但也没让曹嵬把狗爪子挪开，淡淡地说道："北凉王别的也没多说，就是说到时候让我跟你去西域。"

曹嵬咬了咬嘴唇，没再说话。

车厢内，徐凤年正在跟杨光斗聊崛起于陵州的鱼龙帮。这个帮派如今财运亨通，已经由陵州的三流势力一跃成为北凉道数一数二的帮派，至于鱼龙帮怎么赚钱，外人只知道他们是做边关倒卖的杀头生意。徐凤年跟老人说了让鱼龙帮跟几股大马贼做马匹生意——从草原上大肆捕获野马，不论优劣幼壮，鱼龙帮都出高价购买。当下边境不少马贼展开了浩浩荡荡的"倒马"营生，不过不是直接跟鱼龙帮接头，而是卖给跟鱼龙帮有香火情的马贼，价钱自然大打折扣。

老人听到这里，笑道："用这种笨法子增添北凉的熟马，会不会于事无补啊？"

徐凤年摇头笑道："在地理上，流民聚集之地属于谁，北凉、北莽的得失得按双份算，这些无主的野马差不多也是这个道理，数目翻一番，就不容轻视了。再说徐骁很早就跟我说过，持家嘛，无非就是新三年旧三年，缝缝补补又三年，'缝补'二字最考验一家之主的功力。现在北凉千头万绪都要我去打理、权衡，我就一个宗旨，只要能把银子变成北凉的战力，哪怕是一枚铜板的生意，在不耽误大事、正事的前提下，我就都会屁颠儿屁颠儿地去做。"

杨光斗感叹道："王爷有这份心，是北凉的幸事啊。"

徐凤年突然看到那呵呵姑娘涂过了脂粉，"锦上添花"地往自己的头上斜着插了两支钗子，放下铜镜后正襟危坐，对他露出大概是她觉得风情万种的笑容。

杨光斗被惊吓得不轻，咽了口唾沫，不忍心再看呵呵姑娘的那副尊容，连忙转过头拿起一本书籍。

老人心想：真是难为这个小姑娘了，对她来说，化妆打扮肯定比刺杀天象境高手难多了！

徐凤年的定力早就被当年往脸上贴上半斤重的胭脂的李子姑娘训练出来了，他笑脸依旧，弯腰伸手把少女故意翘起的兰花指硬生生地扳回去，然后用手指轻轻刮去些过于厚重的胭脂。

曹嵬要死不死地在这个时候掀起帘子，看到那始终僵硬的“妩媚”容颜，吓得魂飞魄散，做了个自戳双目的手势，小声嘀咕道：“一个比一个狠！”

徐凤年轻声问呵呵姑娘：“那只喜欢吃竹子的大猫呢？”

呵呵姑娘垂下眼帘，回答道：“死了。”

徐凤年帮她插好那两支原本歪歪斜斜的钗子，揉了揉她的脑袋，说道：“那我让人从西蜀的竹林里再给你找一只。”

这个曾经一记手刀贯穿王明寅胸口、双脚踢着柳蒿师的头颅玩耍的少女抽了抽小鼻子，轻轻摇头。

老人很识趣地离开车厢，跟曹嵬一左一右地坐在徐偃兵的身边。

曹矮子幸灾乐祸道：“杨叔，你也被赶出来了啊？”

呵呵呵。

呵呵姑娘连呵三声。

曹嵬这次学聪明了，以迅雷不及掩耳之势跳下马车。果不其然，一只纤细的手臂直接穿透车壁伸了出来，如果曹嵬不逃，那就得被剜心了。

徐凤年在夜色中进入王氏府邸，饶是他家大业大，也是大开眼界：黄楠四大郡望中水经王被龙颐王压下一头，不过府上书香气息浓而不腻，雕梁画栋十分精巧，就连府上的丫鬟似乎也比别家府邸的多了几分书卷气，清清秀秀，淡妆宜人。

王熙桦大开仪门，亲自领路。这位家主既是经略使大人的毕生死敌，也是国子监左祭酒姚白峰的忘年交，徐凤年对他的观感一直不错，这归功于武当老掌教王重楼对王熙桦评价极高。如今王功曹的义子焦武夷进入陵州将军府，跻身十四位拥有实权的校尉之列，让文武兼备的水经王氏声望大振，若非李功德有个在边关沙场上很争气的儿子，龙颐王氏说不定还真就被赶超了。这个世道再势利不过，没出息的子孙出门在外靠父辈作威作福，志向远大的豪阀门第则靠着后代用功名反哺家族。

王熙桦有四房妻妾，不过子女显然太过阴盛阳衰，独子王云舒今夜不在府上——不是以往的夜夜笙歌醉生梦死，而是投军入伍了，今年入春以后黄楠郡的纨绔子弟就几乎找不着这个好兄弟的身影了。

因为所谈内容不是什么军机要务，所以宾主融洽，虽说没有王云舒这个马屁精在场，可王熙桦的女儿被徐凤年都走马观花地看了一遍，至于到底是谁大饱眼福，就不好说了。

反正曹嵬大马金刀似的坐在徐凤年的身边，直起腰杆，手握刀柄，恨不得用眼神从那些妙龄女子的身上剜下几两肉，可惜这些姿色都不俗的娘儿们就没一个把他当回事的，沾着水雾的眼神都搭在了年纪轻轻的北凉王身上，想必王熙桦、王云舒父子在家中闲聊时，没少说起徐凤年这位朝廷新近敕封的上柱国大人。这把曹嵬气恼得七窍生烟，几次故意咳嗽，也没见他招来多少道视线，加上徐凤年偏偏不去隆重地介绍他是何方神圣，曹嵬到最后破罐子破摔，只要徐凤年一开口，他要么冷哼，要么撇嘴，总算把功曹大人的小女儿逗乐了，躲在两位姐姐的身后捧腹大笑，半死不活的曹嵬立马有了精气神。

王熙桦何等老辣？其实根本不用徐凤年如何介绍，他就清楚这个貌不惊人的佩刀矮子不简单，否则谁敢堂而皇之地跟北凉王平起平坐，还敢跟北凉王拆台对干？偌大的北凉，刺史徐北枳算一个，游弩手李翰林都只能算半个。

不过他们王家是北凉首屈一指的经学世家，府上的人全部心气高，何况被姚白峰盛赞为当世解《易》前三的王熙桦，也没有用女儿去攀附权贵的想法，当然，权贵之中，徐凤年肯定除外。王熙桦对这个年纪不大的北凉人主有着发自肺腑的敬畏。要是真有女儿被徐凤年相中，不说给水经王氏雪中送炭，但肯定是锦上添花的大好事。至于那名矮小的佩刀男子，若是有女儿与他相互瞧对了眼，王熙桦也乐见其成。

徐凤年借着酒意，谈兴颇高。

王熙桦不敢得意忘形，只留下天真烂漫的小女儿斟茶递酒。

徐凤年向王功曹提起了蔡浚臣手头有些古玩字画，近期想要出手。王熙桦闻弦歌知雅意，轻轻点头，还笑称府上有好几幅价值连城的字画，被徐凤年在最醒目之处盖下了那天下闻名的刻有“赝品”二字的印章。

徐凤年破天荒地有些赧颜。梧桐苑曾有数方珍贵私章，其中有一枚用大秦小篆刻着“赝品”二字，当年王府品相极佳的珍贵字画，都被他盖过此章。徐凤年长久耳濡目染李义山的学问事功，在字画鉴定一事上下过苦功夫，眼光奇准，那些“赝品”无一例外都是真品，徐凤年以往的叛逆性子可见一斑。不过阴错阳差，不论中原士子如何仇视北凉，家中若是有一幅盖着“赝品”二字的书画，都是一桩可以跟人炫耀的美事。

在徐凤年出府前，王熙桦送了一幅字给他，是惊蛰时节王熙桦亲笔写就，可算一份残缺本的水经王氏家训：三知己三陌路——“胜己者，德隆者，有趣者，可做知己。志不同者，无性情者，重怨忘恩者，不做仇敌即做陌路”。这跟完整的王氏家训略有出入，比如知己中少了直言不讳者，陌路中少了德薄者，这大概就是王熙桦本人潜心钻研治学、事功二事多年，得出的独到心得了。尤其是先前闲聊时聊到历朝历代藩镇割据、宦官为患、朋党连营三大顽疾，王熙桦也有过一番不落窠臼的高见，徐凤年以往对读书人确有不小的偏见，几趟游历过后逐渐有所好转，今夜跟王熙桦敞开了聊天，让徐凤年也自省了几分。

出门之后，曹嵬见到少女杀手百无聊赖地围着马车慢悠悠地逛。她先前没有跟随进府，此时扛着那根滑稽的向日葵的干枯秆子散步。曹嵬现在真是怕极了这个脾气古怪至极的姑娘，杨光斗说这就叫作恶人自有恶人磨。

坐入车厢后，徐凤年问杨光斗：“王熙桦刚才提到北凉任用官员，使功不如使过，杨老意下如何？”

杨光斗拍了拍袖口，笑道：“这话要是早说个三个月，就有站着说话不腰疼的嫌疑。多如牛毛的衙役、胥吏中，尸位素餐者多，能做实事者少，被士子顶替，是咱们北凉的大势所趋，王功曹的本意不过是担心北凉格局动荡不安。不过既然流民聚集之地要新辟出一个流州，这个说法就讲得通了，难道功曹大人也摸到蛛丝马迹了？树挪死人挪活，既然好不容易走掉一个宋岩都没能做成黄楠郡郡守，那还不如跑去流州找机会，况且王功曹不是迂腐的书生，他去流州，于己于北凉都是好事。王爷将在北凉道旧三州犯了错的官员，一股脑儿地丢去流州，有治政娴熟、清誉极佳的王熙桦安抚人心，谁都会买他一个面子，又有小王爷的三万龙象军坐镇，说不定王熙桦还真能当上下一任流州刺史。”

徐凤年笑着点头。流州初代刺史的人选其实早已敲定，远在天边近在眼前，正是重新出山的杨光斗。

徐凤年原本属意陈锡亮，只是这位似乎只愿躲在重重帷幕后头的寒士执意不肯，徐凤年总不能强按牛头喝水吧？不过说实话，陈锡亮此时还有“眼高手低”的嫌疑，若是没有凉莽大战在即的大背景，将流州交给他文火慢炖也无妨，可既然快则一年慢则两年边境就要硝烟四起，徐凤年也委实不敢把流州全盘托付给陈锡亮。车厢内的杨光斗则既通晓权变，又人情练达，到时候徐凤年再给出一个徐骁“遗诏”的障眼法，老人的年龄、资历都清清楚楚地摆在台面上，远比“嘴上无毛”的陈锡亮更能服众。心急吃不了热豆腐，徐凤年越是重视陈锡亮，就越怕揠苗助长。这名年轻书生不但是他亲手从江南道拐到北凉的人才，而且是师父李义山无比器重的北凉第二代谋士的主心骨！

小姑娘坐在车厢的角落里自娱自乐，一会儿挤出个以指尖抵面的“妩媚”笑脸，一会儿又做起了手捧心口微微蹙眉的姿态，要不就是学那大家闺秀敛袖端坐。曹嵬脸皮再厚，也已经完全敌不过这等杀伤力不低于陆地神仙的威势，默默离开温暖的车厢，坐在徐偃兵身边唉声叹气，埋怨自己就不该出这趟门，早知道就在清凉山后山那边待着了，还能少挨几记手刀。

徐凤年看着呵呵姑娘在那里模仿从大街上的女子身上学来的千姿百态，不予置评，眼神温暖，就连杨光斗看着这对男女的相处模式，都有些捉摸不透了。以前的世子殿下也好，如今的北凉王也好，不管清凉山山外风评如何，杨光斗都知道这个年轻人其实寡情得很，不过他似乎对眼前这个小姑娘格外宠溺。杨光斗在遇上少女杀手之后，尤其是清楚了她跟黄三甲的关系之后，数次暗示徐凤年从她的嘴里多套出些话，因为哪怕是她随口说出的几个字或者一个姓名，说不定都可以影响北凉将来的格局走势，但是徐凤年就是不肯，杨光斗也无可奈何。当下徐凤年身上已经有了一种引而不发的深重积威，杨光斗不断地告诫自己万万不可再将徐凤年视作当初那个任性妄为的少年。钟洪武一事就是明证，老北凉王不愿收拾的残局，新北凉王收拾起来毫无顾忌，甚至老北凉王当年不愿跟离阳赵室撕破脸皮，在新北凉王手上，已经让人觉得北凉大可以割据自雄，这恐怕也是朝廷扭扭捏捏最终对漕粮松手几分的根源。新北凉王和新北凉已经开始让朝廷明白一件事：徐骁交给我徐凤年的担子，我扛下了，我们北凉铁骑也愿意为朝廷镇守门户，这就是底线，你如果再来试探，就要先掂量掂量要付出多大的代价！

北凉陈兵东线，拒退赐谥圣旨，朝廷看似恼羞成怒，马上还以颜色，但同时又不得不做出封赠上柱国头衔以及开禁漕运的两手补偿，这期间，如果徐凤年意气用事，再度拒绝上柱国头衔，恐怕朝廷就要宁愿漕粮烂在襄樊粮仓，也不会把一粒漕粮运入肥寿城，说不定还会以雷霆手段封堵邻州入凉的各条驿路。

这些都是需要双方小心翼翼地权衡利弊的事。以后，这样的你来我往只会更多。

小姑娘冷不丁说道：“这些年，老黄带我在一百多个地方停过，他说都是他种过庄稼的农田。有些荒废了，有些还是青黄不接，有些收成不好，但终归是有收成的。”

徐凤年笑道：“我师父跟褚禄山都把黄龙士看成春秋最大、最厉害的谍子，谁能接手他的整个谍报系统，谁就能占尽先机。不过我们都不知道他是如何经营的，如何挑选稻苗，如何引水灌溉，如何关注庄稼的长势，如何收割秋稻，没有人知道黄龙士是怎么做到的。”

小姑娘很认真地说道："蹭饭，喝酒，聊天，骂人，骗人，走人。换个地方，再这样做一遍。"

杨光斗扶额叹息。天大的难事，春秋最大的秘密，就被小姑娘的十二字真言如此马虎地带过了。

小姑娘歪着脑袋，问道："你不问我那一百多个地方是哪儿，那些人到底是谁吗？"

徐凤年摇头笑道："北凉自顾不暇，没精力也没本事去跟各路枭雄逐鹿天下。"

小姑娘呵了一声，说道："你问我，我也记不住几个。"

杨光斗觉得跟这两位相处真是遭罪，他有些理解曹嵬的惨淡心情了。

徐凤年伸出双手，开玩笑地把少女那张微圆的脸颊拉长。

少女也不生气，含混不清地说道："你说什么儒、释、道三教合流，我也听不懂，不过老黄说过，你身上有副药引子。"

徐凤年想了想，说道："我知道了，黄龙士应该是在说那龙树僧人给我喝下的那碗血吧，不过我这两年一直感受不到，就没当回事。"

少女竭力想了想，又说："四百年前有个高树露，就是你前段时间说过的那个，我刚才想起来了，老黄提起过他，说这个家伙半死半活，在太安城的某个地方，是赵家的一张保命符，原本是用来压制王仙芝的。虎龙山好像……呵，这件事情忘了。"

徐凤年收回手，又屈指在她的额头上点了一下，更正道："是龙虎山。"

少女哦了一声。

徐凤年跟她并肩靠在车壁上，轻声说道："别人想不通黄龙士这么翻江倒海图什么，我倒是稍微能理解一点儿。修身、齐家、治国、平天下，一直是儒家的意旨所在，不过黄龙士显然要更高一筹，因为他的眼中没有皇帝，他孑然一身，本就用不着修身、齐家，不把皇帝放在眼里，也就不用去帮皇帝治国、平天下，所以他才可以跟谁都不一样，他大概是只想要一个我们所有人看不到，甚至想都想不到的太平世道。"

少女点了点头，伸手指了指自己的膝盖，说道："对，大概是这么个意思。还有，老黄说过这玩意儿不是用来跪人的。"

徐凤年陷入沉思，自言自语道："这个把整块春秋田地掀翻的老农。"

少女屈膝，把下巴搁在腿上，说道："老黄说他也要死了。"

第七章

匹夫之勇亡国儒

国士无双棋待诏

虽说一年之计在于春，可祥符元年的春天，清明一过，也就到了收尾的时候。广陵道的西楚古都，在被徐家铁骑踏破之后，已经由神凰城改名为充满屈辱意味的“失鼎城”。城郊的深山里有座磨砖寺，寺名源于一段著名的佛门机锋，给春秋期间愈演愈烈的坐禅一事降下了火气，因为磨砖寺的住持说了一句：“磨砖无法成镜，坐禅如何成佛？”

这一日拂晓，晨鸟啼鸣，三人走在林荫小径上，老者很老，白发雪眉，拄了一根青竹拐棍儿登山，踩在铺有大小不一的鹅卵石的山路上，踉踉跄跄，却不要人搀扶。身着青衫的儒士年纪也不小了，两鬓霜白，不过气韵尤为清逸出尘，令人一见忘俗。女子最为年轻，容颜绝美，不似人间女子，背了一个紫檀剑匣，脚步轻盈。大概是照顾实在太过年迈的老人，三人登山时并无言语，进入不见香客身影的清净古寺，寺内只有一名少年僧人用大扫帚扫地的簌簌声响。时值离阳灭佛，连两禅寺都被封了山门，磨砖寺这二十年香火清淡，反倒是逃过一劫，还能剩下些僧人继续躲在深山吃斋念佛。见着了三名香客，小僧人连忙把扫帚夹在腋下，双手合十行礼，尤其是余光瞥见了那女子后，光溜溜的脑袋越发低垂，生怕犯了戒律，远了菩提心。还礼过后，老人带着儒士跟女子来到五百罗汉堂——不是气派的大寺里常见的金妆罗汉，而是彩塑木胎，更为难得的是，五百尊罗汉每一尊都栩栩如生，或端坐或谛听或合掌，甚至有瞪目者、敲锣打鼓者、抓耳挠腮者，仙佛气寥寥，反而市井烟火气不轻。老人领着二人走到一座尊者塑像前，左手执镜，右手竟然撕开慈眉善目的沧桑脸皮子，露出眉清目秀的少年脸庞，足以让旁观者瞠目结舌。

老人站在这尊木胎罗汉的脚下，平静地说道：“老臣听说礼部尚书曾祥麒，在永徽元年的一个大雪天里，孤身一人提了一大坛子酒入寺，就醉死在这里，大概连遗言都是些醉话吧。老臣却知道，以往老曾是滴酒不沾的，还总劝我们说喝酒误事，记得有一次陛下喝多了，误了早朝的时辰，老曾吹胡子瞪眼睛地冲进皇宫去痛骂陛下了，要不是皇后娘娘拦着，陛下差点儿跟这个老家伙大打出手。事后陛下犹气不过，私下跟老臣说，前一夜庆功宴上就这老家伙最不厚道，他自己反正不喝酒，就可劲儿灌别人喝酒，连陛下也没放过，结果隔天就翻脸不认人了。谁会想到这么个一生痛恨酒气如仇寇的老东西，到头来自己把自己稀里糊涂地灌死了？”

礼部尚书曾祥麟，自然不是离阳的二品重臣，而是西楚的最后一任礼部尚书，跟上阴学宫大祭酒齐阳龙是同门师兄弟，也是死守襄樊十年的王明阳的授业恩师。

老人伸手抚摩微凉的罗汉台座，轻声说道：“想必老曾是来找户部的汤尚书的，汤嘉禾当初在老臣这拨人里学问最杂，原本也最瞧不起佛教这外来之教，不料竟然逃禅至磨砖寺，至于是真的潜心向佛，还是心灰意懒，天晓得。老臣与汤嘉禾一辈子政见不合，不过那还算是君子之争——大楚的党争，既不是臣子之间为了争权夺势而相互倾轧，也不是君子与小人相互争斗，如今看来，更像是君子与君子之间的意气用事。人心所向，毕竟都还是向着那个‘姜’字，向着黎民百姓的，只是各自走的路不同，又难免文人相轻，才酿成大祸。不过汤嘉禾有两句话说得极有见地。他说世间众生，情之所钟，皆可以死。武人死沙场，文臣死庙堂，不独有男女痴缠，既然人这一辈子只能死一次，故而常存心中，以善其死。人犹一草，也想着那五风十雨之期啊，何况人非草木。但是他汤嘉禾哪天真要一死，那便死了，绝不愿苟活。可结果呢，这位曾经在棋枰上连输咱们身边曹头秀十六场的汤尚书，也反悔了。他在磨砖寺逃了几年，后来兴许是怕老臣跟老曾这些人找他，又往深山更深处逃了去，至今是死是活，无人知晓。”

白发苍苍的老人继续说道：“当年经常被陛下教训要多读书多识字的大将军宋源，别说总在庙堂上瞎之乎者也闹笑话，这么个冥顽不灵的老顽童，是真的疯了。家中唯一的孙子，原本都已经在永徽六年偷偷进士及第，就被他那么活活烧死了，他也把自己烧死在了本就没几本藏书的破败书楼里。咱们大楚鼎盛时，武夫无刀气，书生无穷酸气，女子无脂粉气，山人无烟霞气，僧人无香火气，是天下公认的大秦之后八百年未有的盛世光景。它离阳不过是个起于北方蛮夷的小王朝，藩镇割据了五十年，宦官干政了五十年，大阉人范公良那一辈子一共杀了一帝两王六妃，还能安度晚年，这么一个从不懂礼为何物的王朝，怎么就能在五十年后摇身一变，成为天下共主了？而我们的大楚，怎么说亡国就亡国了？君主英明，过不在君王。文武忠心，过不在臣子。百姓勤苦，过不在百姓。于是老臣孙希济，很想知道到底是怎么一回事情。既然死不瞑目已经是奢望，就想在死前给自己求一个心安，知道一个说得过去的答案。老臣不怕背负‘两姓家奴’的骂名，就那么站在太安城的庙堂上冷眼旁观了十几年，可到头来，还是弄不明白、想不通，为什么大楚输了，而且输得那么惨、那么快。但是，老臣认清了两个人，一个是‘人屠’徐骁，一个是‘碧眼儿’张巨鹿。马上打天下，马下治天下，是他们让老臣不得不认命。徐骁做得对，一柄好刀，只要握在对的人手里，刀越快，百姓流的血反而越少。张巨鹿做得很好，硬是冒着跟韩生宣被私底下并称为‘站皇帝’的风险，把赵家的院子打理、缝补得密不透风。老臣原本已经认命了，只是长卿让老臣来见你，老臣便来了。不为其他，一个老家伙只想着能够死在故土，这比什么都强。”

三人便是西楚老太师孙希济、在西垒壁遗址上成就儒圣境界的曹长卿、本名“姜姒”的亡国公主姜泥。

他们在磨砖寺喝了一壶茶。老太师大概是走得累了也说得累了，不再言语，然后三人就下山返城。老人名义上还是离阳广陵道经略使，官邸就在失鼎城外头的六部官邸旧址上。广陵王府不在城内，而在藩王辖境东南部的谷雨城。当下的失鼎城该走的都走了，走的大多是春秋底定后别国的亡国遗民；该留下的也都留下了，留下的都是西楚遗民。以失鼎城为圆心，四周六镇十八城，只差没有撕掉那个“赵”字了。尤其是失鼎城，以经略使府邸和白鹿山为骨架，东山再起，撑起了一座崭新并且生机勃勃的庙堂。胜了，是大楚；负了，如今离阳史书上的“西楚”大概就要被换成“后楚”。

三人下山时，有百余精锐大戟士策马护驾返城。老太师带着两人来到东城的一栋酒楼里，说是要请公主殿下尝一尝鲥鱼。在二楼落座后，老人轻声笑道：“公主殿下，这鲥鱼可是人间美味，老臣得卖弄几句学问才能尽兴，可别嫌聒噪。民以食为天，餐桌上的好东西，往往讲究不时不食。这鲥鱼之所以称为鲥鱼，就是因为它犹如候鸟，一期一会，每年春季在谷雨城春雪楼外江中，沿着广陵江往上流走。按理说，到了咱们这里，得是小满立夏正当时，肥腴丰美，若是辅以铜纸城特产的鸡头米，真是人间至味。再往后，鲥鱼一旦到了襄樊城那边，吃口就差了。不过老臣想以后再想偷闲解馋就难了，也顾不得先贤老饕的那套讲究。”

姜泥嗯了一声就没有了下文。

餐食很快上桌，她才握住筷子想要夹菜，老人看见她的握筷姿势，笑着打趣道：“公主殿下，咱们这边都相信筷子握得越高、越长，将来找的郎君就越远。记得老臣年幼的时候，家里的长辈就总拿这个跟我们说事，就怕家中的女子嫁得太远，男子长大后娶了不知来路的婆娘。我们当时自是一边顺着长辈的心意往下握筷，一边在心中不以为然，当成了耳边风，只是没想到，等到自己当了长辈，又开始跟自己的孩子念念叨叨。这大概就是传承了。一个家是如此，一个国也是。”

握筷子很高的姜泥果真顺势往下握住筷子，把老人逗乐了。老人哈哈笑道：“殿下别当真，老臣就是随口一说。其实女子嫁远了也好，还能将在外军令有所不受。”

姜泥轻轻笑了笑，低头吃饭吃鱼。鱼刺很软，不刺人，以往不吃鱼的她也吃了许多。曹长卿要了一壶酒，跟老人慢慢共饮，都不劝酒，自喝自斟。酒足饭饱，结过账，三人走出有着百年历史的酒楼，在不复见往日熙攘的街道上，老人突然停下脚步，说等会儿。曹长卿叹息一声，没有出声。没过多久，一个衣衫褴褛的年老更夫从一处巷弄里走出，在大白天敲更，疯疯癫癫地嚷嚷着“都是死人，都是死人啊”“你们睁大眼睛看看，大楚没有一个活人了”。老更夫就这么在大街上走着、敲着、喊着，撕心裂肺，街上的路人显然早已习以为常，一个个视而不见。

披头散发的更夫走到了三人跟前，见着了他们，愣了一下，拿着更槌指向孙希济，大声笑道：“死人！”

他再指向曹长卿，嘿嘿笑道：“半个死人，离死也不远了！”

当他看到背负剑匣的姜泥时，先是眼神茫然，然后大哭起来，说道：“活人？怎么还有个活人？走啊，你快走啊！”

老更夫见这女子无动于衷，愣了愣，转身跑开，继续敲更嘶喊。

孙希济望着更夫的背影，平静地说道：“江水郎，曾经执掌大楚崇文院，掌管三院百名馆士和秘阁典籍的六百名编校，就这么疯了。离阳朝廷和广陵王赵毅故意不杀这个老疯子，就是要所有来这座城的外地人看一看笑话。”

孙希济走向马车，躬身说道：“公主殿下可以让长卿领着去看一看那个家，老臣还有事务要回去处置。”

家。

姜姒的家，当然就是那座辉煌到让后世太安城都不得不去模仿的大楚皇宫。

那么，它就真的是姜泥的家了？

姜泥跟在曹长卿的身后，四顾茫然。她离开这儿时尚且年幼，记忆模糊，早已忘记眼前所见的依稀可知当初为何会被誉为“人间最辉煌”的景致。宫中的男男女女见到他们，都由衷敬畏而满怀希冀。曹长卿一路走到了旧皇宫东北角的一座凉亭，落座后，已有白发的儒生就坐在那儿，不言不语。

曹长卿，出身龙鲤郡豪阀曹氏，是那一辈当之无愧的神童，师从于黄三甲之前智冠天下的国师李密，学棋十数年，最终在棋盘上胜过了李密，成为大楚首席棋待诏，曾经多次跟大楚皇帝在这座凉亭手谈，这位曹头秀更是让宫内第一等的宦官给他脱靴、倒酒，他如何不是曹家乃至大楚最得意的天纵之才？曹长卿眼神温暖，望向亭外。亭子再往东北一些，当年还年轻的自己，曾经见过一个哼着乡音小曲儿的女子，女子有着跟这座皇宫不符的跳脱性情。初入宫闱的她见到他，见他像只木讷的呆头鹅，还朝他做了个鬼脸。再之后，她成了妃子，成了皇后。曹长卿还是那个才高八斗却始终屈居于棋待诏的风流棋士，当年那些与皇帝一场场君臣融洽的棋局争胜，棋力远逊曹长卿的君王总是眉头紧皱地盯着棋盘，她盯着君王，而被李密认为“从无胜负心，故而立于不败之地”的年轻棋待诏，则偶尔偷偷看她几眼，就足够。他低头落子时，总能看到她那不合皇宫礼制的绣花鞋，普普通通，可他总是忘不掉。过了这么多年，为何还是忘不掉？

姜泥轻声说道：“棋待诏叔叔，我知道孙太师的心意，是想让我当好这个公主，我会做到的。”

曹长卿回过神，柔声笑道：“公主殿下，别管这老头儿的絮叨。打江山是男子的事情，女子看江山就可以了。”

姜泥会心一笑，随即忧心忡忡地说道：“密信上说司礼监掌印太监宋堂禄的师父——一位老貂寺护着一具棺材南下，棺材里的人分明是那黄龙士所说的高树露，专程用来对付棋待诏叔叔你。天人之下，皆是俗人，不称神仙。天道之下，俱是小道，不算大道。可这个大魔头，毕竟身具传说中比陆地神仙还要超出一筹的境界啊！”

曹长卿微笑道：“没事的。匹夫之勇，臣下也不差的。”

姜泥欲言又止。

曹长卿轻声说道：“公主不妨随便走走看看，臣下再坐会儿。”

姜泥点了点头，负匣远去。

曹长卿独自坐在凉亭里，闭上眼睛。

片刻之后，一石天象我独占八斗的曹官子似乎光阴回退，睁眼后，不再是那个四过离阳皇宫如过廊的高手，不是什么把武夫极致匹夫之勇发挥到淋漓尽致的亡国狂儒，仅仅变成了那个年纪轻轻却意气风发的棋待诏。他面露笑意，双指并拢做拈棋子状，在空荡荡的石桌上，提子落子如飞。

西楚有青衣，国士无双。

没有公布文字激扬的檄文，没有君王亲自点将的兴师动众，兵部侍郎卢升象离京时出奇的安静，以至于他穿过整个京畿之南的过程中，沿途竟然没有一个当地官员见到卢侍郎的面。但是所有人心知肚明，这并不意味着卢升象的离京就是一场庙堂败北——卢升象是先输给了当初同为侍郎的卢白颉一筹，在争夺兵部尚书一职上失利，可紧接着他就领了统制京畿以南三州十六军镇的圣旨，甚至安国大将军杨慎杏这样的一批功勋老将也需要受他的节制。卢升象的马队不过三百骑，这趟半公开半隐蔽的长驱南下，朝廷暂时没有动用一兵一卒的京畿战力，对于西楚的蠢蠢欲动，朝廷似乎还是处于观望状态。身着便服的卢升象带着亲兵在佑露关歇脚，却没有进入关城，而是在关外临时搭建了一座军营大帐，等到佑露关的几名校尉闻讯匆忙赶来时，不出意外马上就要按离阳律例暂领一个大将军衔的侍郎大人，在草创粗糙的营帐内言笑晏晏地接见了诸位。没有美酒佳肴，没有莺歌燕舞，卢大人用一顿粗茶淡饭就把他们打发了。不过这反而让那几名校尉吃了颗定心丸，谁不知道出身广陵春雪楼的卢升象是一头笑面虎，不笑则已，一笑便吃人。

佑露关位于京畿屏藩、广陵道跟淮南道三者交汇之处。佑露关的校尉虽说品秩、俸禄比寻常的离阳武官要高出一筹，以前都是直辖于兵部顾庐，只是如今顾庐风雨飘摇，名存实亡，佑露关就跟没了爹娘的孩子一样。反观卢升象一来有广陵道这个娘家可以依托，二来又是朝廷炙手可热的当红贵人，何况卢升象不是凭着家世功荫才走入帝国中枢的，而是靠他自己在春秋中捞取的显赫军功才有今天的地位的，因此给佑露关的官员再多的熊心豹子胆，他们也不敢在卢侍郎面前拿三捏四端架子。

卢升象亲自送几位校尉离开军营，跟一名已为心腹的年轻武将站在营帐外的空地上，一起望着远去的马蹄溅起的尘土被风吹散。卢升象蹲下身，抓起一捧既有土腥味又夹杂着春草气息的泥土，嗅了嗅，望向南方，默不作声。很多人并不清楚堂堂兵部侍郎曾经是个蹩脚的斥候，一次误报军情获罪，差点儿还被砍掉脑袋。

卢升象捏了捏手心里的泥土，轻声说道：“当过斥候就跟学会游水差不多，一旦会了，不管搁下多久，再被丢入水中，就都很难再被淹死了。郭东风，广陵道战力如何，你很清楚，一天到晚嚷着要跟北凉、燕剌两道争抢天下第一的名头，实则除了广陵王的几万兵马，其余的都是扶不上墙的烂泥。这不好去怪王爷绣了一只花枕头，实在是小二十年没仗打，老的退出军伍享福去了，小的挤入军伍享福来了，怎么能跟天天枕戈待旦的北凉铁骑和燕剌步卒一较高下？春雪楼绞尽脑汁地跟朝廷要来了最新的兵器、最好的甲胄，甚至连顾剑棠要的军马，都敢抢到自己手里来。我现在担心的，不是朝野上下那些所谓有识之士以为的，他们都觉得最大的隐患，是杨慎杏、阎震春这些老将军不服约束，不听号令各自为战，我只怕战事初期兵力不足的西楚，一打就打出了气势，以战养战，滚雪球一样，把广陵道这些狗屁的精兵良将打杀殆尽不说，就连兵器也有了，战马、甲胄也有了，甚至连军心也有了。广陵道这么个地方，西楚余孽占尽地利、人和，去年末到今年春，兵部跟朝廷就不断传来武将校尉暴毙的消息，这些人无一例外都是朝廷安插在广陵道的眼线，到头来一个个死得莫名其妙，有在床上被侍妾掐死的，有喝酒被婢女毒死的，有议事时被幕僚用匕首捅死的，有巡营时被乱刀砍死的。连一直对顾庐中人还算和和气气的桓老爷子也大动肝火，跑来兵部指着我跟卢白颉的鼻子痛骂，最后连顾大将军也被骂进去了，骂我们兵部上上下下就是一群酒囊饭袋，对于广陵道北地边界一线，经营得一塌糊涂，派去的武臣，二十年时间光顾着刮地皮捞银子，就没一个是得半点儿人心的武人，还说朝廷专门针对广陵道设置的谍报机构，那些头目都该被拎出去杀头。咱们卢尚书还算硬气，当场就跟桓老爷子顶嘴了，差点儿挨了老爷子一脚踹，我能说什么？只能看着。真没想到，桓老爷子一大把年纪了，差点儿就踹到尚书大人的胸口了，看来还能活上好些年啊，这倒是天大的好事。”

卢升象把手中的泥土放回地面，笑过之后，神情又变得凝重起来，说道：“未战一场，便已想着如何庆功领赏，如何瓜分军功，我不知道他们怎会如此自负。”

生得敦厚朴实的小将站在卢侍郎身旁，笑道：“‘人屠’死了，朝廷却还有最后一位春秋四大名将之一的顾剑棠，又有陈芝豹跟将军您这样的兵法天才，能不自信吗？加上几大藩王都在靖难的途中，广陵道本来就有手握雄兵的广陵王弹压局势，要不是我熟悉广陵精锐士卒的根底，也该是这么以为的。”

卢升象一笑置之，伸手拍了拍地面，感慨道：“浪成于微澜之间，风起于青萍之末。惊蛰一过，百虫群出，闻风而动。”

郭东风闻了闻拂面而来的清风，嘿嘿笑道：“末将闻到血腥味了。”

卢升象站起身，似乎想要一口吐尽心中的愤懑，勉强笑了笑，说道：“杨慎杏他们都觉得短则三月长则半年，轻轻一脚，就能把西楚这只死而不僵的春虫碾压在夏秋之际。不管我现在如何劝说，他们都听不进去，还不如让他们冲上去被曹长卿扇耳光，打疼了，才明白谁才是真正能够对这场持久战发号施令的人。不过，这样也有弊端。半年内我的碌碌无为，注定要被京城的言官百狗齐吠，说不定还会有骨鲠臣子用死去泼我一身狗血。当年我亲眼看过徐骁是怎样的境遇，所以这回有些底了，关键就看陛下是不是有足够的耐心，运气不好的话，你就可以卷好铺盖准备跟我一起去两辽将功补过；要是运气好的话，你到时候捞到手的军功，只要我卢家轻骑得以淋漓尽致地施展手脚，怎么都可以让你当个正三品的将军了。”

郭东风咧嘴一笑，说道：“好嘞。反正末将这辈子就认准一件事了：跟着将军混，保管有肉吃！”

卢升象不置可否。

郭东风突然小心翼翼地问道：“听说太子殿下这趟南行，悠悠荡荡地去了龙虎山跟地肺山在内的很多地方，在广陵道和江南道更是广交清流，相互唱和，朝野上下都盛赞不已。啧啧，很有储君风采嘛。而且还有小道消息说殿下并不赞成对广陵道苛以重赋，对灭佛一事也有微词，国子监的官员私下都说殿下已有仁君气象。那个姓晋的右祭酒，似乎就跟太子殿下走得挺近。这家伙原本跟姚白峰交恶，又被首辅大人跟桓老爷子逐出了门户，混得很惨，很多士子吓得不敢去晋府喝酒了，谁都没想到他竟然东山再起了。”

卢升象皱眉道：“你一个还没功成名就的武人，别说插手朝堂，就是插嘴都不行，以后我再听到这种混账话，你就滚去当马夫。”

郭东风苦着脸道：“记下了。”

卢升象突然冷笑着小声说道：“妇人之仁，务虚不务实，比他老子差了十万八千里。要是朝廷削藩事成，还凑合，否则把江山火急火燎地交给他，我看悬。”

急性子的郭东风连忙点头说道：“我就说嘛，这个太子殿下的城府，不浅是不浅，可用错了地方。”

卢升象不愧是笑面虎，皮笑肉不笑地说道：“反正半年内没大仗打，你就滚去当半年的马夫好了。”

郭东风一脸错愕，正要撒泼打滚，卢升象已经转身走向军营。

太子殿下“偷偷”跑出京城去“游幸”南方，赵稚这个天底下最有权势、威严的婆婆，就多跑了几次东宫，也不谈什么大事，只是跟天底下最为尊荣的媳妇儿严东吴唠唠家常。赵稚母仪天下坐镇后宫，那些争宠的妃子一个个闪亮登场又一个个黯然离去，不论如何年轻貌美、多才多艺，不论家世如何煊赫，都没能打擂台打过这位姿色并不出众的妇人。而且皇后娘娘赵稚在一干朝臣的眼中、嘴中、心中，仿佛也获得了盛誉。

今天，除了皇后，连赵家天子也从百忙之中抽出空闲，跟赵稚一同来到严东吴眼前，还特地让司礼监掌印太监宋堂禄带了几壶很地道的北凉绿蚁酒。一家三口没有太多繁文缛节，只是煮酒品酒暖人心。喝酒的地点，就在一架雕工精细的红木鸟笼下，里头是只学舌笨拙的呆蠢鹦鹉，也不知它如何就入了太子妃的法眼，一直恩宠不减。妇人不得干政，这是离阳祖祖辈辈传下的铁律，故而离阳一统春秋之前，不论藩镇、宦官两害如何残害赵室，既然帝王榻上吹不起枕边风，外戚干政也就没了肥沃的土壤。历史上赵廷的外戚掌权有是有，不过比起以往离阳之外各种姓氏的大小朝廷，要好上太多。

不过，赵家天子显然对严东吴这个以“女学士”登榜胭脂副评的儿媳妇青眼有加，破例聊起了一些军国大事，连赵稚都有些遮掩不住的讶异，这种惊心一直持续到了夫妻两人离开东宫。天子没有急于回去处理堆积如山的奏章，而是跟皇后并肩走在一道红色的高墙之下，双手负后，一直沉默地望着蔚蓝的天空。

继承“人猫”韩生宣权势的大貂寺宋堂禄遥遥地弯腰跟在后头，这个相貌堂堂不似阉人的天下首宦，脸色有些阴沉。

赵家天子突然停下脚步，开口说道：“三十而立，成家、立业两事，我当年都做成了。娶了你，坐了江山，于己，此生无大憾。四十不惑，我力排众议，把权力放手交给张巨鹿，让他跟顾剑棠联手治理两辽，容忍张庐、顾庐在眼皮子底下，从未怀疑过这两支朋党势力的忠心和能力，在我看来，用人不疑，就是一个皇帝该有的不惑。当然，他们也没有让我失望。我赵家，也呈现了八百年未有的鼎盛，有着等同于大秦的辽阔疆土，有着能征善战的武臣，有着经国济世的文臣，这么多朝廷重臣名卿，随便拎出来一个，都足以让北汉、东越这样的亡国延长国祚，却在我一人之下，文武璀璨，荟萃一殿。故而我每年祭祀祖辈时，皆问心无愧。现在我五十岁了，到了张家圣人所谓知天命的年岁了，不知为何，我二十年兢兢业业勤政，亲眼看着朝政蔚然，到头来竟有些不安。都说当皇帝是奉天承运，可我总觉得‘知天命’这个说法有悖此言，改元祥符，也出于此，是我希冀着不要亲手毁去二十年经营才好。”

从头到尾，赵家天子就跟寻常百姓人家的当家男子一样，都是以“我”字自称，而不是那个让各朝各代所有乱世枭雄心神向往的“朕”字。

赵家天子伸出手，手心在冰凉的高墙上抹过，突然笑道：“那年在元本溪的劝说下，擅自带兵入宫，我走的就是脚下的这条路。当时我其实很怕，心里就一个念头。成了，要头一个跟你报喜；不成，无非是你替我守孝。那时候的我，不过是个皇子，之所以想当皇帝，就是因为想赢徐骁，让你不用去羡慕那姓吴的剑仙女子。男人嘛，谁不好面子？对于徐骁，我不否认私仇在先，国仇在后，这个‘人屠’年轻的时候就能跟先帝坐在武英殿上喝酒、聊天，醉倒到天明，我这个当儿子的，就只能站在远处看着、羡慕着。我何尝不想去戎马边疆鞭指北莽？可这件事，我的确做得不好，没有北凉军队参与的几场大战，国库耗竭，民怨沸腾，如果不是元本溪骂醒了我，别说篆儿当太子，我能不能当皇帝都两说。说到这里，我知道那姓吴的女子跟你是一样的女子，你心底其实并不喜欢她，因为你们一样有着很大的野心。篆儿太聪明了，什么都知道，偏偏什么都不说。聪明人喜欢钻牛角尖。我还好，毕竟有元本溪这个口拙却恍若神明附体的谋士，好似开了天眼，替我盯着太安城和整个天下。可是我的身子骨如何，你比谁都清楚，我走了，元本溪也走了以后，谁来压制张、顾二人？这次我极为欣赏的白衣僧人进京，他说他的新历，可以保证赵室国祚多出八十年，但天下多八十年盛世太平，我赵家付出的代价巨大，我毫不犹豫地拒绝了，我当时甚至不敢去看元本溪的眼睛。正因为如此，我才不放心张、顾二人领衔的两党臣子，因为他们身后的赵右龄、殷茂春这些人，大多出身寒士，他们的视线，会不由自主地更多地投向庙堂之外。这种苗头，得有人去扼杀。以往许多不惜跟君王死磕的名臣，不过是以死明志，想着踩着皇帝的肩膀名垂青史，这些读书人千年以来秉性难改的小肚鸡肠，我都能容忍，甚至是纵容他们的放肆，但是殷茂春这些臣子不太一样，大概是有张巨鹿做了事功极致的典范，他们一下子学聪明了，更圆滑，更知道如何去达成抱负，手段娴熟，声誉、功名两不误，既不做君王的伶人，也不做动辄抬着棺材一头撞死的愚忠之臣。离阳庙堂上这样的栋梁，一两根无妨，可根根如此，个个老奸巨猾，篆儿以后该如何应对？篆儿不像我，我是满身鲜血篡位登基的，那些鲜血，虽说早已被皇宫里的雨水、雪水扫去痕迹，可在张巨鹿他们心里，一直还在。但是篆儿在懂事的时候，就已经知道自己会穿龙袍、坐龙椅，他很能隐忍，这不假，但当皇帝，还是需要魄力的。篆儿现在误入歧途，以为跟我对着干，我灭佛，他就在江南道上迎送名僧，我要铁腕灭西楚，他就要为天下苍生请命，他觉得这就是他这个太子殿下的魄力了。若是我赵家江山没有内忧外患，没有北莽，没有北凉，没有张巨鹿这些人，也就罢了，他有这份心思也不差，可当下不是时候啊！”

赵稚脸色苍白。

赵家天子握起拳头，轻轻砸在墙壁上，继续说道：“篆儿看不到以后的朝堂——不是党争，而是更加复杂的局面了，是豪阀王孙跟寒士子弟的民心之争，再不是一味围绕着龙椅转。元本溪说过，这就是大势所趋，我以前不信，现在亲眼所见，不得不信啊。元本溪还说，以往官场上那套已经登峰造极的攀龙术不管用了，他在等一个懂得以屠龙术制衡帝王的家伙浮出水面，这个人一旦出现，就比以往离阳的藩镇割据更加可怕。皇后，难道我就只能等？这才是知天命？所以就算元本溪找不到这个人，我见不到这个人，也要先把帮天下寒士大开龙门的张巨鹿……既然大门已开，大势如此，我也不愿逆势而为，但是作为皇帝，要拿下一个身在京城的张巨鹿，让篆儿的胜算更大一些，总不会比对付当年远在北凉的徐骁更难吧？”

赵稚嘴唇颤抖，问道：“什么时候？”

赵家天子深吸一口气，嗓音低沉地说道：“西楚遗民死绝之时！”

一个叼着草根的年轻人望着满目的黄色泥缸，有点儿郁闷。他瞥了一眼身边头顶黄庭冠，穿着一身大袖黑衣的俊美男子，有些意外——有着严重洁癖的纳兰先生身上沾染了许多黄泥，也不见丝毫愤懑，反而伸手去掐下一块尚未干涸的黄泥块，在指尖轻轻碾碎。两人身边除了不计其数的据说一只能卖三两银子的泥缸子，还有个正坐在小木板凳上捏泥做缸坯子的老家伙，老家伙满身污泥，见到了他赵铸以及千里迢迢专门来见这老头儿的纳兰先生也没出声，显然打定主意要把手上的活计做完。

百无聊赖的年轻男子抬头，看了看站在远处的一对年迈的夫妇。纳兰先生说这夫妇二人一个是南唐皇室余孽，一个是当地人。纳兰先生还让他猜测谁是大谍子谁是普通百姓，赵铸凭借直觉，琢磨着那个依稀可见当年丰姿的老妪该是旧南唐皇族成员，至于老妪身边那个憨憨的老头儿，不像是个能躲过赵勾搜捕的顶尖高手。

被誉为南疆真正藩王的纳兰右慈走近几步，蹲在那个坐在小板凳上的老家伙的脚边，笑着仰头望着那个当世仅剩的春秋魔头，笑眯眯地说道：“哟，黄老农啊，你气色好得离谱，该不会是回光返照吧？”

老人瞥了纳兰右慈一眼，淡淡地说道：“咒我死？这就是你求人办事的态度？”

姿容柔媚如美人的纳兰先生笑道：“我这可都只差跪下来了，你还想要如何？我纳兰右慈除了爹娘，这辈子还真没跪过谁。”

老人冷笑道：“要我当着赵铸那小王八蛋的面揭你的老底吗？”

赵铸翻了个白眼。

纳兰右慈赶紧摆手求饶道：“怕了你这无所不知的黄三甲，就当我牛皮吹破了，求你老人家留点儿口德。”

正是春秋十三甲独占三甲的黄龙士嗤笑道：“你们来早了，现在不是时候。是你的主意还是那小王八蛋的想法？”

纳兰右慈很用心地想了想，说道：“都是。面子上总得过得去，咱们又不是浑水摸鱼，就是来这边见识见识曹长卿最后的官子风采而已，这要是都错过了，活着多没劲？”

黄龙士冷笑道：“活着没劲你怎么不去死？你这家伙只会恶心人，难怪一辈子比不上李义山。”

纳兰右慈摇头笑道：“我跟李义山的手劲谁强谁弱这可不好说，你说了都不算。”

黄龙士讥讽道：“是得你去阴曹地府，听他亲口说给你听才算数吧？”

纳兰右慈面无表情地伸出手摸了摸眉头。

黄龙士摆摆手，有意无意地往纳兰右慈的脸上甩了好几滴黄泥，说道：“你一边凉快去，我向你相中的小兔崽子问几句话。”

纳兰右慈轻柔地擦拭掉污迹，站起身，对赵铸招了招手，这位身具春秋双甲实力的风流谋士慢悠悠地走远。

黄龙士斜眼看着大大咧咧地站在他面前的燕剌王世子殿下，说道：“你赵铸算老几，我见你老子的时候，他都得乖乖地扫榻相迎。蹲下！”

赵铸嬉皮笑脸，干脆一屁股坐下——不听你的，但礼数够足了吧？

黄龙士玩味地说道：“跟某人的性子还挺像。行了，我知道答案了，你可以滚蛋了。”

赵铸瞪眼道：“啥？姓黄的，我冒着被朝廷取消世袭资格的风险跑来见你，你就这么逗我玩儿？”

黄龙士也瞪着他，问道：“滚不滚？”

赵铸露出一副“吃撑了却死活拉不出屎”的别扭表情，悻悻地站起身，刚要转身有所动作，就听到黄龙士嘿嘿笑道：“想放屁了？那也要脱了裤子才行，否则就掂量掂量后果。”

赵铸嘀咕一声，脚底抹油，跑到纳兰右慈身边，好奇地问道：“这老头儿真能未卜先知？”

站在泥缸堆边上的纳兰先生看了一眼黄三甲那边，平静地说道：“我不信，可他几乎次次做到了。”

赵铸哦了一声。

纳兰右慈习惯性地捏了捏燕剌王世子的耳垂，轻声笑道：“没关系啊，他又不是真神仙。强弩之末，将死之人，跟他怄什么气？咱们啊，就当敬老了。”

赵铸一脸无奈，轻轻拍掉纳兰先生纤细、白皙的手指。

黄龙士突然站起身，对纳兰右慈说了一句大恶至极的话：“纳兰右慈，你会死在我和元本溪的前头。”

赵铸脸色剧变，纳兰右慈则陷入沉默。

纳兰右慈闭上眼睛，陷入沉思，然后对早已坐回板凳不见身影的黄龙士那边鞠了一躬。

敬他，敬己，敬那个与自己相伴游学诸国的李义山。

敬他们的，也是最后的春秋。

徽山、龙虎山两山对峙，如果不是由于武帝城那缓慢的一剑分去一杯羹，最近半年这两座山几乎吸引了所有江湖人的视线。先是徽山的轩辕青锋在春神湖上大杀四方，一举成为数百年来唯一以女子身份夺魁江湖的武林盟主，只是随后徽山牯牛降大雪坪被推倒重建，遥望山巅，可以看到那座建筑的恢宏骨架，明眼人都看出了其中僭越的嫌疑。然后就是龙虎山父子两真人联袂飞升，天下雷动。紧接着传出张家圣人的第八十二代嫡长孙、此代衍圣公张仪德亲自为徽山题写牌楼匾额，有人说是朝廷暗中授意，才能劳动衍圣公的大驾。可惜徽山封山半年，外人无法近观那栋高楼的巍峨景象。清明过后，徽山终于不再封山，有声望、名号傍身的江湖人士鱼贯入山，一窥天下第一高楼的“容颜”。徽山盛况空前，豪杰云集，为那年轻女子鼓吹造势，下山之访客，都大肆吹捧那栋无名高楼的帝王气象：十八层，高耸入云，逢阴雾时分，登顶便如坠云海，此楼雄踞牯牛降巨岩之顶，琉璃金黄瓦、朱漆大檀柱、汉白玉栏杆，足可让太安城武英殿的诸多殿阁黯然失色……如此一来，人云亦云，加上以讹传讹，尤其是有两样东西能刺激江湖人——一样是女子，漂亮的女子；一样是高手，绝顶的高手。轩辕青锋恰好两样都占了——山下的那些年轻俊彦，用屁股遐想一下，都能想象出一名人间绝色的身着紫衣的女子，身负天象境界，站在人间最高处俯瞰天下。何况她仍然单身，是不是意味着他们有机会做她的裙下臣？

江湖上的男子走火入魔一般蜂拥入山，有些姿色、家世的女子也不例外，因为她们想去亲眼看一看那女子是否真如传说中那般孤傲动人，不过很多人上山之后才知道徽山分内外两山，以大雪坪下的牌坊为界，至于想要见到那位武林盟主更是奢望。不过徽山毗邻道教祖庭龙虎山，自身也是风景旖旎，山上四方英雄齐聚，谁都没觉得如何败兴。

在今天这个风雨如晦的暮色里，徽山上水雾深重，一行人正在拾级登山。徽山轩辕氏在遭遇那场大雪坪天雷浩劫后，轩辕青锋挽狂澜于既倒，反而独力将徽山的威望送到顶峰，轩辕家族的子弟的架子因此也大了，无论是达官显贵还是江湖好汉，山上之人从无迎客、送客一说，摆了一副爱来不来爱走不走的姿态。

这一行人在游人中不算惹眼，有五人给最前头的一个玉树临风的公子哥儿护驾。有两人地位稍高，一左一右地紧随其后，分别是一个沉默寡言的读书人和一个“精致”的老人，从服饰细节到顾盼神态，都有一股久居高位者通常所具有的阴柔贵气。在他们之后与他们拉开一段距离的三人腰间佩刀，却裹以绸缎遮掩。为首的公子哥儿停下脚步，回望山脚下的辽阔江面，轻轻喘了一口气，招了招手。老人赶忙向后撤了几步，其余几名扈从默契地挡出一个扇面阵形，唯独那名三十岁左右的读书人走上前几步，仍是没敢与公子哥儿并肩而立。公子哥儿微微一笑，也没刻意让他走到自己身边，伸手捏着腰间系挂着的一枚鲜红的鱼龙玉佩，笑道：“去年是三年一度的京察年，赵右龄和殷茂春一主一辅，他们的名头太大，以至于没有谁留心你这个从旁协助的起居郎。但今年会有六年一度的大评，此次大评天下瞩目。赵右龄因为是吏部主官，跑去主持科举，他这一走，就腾出了位置，你这位新任考功司郎中，多半要被殷储相推出来承受骂名。一般来说，京察就是大伙儿和和气气地聊天、喝茶，少有落马的高官，囊括地方郡守在内的所有低级官员的大评则不同，不拿下七八个郡守说不过去。你心中有数？”

那个读书人毕恭毕敬地答复道：“车到山前必有路。”

一口一个赵右龄、殷茂春的俊逸公子哥儿看了一眼脚下的山路，点头笑道：“这话双关又应景，难怪父皇始终对你另眼相看。”

三十岁左右的年纪，除了那些少年得志早发科的制艺天才，一般的读书人，即便才学深厚，也还在眼巴巴地想着成功通过会试谋求进入殿试的资格。这名有着考功司郎中这个偏门头衔的读书人没有作声。老百姓倒是谁都知道郡守是大官，刺史更是封疆大吏，至于正二品的六部尚书，那是多大的官啊？只是，考功司郎中跟起居郎是两个啥玩意儿？从没听说过。跟此人随口闲聊的公子哥儿自然一清二楚，公子哥儿搓了搓手，呵了口气，眺望那条年复一年东去入海的大江，感慨道："大家都知道你是北凉寒门出身，卖诗文给北凉的世子殿下挣了三百两银子，这才有了入京赶考的路费，殿试成绩平平，莫名其妙就被塞进了东宫做讲学，又鬼使神差地去当了天子近侍起居郎。可惜我那个聪慧内秀的媳妇儿一直对你不喜，还教训我跟你走近了是玩火自焚。其实你我都知道，你自然不会是什么北凉处心积虑安插在朝廷里的谍子，但是我很好奇，也一直想问你，你如何看待那个新北凉王？北凉那边来的读书人，不管老的还是年轻的，一个个都往死里骂徐凤年的荒诞不经，就跟与他有不共戴天之仇似的，我实在听腻了，你不一样，这些年你的嘴巴一直很紧，什么都没说，要不你今儿说几句真心话给我听听？"

读书人坦然笑道："这位曾经的世子殿下其实不讨厌。当年下官不过是个穷酸秀才，囊中羞涩，六十七篇诗文总计一千二百二十六字，硬着头皮开价六十两。他一听就急了，说这是骂他呢，粗略看过那一摞诗文废纸后，朝下官伸出一只手掌，说值这个数，说罢便一股脑儿丢给下官五百两白银，而不是太子殿下所说的三百两，不过现银的确是三百两，还有四张银票，下官一直夹在书中珍藏，这些年每当做学问感到疲倦时，就会去翻一翻那本书。您要是说下官给世子殿下说好话，还不至于，当初一手交钱一手交货，你情我愿，大抵上谁也不亏欠谁，甚至说如果他徐凤年只是个地方官员，我不介意在此次大评中为他出一把力，徇私舞弊，给他个甲等考评，可他既然是北凉的藩王和朝廷的上柱国，便轮不到下官去向他献殷勤。但是要是说让下官去昧着良心跟人起哄，这就太为难下官了。做官的确不易，虽说做人相对容易，可也不能太过马虎了。"

读书人将年轻人称为"太子殿下"，那离阳上下除了赵篆就没别人了，藩王跟世子殿下都不少，太子可就只有一个。只是不知道为何赵篆先前在近在咫尺的龙虎山欣赏过了真人飞升后，却又从江南道那边折返，去而复返。

太子赵篆用手指点了点这个做人不愿马虎的读书人，开怀笑道："你这是在指桑骂槐，连同晋三郎跟我一起骂了。不过，诚实比什么都重要。你也是赵珣上疏时唯一提出不少异议的人，那时候京城里的人都对仍是世子的赵珣赞不绝口，唯独你有一说一，该查漏补缺，该大肆抨击，该如何就如何。后来宋家两夫子接连去世，有关颁赐谥号之事，你又跳出来触霉头，惹得父皇私底下龙颜大怒，这才把你丢给赵右龄、殷茂春这两只老狐狸去打压，否则这会儿你早就去执掌翰林院的半壁江山了。"

读书人苦着脸道："太子殿下的心意下官何尝不知？只是下官有心做孤臣，这趟南行大评过后就甭想了。"

赵篆狡黠一笑，一把扯下腰间那枚价值连城的玉佩，塞到这个读书人的手里，问他："才夸你诚实，就露出狐狸尾巴了不是？"

赵篆略微敛去笑意，沉声说道："我可知道你真正想要什么——沙场点兵，书生封侯！只要你愿意跟我一起等，我赵篆定然不让你失望！"

读书人愣在当场，有些不知所措。

赵篆好似什么都没有说，什么都没有发生过，转身继续登山，笑着自言自语道："上次没能见到那轩辕青锋，实在是揪心哪，这回我厚着脸皮帮她要来了一块衍圣公亲笔书写的匾额，还一力帮她挡下剑州言官的疯狂弹劾，她总该赏个脸了吧？"

结果在牌楼外，有一位宫中老貂寺随行的赵篆一行人仍是被拦下了，因为假冒剑州刺史亲戚的身份完全不顶用。身负绝学的大宦官怒极，就要痛下杀手。赵篆笑着拦下，又说自己是京城殿阁大学士严杰溪的得意门生，还是挨了一顿白眼。赵篆还是既不生气也不恼火，死皮赖脸地又报上京城赵氏子弟的身份，跟北地羽衣卿相青城王的儿子以及晋兰亭都是至交好友。

京城有四赵，赵家天子所代表的赵家自然是天下头一份的，接下来便是吏部尚书赵右龄的家族，以及跟杨慎杏拥有同等资历的大将军赵隗的家族，最后一个赵家则较为寒酸，家族内官品较高的官员不过是一个京官侍郎和一个疆臣刺史，但这若是在地方上，那也是权势滔天的一等豪阀了。只是那镇守牌楼的管事横眉冷对，让赵篆滚蛋，说咱们徽山的人跟姓赵的人有仇，然后鼻孔朝天地指了指隔壁的龙虎山，询问赵篆懂了没有。打个喷嚏都能让剑州上下抖三抖的老宦官已经彻底面无表情，太子殿下竟被逗乐了，笑得不行，连说懂了懂了。在牌楼这边小有职权的管事这般蛮横，好在凑巧路过的徽山清客知晓轻重，赶忙致歉，快步去那座高楼传话，然后没过多久就脸色难看地回到牌楼前，欲言又止。赵篆善解人意地问道："敢情是你们山主让我滚下山去？"

那清客尴尬地笑了，没有否认。

赵篆客气地笑道："没事没事，麻烦这位英雄再去楼内一趟，跟山主知会一声，就说京城赵篆来访，恳请她老人家施舍点儿饭食。"

对离阳朝政并不熟悉的清客也没往深处想，又跑回去禀报，结果这次赵篆等了半天，连那人的身影都瞧不见了。

老貂寺阴恻恻地说道："殿下，这徽山之人当真是人人该死。"

赵篆摆摆手，然后笑道："看来只能使出闯山的下策了，否则多半是见不着那女子的面了。”

就在此时，赵篆蓦然抬头，遥遥望见大雪坪之巅，高楼之顶，依稀可见一位身着紫衣的女子，女子面朝滔滔大江负手而立。

赵篆想了想，喃喃道：“此时此景，值了。”

读书人笑着问道：“这就下山？”

赵篆转身答道：“下山。”

大雪坪山巅楼顶，那个跟徐凤年分道扬镳的女子，成功进入天象境之后，越发有气吞山河之势了。

她一直站到西方最后一抹余晖敛去。

她席地而坐，低头给裙摆打了一个结，大概是觉得结打得不好看，解开又结起，结起复解开。

她突然停下手上的无趣动作，转头望向西北方，有些想喝酒了。

流民聚集之地果然是多事之地，确实没有让北凉官员省心，那股在三城之外自立为王的浩大马贼，干脆彻底撕掉蒙羞布，揭竿而起，哪怕知道三万龙象军已经形成一个包围圈，仍是不惜作困兽斗，绕过临谣古军镇，直接往青苍扑杀而去。不过龙象骑军毕竟把战线拉得太开，这股两万多人的马贼短时间内也称不上以卵击石，事实上就兵力而言，才被划入北凉辖境的青苍满打满算不过八千人，恐怕唯一的优势就是拥有那座城池。

陈锡亮固守己见，坐镇青苍。那股悍勇的马贼的狗急跳墙之举在梧桐苑众人的意料之中，只是陈锡亮给徐凤年出了不小的难题。原本青苍城可有可无，徐凤年要的就是马贼从暗处闯入明处，给他们一座跟固若金汤没半枚铜钱关系的破城又如何？何况北凉甲士骑战、步战都在行，对于陈锡亮的莽撞行事，徐凤年在恼火之余，只能让本该走完幽州的杨光斗、曹嵬两人匆忙前往名义上的北凉道第四州——流州赴任，除此之外，还有接管六千铁浮图重骑的徐骁义子齐当国随行，美其名曰保护流州刺史杨光斗，自然是大开杀戒去了。北凉既然决心要打，那就不会跟那股马贼客气了；再者马贼敢造反，肯定有北莽南朝照应着，指不定大仗、恶仗还在后头，两万名马贼多半不过是一道凉菜而已。徐凤年也担心北莽南朝冷不丁冒出个脑袋被门板夹过的武将，要去流民聚集之地开开荤，真要被北莽在流州一线打出一个窟窿，被弄出一条完善的南下通道跟补给线，摇摆不定的临谣、凤翔也许就一口气倒向北莽南朝了，如此一来，凉莽大战就得被迫提前开始，东西向疆域并不算太辽阔的北凉，委实不适合幽、凉、流三州分别出现一座战场。徐凤年不怕北莽铁蹄南下，但并不希望这么早听到那群冲锋起来就喜欢哇哇大叫的北莽蛮子的嗓音。

杨、曹两人走后，徐凤年的身边又只剩下一个车夫徐偃兵了。

已经深入幽州腹地，徐凤年弯腰走出车厢透气，坐到徐偃兵身边，自嘲道：“看来，北莽南朝那边想要归乡祭祖的老头子们也坐不住了，估计是被西楚复国刺激的，趁着还有气力提刀上马，一心想要跟西楚里应外合。我现在担心青苍城内不安分，马贼不足惧，怕就怕青苍城一丢，流民尝到甜头以后趁势蜂起作乱，我那趟青苍之行以及送佛去西的心血就全白费了。这个一根筋的陈锡亮，要是这次他侥幸不死，老子也要抽得他半死！”

徐偃兵平静地说道：“有凤字营的士兵担当守城的主心骨，青苍应该能抵挡上一阵子，不过活下来的人肯定不多。现在就看马贼之中是否藏有北莽的高人了。”

徐凤年脸色阴沉，背靠车外壁，平静地说道：“现在我还会心疼凤字营的战损，以后真打起来，大概连心疼都来不及，到最后更会完全麻木，死了多少人，也就只是军情谍报上的一个数字。”

徐偃兵淡淡地说道：“打仗不都这样？当初跟随大将军到北凉扎根的老卒，谁没见过身边的人一个个地死去？也别觉得对不住他们，养了他们足足二十年，说句难听的，就是养条狗，该咬人的时候也得使劲咬人不是？”

徐凤年摇头道：“毕竟不是狗。”

徐偃兵笑道：“既然是人，那就更有‘当死则死’和‘死得其所’这两个说法。徐家如今就你们兄弟两个男人，一个已经亲身冲锋陷阵，还有一个也没躲起来，还要怎样？难道要二郡主也去沙场厮杀不成？没这样的道理。谁敢跟我讲这样的道理，我不管他是谁，都要跟他讲一讲我的道理。嗯，我的道理，就是我用一杆铁枪，他用什么都行，搬出投石车这样的大家伙都没关系，我们来打上一架。”

徐偃兵这么个古板的男人讲了一句挺好笑的话，已经感觉到燃眉之急的徐凤年却怎么都笑不出来——流民聚集之地一旦出现变故，北凉既定的谋划就会被全盘打乱，虽然现在看来主动权还握在自己手里，但是直觉告诉徐凤年北莽那边某个胃口很大的胖子，很有可能要从中作梗横插一脚，关键是这一脚的力道就算不大，北凉也会挺难受。这种先天掣肘，不是人力可以抗衡的，只能走一步看一步。

清凉山祸不单行，梧桐苑在失去绿蚁跟黄瓜后，有两个二等丫鬟主动请辞“批朱女翰林”的身份，不管是心灰意懒还是兔死狐悲，都决然离开梧桐苑做了其他院的普通婢女。

所幸，在赴凉之路上历经磨难的陆丞燕毅然进入梧桐苑补上缺口，才勉强没有中断梧桐苑的运转。至于她身后的陆家长辈和周围的陆氏子弟，显然有些不服水土，并未借着外戚的身份迅速融入北凉官场。陆丞燕有个堂弟，不过是被凉州的一个将种子弟说了几句风凉话，就拉上家族中的长辈一起要死要活，差点儿跑去清凉山诉苦喊冤。对于这件事，陆东疆也没能当机立断做出决定，只是捣起糨糊当和事佬。在冷眼旁观的徐凤年看来，这无疑是最糟糕的决定，哪怕是毫不犹豫地支持陆家人，徐凤年都能高看他一眼。不过当时还穿着缟素的陆丞燕连夜下山出王府，找出老祖宗陆费墀当年游学时悬佩的名剑，当着父亲的面逼迫那个堂弟跪在祠堂外头，剑虽说没出鞘，但仍把那个据说原本才在青州考中解元的年轻人的嘴巴打得血肉模糊，那个年轻人掉了好几颗牙齿，这个女子还厉声叱问他再敢不敢搬弄唇舌。那帮陆氏族人兴许是误以为这是徐凤年的意思，一个个噤若寒蝉，只能把怨气藏在肚子里，连累着陆丞燕也成了族人眼中泼出去的水。

如果说这些还是鸡毛蒜皮的小事，都是家内磕碰，关上门就不影响大局，徐凤年可以将这些事当笑话看待，可幽州这边就让他丝毫不敢掉以轻心了。破格提拔皇甫枰担任幽州将军，利大于弊，可弊端浮出水面后无异于雪上加霜，在有心人的推波助澜之下，自成体系的边军还好，幽州境内的各级军伍就有了隐患。按照目前的谍报来看，不甘心在龙睛郡养老到死的钟洪武肯定是动了手脚，徐凤年就想知道“幽州王”燕文鸾到底有没有扮演不光彩的角色。有无燕文鸾的掺和，直接决定了徐凤年是否要让北凉步军“变天”，问题是，即便顺利地把北凉步军由“燕家军”变回“徐家军”，少了个能征善战的老将燕文鸾，一样是北凉几乎承受不起的巨大损失。就算有一个旧南唐第一名将顾大祖可以顶替燕文鸾，但是无法否认，大战在即，北凉当下无比需要燕文鸾稳定边境军心，更需要这个老人的忠心耿耿与誓死守卫幽州。可是这可能吗？燕文鸾本就是当初“阳才”赵长陵一系的主要成员，无比希望徐骁自立为帝，以便他们成为有扶龙之功的开国功臣。徐凤年比谁都清楚，“扶龙”这座山头里，包括燕文鸾在内的一大批北凉精锐兵将被徐骁“打入冷宫”。像燕文鸾，就从熟悉的骑军明升暗降调入了陌生的步军，徐凤年的亲舅舅也被强硬地打压了下去。那次动荡是一道分水岭，从此之后，赵长陵就跟原本与自己关系不错的“阴才”李义山形同陌路，北凉军内部的骑、步两军，随着时间的推移，也越来越泾渭分明，只是赵长陵死在西蜀皇城三十里外，称帝一系的老人缺了这位“阳才”主持大局，北凉才没有演变成步、骑军双方势同水火的最坏地步。山头难治，自古而然，尤其是那些手里有刀的军头，更是打轻了皮厚不怕，打重了就敢跟你撂挑子，更狠一点儿的干脆就“老子气不过反了你”。有没有徐骁的北凉，是一个天一个地，哪怕徐骁老到了只能躺在病榻上，但只要“人屠”不闭眼，北凉就没谁愿意也没谁敢造反。

如果杀几个人就能解决难题，那该多轻松、惬意？

徐凤年靠着车壁闭目凝神，咬紧牙关。体内的气机汹涌地翻滚着，如同锅底添了无数柴火的一锅沸水，以至于溅到了大锅之外。车帘子被丝丝缕缕的气机撕扯得破烂不堪，拉车的那匹马的身上也绽出了朵朵血花，嘶鸣、躁动不已，徐偃兵干脆停下马车。

一个半时辰过后，徐凤年脸上的紫黄双辉缓缓褪去。他满身大汗，苦笑着问道：“徐叔叔，这是第几次了？”

徐偃兵平静地说道：“第六次。‘回神’用时越来越长，还剩下三次，只会更加凶险，未必能硬扛过去。这种伪境带来的潜在症结原本可以忽略不计，就算进入指玄境界也无妨，只是得了柳蒿师的紫雷和袁青山的包子后，就福祸相倚了。”

徐凤年笑了笑，说道：“希望能拖到第九次‘回神’，那时候陈锡亮无意中在阁楼里找到的最后一个锦囊才能有意义。”

徐偃兵点了点头，叹息道：“这可能是李义山跟赵长陵两人最后一次联手布局了。”

徐凤年艰难地呼出一口浊气。他的走火入魔也许是前无古人后无来者的，根源于接连三次伪境，两次借助徐婴陆续进入指玄、天象境，之后跟王仙芝一战，发生了那场挥退天地万物的逍遥游，以及斫琴有悟，才后知后觉自己曾经一只脚踏入了陆地神仙出窍神游的门槛。大黄庭造就的那一方池塘，如今每隔一段时间就会沸水滚滚，用徐凤年自己的话说就是“去魂”，他要做的就是相对应的“回神”，把千丝万缕的喧沸气机一一摆平。既然大黄庭有九重高楼，徐凤年猜测会有九次“去魂”和“回神”，到时候才算功德圆满。但是这样的圆满，与天象高手有一战之力，对上王仙芝仍是毫无胜算，徐凤年当下眼光所盯着的，江湖上只有王仙芝一人而已，否则没有任何意义。

赵长陵曾有棋子在皇宫。

李义山在徐凤年年幼弃刀之时，就接过了赵长陵那一手原本已经断了生气的棋子，继续布局。

二人布局的目标只有一个：四百年前以一人之力杀尽天下顶尖高手的忘忧之人——高树露！

众贤盈庭的离阳庙堂掀起了一场轩然大波，这场轩然大波来得迅猛无比，以至于所有的殿阁大学士和六部尚书、侍郎瞠目结舌。本朝首辅张巨鹿在圣意已决的情况下，仍是执意调动总领北地军政的顾剑棠，要将这把帝国最锋利的名刀架到西楚的脖子上，快刀斩乱麻，而不是先前既定的顾剑棠坐镇北关。若仅是如此，朝堂之上也没谁敢稍稍大声质疑，“碧眼儿”这些年虽说放松了对兵部之外五部的控制，唯独一直把台谏言路死死掌控在手里，故而无须首辅大人亲自出马，这些唯张庐马首是瞻的言官就能几乎咬死任何人，好在张首辅一向极少刻意针对谁，但只要张巨鹿握有这颗棋子，哪怕从不落子，朝廷上下也都没人敢肆无忌惮。可惜在祥符元年的暮春，就算言路尽在张巨鹿之手，就算庙堂手段极为高明以至于十几年无敌手，首辅大人也终于迎来了第一场败北。无他，因为这次他的对手是“坦坦翁”，还有桓老爷子身后的一干权臣——有六部之首的吏部主官赵右龄，有公认的储相殷茂春，甚至有新任礼部尚书元虢，还有尚未领命南伐西楚的大将军赵隗领衔的一大帮功勋卓著的武将，更有被“碧眼儿”打压了十数年的旁支皇室宗亲。奇怪的是，这些人事先确实并无任何约定，在桓温无比鲜明地把矛头指向首辅大人后，这些人陆续出班奏事，都认为“北顾南用”一策太过冒失，一个回光返照的西楚远远不足以跟北莽的百万控弦之士相提并论。那一天的朝会上暗流汹涌，除了户部尚书王雄贵毫无悬念地站在恩师这边，几乎所有人选择了沉默，不敢掺和这场永徽元年以来最为云谲波诡的神仙打架。之所以说是“几乎”，是因为除了王雄贵之外，最近春风得意的晋兰亭出人意料地紧跟王雄贵为张首辅发声。

有心人都看到了，退朝之后“坦坦翁”目不斜视，直接跟首辅大人擦肩而过，失魂落魄的王雄贵跟在神情淡漠的永徽座师身后，反倒是从不主动凑近首辅的晋右祭酒坚定地走在张巨鹿的身侧。今日的跌宕朝局，让旁观者既目不暇接又莫名其妙，退朝之时，竟是只闻珠玉敲击声，不闻一句高谈阔论和窃窃私语，是离阳朝会二十年仅见的古怪景象。张巨鹿慢慢走下台阶，没有去看身边眉头紧蹙的年轻右祭酒，只是轻声笑道：“晋三郎，这次你恐怕要押错赌注了。”

蓄须明志的晋兰亭摇头道：“晚生并非冒险押注，故意与满朝文武为敌，借此讨好首辅大人。不过是大丈夫当有所为，仅此而已。”

张巨鹿笑了笑，放缓脚步，开门见山地说道：“当初我本有意拉你进入张庐，继而替我掌控言路，只是后来既然陛下对你刮目相看，我做臣子的，也就不愿夺君主之美了。”

不愿，非不能。

隔墙尚且有耳，何况这还没有离开宫城，两人身边不远处不乏脚步迟缓的文武官员。

张巨鹿平淡地说道：“纵观历朝历代君子与小人之争，有君子美誉的朝臣生前大多输得很惨，至多死后被下一任帝王追赠美谥，于国于民并无裨益，这种空落落留在青史上的名声不要也罢。党争一事，无甚不可告人的玄机，越是心系苍生，越是需要君子朋党，更需要同僚之中有一条聪明的恶犬，不仅能吠还能咬人，而不是一伙人都在那儿两袖清风，只会意气用事，到头来无非就是在流放、贬谪的途中作几首让后世读书人泪满衣襟的孤坟诗作，挺无趣的。”

晋兰亭咂摸了一下，自嘲道：“晚生亦是难逃窠臼。”

张巨鹿转身拍了拍王雄贵的肩膀，说道：“今日我不当值，你去张庐那儿坐着，若有同僚问起，你只以‘不知’二字回应便可。”

王雄贵点了点头，快步离去。

执掌一朝权柄的“碧眼儿”跟晋兰亭慢悠悠地一路前行，一同跨过了宫城的门槛，张巨鹿突然笑道：“当初第一次见你时，我想起了自己年轻时也是像你那般仓皇失措，百般委屈。不过说实话，你比我当年仍是差了许多，也就做宣纸比我厉害些。”

晋兰亭会心一笑，说道：“能有一事让首辅大人心甘情愿地认输，并且付之于口，足矣。”

见晋兰亭欲言又止，张巨鹿淡淡地说道：“你在纳闷儿桓温那个老家伙为何与我同室操戈？”

任凭晋兰亭是天子宠臣，是太子殿下身边的红人，前程注定一片光明，这位右祭酒大人此时也不敢言语半句，甚至不敢妄自揣测。

张巨鹿说道：“我与桓温心中都有一杆秤，都不曾对西楚复国有任何轻视、小觑，只是一杆秤的两端的轻重，这些年一直有些差异。我重西楚甚于北莽，他则重北莽甚于西楚。他有他的谋划和眼光，他坚持要用北凉耗去北莽的国力，生怕顾剑棠一旦南下，此时已经定策先吞北凉再打离阳的北莽改弦易辙，误以为有机可乘，到时候从北关一直到我们脚下的这座太安城皆是狼烟。”

张巨鹿指了指南方，说道：“老家伙不但看见了北边，除了北凉道，还看到了看似‘举棋不定’的燕刺道，还有那些经不起春风吹拂的春秋亡国，他的顾虑自然可以理解。我是怕西楚成为一座泥潭，牵引春秋亡国死灰复燃，他则是怕北莽由东线南下，导致天下都成为泥潭。我与他，才是在进行一场真正的豪赌。这些事情，你们就算站在了王朝中枢，也一样看不到，这缘于朝堂之上人人各有所谋，武人想着生前封侯拜将，文人想着死后陪祭张圣庙。我之所以与你说这些，是因为你晋兰亭难得糊涂，难得有趣，毕竟在桓老头儿那边挨骂不稀奇，挨打就很罕见了。”

晋兰亭下意识地伸手摸了摸被“坦坦翁”扇过耳光的脸颊，烫手一般，迅速缩回。

张巨鹿轻声说道：“你我就走到这里。”

晋兰亭识趣地停下脚步，只听见首辅大人撂下一句话：“以后多与新尚书交往。”

晋兰亭愣了愣——新尚书？是礼部尚书元虢，还是兵部尚书卢白颉？还是两者皆有？

恰巧，今日退朝后，这两位一起走着，两位年富力强的栋梁重臣，有很多相似之处和共同语言，出身不同，却俱是离阳一等一的风流人物。卢白颉是江南道上的“棠溪剑仙”，元虢是跟谁都能称兄道弟的著名人物。两人的胜负心都不重，许多被别人看重的事物，他们都不甚在意，在朝野上下两人口碑极佳，没有树敌，也无明显的山头派系，又都曾是“坦坦翁”的座上宾，也都挨过“坦坦翁”的责骂。面过圣、进过双庐、挨过桓温的骂。离阳朝廷想要成为权臣必经的三大步，这两位尚书显然都经历过了。两人退朝返回宫外的“赵家英雄瓮”时，卢白颉没有马上回到异常忙碌的兵部，而是跟着元虢去了与兵部氛围大不相同的礼部。在士子、名流扎堆的礼部衙门，众人见到自己的顶头上司尚书大人后，都敢调笑几句。因为元虢这只老酒虫新官上任时，堂而皇之地携带了一个大箱子，箱子里装的不是书籍，而是二十几瓶陛下先前赐下的剑南春酿，结果被大驾光临礼部衙门的陛下撞了个正着，然后陛下就自作主张地开始跟群臣分酒喝。君臣随意而坐，微醺尽兴之余，赵家天子还不忘往痛心疾首的元尚书的伤口上撒盐，笑着说“朕主动帮你笼络臣僚关系，就别谢恩了，记得回头领了俸禄买几壶好酒送到宫里去”。

如今，礼部的官员都开始掰手指算着何时领俸禄，还开玩笑地询问尚书大人需不需要他们帮忙凑点儿份子钱。今日见着了兵部尚书大人，若是顾剑棠大将军，那自然是一个个头皮发麻，若是陈芝豹，就要退避三舍，可既然是风流倜傥的“棠溪剑仙”，就都笑着招呼元尚书坐会儿，反正礼部只要不碰上重要的节日以及大典，就是六部里头最清闲的衙门。再说，摊上元虢这么个既宽以待己又宽以待人的尚书大人，真是所有人的福气，正因为元虢，许多以往斜着眼瞧礼部官员的五部官员，不管是他们来串门，还是礼部官员去求他们办事，对方的脸上都多了几分笑容。反正对于礼部的众位名士而言，给这么个薄面就足够了。

死要面子的礼部衙门占地甚广，元虢自然有他单独的雅室。在走到房门附近的时候，元尚书嘿嘿一笑，赶忙蹿入屋子，弯腰捡起一本本书，这才腾出一条路来。他将书放在一把本来就放有摇摇欲坠的书堆的椅子上，书堆竟是摇晃而不倒，可见他干这事已经熟能生巧了。大概元虢府邸里的书房内也是这般杂乱。元虢好不容易搬走书案前那把椅子上的书籍，卢白颉摆手笑道：“不坐了，就一把椅子，我这一坐，岂不是鹊巢鸠占了？你元尚书不怕被人取笑，我还怕被人说成是‘兵部在打压礼部’呢。”

元虢哈哈笑道：“兵部欺压礼部又不是一天两天了，卢大人你可别得了便宜还卖乖啊。”

卢白颉直白地说道：“少来这一套，以前兵部对其余五部一视同仁，都欺负，反正不患寡而患不均，所以到底是谁卖乖还不知道呢。”

元虢摸了摸自己微红的酒渣鼻，说道：“以前不管，以后兵部的人敢操家伙来礼部吓唬人，我就敢去兵部骂街。”

卢白颉不置可否，环视四周，有些感慨。

卢白颉出身于有“琳琅满目”美誉的泱州卢氏，兄长卢道林从国子监引咎退出，因祸得福，当上了礼部尚书，正是这间屋子的上一任主人，卢白颉初入京城时来过一次，今天是第二次来。卢白颉跟兄长关系极好，甚至可以说，卢道林离开庙堂退隐山林，大部分的原因是给他这个弟弟腾出位置，否则兄弟二人一朝两尚书，泱州那边的其他门阀要急红眼不说，京城里也会有人有所非议。卢白颉在野之时久居退步园，卢道林先后两次“退步”，就给他这个弟弟结下了许多桩只可意会不可言传的香火情，这便是圣贤书籍上极少传授的学问了。元虢一拍脑袋，佯怒道：“好你个‘棠溪剑仙’，原来先前的鹊巢鸠占，是骂我抢了卢先生的屋子来着！”

卢白颉也没反驳，笑着问道：“酒藏哪儿了？”

元虢一瞪眼，说道：“早没了！”

卢白颉玩味地笑道：“当我‘棠溪剑仙’的名头是胡吹出来的？就算不再练

剑，这点儿酒香味我会闻不到？”

元虢双手一摊，无奈地说道：“真没了。”

卢白颉自己走到墙脚，扒开一堆书，拎起一壶酒摇了摇。元虢干笑着赶忙去拿出两只藏在书桌下的酒杯，用袖子擦了擦，一人一只，生怕‘棠溪剑仙’就这么把酒顺手牵羊走了，嘴上还念叨着：“我这不是怕喝酒误事吗？若是耽误了卢大人的军机大事，我可吃罪不起。不过方才灵光乍现，卢大人剑法超群，想必酒量也不差，喝一两杯酒应该没问题。来来来，咱们小酌一番，小酌，小酌即可。”

卢白颉直截了当地席地而坐，元虢在屁股底下搁了一摞书，前者一口饮尽杯中酒，后者眯起眼陶然慢饮。

卢白颉微笑道：“咱俩说点儿醉话？”

元虢瞥了一眼屋门，兴许是记起了卢尚书是一位出类拔萃的武学高手，于是收回视线，点点头。

“到底怎么回事？卢某在来的路上有些想明白了，有些还是想不明白。”

“你我起身即忘，不传六耳的醉话？”

“醉话。”

“兵部掌握了许多五部无法得知的秘事，你想明白了首辅大人跟桓老爷子这对同门师兄弟的分歧不难。想不明白的事情，是为何桓老爷子不在双方任何一座府邸的书房内商量妥当，而要在庙堂上公然与首辅大人对峙，是吧？”

“嗯。”

“你之所以想不明白，是因为你还知道很多人误以为今日的朝会之上，似乎显露出了一个迹象——曾经的永徽年二十余载，除了陛下，首辅大人目中无人，终于在祥符元年迅速走下坡路了，曾经的如日中天，也是时候要渐垂西方了。但是，这是个荒唐至极的假象，你我心知肚明。张庐这么多年自毁院墙，把学识冠绝永徽的赵右龄摒弃，把老成持重的韩林舍弃，当然我元虢不思进取一事无成，自然更是被早早丢掉，到头来只扶持了一个似乎不具备宰辅器格的王雄贵，甚至连翰林院也都被施舍给了殷茂春。为什么？首辅大人在想什么？很简单，离阳朝廷内，张首辅从不觉得有人是他的政敌，只要他站在朝堂上，有句诗说得好啊，‘春来我不先开口，哪个虫儿敢出声’，能出声的，二十年中，只有一人而已。这以后，若是这个人先死，张首辅后死，那么就一个都没有了。”

“明白了。”

屋内陷入寂静。

元虢隐约泪眼蒙眬，干脆拿起酒壶灌了一口酒，问道："你真的明白？"

元虢自问自答："你不明白！"

卢白颉叹息一声，一言不发地起身离去，在出门之后帮着掩上了门。

独自坐在屋内的元虢哭哭笑笑，喝酒不多的尚书大人竟是醉后失态一般，自言自语道："你不明白的。一旦西楚战事失利，目光如炬的首辅赢了面子，却彻底输了仕途。当以大度著称于世的陛下也不再容忍时，便是首辅大人真正开始日薄西山之日，所以在今日的朝会上，他是在给桓老爷子谋求退路，将自己逼上死路啊！"

元虢后仰着倒去，惜酒如命的礼部尚书丢掉酒壶，哭着说道："我辈书生何惧一死，可恩师你为何偏偏是这般凄惨的死法？"

张巨鹿今日故意不去做事，也不去想事，这才有机会去心动已久的一座老字号酒楼喝了小半壶陈酿老酒，可似乎也没有桓温他们说的那般美味。因为没有脱下朝服，首辅大人大驾光临，让酒楼的主人既觉得蓬荜生辉又战战兢兢，远远看着首辅大人，只要这位老人夹菜时动作略慢了些，就觉得自己马上就要被拉出去砍头。委实是首辅大人从未在百姓面前露面，不似其他的殿阁重臣、六部领袖，各自有各自的脾性嗜好，终归有常去的清静地儿，可张首辅不一样，他永远只出现在尚书令府邸跟皇宫两个地方。所以，这个消息以惊人的速度传播开去，但是没有一个好事之徒得到确切的小道消息后胆敢跑来凑热闹，这恐怕就是张巨鹿真正恐怖的地方了。京城第一公子哥儿，王雄贵的幼子王远燃，自称曾跟徐凤年叫板的爷们儿，年少时有幸跟随父亲去张府拜过一次年，不过是被首辅大人淡淡地瞥了一眼，那以后就打死也不去张府了。在春秋中建功立业的大将军赵隗、杨慎杏，他们的后辈算是离阳地位较高的将种子弟，一样是二三十年间就没见过这位百官之首几面——不是什么耗子见猫，而是耗子见虎，他们觉得与张首辅见一面他们就得掉一块肉。哪怕是昔日最有希望当上太子的大皇子赵武，惹上了首辅大人的宝贝闺女，照样吃不了兜着走，都不用张巨鹿说一个字。皇子尚且如此，与当今天子这一脉血缘关系疏远的皇亲国戚，本就是被张巨鹿初掌大权时就往死里打压的那拨可怜人，一直敢怒不敢言。

这个的的确确在逐渐衰老，但是始终让人忘却岁数的老人，不贪钱财，不好美色，不喜珍馐，不尚清谈，不崇佛、道，不传诗作，有心之人都在等他自己犯错，可是他没有。

他就那么日复一日、年复一年地来往于府邸与皇宫，枯燥乏味，并且无懈可击。整整二十年，再没有谁能够被称作一人之下万人之上。

张巨鹿抬起头，放好筷子，看到一张熟悉的清丽面庞，面庞的主人坐在他的对面，托着腮帮，跟她的娘亲年轻时候一样巧笑倩兮。

首辅大人轻声笑道："我这一喝酒，都惊动张大女侠了？"

张高峡还是双手托着腮帮，眨了眨眼。

张巨鹿笑道："说吧，除了看爹，还有什么事情要求爹的？这次爹破例先答应下来。"

张高峡嘻嘻笑道："小嫂子刚跟我诉苦呢，说三哥在今年春三天两头地跑出去跟人借钱喝花酒不说，还有了纳妾的念头。纳妾也就罢了，那女子还是青楼女子。小嫂子劝不了犯犟的三哥，就只好拉上我到她的阵营。我去偷偷见过那女子，青楼不青楼的无所谓，不过水性杨花倒是真的。爹，你就不怕有辱家门啊？"

张巨鹿皱了皱眉头。

张高峡提高嗓音说道："爹，你可答应过女儿了！"

张巨鹿眉头舒展，点了点头。

原本不抱半点儿期望的张高峡瞪大双眼，可是更匪夷所思的事情还在后头——在外是首辅大人在家更是首辅大人的老爹竟然开口说道："去你三哥府上看一看。"

张高峡喜出望外。

要知道他们兄妹几人的亲爹当真是一点儿都不像个父亲，除了她这个女儿，三个哥哥都已成家立业，哥哥们当年娶妻生子时爹都不曾露面，不管首辅大人的三个儿子各自是有出息还是惹祸，首辅大人都从不搭理，京城的人都笑话那三位明明出身煊赫却无依无靠的世家子，多半是在路上随手捡来的孩子。张高峡的三哥是张首辅最不成材的小儿子，游手好闲，没人乐意带这个胆小鬼玩耍，他就经常随身携带鸽哨，在太安城里瞎转悠。大哥好歹步入了仕途，虽说攀升缓慢，可勉强算是子承父业；二哥是个货真价实的书呆子，倒也还凑合；三哥张边关可谓里外不是人，混得最差，在家里不受首辅老爹的待见是肯定的，而且京城里的大部分纨绔子弟不屑跟他做酒肉朋友。张高峡比谁都了解自己的三个哥哥，他们无比希望这个沉默寡言的父亲能够正眼看他们一眼，哪怕是骂他们一句都行。

张巨鹿走出酒楼，突然"言而无信"地说道："不去了。"

张高峡苦着脸，可怜兮兮地看着她爹。

张巨鹿笑道："虽然不去，但你带句话给边关，天天靠着他大哥、二哥的那点儿俸禄花天酒地不是个事情。他不是想要投军入伍吗？爹跟顾剑棠说一声，让他去辽东。还有，家里不养闲人，你这心野的丫头出京玩儿去，至于去哪儿，你走到哪儿算哪儿，随你，别写信来跟爹要银子就行。”

张高峡眼睛一亮，高兴地说道：“真的？”

张巨鹿轻轻点了点头。

张高峡冷不丁冒出一句大煞风景的话：“爹，你没生病吧？是桓伯伯今天把你气坏了？女儿这就给你找回场子，看我不把桓府吃穷、喝穷！”

首辅大人柔声笑道：“出息！”

然后，首辅大人又补充了一句：“事先说好，离阳境内，北凉道第一个去不得，燕剌道第二个去不得，广陵道第三个去不得。”

张高峡哦了一声，掰着手指说道：“江南道第四个去不得，两辽第五个去不得……”她一口气把离阳诸道数完了，笑道，“那我还是留在家里混吃混喝一辈子不嫁人算了，反正哪里也去不得。”

张巨鹿从如履薄冰的酒楼掌柜手中接过马缰绳，递给女儿，笑道：“少跟爹油嘴滑舌，赶紧去给你的小嫂子报喜。”

张高峡做了个鬼脸，翻身上马，一骑绝尘而去。

张巨鹿站在原地，那个掌柜哪里敢计较首辅大人忘了付钱？再说首辅大人在的时候，是没人敢来找死，但是掌柜敢保证明天酒楼里别说坐的地方，就连站的地方都不会剩下。

掌柜已经悄然转身，却被首辅大人轻声喊住。掌柜表情僵硬地转身，手足无措。

张巨鹿微笑着说道：“掌柜，白喝你一顿酒，别介意。”

掌柜使劲儿地摇晃着脑袋，打死不说一个字。

张巨鹿走向护卫森严的马车，用只有自己才能听到的声音自言自语道：“食君之禄，忠君之事，两不相欠。我张巨鹿最后无非是跟天下百姓要了一壶酒喝，不算多吧？”

太安城里，上至文武百官，下至黎民百姓，都使劲儿盯着藩王靖难的过程中哪位藩王最早出兵，哪位出兵最多，谁的兵马最为雄壮，谁的人马战力最弱。几大藩王中，胶东王赵睢被朝廷下令按兵不动，老老实实地盯着边关，这没什么值得老百姓去大谈特谈的。广陵王赵毅本就是局中人，西楚复国之战就发生在他的辖境内，没有太多浮想联翩的余地。一直最为软弱并且传言已经疯癫的淮南王赵英出兵六千，可谓倾巢而出，让人刮目相看。燕剌道出兵最早，只是这位仅仅屈居徐骁之下的藩王赵炳，竟然只是让世子殿下赵铸领了一千骑前往广陵道，而且一路北上，穿境过州，鸡飞狗跳，最能让离阳百姓聊上几句。年轻的靖安王赵珣出兵最晚，兵力多寡暂时不知。至于封王就藩西蜀的上一任兵部尚书陈芝豹，没有一丝动静，是朝廷怕他去了西楚就没别人的事情了，还是他根本不屑带兵前往，除了太安城的兵部大佬，恐怕无人得知。北凉？离阳这边没谁觉得那个比赵珣还年轻的新北凉王会这么好心，都猜测北凉王正幸灾乐祸，不投井下石就算万幸了。

马蹄一动，弓弦一响，黄金万两。

青州边境上大队兵马缓缓向东北推进，有人将马停在河边，牵马而立。这名年轻骑将身穿一身明黄色的蟒袍，就袍中蟒水图而言，甚至比广陵王赵毅的还要高出半个品秩。他对身边一名年轻俊雅的书生笑着说道："陆先生好不容易帮我攒下的那点儿家底，这么一闹，估计所剩不多了，心疼啊。"

双目紧闭的书生微笑道："作为势弱的客人，登门拜访时礼数要足，吃相要好，吃相好了，反而能吃得更多。否则势大的主人下次就干脆不让你上桌动筷子了。"

赵珣点头道："很浅显的道理，可就算明白，难免还是有些郁闷。"

瞎子陆诩笑而不语。

赵珣耍无赖地说道："京城那边动静那么大，小六儿你说得好好琢磨琢磨才能想透，是好消息，你就赶紧跟我说，是坏消息，就当我没问，咋样？"

始终居于幕后的陆诩犹豫了一下，咬了咬嘴唇，神色凝重地说道："对青州和靖安王府来说，兴许是好坏参半。"

赵珣好奇地问道："何解？"

陆诩轻声说道："首辅大人故意露出破绽，是坐殿垂钓，不出意外，接下来他手头上常年积攒下来的撒手锏，都要借用言官的笔刀去杀人，刚好又有殷茂春主持的大评，肯定会死很多人。陆费墀身死，青党崩塌，青党众人夹起尾巴做人，反而能够侥幸躲过这场风波，风波过后，事情还是要有人做，青党有望东山再起。这次陆诩恳请王府这边务必精锐尽出，就是让陛下和庙堂大佬知晓我们的吃相，以求在接下来的腾挪中抢得先机。天下是赵家的天下，身为一家之主，膝下儿孙满堂，他自然会喜爱那些做事牢靠又本分'不争'的子孙，当家的高兴了，才乐意多给子孙一些钱财，希望他们更争气。若是觉得他们没出息，一家之主也就要搂紧钱袋子和传家宝了。只是陆诩实在无法想象没有张首辅的庙堂会是怎样的光景。有他跟'坦坦翁'在，对青州局势看得脉络清晰，绝不至于太过刁难靖安王府。如果一个家换了管钱、管事的大管家，甚至……甚至又换了个家主，青党若是没人能挺身而出，在关键时刻替我们在新主人的耳边说上话，总归是隐患。因此，好处在眼前，坏处在将来。总体来说，是个坏消息。当然，世间万事瞬息万变，看得再远，一来未必作准，二来也逃不掉走一步算一步的路数，我们只要步步不差不错，到时候若仍是谋事不成，大不了就骂几句老天爷不开眼。”

赵珣错愕道：“张首辅才五十几岁，身子骨一直不错，怎么会退下来，又有谁能让他退下来？”

陆诩指了指头顶的天空，没有作声。

赵珣的脸色阴晴不定。他压低声音咬牙说道：“所以你才早早就要我暗中与晋三郎跟青城王交好？”

陆诩点了点头，对于自己悄无声息的提早布局没有丝毫得意之色。

赵珣突然冷笑道：“六儿，你说咱们做客的，小心翼翼折腾出好吃相，当家的吃相倒是差得一塌糊涂。嘿，确实，坐那么个位置，家法就是国法，家理就是天理。”

陆诩淡淡地说道：“殿下别忘了，你也姓赵，一家人不说两家话。”

赵珣笑着搂过陆诩的肩膀，说道：“我跟你有什么不敢讲的？”

陆诩无可奈何地笑了。

赵珣忧心忡忡地说道：“六儿，你真不跟我一起去啊？没你帮忙出谋划策，我心里没底啊。”

陆诩平静地说道：“我只会出出主意，在行军布阵方面是外行，况且殿下此行本就不是为了捞取战功去的，当然，想捞也捞不着，把这六千人一口气打光了，届时再衣衫褴褛地与那太子秘密见上一面，就算大功告成。”

赵珣有些不忍，问道：“就不能留下两三千兵马？偷偷摸摸地留下一千也好啊。”

陆诩面无表情地转头“望向”这位在他心中始终是“殿下”的靖安王。

赵珣赶紧举起双手，说道：“听你的还不行吗？”

见这位陆先生没有动静，赵珣恋恋不舍地小声说道：“我可真走了啊？”

陆诩伸出一只手，示意赵珣上马。

赵珣翻身上马。陆诩犹豫了一下，仰头叮嘱道：“切记，此行就两件事，尽量赢得赵篆更多的信赖，再就是用六千条人命赢得天下民心。”

赵珣低头看着这个为靖安王府鞠躬尽瘁的目盲谋士，重重地嗯了一声，策马远去。

年轻的藩王心中有着“我亦有元本溪在身侧”的豪气。

第八章

我在陆地观沧海 九楼之上有高楼

一支声势浩大的车队缓缓南下，阵仗之大，远胜新封为定鼎大将军的兵部侍郎卢升象出行时的阵仗。两百余人中，佩有绣金刀的大内执金吾骑卫有八十人，其余的一百余名骑士俱是身穿黑衫，兵器各异，但腰间皆悬有一个扎眼的铜黄绣鱼袋。铜黄袋子上所绣的鲤鱼的数量也有多有寡，多则七尾，少则也有四五尾。这意味着他们是被离阳朝廷授予功勋的江湖武人，已经不是在野的草莽，而是拥有了正儿八经的官府身份。凭借此袋进入关隘城池时，无须出示户牒。发迹于江湖的离阳武夫，无不以得到一枚铜黄绣鲤鱼袋为荣。柳蒿师的那个袋子上便绣着八尾金色的鲤鱼，只是那位天象境高手从不携佩就是了。这支声势浩大的队伍中悬挂象征一品高手的七鲤鱼袋的人有三人，六鲤二品小宗师则多达十四位。包括龙虎山、吴家剑冢和东越剑池在内的所有顶尖门派，都有派遣心腹随行。队伍中更多的武人还是那些早早依附龙门的江湖鲤鱼，这些年他们多为刑部卖力，给朝廷帮忙刺探消息和追剿游匪，朝廷赐予他们一张行走江湖的护身符，各取所需。

两百骑只护送一辆马车。这辆彰显皇家气派的豪奢马车以四匹汗血宝马拉车，马车四周是二十几名宦官，铜黄鱼袋上绣有六七尾鲤鱼的一流高手夹杂其中，各司其职，有条不紊。队伍一路南下，过城而不停，仅是在野外扎营，但是沿途的所经军镇，必定要出动一千至三千不等的轻骑遥遥护送数百里，两者的间距始终严格地保持在一里路之内。其间有军旅犯禁，稍稍靠近了半里路，大概是想要献殷勤，结果弄巧成拙，领兵校尉当天就被剥去了官身。半旬光景，就算执金吾精锐骑兵跟那些佩带铜黄鱼袋的高手，也没有谁见到车帘子彻底拉起过一次。

有专门的宦官负责饮食递送，每次都是跪在车帘子前低声言语，随后有手掀起帘子的一角接过食盒，下一次，新盒换旧盒，照此类推。起先也有人揣测里头坐着的人是那位据说跟陆地神仙只隔着一层窗纱的柳蒿师，只是后来发现还有宦官需要搬运、清洗马桶，就有些吃不准真相了。他们中的大多数人是临时被赵勾告知需要赴京一趟的，做什么，他们不清楚，而且在跟赵勾谍子见面之后就得立马动身，连门派里的长辈跟父母妻儿都无法告知，然后就接了这么一趟谈不上怎么辛苦的差事，就是透着一股邪乎劲儿。太子殿下南下游历时，也没有这般兴师动众。难不成是去武帝城找王仙芝的麻烦？否则天底下什么人什么物件，值得劳驾他们这数量庞大的一流高手？

马车上的人则让他们大感意外。马车里就两个人，一个垂垂老矣的宦官，靠着车壁打着瞌睡，一身鲜红的蟒服显示他的身份的确不俗。他的本名早已被人遗忘，他是个东越遗民，当年进入东越皇宫以后跟多数宦官一样，拜了一个前辈宦官为“养父”，被比生父地位更高一筹的师父打赏了一个名字，这才算真正入了门。须知在春秋乱世里，心一狠自己割去子孙根，却做不得宦官的可怜人不计其数。这个地位不低的年老宦官叫赵思苦，到太安城的时候已经四十多岁，他的第二个师父，在太安城的皇宫御马监当差，也没做成多大的太监，倒是徒弟中最不起眼儿的赵思苦慢慢攀爬，曾经陆续掌印过尚宝监跟印绶监，服侍过离阳的两任皇帝，做事滴水不漏，这么多年，竟一桩小错都没有犯过，就连韩生宣都对这名同僚不吝笑颜。赵思苦的确是宦官里头寥寥无几无须见“人猫”退避的貂寺，其余衙门的一把手，以往见到韩生宣，一样得谨小慎微。赵思苦与如今司礼监的掌印太监宋堂禄的师父是至交好友，两位老宦官的对食对象又恰巧死于同年同月同日，宋堂禄成为首宦之后，对大多数人不念旧情，连师父也不例外，唯独对赵思苦始终执晚辈礼。接连两位离阳“站皇帝”都对赵思苦刮目相看，可见赵貂寺的功力之深。

身子骨孱弱的老宦官盘膝而坐，难掩疲乏地打着盹儿，动作大了，把自己惊醒了，睡眼惺忪，不知梦见了什么，老人轻轻叹息一声。

离阳一手接管了春秋的疆土、金银、武库以及嫔妃，这些或合情合理，或小有瑕疵，都不如何为人所诟病，但是当年离阳先帝的一项举措，引来了内外一致非议，那就是离阳皇宫几乎全盘接纳了春秋八个亡国的宦官，这才导致了离阳皇宫达到了堪称拥挤且臃肿的地步，足足有十二监四司八局二十四座衙门！当时，离阳百官都对此不太理解：新朝正要趁势跟北莽蛮子决一死战，哪里顾得上这帮只会搬弄是非的阉人？可是离阳先帝置若罔闻，老首辅，即张巨鹿的恩师接连上书，亦是悉数不被采纳。随着战事逐渐停歇，那些宦官安分守己，竟是异常忠心于新主子，二十年间兢兢业业，只听说一个个老宦官在宫内寿终正寝，从未听说有谁祸乱内宫，究其原因还是这帮阉人感恩于先帝的法外开恩，不至于让他们在亡国后流离失所。别人丢了家国，总归还能靠着一技之长活下去，他们宦官谈何容易？

老貂寺用余光瞥了一眼车厢的角落处，又耷拉下眼皮，实在是见怪不怪了。角落处坐着一个睡得安详的中年男子，中年男子相貌俊雅，眉心处有着一抹竖着的猩红印记，犹如两眼之外又开了一只天眼。老貂寺在八年前执掌印绶监，负责内廷诰敕贴黄信符等事，短短两年就被调任至掌管大小玉玺的尚宝监，等“人猫”“暴毙”之后，原本已经准备安享晚年的老宦官既没有升至司礼监，也没有空闲下来，而是被两位独立于国子监之外的练气士宗师领去见了一样“物件”。赵思苦从匪夷所思到趋于平静再到最终麻木不过花了半年时间，因为再稀罕的玩意儿也经不起一天到晚瞪大眼睛盯着瞧。从那一天起，赵思苦才接触到常人几辈子都无法知晓的秘辛。例如成百上千的扶龙派练气士分散在各地，在洞天福地采撷天雷，用以铸造一座前无古人的“雷池”。还有就是龙虎山历代天师在自认道法大成之际，都要来太安城为某个物件篆刻一张符箓。这一写符，往往耗时数月甚至半年，耗尽精气神。自离阳建国以来，已有十一代总计十八位大天师代代画符人人做箓，只为了镇压车厢内的这个“人”——“忘忧之人”，唯一以真正意义上的天人姿态行走过江湖的高树露！当代江湖所谓的一品四境，尽脱胎于四百年前此人的武学心得，也正是此人将金刚境武夫纳入高手范畴，有意无意地将原本被儒道打压得完全抬不起头的外来佛教摆上了台面。只是，高树露在十年间走遍大江南北，兴之所至便杀人，杀得满江湖腥风血雨，无一人胆敢自称高手，死在高树露手上的高手光是剑仙就有两位。天下道门凑出八十一位真人，不惜联手结就镇魔大阵，仍是被高树露于地肺山之巅宰杀殆尽，留下一句“我本是人间仙人，镇什么魔”之后逍遥远去。高树露最后与一位不知名的年轻道人狭路相逢，那一战的声势之浩大至今无可比肩，到现在还有人坚信只有斩魔台齐玄帧或是武当洪洗象出山，去跟王仙芝一战，才可媲美。老貂寺赵思苦面对的就是这么一个不知该说是活人还是死人的家伙。当下的“高树露”不饮不食，不呼不吸，如同蛰虫冬眠四百年，身躯不见半点萎缩，依旧光洁如玉。除了龙虎山天师的十八道符箓，这之前仍有前任各座道教名山大真人的十八道禁制，其中前九道出自原先的道教祖庭武当山，第一道被后代各山各观道士称为“开山符”的仙人符咒，正是出自那无名无姓却将如日中天的高树露打入沉睡状态的年轻道人之笔，仅仅一张符，就支撑起了后世十数座道教名山和练气士宗派的“登天之阶”。

赵思苦扯了扯自己头上那顶价值不菲的厚绒貂帽。老人不是什么高手，从未习武，一万个赵思苦也不是一个韩生宣的对手，因为上了年纪，故而尤其不耐春寒。赵思苦也想过为何赵室愿意让自己当这个掌匙人，是自己不谙武艺，是自己二十年如履薄冰不逾矩，还是韩生宣离宫之时有“遗言”留给君王？赵思苦扯了扯嘴角，望向对面那尊如同泥塑菩萨的世上天人，欲言又止。这么多年养成的谨小慎微的性格，终于还是让老人没有自言自语。赵思苦，思苦？老貂寺嘿嘿一笑。他这么多年里最怕什么？他最怕自己说梦话！见人说人话见鬼说鬼话——这有何难？难就难在说真话啊。

赵思苦本以为自己这辈子要带着满肚子的隐秘闭眼了，没料到临了，小主子效忠的北凉竟然悄无声息地派人传递来了一个消息——传话的人是个不起眼儿的宫女。赵思苦对此毫不怀疑，陷入沉思。他出身绿亭赵氏，那可是曾经的春秋十大豪阀之一，只是不知为何身为嫡长孙的赵长陵放着好好的家业不去继承，反而投靠了徐家。可以说，没有赵长陵的家世支持，“人屠”徐骁绝对不可能那么快从离阳的一大批将领中脱颖而出。赵思苦对绿亭赵氏不存在什么以死效忠的想法，只是清晰地记得小主子的风采，以及小主子对他的回护和知遇之恩。赵思苦能做的，就是把南下的详细路线以及武备底细交付给北凉王。赵思苦心底的那个秘密在尘封二十年后，如启封了一坛老酒，一饮而尽，一吐为快。

赵思苦习惯性地伸出两根干枯的手指，拧着眉毛，他实在想不透北凉王会怎样争夺这位天人。钥匙有两把，分为开、封两事。开启的钥匙在他赵思苦的手上，重新封锁高树露的钥匙，则在暗处的练气士那边，北凉王即便得手，那也不过是得了一颗天大的烫手更烫心的山芋。谁都不清楚高树露在四百年后醒过来要做什么，开山符一旦撕去，谁能“封山”？一个杀尽天下高手的疯子，会乐意听人说半个字的废话？赵思苦望向席地而坐神情恬淡的中年人，轻声说道：“咱家这老阉人被师父起了个‘思苦’的名字，这么些年除了钩心斗角有些累，倒也谈不上苦不苦的。你高树露被人叫作‘忘忧天人’，所谓忘忧，咱家听说用佛门的讲法，不过是自封六识之外再封了两种才得自在。这样的自在，咱家这个在淤泥缸子里打滚的大俗人无法想象，只是咱家想啊，被那么多位道教真人封山了四百年，无论如何也谈不上‘忘忧’二字吧？唉，罢了，虽说你见不得、听不得，咱家也不想投井下石……”

老貂寺碎碎念。

尖锐的鸣镝骤响。

赵思苦非但没有惊惧，反而觉得解脱。老人就是好奇北凉人会拿什么来叫阵，虽说这边已是京畿南境边缘，可要说北凉王在这里有一支数千兵马的伏兵，哪怕是临时策反，那也太可怕了，这已经无异于造反。

真相一定让老宦官、天子，乃至北凉王都措手不及。

视野所及的驿路尽头唯有三骑，左首是个瘦小的年轻人，有着北莽男子的轮廓，盯着对面浩浩荡荡的两百骑，眼神灼热，嘿嘿一笑——中原有句话说得好，狼行千里吃肉嘛。

右首的人提了根断矛。

居中的是一位容貌阴柔的身着白衣之人，神逸非凡。

护送高树露南下的马队不停前行。老宦官掀起车帘子的一角，轻轻哦了一声，原来是逐鹿山的魔头。赵勾有档案记载挡下过无用和尚的白衣人，正是那既是北莽第一魔头也是天下第一魔头的洛阳，只是她不知怎的就入主了逐鹿山。至于她身边的两骑，赵勾那边也没有半点儿风闻。

大秦失鹿八百年了。

背对着高树露的老宦官自然没有发现，身后那位被封山之人似乎睁了睁眼睛。

三骑对阵两百骑，何况两百骑身后一里地处还跟着独峰口军镇的两千精骑，以及躲在暗中如影随形的一拨北地练气士。所以在马车附近的钟鼓澄眼中，三骑的这般举动说得好听叫慷慨赴死，说得难听一些就是以卵击石。钟鼓澄一向是无名散仙式的江湖高人，就算身负一品指玄境界，在武林中也并无太大声望，甚至连个响亮的绰号都没有，熟人见到他不过是称呼一声“老钟”，官府里的同僚见到他也不过是尊称一声“钟大人”，不过他不在乎面子的轻重，里子的分量够足就行了。腰系七尾金鲤铜黄鱼袋的钟鼓澄，在京城刑部是货真价实的座上宾，与那太安城第一剑客祁嘉节更是莫逆之交，他解决了许多桩大案、疑案，在赵家天子那边也都算是混了个脸熟的。

这趟差事，钟鼓澄是明面上的负责人，一切大小事宜得看他是点头还是摇头。钟鼓澄的望气功夫不弱，遥望驿路尽头的三骑，没有任何轻视，但是心怀戒备。这并不意味着钟鼓澄就要心虚，在他看来，整个离阳江湖，只要前头的人不是武帝城的王老怪、“桃花剑神”邓太阿跟大官子曹长卿，其他的任何人，即便是那新武评上的天下十人之一，都挡不住自己这边的马蹄南下。这不是自负，而是莫大的自信，是背后的太安城和赵室赋予钟鼓澄的自信。但是，钟鼓澄万万没有想到，此时此刻他的三位敌人有着怎样惊世骇俗的来头，这三人的的确确不是武评十大高手中的任何一个离阳高手，不是坐镇东海的王老怪，不是寻觅仙人的邓太阿，不是忙着复国的曹长卿，不是天下用刀第一人顾剑棠，更不会是已经身死的“人猫”韩貂寺，但是临近上阴学宫的逐鹿山，在去年来了三个北莽“客人”，又恰好其中两人在武评十人之列——白衣洛阳、断矛邓茂。钟鼓澄如果早些知道这个恐怖的真相，大概就不会如此目中无人了。江湖大战，何时听说武评十人中有谁跟谁联手对敌杀人的？但是今天偏偏就被他撞上了。

看着台面上的两百骑如此托大地直直撞来，既是北莽皇室成员又是军方新贵的那个矮子耶律东床瞪大眼睛，一脸呆滞地缓缓转头对与自己并肩缓缓前行的白衣女子问道：“咋回事？这帮人这么不把咱们三人放在眼里，难道是逐鹿山的名头在离阳不响亮？洛阳，你坑我啊！你当时怎么跟我说的？你说逐鹿山的人是众矢之的，只要我上山，就有杀不尽的高手，结果一个屁都没有！这也就算了，毕竟逐鹿山不好找，可咋到了江湖还是这般不济事？吓唬不了人啊！洛阳，你不地道，这趟杀完人，我不陪你在离阳玩了，这不姑塞州、龙腰州那边马上就要打仗了嘛，我得去南朝捞军功，要不然那个董胖子肯定把我甩到十万八千里以外。”

洛阳没有理睬跟个婆娘一样幽怨念叨的矮小男子，淡淡地说道：“邓茂，后头的两千骑交给你去拖延，杀多杀少看你的心情。至于隐蔽处的练气士，耶律东床你去杀。驿路上的这些，不用你们出手。”

邓茂点了点头，没有异议。

耶律东床立即急了，说道：“姓洛的，你欺负老子不是武评十人中的一员对不对？你瞧不起我是不是？老子还年轻，十年后看谁更厉害一些……”

洛阳平静地转头，看着这个北莽草原上的天之骄子。

耶律东床缩了缩脖子，立即闭嘴。他当初在草原上奉女帝的军令率兵截杀洛阳，结果差点儿被她在大军之中取了上将首级，从那以后，就落下了浓重的心理阴影，全天下他只怕三个女人——他可以私下称呼“婶婶”的女帝陛下和那个从小就喜欢欺负他的死胖妞慕容龙水，再加上一个从没对他笑过的洛阳。耶律东床犹豫了一下，还是没胆量跟洛阳叫板，乖乖掉转马头蹿出驿路，去找那些鬼鬼祟祟的练气士的麻烦。

邓茂瞥了一眼车厢，轻声问道：“方才的异象你我都察觉了，真的没有关系？”

洛阳勾起嘴角，说了一句邓茂也听不懂的话。

“无妨，最坏的结果也无非一场故人相逢，再说此人未必真会掺和。我猜王仙芝不来，就算是我，也未必能让他真正回过神。”

邓茂一直不是个喜欢刨根儿问底儿的男人，见她不上心，也就懒得杞人忧天，何况对于在武评上排名还要超过自己的洛阳，邓茂就没把她当作女人看待——一个能两次杀穿北莽的魔头，一个差不多能跟武评前三名平起平坐的女子，哪个男人有资格去居高临下地爱怜、疼惜她？邓茂多看了一眼那辆马车，之后也就毫不拖泥带水地绕出驿路，去拦截那两千名骑兵，不让其捣乱。

等两人离去后，洛阳心想：若是自己处于武道巅峰之时，便是加上车厢里的高树露又如何？当时还给那人八百年辛苦积攒下来的修为，他虽然在跟王仙芝一战后又还给了她，可一来一去，无形中便折损了两成。此时的自己，不说原先就与自己有一段差距的王仙芝跟拓跋菩萨，恐怕连对付从修力转为修心的邓太阿都未必再有太大的胜算。洛阳有些自嘲，到底还是女人啊！八百年后的天下，即便连女子都能做皇帝了，可江湖始终容不得女子当那天下第一人，八百年前与八百年后仍是一个德行。

在两骑离开驿路后，钟鼓澄非但没有掉以轻心，反而第一次有了如临大敌的窒息感。两百骑的阵形向前稳固推移，双方相距不过百步，眼力最差的三四尾铜黄鱼袋高手，也看清了一夫当关的身着白衣的骑士，竟是个轮廓阴柔却英气勃发的女子！离阳江湖的女子中，不就只有轩辕青锋的风头一时无两吗？这位女子又是何方神圣？位于最前方的六骑快马加鞭，准备为朝廷拿下头彩。六人中有成名已久的剑士、刀客，有久负盛名的拳师。六骑突然冲出队伍，同时互相掩护，配合默契。这就是到了一个层次后高手该有的境界。刀客最先发难，使出的是家传绝学抛刀术，算是由飞剑术演变而来的一种冷门武技。一刀裂空飞去，直取身着白衣的女子的头颅。

洛阳没有去看那记旋转成圆当空而坠的划弧滚刀，只是一眼扫去，把包括钟鼓澄在内的六七个金鲤鱼袋高手尽收眼底，一人一马继续缓缓前行，然后伸出一指，凌空轻轻点了六下，为首六骑包括那位自认抛刀术已经在刀法大道上无人能敌的朝廷鹰犬，其胯下的马匹继续往前奔，而他们的脑袋却好似被一堵墙壁阻挡，不只脑袋骤然停住，身躯也往后一荡，然后重重地跌落在驿路之上，当场死去。终于等到那柄“姗姗来迟”的飞刀，伸出手指点了六下的洛阳并拢双指，轻轻一抹刀锋，这柄刀在她的身前转悠了一圈，以比来势迅猛无数倍的去势还以颜色，快到好像这柄刀在众人眼中就直接消失了，然后几名执金吾卫就在马背上被分尸了，这才让人惊醒这不是什么雷声大雨点小的花哨手段，而是实打实的血腥杀人招式。不仅如此，已经没了主人的六匹战马还直愣愣地向前奔跑，临近那女子二十步时，驿路的地面剧烈一震，六匹马马蹄升空，身体碎裂成六团猩红的雾气。女子就这么闲适恬淡地越过了六摊血水。那柄滚刀终于被一名六鲤高手截下。洛阳面无表情，双指在肩头向前一抹，如同向前推出了一柄出鞘的三尺剑，然后就真被她凝聚出了三尺青紫色的剑气。紫剑一闪而逝，那名小宗师境界的高手根本来不及躲避，眉心随之炸出一个窟窿，坠马之时犹是死不瞑目。

洛阳蓦然停马，摆出一副傲慢的姿态，这让已经被打了个措手不及的钟鼓澄胆寒不已，这位瞧上去极为年轻的女子怎会如此傲慢无礼？竟是丝毫不介意他们做出应对之策？钟鼓澄顾不得脸面，跟另外两名七鲤高手交换了一个眼色，无须言语交流便有了一番计较。他们显然都看出这女子至少是进入指玄境界多年的顶尖高手，本身就在指玄境之中的钟鼓澄甚至隐隐感知到这女子就是想要让他见识见识何谓指玄！就算是以钟鼓澄的超然地位，还是没有本事去接触神武城内的秘事，自然更不会知道在那座毁于一旦的城池中，有一位女子任由剑道大宗师宋念卿几乎十四新招出尽，才“好心好意”地教那位东越剑池的老剑宗“如何用剑”。但是钟鼓澄就算知晓这桩惊悚隐秘，也顾不上后怕，两百骑爆发出与他们实力相符的战力，执金吾中的十六名神箭手开始挽弓攒射，一些暗器高手也是顾不得什么压箱不压箱的本领，一股脑儿“倾囊相授”，几名驭气高手更是不惜耗竭精气神，顾不上成效，驾驭兵器远攻那名女子。这番一大帮高手群起而攻之的恢宏景象，在江湖上可不常见。

在神武城，她曾左手横放，掌心朝上，右手缓缓往下按，并拢天地做那天地之间一线剑，以此逼出了宋念卿死前那最后的地仙一剑。今日她就要随性许多，仍是并拢双指，在身前随意地左右一晃，仿佛天地为之所用，亦是左右晃了一晃，那些弓箭、暗器更是在掠空的过程中就开始东倒西歪，在她马匹的两侧纷纷坠地。钟鼓澄脸色阴沉，好一个我敢与天地并肩而立的天象境！可这又如何，你终归只有一人在驿路，天地毕竟不是你的走狗，人力有尽头。一人一世的正心诚意，即便昭告于天地玄黄，换来一时的天地共鸣，哪儿能妄自托大到真的长久地跟天地并驾齐驱？钟鼓澄抬手狠狠一挥，示意两百骑继续尽一切可能地抛射，耗费那女子的内力修为。既然她乐意当箭靶子，那就让她显摆去。

年迈的宦官赵思苦掀起帘子，揉了揉眼睛，竭力去看驿路上的厮杀。这貂寺是个武道门外汉，看着眼前的场景也就觉得好看而已。忽然，干枯的双臂上篆刻着两道隐秘符箓的老人没来由地心头一紧，赶忙转头，死死地盯住那个半死人。没察觉任何异样，老宦官撇了撇嘴，继续转头盯住驿路。

那女子似乎也有些不耐烦了，准备大打出手。赵思苦笑了笑，反正越乱越好。乱了，北凉人才有机会，否则赵思苦真不觉得北凉人能从这边虎口夺食。

就在此时，所有人心口一震。所有人，甚至连功夫天下第四的洛阳也不例外。

她似笑非笑地眯眼望向那辆马车。

两百余骑痴痴转头，望向那个弯腰掀起帘子，伸了个懒腰的中年男子，一张张金光熠熠的符箓从他的身上缓缓坠落，顷刻间烟消云散。得有十六七道禁制？

男子望向洛阳，嗓音沙哑地说道：“四百年后，又见面了。”

洛阳有些怔怔出神。

那一年，高树露跟一位年轻道人酣畅淋漓地大战一场，之后并非如传言那般，高树露被封山冬眠，而是两人在东海之畔进行了一场天人对话，而她恰好在观沧海，两人也没有刻意回避她的旁听。

负剑神游天地间却从未出过一剑的年轻道人跟高树露打了一个赌，赌高树露解不开那一张符。那时候的高树露何其自负？那时候的高树露眼高于顶，认为自己可与天等高。

天下万物，一物降一物，一物即便已经看似势大无敌，也总有另外与之相克的一物悄然应运而生。毒蛇横生之处，附近总有药草供人采撷疗毒，便是此理。

如果说王仙芝是与李淳罡相克的人，那么那名年轻道人就是与高树露相克的人。

一符过后那道人才回过神，对洛阳歉然一笑，迅速消失于天地之间。年轻道人才来世间十八年，与她见过一面，就不复相见。

也唯有洛阳知道，那道人不是什么吕祖转世，而是那人。

高树露盘膝而坐，抬头望向遥远的西北方，说道："再不来，我可真要大开杀戒了。"

众人只觉得一阵春风拂面。

一道摇摇欲坠的紫金身影眨眼便至，竟似那传言中的仙人出窍神游。

然后，两百骑都惊吓得纷纷后退。

那道模糊的身影跟那张面孔，不是北凉的徐凤年又是谁？

这位"徐凤年"似乎要为身着白衣的女子牵马，笑着望向高树露，说道："第九次'出神'，原本坐在昆仑之巅观东海。"

"徐凤年"跟高树露，一位出神一位回神，说着除了洛阳之外无人知晓的天机，而钟鼓澄等高手无奈到根本就没有愿意死战到底的勇气——一个洛阳就已经近乎无敌，再加上一个出窍神游的天人……

身上还有两道符箓禁制的高树露环视四周，深深地吸了一口气，满脸陶醉地对身形缥缈不定的"徐凤年"说道："你先还魂昆仑，且再观一回东海，我随后就到那……北凉？"

"徐凤年"笑了笑，点点头，却没有立即神游数千里反身，而是为洛阳拨转马头，缓慢地走在驿路上，直至渐行渐远，留下高树露跟一大帮铜黄鱼袋高手。

"徐凤年"轻声说道："我知道你钟情于谁，我也不强人所难。换成是我，若是所爱的女子失忆了，她便已经不是她了。虽说我有些不一样，不是少了记忆，而是多了些记忆。大概在你看来，我这个徐凤年还是多过于那人。这笔你算了八百年还没有算清楚的糊涂账，归根结底，要怨就要怨你自己。当初我大秦方士出海寻觅仙丹，于东海所得两枚长生药，你以为我是要与她背着你分而食之，因此故意与我说只得一枚，还当着我的面毁掉，却偷偷将另外一枚藏于骊珠之内，独得长生，并且鸩杀了她。其实你错了……”

洛阳冷笑道：“错了又如何？便是可以回到八百年前，我一样会鸩杀那女子，一样不让你得长生，一样会亲手毁掉你大秦绵延万世的念想！”

“徐凤年”先转头对马车那边的人说了一句“带着那老宦官一同回北凉”，然后转身望向远方，微笑着说道：“你果然还是你啊。”

洛阳高坐在马背上，心安理得地让他牵马，还不忘记出言讥讽道：“可惜她已经不是她了。”

“徐凤年”平静地说道：“袁青山说李玉斧以后要让人间事人间了，天上人天上逍遥。我觉得不错，等我跟王仙芝一战之后，你我之间也该有个了断了。”

洛阳冷笑道：“你要拦腰斩断天地，然后做个平常人？八百年前的你，不是最憎恶那碌碌无为的凡夫俗子吗？”

“徐凤年”抬头看了洛阳一眼，一笑置之。身后传来一阵阵撕心裂肺的哀号，“徐凤年”跟洛阳都置若罔闻。走出一段路程后，“徐凤年”松开马缰绳，留下一句话便恍惚而散。

“别忘了三年之约。”

洛阳冷哼道：“你先赢了高树露再说。”

腋下夹着两颗鲜血直流的头颅的耶律东床一路小跑过来，好奇地问道：“洛阳，那家伙看上去很霸气啊！谁啊，瞧着年纪轻轻的，就能出窍神游？该不会是童颜永驻的道教大真人吧，跟咱们麒麟国师一个辈分的老头子？”

洛阳淡淡地说道：“比你年轻。”

耶律东床愕然道：“放屁！天底下就没有比老子更有武学天赋的家伙了，你骗谁呢！”

洛阳笑道：“他叫徐凤年，你说他几岁？”

耶律东床怪叫一声，很认真地思索了片刻，谄媚地笑道：“这样啊，那我就不回北莽了，让董胖子先触霉头。洛阳，我再跟你厮混两年，离阳的大好河山我还没看够。你别误会，我可不是怕了这新北凉王啊。”

邓茂显然也察觉了这边的不同寻常，很快跟洛阳、耶律东床会合，一起返回逐鹿山。

等到独峰口军镇剩下的一千六百骑赶到战场时，许多甲士下马呕吐不止。视野所及的驿路之上，都是血肉模糊的恶心光景，少有全尸。领兵校尉顾不得什么，赶紧让人确定马车那边的人的安危，只是车厢内空空如也，这让校尉更加如遭雷击，然后几十个腰系黄玉带、身着白衣的练气士也陆续飘然而至，一个个面面相觑，表情亦是如丧考妣。校尉一看这些人间神仙都是这般惶恐之态，确定自己这回是难逃一死了，犹豫了一下，回头看了一眼太安城所在的方向，又转头看了看旧西楚所在的广陵道，脸色阴晴不定，然后号令麾下精骑返回独峰口军镇，在归途中却跟几名心腹一番权衡，宰杀了两个对赵室忠心耿耿的都尉，其余将领都去独峰口拖家带口，带上一些嫡系甲士火速离开军镇，流窜入广陵道。

在高树露带着老宦官赵思苦，骑着马缓缓前往北凉之时，发生惨剧的驿路以南几里路外的一座山头之上，一名身着青衫的中年文士皱了皱眉头，他身边那个曾经亲手搅乱一池秋水的老人嗤笑道："在老夫的操持下，天下气运由王朝转入江湖，但也撑不住两位数的陆地神仙，所以八九个茅坑已经是极致，谁想来拉屎，就得走一个。李淳罡一走，是邓太阿成为境界圆满的剑仙；两禅寺龙树僧人一走，是让陈芝豹钻了空子。洪洗象则是托付给了武当当代掌教李玉斧，以后再传回那孩子。这也是武当最让人佩服的地方，真真正正做到了代代香火传承，不服气不行。至于当年龙虎山跟赵黄巢一玺换一玺的赵宣素飞升不得，魂飞魄散，这才让你护着的那个小闺女有了天下名剑共主的气象。现在高树露悍然出世，原本就该你曹长卿这个儒圣滚蛋……"

曹长卿摇头道："我自有法子跟高树露一较高下。"

有资格在曹长卿耳边口出狂言的老家伙自然就是那黄三甲。

黄三甲想了想，说道："你的打算老夫大致猜得出来，不过老夫一直弄不明白你们这些聪明人怎就看不透'情'字，'情'这个字，笔画也不多，也不难写嘛。王仙芝为何能够居高临下地俯视你曹长卿，还不是因为你们这些天资不输于他多少的笨蛋，你，还有那个老夫真心羡慕的李淳罡，再加上一个轩辕敬城，一辈子都在为娘儿们画地为牢，值得吗？"

曹长卿笑道："要论值得或不值得，那便不是情了。情字易写难放下，你黄龙士没遇上，你笑话我们痴傻，我们何尝不笑话你白白聪明了一辈子，不值当？无牵无挂是很好，可有牵有挂也不坏。"

黄龙士龇牙咧嘴地说道："聪明人一旦病入膏肓，那就是神仙都无药可以救治。"

曹长卿转头问道："你黄龙士自诩'三甲天下'，你除了将这个天下揠苗助长，对局势有所帮助外，又能做什么？"

黄龙士咦了一声，问道："你猜到了？"

曹长卿笑道："可惜你我的时日都不多了，否则就跟你好好聊上一聊。"

黄龙士呵呵一笑，转移了话题，说道："那个高树露可真下得了手，一杀就是两百来人。而且如此一来，赵室虽谈不上元气大伤，但也有了破绽，对你们西楚大有裨益。"

曹长卿摇头道："江湖武夫身陷沙场，也就那么回事，从来左右不了战局。从春秋战事开始，军伍早已掌握了如何阻杀单枪匹马闯阵的高手，两百位高手，真正愿意给赵室卖命、去西楚境内厮杀的大概就是半数，将一百人丢入接下来动辄数万人参与的战争，杯水车薪罢了。何况逐鹿山的人也会参与，就那几名高手而言，鹿死谁手一开始就不好说。哦，你黄三甲真正想说的是独峰口军镇校尉的叛逃？这倒是好事，牵一发而动全身。将近二十年不闻硝烟气味，京畿以南的千里疆土之上脂粉气之重，远远胜过赵家天子跟百官的想象啊。认清这一点的，作为文臣之首的张巨鹿倒是开口说话了，可惜没人相信，在武臣中极有分量的陈芝豹与顾剑棠都不愿意废话，卢升象明知道说了也没用，这才是机遇所在。"

黄龙士也跟着摇了摇头，似乎半点儿都不看好西楚复国的最终结局。

曹长卿也不以为意，低声笑道："你这是打算把江山交给燕剌王世子赵铸了？那么江湖交给谁？难道是那轩辕青锋？"

老人既没有承认也没有否认，轻声说道："你说我黄龙士只能加快庄稼的长势，收成只能是既定的那个收成，你错啦。"

曹长卿抬头看了一眼依稀可见驭剑悬停云海之中的身影。

黄龙士笑道："打雷了，下雨了，也要开始不计其数地死人了。"

曹长卿感慨道："数十年乱世换百世太平，不可能的。"

老人双手合十，吐出一口雾气，说道："挟泰山以超北海，古人不敢，后人不能，我来做。"

曹长卿沉默许久后缓缓说道："疯子。"

黄龙士洒脱地笑了，说道："很高兴认识你们。"

当世数一数二的风流子曹得意突然问道："曹长卿一直很好奇你心目中的太平盛世应当如何？"

老人嗯了一声，含混不清地说道："太平有道之世，不是君民相亲，而是国与民两者仿佛两相忘，但各有真性情。"

曹长卿闭上眼睛，陷入沉思。

黄龙士笑道：“别多想了，小心陷进去出不来，到时候任你是儒家圣人曹青衣，也不过是庸人自扰。我这一肚子不合时宜不合世道的想法，我独自喝酒解闷也就够了。”

曹长卿睁开眼睛，揉了揉霜白的鬓角，问道：“真能接连闯过高树露跟王仙芝这两关？”

黄龙士平静地回答道：“其实过了高树露这一关也就差不多了。因为说到底，就是一关而已。王仙芝之于高树露略胜一筹，但这是力气差距，而不是境界之分。”

曹长卿苦笑道：“说是一关，不异于提前跟王仙芝一战，不照样还是九死一生？”

黄龙士翻了个白眼，说道：“那小子自找的，关老夫何事？”

曹长卿笑着问道：“当真没有留下后手？”

老人抬起头，斩钉截铁地说道：“没有！”

曹长卿的话是替某人问的，而黄三甲的回答，显然是对天上之人说的。

年轻女子冷哼一声，破开云霄，驭剑而逝。

幽州一处僻静的山林里，一股浓郁的气息如巨蟒缠绕马车，徐偃兵看着这股气息逐渐淡去，如释重负。

徐凤年走出车厢，叹息道：“高树露很快就到北凉。我第七次‘出神’认清了天下气运的聚散缘由，上次‘出神’记起了东海边的画符赌约，这次坐昆仑出神，原本是在看邓太阿的访仙归来，不小心被高树露撞见，实在是不得不现身。”

徐偃兵问道：“需要我出手？”

徐凤年摇头道：“没用，还得我自己结清这桩因果。”

徐偃兵破天荒地露出幸灾乐祸的笑容，说道：“我倒是有个提议，烂陀山那女子菩萨既然结了青丝，就不妨一结解一结。这个法子不聪明，但好歹也算是个法子。”

徐凤年赶忙说道：“别，要是被洛阳知道了，她还不得直接从逐鹿山跑来北凉跟我闹啊？这娘儿们真的会杀人的。”

一声“呵呵”，一声嗤笑从两名女子的嘴里同时响起，明显都带着瞧不起的意味。

呵呵姑娘不用多说，这段时日一直在远处扛着向日葵的干枯秆子闲逛。

至于另外那位，则属于说菩萨菩萨就到。

徐凤年无可奈何地瞥了一眼挖陷阱让自己跳的枪术宗师，回神之际，体内的气机处于最为动荡不安的危险时期，对于周围事物的感知也就谈不上敏锐。徐偃兵作为北凉武道的第一把好手，当然可以轻松获知西域女菩萨的到来，徐凤年却不行，此刻听到她那充满讥讽意味的冷笑声，也没觉得丢人现眼，只靠车外壁坐着，也没刻意起身相迎，对这位来自烂陀山的六珠上师双手合十行礼，然后朝她招了招手，示意她上车一叙。徐偃兵很识趣地走开，呵呵姑娘蹲在远处，拿着向日葵的干枯秆子在地上划沙。女菩萨没有进入车厢，仅是站在马车旁边，神态安详，与徐凤年对视。徐凤年则有些感慨。当年初至襄樊，这女子牵引万鬼夜游出城，他差点儿误以为她便是白衣观音，那时候他对这个能让羊皮裘老头儿出手的娘儿们敬畏得很，再后来皇子赵楷持银瓶赴西域，他跟她已经是阵营对立的生死大敌，之后情势急转直下，两人又成了一双眉来眼去的狗男女——北凉暗中用铁骑帮她排除异己，登顶烂陀山，她则用密教僧侣帮助北凉渗透流民聚集之地。

徐凤年看着眼前这个果真满头青丝宛如世间女子的菩萨，不过人间菩萨到底还是不缺仙气，头发简简单单地系了个白麻丝结，绕在脖子上，令人见而忘俗。徐凤年如今跟她不但是大体上平起平坐的盟友，而且还有些俯视她的本钱——除了烂陀山要矮于清凉山一头外，仅以武力来算，徐凤年也有信心付出一些可以承受的代价，成功地杀掉哪怕身具六异相的她。徐凤年笑着问道：“上师怎么亲自来幽州了？”

这尊在西域如日中天的六珠菩萨，似乎有着让人心生欢喜的本事，笑容恬淡，一如壁画上的自在天人，美中不足的是她的语气略显疏离。

“龙象军从一万仓促扩充到三万，能否保证西域不受北莽铁蹄的侵扰？”

徐凤年扯了扯嘴角，说道：“号称有两万人的马贼围攻青苍城一旬，无法破城，只留下两千具尸体，结果六千龙象精骑用三天时间就宰了一万两千名马贼，光是砍脑袋就砍到人人换了北凉刀，到头来就跑掉了几百人，总算知道了什么狗屁两万人，不过就是一万四千多人。上师也许会说这些马贼跟正规军相比不值一提，毫无章法，只能打一些至多一千人参与的接触战，靠悍勇取胜，人数稍多就要露出不谙战阵的致命缺点。但北凉谍报上显示，这一万四千多人的队伍，其中作为主心骨的两千人一律依照北莽南朝精锐骑军的装备配备有良马、弓弩、战刀、甲胄，领兵之人本就是北莽南朝一名资历较深的校尉。马贼的不堪一击，根源就在于这股马贼被黄蛮儿亲自击溃。上师，有没有兴趣猜一猜当时黄蛮儿身边有多少龙象军？”

六珠菩萨面无表情。

徐凤年不以为意地伸出一只手掌，自问自答：“五百骑而已。当然，我也不否认，龙象军本就是北凉精锐骑兵，这五百骑又是精锐中的精锐。上师问我能不能保证西域得到北凉的庇护，答案显而易见，可以。但是，流民聚集之地才是凉莽战线的重点。西域远离正面战场，它的最后归属以及战争意义，撑死了就是隐蔽着一支奇兵，什么时候能用上，谁都不敢确定，甚至从头到尾都有可能决定不了战局，反倒成了拖累大局的鸡肋。再说了，当初你我的交易就是一锤子买卖，我扶持你掌控西域，你帮我钳制凤翔古军镇，双方出价都很公道，所以咱们你情我愿，合作还算愉快。我凭什么要额外出力护着西域的安危？”

六珠菩萨微笑着问道：“你如何得大自在？”

徐凤年一脸古怪地反问：“双修？”

寻常女子听了此话早就会娇羞不已，可这位密教上师依旧神情自若，点了点头，好似说了句天经地义的佛理。

徐凤年毫不犹豫地摆了摆手，说道：“我刚才不是开玩笑，我谁都敢惹，就是不敢惹那个娘儿们。”

六珠菩萨笑了笑，说道：“我能等。”

徐凤年笑道：“随你。”

六珠菩萨走上马车，坐在另外一边，轻声说道：“兵法讲究奇正相合，凉莽战事一起，幽州、凉州是正，流民聚集之地是奇，而西域是奇后之奇，远非北凉王嘴上说的那么轻巧。换作别的离阳藩王把西域说成鸡肋，我也就信了。北凉？北凉王何时有了未战先虑败的习惯？”

确实秘密答应给矮子曹嵬一万轻骑赶赴西域的徐凤年被人当面揭穿老底，脸皮再厚也难免有些尴尬，尴尬之后则心情变得有些沉重——她看得穿，北莽南朝高人辈出，会不会早早就有了应对之举？徐凤年抬头看了一眼天色，虽说人无远虑必有近忧，可人有远虑更是必有近忧啊。现在的天下大势，从庙堂到江湖，处处暗流涌动，而他徐凤年跟北凉，无疑是将来真正风起云涌之时顶在最前头的那一个。

呵呵姑娘跳到马车上，坐在徐凤年跟六珠菩萨中间。她的手上不知何时多了一条不幸被她逮着的黄色四脚蛇，北凉这边的人都称呼它为“石黄龙”。少女攥住那条小可怜的尾巴不停地打旋，乐此不疲。

少女突然停下动作，提着那条已经没有力气活蹦乱跳的石黄龙，悬挂在六珠菩萨面前，呵呵一笑，问道：“老婶婶，玩不玩？”

杀机四伏。

驾车的徐偃兵轻轻咳嗽了一声，徐凤年眼观鼻鼻观心，求个不闻不问观自在。

第九章

家事国事天下事

风声雨声读书声

一行人缓缓进入幽州腹地。因为徐凤年的九次“出神”次次毫无征兆，只能心无旁骛，以至于他没办法过多地关注幽州的军政事务，耽搁了许多正经事。马车进入幽州将军官邸所在的百泉城，城内以泉眼过百著称于北凉，都说是吕祖当年剑气直达九泉之下所致。徐凤年当然也有一份户牒，不过没谁会把户牒上的姓名跟北凉王联系在一起。

进城之后，一行人随便在闹市里挑了一座不在吃饭光景都生意兴隆的酒楼，因为徐凤年瞥见了酒楼挂有用来招徕生意的醒目的招子。自打他当上北凉王之后，许多相关事迹浮出水面，一时间就成了说书先生挣钱的首选。不光是北凉如此，离阳中原那边也不例外，至于是说好话还是恶评，就要看各地客官的喜好了，总要投其所好才能让人掏出赏钱嘛。这座酒楼的生意特别好，徐凤年多付了几两银子才好不容易要到一个凑合的位置，除了听书怡情，更多的还是为了让呵呵姑娘饱腹。离那说书先生登台还有些时候，少女狼吞虎咽，几下就将饭食扫荡一空。徐凤年一直在想该如何跟幽州将军皇甫枰处置境内盘根错节的豪强势力，对于四周的窃窃私语以及投向六珠菩萨身上的滚烫的眼神都没有怎么上心。既然呵呵姑娘已经吃饱喝足，一行人就付账离去。很快就有几伙人面红耳赤地争抢他们腾出的那张桌子，差点儿就要大打出手。徐凤年穿过拥挤的人群，临近门口，突然听闻一声略显熟悉的琵琶声，不由得转头望去，又仔细看了两眼，一时愣在当场。

某年元宵，在凉州城里，有一对爷孙。目盲老人酗酒说书，说着世子殿下第一次游历江湖的经历，面黄肌瘦的青涩少女抱着一具劣质的白木背板琵琶。之后在北莽，徐凤年见到少女分发薄薄的招子，那时的她弹琵琶附和爷爷说书，第一根弦已是将断未断。当时，戴有面皮的徐凤年身边还有个拖油瓶陶满武，最后请了这对祖孙一顿酒，还传授了少女几乎已成当世绝响的曹家武琵琶技法，一场远在他乡的萍水相逢尽欢而散。徐凤年还听目盲老人说了许多关于北凉的往事，见过了老卒手背上的昔年刀伤。被老人唤作“二玉”的少女，有着一颗视廉价琵琶如命的心。

少女怀抱琵琶登场，只是这一次没有了那位目盲老人。

而当她坐下，端起身前小竹椅上的一杯酒一饮而尽时，徐凤年听到了四周疯狂的起哄声和喝倒彩声，大家都在谩骂、嘲讽这少女是北莽蛮子穿过的破鞋，丢了北凉人的脸面，早该自己死在关外，还回幽州做什么，掉在钱眼儿里的娘儿们！

女子无动于衷，轻拂干枯琵琶的将断之弦。

几位刻意霸占住靠前位置的披甲兵爷跷着二郎腿，少女每次说书弹琵琶，他们就各自丢出一串铜钱，狠狠地砸在她的身上，显然早已把这件事情当作乐子。

然后，众人就看到一名公子哥儿走到台上，蹲在少女身前。

一时间，铜钱如雨坠。

徐凤年柔声叫她："二玉？"

表情冷漠的少女并未理睬，继续弹奏琵琶。

徐凤年挤出一个笑容，一个字一个字地重复了他当年所说的话。

"就白木琵琶而言，这琵琶的音质算好的了，若是银钱允许，可以稍稍补胶。老先生说书的内容尤其苛求琵琶的'脆''爆'二项，还有，第一弦已是离断不远，不过在我看来，既然是弹琵琶给客官们听，弹断琵琶弦也是一桩所有人喜闻乐见的美事，大可不必忙着换这第一弦。我再与你说一些南派大国手曹家琵琶的技法，你能记住多少是多少……"

少女仍是没有抬头，琵琶声不断。

她似乎不敢去看这名在北莽境内偶然相逢，并且曾经好心教她弹琵琶的男子。

徐凤年蹲在她的脚边，红着眼睛说道："对不起，上次忘了跟你爷爷说，我不但是北凉人，而且是你爷爷一直说的那个人。我叫徐凤年，如今是北凉王。"

坐在小竹椅上才与眼前男子等高的少女猛然抬头。

徐凤年伸手轻轻揽过她的脑袋，将其搁在自己的肩头，从来没有跟谁说过"对不起"这三个字的他，哽咽着重复道："对不起。"

第一次，是他徐凤年说对不起。

第二次，是北凉说对不起。

少女压抑着哭腔低声说道："没关系。"

徐凤年背对着众人，缓缓起身。

徐偃兵跟六珠菩萨同时跨出一步，眼神异常凝重，像是那道背影的主人变成了王仙芝，或者是新出江湖的高树露。

九楼之上有高楼，方可自称"忘忧天人"。

徐偃兵怒喝道："徐凤年！万万不可强行第十次'出神'远去北莽！"

六珠菩萨双手合十，这栋酒楼外的天空中，六尊法相迭出，做出镇压此楼之威势，沉声说道："皆，大欢喜。"

龙腰州境内有北莽南朝的第一雄镇瓦筑，紧随其后又有君子馆、离谷、茂隆三镇，构建起一道完整的防线，进可攻退可守。北莽在这些军镇投入的人力、物力、精力、财力不计其数，可仍被一万龙象军跟大雪龙骑军联手碾压成了一个破筛子，五六万雄关甲士战死的战死，投降的还是死，甚至是惨绝人寰的就地坑杀，驿路跟烽燧两大系统被毁去十之八九，南朝庙堂的文官大多噤若寒蝉，武将也不复前些年的自负。北凉铁骑的惊人战力，造就了一好一坏两种局面。好事是棋剑乐府的洪敬岩出山，接管三座军镇全部的柔然铁骑，给风声鹤唳的南朝吃了一大颗定心丸。坏事则是姓董的胖子在北莽南朝边军中，隐约可以与那几位大将军跟持节令的地位并肩，权柄相当，用女帝的话说就是“董胖子，你可是又升官了呀”。据传那姓董的得了便宜还卖乖，在南朝大殿上笑嘻嘻地跟陛下说“皇帝嫂嫂，对呀对呀，总算升官了，其实啊，把南朝的军权一股脑儿都给我那才叫真妥了”。之后也没有了下文，女帝既没有责备这胖子的荒唐无礼，也没有在意他的糟糕吃相，当然也没有让这胆大包天的死胖子顺杆子往上爬，不过还是给南朝留下了那位帝师，即棋剑乐府的太平令大人为董胖子撑腰。如此一来，在南朝寥寥无几可以压制董卓的那几位，例如南院大王黄宋濮，刘珪、杨元赞两位大将军以及龙腰州持节令，都识趣地避其锋芒。

今日在瓦筑跟君子馆之间的破败的驿路之上，蹲着一个身穿轻甲内嵌正二品武将官服的胖子。胖子的手里攥着一捧沙砾，他脚底下的驿路依旧没有修复，距离西京更近一些的离谷、茂隆两镇，倒是借着女帝秘密巡狩南朝的契机，动用民夫二十余万名，以惊人的速度修缮得七七八八了。这个胖子体形很大，却没有什么臃肿、肥硕之感，反而看起来尤为结实、雄壮。此人正是“北褚南董”之中的那个南朝董，是一个能跟北凉褚禄山齐名的胖子，新晋升为北莽第十三位大将军的董卓。胖子身边并无亲兵，只有一大群精锐乌鸦栏子在四周极富规律地游弋着。董卓在得势之后，做的第一件事不是大肆砸银子招兵买马与人抢占山头，而是扩充北莽唯一能够跟北凉白马斥候抗衡的乌鸦栏子。按照有心人的保守估计，原先的千余只“乌鸦”，在没有大程度折损战力的前提下，数目足足翻了一番。董卓在那儿习惯性地自言自语着。在董卓还是个胖墩儿的时候，经常被人嘲笑、讥讽，这个少年没有任何朋友，也没有任何人觉得他将来会有什么出息，所以董卓只能自己跟自己说话，久而久之，就喜欢自言自语了。他投军以后，这种自言自语的情况愈发频繁了，每次战事结束后，他总去跟那些死人“碎碎念”。很难想象这么一个不可理喻的怪胎，竟然可以在南朝庙堂快速崛起。董胖子自说自话，念叨着什么“老家伙死撑着不愿辞去‘南院大王’这个虚衔，咋的，在给那洪敬岩铺路？你这犟老头儿，真打死都不愿意将‘南院大王’这个头衔交给老子？老子也不是记仇的人啊，再说了跟你也没到不共戴天那一步，你黄宋濮到底在怕什么？你难道是想卖棋剑乐府一个天大的人情，换一个安然的晚年”……

董卓倾斜着手掌，任由沙砾滑落，唉声叹气，确实有些想念大媳妇儿跟小媳妇儿了，不过贵为公主的大媳妇儿的娘家那边当下鸡飞狗跳，得她去镇场子，小媳妇儿成天想着找那新北凉王报仇，都没以前那么开朗活泼了。好在他的身边带了个丫头，这让死胖子心头的阴霾散去了不少。董卓转过头，眼神温柔地望向远处一个牵着一匹鲜红小马驹的小姑娘——陶满武，她是董卓投军之后的结拜兄弟陶潜稚的遗孤。董卓暂时没有子女，对这个小丫头那是恨不得掏心掏肺地去宠溺，他甚至跟两个媳妇儿明说了，就算以后有了亲生孩子，多半也不会这般疼爱了。大媳妇儿还好，一向善解人意，进入董家家门稍晚的小媳妇儿气得小半年没让他上床睡觉。董卓看着身世凄惨的陶满武，粉雕玉琢的小姑娘似乎哼着小曲儿，那匹马驹是董叔叔给她找来的玩伴，她一直不舍得骑乘，这趟跟随董叔叔南下，年幼的马驹都可以沾光进入那辆宽敞的马车。董卓站起身，想去跟小满武说说话解解闷儿，突然看到小姑娘猛然侧身，直愣愣地望向一处。极其敏锐的董卓眯起眼，顺着小姑娘的视线望去，什么也没看见。这个胖子一头雾水，也没细想，赶紧跑向小姑娘，看到小满武在那里抬臂擦眼睛。她的眼睛有些红肿，也不知是哭的还是被风沙吹的。

董卓蹲下身，柔声问道：“咋了？”

小丫头的视线微微偏移，她使劲儿摇头。董卓与她朝夕相处，哪里会不清楚她是在撒谎呢？可这有什么关系呢？小满武不想说，董卓也就不去问，只是用拇指按住鼻尖，做了个猪头状逗她乐。小丫头伸手拿下董卓的手指，帮他揉了揉脸，一本正经地说道：“董叔叔，那些叫‘乌鸦栏子’的大哥哥都说你当了大官，可不许再胡闹了。”

董卓笑道：“这有甚打紧的，董叔叔就算哪天老到骑不上马提不动矛了，还是会对小满武做鬼脸的。”

陶满武挤出一个笑容，瞥了一眼远方，轻声说道：“董叔叔，我想唱那支曲谣了，你想不想听？”

董卓哈哈大笑，把陶满武扛到自己宽阔的肩头上坐着。

小姑娘大声哼唱道：“青草明年生，大雁去又回。春风今年吹，公子归不归？青石板青草绿，青石桥上青衣郎，哼着金陵调。谁家女儿低头笑？黄叶今年落，一岁又一岁。秋风明年起，娘子在不在？黄河流黄花黄，黄河城里黄花娘，扑着黄蝶翘。谁家儿郎刀在鞘？”

董卓心中叹息，小满武大概是在思念那个她分不清是仇人还是恩人的公子吧？

约莫是受到小姑娘曲子的感染，附近那拨乌鸦栏子也不知谁起了头，一起轻轻哼唱独属于他们七万董家军的小曲子：“董家儿郎马上刀马上矛，死马背死马旁。家中小娘请勿哭断肠，家中小儿再做董家郎……”

小满武坐在董卓的肩头，望向某处，犹豫了一下，红着眼睛，悄悄摇了摇纤细的手臂，与那位公子告别。

柔然山脉作为北莽南朝至关重要的一道天然屏障，以提兵山为核心，又设有柔玄、老槐、武川三座军镇。即使巅峰时也没有超过九万人的柔然铁骑，是一支名动天下的雄兵。去年凉莽之战时，柔然铁骑因为提兵山第五貉的暴毙，没有参与其中，南朝官员都坚信这支劲旅便是对上北凉的龙象军，胜负也在五五之间。提兵山还是第五这个姓氏古怪的家族的提兵山，不过柔然铁骑跟随词牌名“更漏子”的主人姓了洪，北莽本就不如中原那般重视出身，而是更尊崇武力，原本为天下第四高手的洪敬岩入主柔然，并没有任何风波起伏。以一己之力压制提兵山的更漏子从未登山拜访过第五氏族人，甚至极少出现在提兵山附近，尤其是第五貉的女儿坐镇元气大伤的提兵山后，就有人说洪敬岩为了避嫌，这辈子都不会登山了。

绵延不绝的柔然山脉，去时山脚处小麦青黄不接，来时离夏季收麦还有些时日，故而仍是这般光景。

大风骤起，风吹麦摇，一名身材修长的伟岸男子毫无征兆地出现在麦田的边缘，他那对让人望而生畏的银色眼珠，死死地盯住远处那个远游之“人”。

远游之“人”头发依旧灰白，只是与先前在青苍城内所见相比灰黑渐多，白霜渐少。被视为有望成为拓跋菩萨之后北莽武道扛鼎人物的男子站在北方，拦截视线中那个莫名其妙由南赴北的家伙。这在“更漏子”的意料之外，在生而“有眼无珠”的洪敬岩看来，北凉铁骑不论如何战斗力冠绝天下，毕竟受限于北凉先天不足的地利、人和，只有北莽南下的可能，万万没有北凉北上的机会。所以洪敬岩从没有想过有一天徐凤年可以带兵马踏柔然，北凉能否守住中原的西北大门，都得看北莽人的耐心。洪敬岩一看到他，就想起了被“人屠”赐姓的那名用枪之人。当时为了护送种凉返回北莽，在交手时，心高气傲的洪敬岩竟眼睁睁地让那人占尽上风，这让他的心境不可避免地受到了微妙的影响。若是往常，见到此“人”神游此地，洪敬岩早就尝试着出手当场截杀了，可现在洪敬岩要去担心此人只是个极具诱惑力的诱饵，本名刘偃兵的王绣的师弟极有可能躲在暗处给予对手致命一击。

那位出窍神游的年轻“天人”穿梭在青绿色相间的麦田中，心意所至便是身形所至，也没有托大到凑近杀气勃勃的更漏子，站在百丈外的麦田中，伸手抚过尚未结穗的麦子，火上浇油地笑着问道：“接连跟洛阳和徐偃兵两战落败后，你洪敬岩已是落魄到这般凄惨的田地了吗？都不敢出手了？你这样的心境，别说是‘我于人间无敌手’的王仙芝，恐怕过不了一年，你连我也打不过了。”

洪敬岩淡淡地说道：“口舌之争，有何意义？”

两人嗓音不大，但均是清晰入耳。

出窍神游的年轻人点头笑道：“你天赋太高，总觉得天下第一是自己的囊中物，于是很早就志在官场，可以说一开始就误入了歧途，以后的江湖，恐怕就没有你什么事情了。”

洪敬岩冷笑道：“徐凤年，就算你已能‘神游’，试图融汇三教，借机摸着了陆地神仙的门槛，可你当真有资格对我妄加评论？”

“徐凤年”摇了摇头，视线越过洪敬岩，望向柔然山脉的北方，说道：“我等你带着柔然铁骑一同送死。现在，让开路。”

洪敬岩嘴角翘起，说道：“你也知自己被我盯上，我不挪步，你便无法北上？你何时如此有自知之明了？”

一脚踏在天象一脚踩入陆地神仙境界的年轻神游之人摊开双手，两柄刀——一柄过河卒，一柄春雷——从数千里之外的徐凤年的腰间出鞘，一瞬间握在手。

看来洪敬岩不让路，无非就是一战而已，就看此生已经尝过两次败仗的洪敬岩信不信事不过三了。

洪敬岩皱了皱眉头，然后侧过身，示意视线中的年轻人继续北上。

北凉都不在他眼中，慕容宝鼎许诺的北院大王也不在他眼中，一个徐凤年算什么？

“徐凤年”一闪而逝，留下笑声，嘲讽之意重重地锤打在更漏子的心口。

心如磐石的洪敬岩没有被“徐凤年”的笑声影响心境，只是怔怔地站立原地，扪心自问：“天下第一跟天下共主无法兼任？”

北莽太平令为女帝打谱的那座皇宫的广场之上，凭空出现了一道飘忽不定的身影。

皇城震动。

身影一步步凌空登天，来到了大殿之顶，负手而立，似乎在遥望太安城。片刻之后，身影烟消云散。

闻讯赶来的女帝抬头望向那人先前所站的地方，并未动怒，只是神色略带悲悯，轻声笑道："傻孩子，大势所趋，就算北莽吃不下整个中原，小小北凉还是不在话下的，你一人侥幸举世无敌又能如何，最多就是第二个曹长卿。"

幽州边境贫瘠荒凉，但越是如此，劳作越是艰辛，容不得半点儿松懈，否则哪儿能从老天爷的牙缝里硬生生地抠出活命的粮食？有的人家一家三代五六位男丁在绿洲沙田里耕作，不论老幼，汗水流淌。如今北凉人大多知道北莽要大举南侵了，富裕的人家已经开始悄然行动起来，把值钱的东西要么往东运要么往南迁。可是有能力躲避灾难的富人总归是少数，像这一家的穷人还是多数，他们只能听天由命，田地在哪儿，他们就只能留在哪儿，守着庄稼，守着收成，只能寄希望于那个年纪轻轻的新藩王真的可以为他们扛下北莽铁骑的潮水攻势。老人其实并无太多遗憾，好歹过了二十来年的太平日子，可就是有些放心不下家里的孩子们。一位白发苍苍的老农看了一眼跟随长辈一起劳作的孙子，忍不住咧嘴笑了笑。这娃儿念书随他爹，他爹又随自个儿，都是瞧着书上那些字就头疼，不过老人还是觉得即使只是多念一天书多识一个字也是好的，不算浪费银钱。老人摸了摸被越来越毒辣的日头晒红了脸庞的孙子的那颗小脑袋，让他去荫凉处歇息会儿。孩子嘿嘿一笑，小跑到田边蹲着偷懒，结果仿佛瞧见了一个俊逸的公子哥儿，可揉了揉眼睛后，公子哥儿又不见了，再揉，又出现了。这让孩子摸不着头脑，直到那人走到他身边坐在田埂上，孩子才确定不是自己白天见鬼了。

质朴的孩子壮起胆问道："喝水不？"

那道在南则聚在北则散的身影微笑着摇摇头，望着田间那些面朝黄土背朝天的身影，轻声问道："今年的收成会好吗？"

孩子愣了愣，憨憨地说道："去年年末雪大，该是不错的吧。"

那位公子哥儿笑着问道："家里有人投军吗？"

孩子难为情地说道："没呢，我爹以前倒是想去，可没选上。"

似乎是怕被身边的公子哥儿看轻，孩子认真地说道："等我大些，一定要去的，杀北莽蛮子，挣大钱寄给家里人。嗯，还有护着咱们家。还有，我告诉你啊，嘿，公子你可别跟其他人说啊，咱们村里的阿梅长得可好看了，可她一直不搭理我，我长大了一定要娶她做媳妇儿，因为她姐就嫁了一个在边关当兵的人，我前几年见过一次，可威风了！所以我也要去打仗！"

公子哥儿点了点头，一大一小在一起忙里偷闲，望向远方。

等孩子终于回过神，身边的公子哥儿不知何时已经离开。

孩子后知后觉，蹦跳起来，跟爷爷嚷嚷道：“我见到神仙了！”

老人笑了笑，直起腰抹了抹汗水，喃喃道：“这孩子。”

酒楼里的人起先都还有些忌惮那佩刀的公子哥儿，不过当他起身后，也不见他如何气急败坏地要让谁好看，就那么傻乎乎地蹲在抱着琵琶说书的女子的身边，自然而然就被当成了一个有心要英雄救美却没力气拔刀相助的绣花枕头。这样胆子小的富家子弟，在北凉可不多见，那几个丢钱砸人的兵痞子大多有些家世依靠，否则也不敢在巡城当值的时间跑来酒楼喝酒吃肉听人说书，再者，他们本就是在城内负责监视将种子孙是否违法乱纪的甲士，可以说那小子只要胆敢拔刀，他们就可以顺势将其擒拿，狠狠抽上几十鞭子再丢入大牢，没有两三百两银子根本别想把自己捞出去。怀抱琵琶的二玉仰头望着那个眼神涣散的公子哥儿。虽然他的相貌变了，可她确定他就是那个他，那个游历北莽，跟她爷爷同桌而坐的公子哥儿。不知过了多久，自称北凉王的他似乎清醒过来了，死气沉沉的眼神复归神采奕奕，转过身背对着她。

徐凤年对流露出如释重负神情的徐偃兵平静地说道：“守住大门，皇甫枰很快就到。”

那青丝绾起的女子，唤出六尊法相仍是没能阻止天人远游。她脸色古怪，好似刚认识这个男子。

徐偃兵欲言又止，最终还是没有出声，走到酒楼门口，闭目凝神。

有酒客察觉情况不妙，想要溜走，只是尚未走近大门，就被撞飞出去了。徐凤年缓缓走到那几个纷纷起身的甲士身边，手指按住一柄从腰间解下搁在桌上的北凉刀。那名本该在城中管束世家子的幽州游骑，使出吃奶的劲儿都没能抽走佩刀。这十几名甲士以一位壮硕的都尉为首，他眼力不差，知道碰上了狠角色，却也没有刻意示弱，而是说道：“这位公子，本尉黄弈，出身沂河郡黄氏，你自行掂量掂量。你我今日各让一步，本尉还能当你是兄弟，走出这酒楼，你再在沂河郡境内喝酒，保证不需要你花一枚铜板。”

徐凤年面无表情地说道：“这话，稍后你跟皇甫枰说去。”

出自沂河郡望的都尉心头巨震，正要开口，就听到酒楼外传来一阵急促却不显紊乱的马蹄声。听马知兵，这是老卒都该有的本事。这名都尉虽然作风跋扈，可一身的战阵武艺并不马虎。幽州兵当中，就算是比边军次一等的境内戍卒，也要比那陵州兵强上数倍。都尉一咬牙，冷笑道："幽州将军是官大，可家父当年跟随燕大将军南征北战多年，也不是皇甫枰想惹就能惹的！"

徐偃兵任由穿着武将官服不曾披甲的皇甫枰大步走入楼内。今天第二次见到那位北凉藩王，这位幽州将军也不言语，五体投地，磕头跪拜。

徐凤年提起那柄普普通通的北凉刀，不理会满楼酒客的骇然表情，走到皇甫枰身前，问道："我只问你一句，酒楼之事，你知道不知道？"

皇甫枰趴在地上，颤声道："末将的官邸离此不过三条街，末将有所听闻！只是末将身为幽州将军，只敢治理一州军务，不敢越界插手一州政务。"

徐凤年笑了笑，说道："真是一个恪守本分的将军，把幽州的军权交给你，本王想不放心都难啊。"

堂堂正三品而且实权在握的幽州将军，就这么大气也不敢喘一下地死死趴着。徐凤年伸出一只脚，直接把皇甫枰本就紧贴着冰凉地面的头颅一脚踩下。附近的看客都瞧见幽州将军脸面触及的地面上淌出血水来，可这位曾经在初春葫芦口大阅兵上登台露面的将军仍是一动不动。徐凤年冷漠地望着皇甫枰的后脑勺儿，自言自语道："给了你权柄，你既然不敢得罪人，本王自己来便是。"

徐凤年突然伸出一只手臂，还来不及叩见北凉王的都尉黄弈，其健壮的身躯不由自主地被人向前扯出。北凉刀出鞘，地上多了一颗头颅。徐凤年随手推开颓然往前扑的无头尸体。那些再傻也知道遇上了新北凉王的甲士，拔刀相向是打死都不敢的。北凉王的身份就足以让他们不敢动弹，何况这位在幽州州城微服私访的北凉王，是一个亲手宰掉提兵山第五貉的绝顶高手。他们的家世背景都不如都尉黄弈，没什么拿得出手的保命符，那就只好跪下来告罪求饶了。徐凤年抬起那柄北凉刀，刀身雪亮如光洁的镜面，虽然还没有换成新出炉的昵称为"重孙"的第六代北凉刀，可依然是当之无愧的天下第一锋锐的战刀。随着徐凤年的双指抹过，那些跪着的游骑甲士的脑袋依次坠地。加上头一个遭殃的都尉黄弈，十六人死得一干二净。徐凤年将手中的北凉刀归鞘，丢在皇甫枰身边，顺便丢下一句"你就跪着好了"，然后对徐偃兵说道："把幽州副将乐典喊进来。"

一名青年将军快步走入酒楼，跪在皇甫枰身边，不敢去看满地尸体的场景，更不去看那跪得黑压压一大片的酒客。只听北凉王轻描淡写地撂下一句话："楼内的所有人，家产抄没，只要是有一官半职在身的，就马上拖出去杀掉。地上这些游骑的尸体，你派人挂在幽州将军官邸的影壁上，你放话出去，本王就坐在将军府里，谁想见本王，收尸也好，求情也罢，将军府门那边都不拦着。”

徐凤年走过去牵起二玉的手走出酒楼。

女子抱着琵琶，黯然无语。

马车缓缓驶向那座幽州将军府邸，车里的徐凤年正襟危坐，没有去看二玉，只是轻声说道：“为我说书，不值当。我方才这趟出窍‘神游’，就是想知道你们祖孙二人一个搭上性命，一个搭上女子的贞洁，还是要为北凉说话，值当不值当。我走过很多个地方，答案都是否定的，直到在最后一处，见到了一家不知什么天下大势只知辛勤劳作的北凉老百姓，才觉得很多事情谈不上值当不值当。我已经对不起你们，就不能再去对不起那些善良的百姓。二玉，我不敢奢望你开口向我索要回报，以便让我安心几分，我只想跟你，还有你死去的爷爷保证，我肯定会死守边关。我只要活着一天，你们这样的北凉百姓，就会多一天安稳日子，多一天也好。”

无怨言更无怨气的苦命女子嫣然一笑，抬起头，望向他的侧脸，正要出声尊称他为“王爷”，但是马上收住，摇头柔声说道：“徐公子，你不欠我们什么。我爷爷说你是个好人，我也觉得是这样，二玉相信爷爷如果泉下有知，也不会觉得有什么遗憾。我就不去将军府了，让我下车吧？”

徐凤年转头望向这名少女。她的笑容很干净，眼神清澈，她掩嘴轻声笑道：“徐公子忘了？二玉只会说书给人听啊。”

马车停下，少女跳下马车，走出了一段路程，转过身，怀抱琵琶，朝马车那边微微屈膝施了一个万福。

原先一直在附近的屋顶上跳跃的呵呵姑娘蹲下身，蹲在瓦片上，扛着那根不愿丢掉的向日葵的干枯秆子，默然无言。

六珠菩萨等二玉远去后才进入马车，跟北凉王相对而坐。

北凉王双拳紧握，搁在腿上，沉声说道：“滚出去！”

烂陀山的女子仙师并未生气，反而心平气和地说道：“自身自在是小自在，还有大自在可求。”

徐凤年抬起头，冷笑道：“滚你的大自在！”

这一日，幽州将军府邸陆续有将种家族的人前来或收尸或劝谏，然后影壁上的尸体越挂越多。沂河黄氏的族人更是一口气死了大半。很快，沂河城外就发生了一连串的哗变炸营事件，副将乐典率领一千名精兵杀得手软，杀到最后，都不忍心再举刀了，由一个对幽州人而言十分陌生的提矛男子代劳，随后杀到了幽州两名校尉也近乎叛变般拔营赶赴幽州州城示威的地步。皇甫枰的亲兵不得不从一千骑猛增到三千骑，继续内讧对杀。胜负则是毫无悬念，两位校尉的头颅被挂在了沂河城正城门的墙头上。沂河黄氏的族人被杀了一大半时，沂河权贵要么跪在将军府邸外的大街上“逼宫”，要么逃出城外联合姻亲和城外的权贵一起用各种方式向徐凤年强行施压。城内的沂河权贵无一例外地被剥去官身，悉数抄家充军，以至于皇甫枰跟乐典的亲兵营也有人叛逃。祥符元年的暮春，这场幽州城内自上而下的大动荡，丝毫不见平息的迹象，因为幽州军政两界自以为是的剧烈反弹，竟然引来了凉州八千大雪龙骑军深入幽州腹地！陵州汪植新近增添的三千名嫡系士卒倾巢出动，直扑幽州边境！就是从未出关的潼门关校尉辛饮马，也带着六千精骑紧急出动。除此之外，北凉都护褚禄山亲自调兵遣将，下令让宁峨眉领着半数铁浮屠重骑跟两千白羽弩骑，浩浩荡荡地开拔，驻扎在幽州西边，虎视眈眈。

如果说怀化大将军钟洪武曾经是大半个陵州的影子主人，那么幽州从边军到境内驻军，就都算是燕文鸾大将军的私家护院。幽州号称拥有八百将种门庭，绝大多数是燕文鸾这个老军头的徒子徒孙。他们越来越强烈的反抗，终于让一个坐镇边关的老人坐不住了，但是他没有兴师动众地带兵南下，只是轻车简从，悄无声息地来到了幽州沂河城。马车停在城外，瞎了一只眼的老人独自走入城中，走在充满肃杀气息的大街上，一直走到那座血腥气浓重无比的将军府邸前。老人本以为那个年轻的疯子会傲慢到拒不接见他，甚至把他这个北凉步军统领就地擒拿住，最不济也会把他晾上个几天几夜再让他进门，可老人都猜错了，那个年轻人就孤零零地坐在府外的台阶上，似乎一直在等自己。

“人屠”死后，在北凉军中威望已是无人可及的老将军质问道：“徐凤年！为什么？”

徐凤年笼着手，没有去看这个当年一心想要徐骁登基称帝的燕文鸾，而是望着街道的尽头，平静地说道：“以前我听说过一个说法：陵州姓钟，幽州姓燕，只有凉州才姓徐。徐骁从不放在心上，这一点我知道，你燕文鸾知道，钟洪武可能不太清楚，因为钟洪武一听说朝廷不光有意栽培他儿子钟澄心，还会给他一个大将军当一当，只要西楚复国之战开始，赵室就许诺他可以替淮南王赵英带兵，去分一杯羹，于是他开始对幽州煽风点火，想把你拉下水，然后他好趁乱逃离北凉。这些天，我一直让鹰隼盯着你，但是你始终没有动静，到最后，也只是一个人进入沂河城。”

老将军怒道："大将军尚且可以一生不反离阳，我自是一生不反北凉！他钟洪武算什么狗玩意儿，能跟我燕某人相提并论？你徐凤年就这么急不可耐地要我燕文鸾从边境卷铺盖滚蛋，好让你的心腹去占位置？你当真以为燕文鸾霸着步军统领的茅坑不退是贪恋权位？你徐凤年当真以为这把交椅是谁都能坐上去的，又是谁都能坐稳当的？若非我敬你徐凤年还有胆子不收那狗屁圣旨，总算做了一件不辱没大将军的事，老子早就带兵十万一举南下了，到时候骑军、步军分裂，你当什么北凉王？拿什么去抵抗蠢蠢欲动的北莽铁骑？"

徐凤年笑了笑，说道："我知道老将军不会这么做的。"

老将军气恼得差点儿就要动手，一巴掌拍死这个狡猾的兔崽子。

徐凤年拍了拍身边的台阶，示意老将军坐下与自己说话。燕文鸾冷哼一声，徐凤年也不坚持，继续说道："我师父跟'碧眼儿'斗法斗了大半辈子，老将军可知我师父最佩服张巨鹿哪一点？"

提起李义山，燕文鸾的情绪变得平稳了几分。

整个天下，李义山最对得起北凉。

燕文鸾虽然是"阳才"赵长陵那一脉的主心骨武将，但是对于仅是道不同才不相为谋的李义山，没有半点儿不敬。

徐凤年轻声说道："不是老将军想象的什么张巨鹿把赵家天下治理得有声有色，也不是他那独掌庙堂大权的手腕，而是在他发迹却未成就大势之时，就早早把父母、族人迁到了太安城，不给任何人指摘他张巨鹿的机会。因为这位首辅大人当时就已经知道，只要他成为天下官员之首，不论他如何洁身自好，他毕竟还有亲戚、有子弟，一旦双方远隔千里，总归会有人借着他的名头在地方上作威作福，即便朝野上下的所有人只能腹诽，不敢当面弹劾他，可支撑着张巨鹿治理天下的那股子气，难免就要弱了。所以这才是我师父最佩服张巨鹿的地方。再回过头来看咱们北凉。徐骁、我师父，其实不指望你们人人都有张巨鹿这样的胸襟和眼界。徐骁死前还不放心，对我说要有容人之心，要容得别人犯错。以前，我就是这么做的。在陵州官场，我忍着，没有杀人，一个人都没有杀。"

燕文鸾的脸色依旧阴沉，只是比起先前要好看一两分。

徐凤年继续自顾自地说道："可是我发现徐骁没有说错，但是也没有全对。我们脚下的北凉，名义上是徐家的，说到底还是北凉百姓自己的。我徐凤年其实可以完全不介意你们如何目无法纪，只要给我徐家在沙场上卖命杀敌就够了。我当这个北凉王也就当得心安理得了，说不定还能因此在青史上留名，正史不去说，在野史里或许侥幸会有几句好话。都说‘既然老子把脑袋拴在裤腰带上打下了天下，那么坐天下就是老子应得的’，我徐凤年也没说你们就不该享福，可享福没错，惜福总不是坏事吧？老将军，你跟我，要不就当跟徐骁说句良心话，幽州、陵州，还有凉州，这些将种子孙，有几个是把老百姓当人看的？我不是待在清凉山王府关起门来说风凉话，而是亲自在幽州走走停停，这才一步一步走到了沂河城。我其实很想对北凉道的所有官员说一句，靠自己的本事当上官也好，靠父辈的功荫当上官也罢，要享福，你们放宽心享福去，可别害人害得太惨，只是这种话是不可以公之于众的。而且这种话，就算我诚心诚意地说给钟洪武听，他也只会觉得是个不好笑的大笑话，我能如何？他自己寻死，我就只好让他去死了。哦对了，告发钟洪武的人，正是龙睛郡的郡守大人，他的儿子钟澄心。”

燕文鸾的脸色阴晴不定。

徐凤年望向远处，咬了咬嘴唇，说道：“管不好幽州，是皇甫枰的错，更是老将军你的错。当然，以后守不住北凉，归根结底是我的错。”

老人犹豫了一下，走上台阶，一屁股坐在徐凤年脚下几级的台阶上。

徐凤年突然笑道：“听徐骁说过，老将军当年做梦都想骑着马，像先前进入北汉皇城时一样，大摇大摆地进入太安城皇宫？”

背对着北凉王的老人咧咧嘴，无声地一笑。

徐凤年轻声说道：“这个老将军就甭想了。不过我前几天出窍远游北莽皇宫，那里也不比太安城的皇宫差太多。老将军，要不你退而求其次一下？咱们争取去那里策马扬鞭？”

燕文鸾转头，问道：“当真？”

徐凤年反过来笑着问道：“只是有这个想法，至于有没有本事，老将军，你真觉得我一个人可以做到？”

燕文鸾愣了一下，低下头，骂骂咧咧道：“跟大将军年轻那会儿一个德行！当年就骗我说只要跟他混，就能骑马骑到屁股都被磨光。老子就还真傻乎乎地上钩了……”

燕文鸾停顿了许久，抬起头望向天空，呢喃道：“可大将军真没骗我，不是吗？”

老人收回视线，猛然站起身，沉声说道：“如果真有那一天，就算我燕文鸾已经老到骑不上战马，还希望北凉王能让人抬着我去。如果我已经死了，既然北凉王都可以答应给那个鱼鼓营老卒许涌关抬棺，那么不介意为燕文鸾抬棺吧？”

徐凤年跟着起身，平静地说道：“徐凤年谢过燕老将军。”

老人走下台阶，转过身，面对着徐凤年，抱拳大声说道："鱼鼓营骑卒燕文鸾、许涌关，参见北凉王！"

说罢，老人转身径直远去，离开沂河，离开幽州，远赴边关。

徐凤年坐回台阶，揉了揉脸颊。

一旁的徐偃兵感慨万分道："当初西垒壁一战中，鱼鼓营只剩下十六人，连我也不知道燕文鸾是其中一人。"

徐凤年点了点头，说道："徐骁都没有说起过。"

徐偃兵说道："马踏北莽，要不也算我一个？"

徐凤年笑道："又不是抢媳妇儿，这有什么好抢的？"

徐偃兵一笑置之，坐在了这位北凉王的身边，眼神坚毅，缓缓说道："放心，有你在，北凉就不止有三十万铁骑。"

两人长久地沉默着。

呵呵姑娘不知何时坐到了徐凤年的身后，那根与她如影随形的向日葵的干枯杆子不知为何已经不知所终。她双手托腮，安安静静地望着他的背影。

"北凉参差百万户，其中多少铁衣裹枯骨？"

徐偃兵开始拍膝而歌。

壮怀激烈。

哪家少年不羡慕那青衫仗剑走江湖？

哪家儿郎不渴望那黄沙万里博功名？

"好男儿，莫说那天下英雄入了吾彀。

"小娘子，莫将那爱慕、思量深藏在腹。

"来来来，试听谁在敲美人鼓。

"来来来，试看谁是阳间'人屠'。

"来来来，试问谁与我共逐鹿……"

太安城春雨初霁，整座京城仿佛一下子就变得清爽、干净了许多，庙堂再闹腾，那也是官老爷们的事情，老百姓该吃吃该睡睡，大多还得老老实实地过着起早贪黑的日子。然而也有些游手好闲的人，不过这些被贬低为纨绔架子玩主儿的货色也分三六九等：玩花魁的是头一等；玩名马、古董的是第二等；差一些的也该是去盘核桃，最不济也得弄几只鱼虫撑场面。可位于京城西南角陋巷斜眼街上的一个年轻人就彻底不入流了，不过既然住在了升斗小民杂居的巷弄，玩得起好物件那才叫怪事——没能投个好胎，就得认命不是？这个年轻人跟满大街姓张的京城百姓一样，摊上了个在离阳名列前茅的大姓，却没能有大出息，成天不见他做正事，除了跟人借钱喝花酒，就只会带着鸽哨瞎逛，却连只像样的鸽子都养不起，这搁在太安城，就叫“打肿脸也要去穷讲究”，连什么都不讲究的穷人都瞧不上他。张边关就是这么个谁都可以看不起他的浪荡子。在街坊邻居眼里，这个家伙所幸剩下点儿不知哪辈子修来的福气，还能娶到一个姿色不错的媳妇儿。张边关也从来不懂知足，依旧不肯待在家里好好跟媳妇儿滚被窝儿，只知道天天往外边跑，早出晚归，空手出门空手返家，就这么浑浑噩噩地过一天是一天。时间长了，即便心善的老街坊也都逐渐变得懒得理睬他。前不久，姓张的貌似还被人打了，鼻青脸肿的，这几天才消肿，却依旧嘻嘻哈哈没个正形，逢人就笑着跟人家打招呼，“叔叔”“婶婶”殷勤地喊着，也不管别人会不会搭理他。

天气越来越热，人们穿得也就越来越清凉，张边关离家在外的时间也越来越长——毕竟京城这么大，街上少得了妙龄女子？

这一天临近黄昏时，张边关游荡回了斜眼街不远处，听见了头顶那悠扬的鸽鸣，他习惯性地抬起头，勾起嘴角，手腕上有一只常年摩挲把玩的用绿丝缠绕着的老旧鸽铃。他就这么呆呆地眯着眼望着天空。他这个这么多年一直被笑称吃剩饭踩狗屎都不会的末流之辈，没人知道他到底在想什么，反正也没有人感兴趣。大致清楚他脾性的人，只知道这个没用的胆小鬼应该还是想玩儿的，但偏偏不敢陪有钱人在那些上档次的风月场所玩儿，到头来就只能看那些不用花钱的死物——多彩的阁楼榫卯，灰沉沉的不知名巷弄，走兵的崇武门，走粮的朝阳门，走酒的顶山门，鼓楼上那只离阳建朝了几年便蹲了几年的石麒麟。飘荡在天空之上的鸽鸣有始便有终，张边关恋恋不舍地收回视线，觉得天色还早，没到回家的时候，想了想，就跑去斜眼街临街唯一拿得出手的那口锁龙井边上蹲着。这口古井一直干涸着，井口边上有一座由黄泥砖头砌成的泥塑判官，市井传言说是离阳以火压天下之水。这尊泥塑判官坐姿便有等人高，袒胸露臂而坐，张口而笑。每逢中秋，老百姓都要为他添柴加火，火苗的青烟就一股脑儿从泥塑判官的口鼻中蹿冒而出。

张边关一如既往地蹲在井边的泥塑判官的脚下，偶尔抬起袖口擦擦嘴角。前段时日他被一伙人打得不轻，那些人大概是误以为张边关的老爹终于要失势了，是时候教训这个给京城世家子丢人的王八蛋了。不过拳打脚踢才过足瘾，第二天他们就发现离阳朝廷的天还是那个天，没变！这小子的老爹更是破天荒地一发狠，把几拨人收拾得哭爹喊娘。靠着这几拨人混吃混喝的打人者立即躲了起来，都没胆量去跟张边关道一声歉，后来战战兢兢了足足大半旬，也没等到丁点儿报复，这才不约而同地松了一口气。他们聚在一起，更加肆无忌惮地嘲笑姓张的是个大废物，白白有个他们烧香拜佛都求不来的老爹，也不知道扯虎皮做大旗享福，活该他被当成一坨踩了都嫌脏了鞋子的烂狗屎。

张边关唯一的长处就是开小差神游万里，等他蓦然发现身边多了个气韵清雅的年轻人时，只是瞥了一眼，也没说话，等了半天，终于笑着问道："你真不是来打我出气的啊？"

那名读书人笑着摇头，说道："我哪儿敢揍首辅大人的公子？再说若是真打起来，我也不是你的对手，何必自取其辱？就算你不还手，任我打骂，也无非被你当成了逗乐的傻子。"

张边关咦了一声，说道："原来是个明白人。你不是京城人士吧？有你这种眼光的京城本地人，他们干脆就不来见我。"

读书人问道："你承认自己是聪明人了？"

张边关嗤笑一声，自嘲道："我这就算聪明人了？那我爹该是啥了？"

读书人点头道："也对。"

张边关趴在井口上，望着这口黑黝黝深不见底的井，不再理会这个明白事理就没趣了的不知名读书人。

读书人靠着井口而坐，淡淡地说道："我知道你喜欢看宫室阁楼的钩心斗角，因为它们只会相得益彰，比人与人之间的相互祸害要可亲可爱许多。我还知道你在离开张府自立门户的时候，在家里种下了一棵桃树。太安城里的人都喜欢院子里有树，多子多福的石榴树，早生贵子的枣树，柿树、椿树也常见，唯独不见桃树，因为桃字谐音'逃'，不吉利。太安城是离阳的根，树挪死，离阳百姓没了太安城，能逃到哪里去？你张边关不笨，那桃树是种给你爹的，可你爹，我们离阳的首辅大人视而不见。他不逃，你这个做儿子的自然也就只能继续留在太安城混吃等死了，想着将来好歹能给你爹送个终，能在清明上个酒，那是更好。"

张边关平淡地哦了一声，继续看着井。

读书人微笑着说道："你肯定猜出我就是那个从北凉跑来跟'坦坦翁'求官的孙寅了。"

张边关转过头，问道："孙寅是吧？那你说说看，鼓楼上的那只石麒麟默默凝视天下数百年，到底在等什么？"

孙寅如今已经不起波澜地进入了中书省，成功地傍上了“坦坦翁”这棵参天大树，虽然是个芝麻大小的散官，但既然入了桓老爷子的法眼，平步青云还不是指日可待？寥寥无几的明白人自然早就明白了这一点，绝大多数的糊涂人也未必会一直糊涂下去。孙寅跟这个“碧眼儿”的幼子直直对视，摇头道：“我怎么知道一只石麒麟在等什么？反正不是在等那扶摇大风起，吹起了狼烟，到头来生灵涂炭，如果说只将穿龙袍的人换来换去，好玩儿吗？”

张边关笑了笑，摸了摸下巴上的胡碴儿，说道：“是不好玩儿。”

张边关跟孙寅并肩而坐，晃了晃脖子，呼出一口气，又吸了一口气，这才嘿嘿一笑，抬起手腕，给孙寅看了看那只朴拙的鸽铃，说道：“我以前收了一只别人赠送的鸽子，一等一的绝品，黑中泛紫，比起北凉王徐凤年的那头隼，价格也差不了多少。那会儿我爹还没当上首辅，才是个三品官，爹就找到我，也没骂我——你应该清楚我爹这个人，骂你那是抬举你了，除了桓老爷子，他这辈子几乎就没骂过谁——他就问我，这只鸽子是爹如今的身价，你张边关算什么东西，值这个价？你是真蠢？我那年十四岁，一气之下就把鸽子还给了那个人，那个人当着我的面，笑眯眯地说他可没有收回礼物的习惯，然后用手掐死了鸽子，嗯，他就是当今的太子殿下。从那一天起，我就发誓再不跟这些人厮混。我宁愿跑去听小门小户吱吱呀呀的开门声，也不乐意听他们相互奉承、阿谀；我宁愿看那些无人问津的死物，也不想看着那些放个屁都能当黄金白银售卖的权贵子弟。久而久之，也就没人喜欢带我玩儿了，我也乐得一个人清净。”

说到了父亲张巨鹿，张边关不由自主地陷入沉思。

他还记得爷爷奶奶在自己爹从翰林院脱颖而出后，就早早从老家迁到城里，每到酷暑季节，两位老人就尤其喜欢躺在树荫下的藤椅上，帮着膝下的孙子孙女们摇扇子，摇啊摇，一下复一下，一夏复一夏，摇着摇着，就只剩下奶奶了，再后来，都没了。他们的爹也没守孝，朝廷比他爹还要急不可耐，直接下旨夺情起复，他们这帮子女也没从父亲的脸上发现什么异样。张边关清楚地记得那时候的太安城，一开始是满大街的流言蜚语，都说他们的父亲为了当官都顾不得做人了。只不过随着父亲的官帽子越来越大，这样的声音也越来越小，直到彻底再也听不到了。他张边关这么多年无所事事，比起大哥、二哥离家也晚，反而比两个哥哥看待家事看得更清晰一些。张家的家事，是从什么时候开始等同于京城事、天下事的？张边关神情落寞，后脑勺儿枕在井口上，仰望着暮色中灰蒙蒙的天空。小时候，府外不远处有座狮子桥，有一回一家人难得出门游玩，爹让他们去数一数桥上到底有几只石刻狮子。大哥最像爹，做什么都认真，数得一板一眼。二哥是个书呆子，反正从小到大爹说什么就做什么，大哥做什么他就学着做什么。他比妹妹张高峡只大了一岁多，趁着爹娘打道回府，直接带着妹妹去桥下结了冰的河面上玩儿去了，累了，见大哥、二哥还在那儿傻愣愣地数，张边关直接跑到无所不知的桓温桓伯伯那里问出了答案，结果大哥、二哥大半夜才回去，就见他跪在地上。自那以后，吃过苦头的张边关就知道那些小聪明不是什么真的聪明。不过事后娘亲偷偷给他带了一碗热饭，爹撞见了也没生气，只是摸了摸他的脑袋，说了句他很多年后才明白的话："你比你的两个哥哥聪明太多，可既然你跟爹姓了张，这就不是好事。"

张边关轻轻地抽了抽鼻子，用一只袖子覆盖住脸。

孙寅正要说话，听到一串不加掩饰的脚步声后就闭上了嘴。

然后，他见到了一名佩着剑的高挑女子姗姗而来。

张边关听着再熟悉不过的脚步声，赶忙随意地抹了抹脸庞，哟了一声，嬉皮笑脸地说道："稀客啊张大女侠，要不发发善心，打发小的一些碎银子？"

张高峡瞪眼道："江湖上讲究救急不救穷，我如果打赏给你这穷光蛋一袋子银钱，我就跟你姓！"

张边关翻了个白眼，说道："咱俩本就一个姓。"

张高峡嘴角翘起，说了句"所以啊"，然后高高抛出一袋沉甸甸的银子。

张边关毫不意外，接过银子，开怀大笑道："这位女侠果真拥有菩萨心肠！以后肯定能找到一位玉树临风、才高八斗外加权倾天下、会心疼媳妇儿的如意郎君！在这之前，商量个事，女侠大人，要不你收了我吧，把我拖回家得了，管饭就行，有肉更好，有酒就好得不能再好了……"

张高峡不去跟三哥插科打诨，冷冷地瞥了一眼她知其根底的中书省杂品小官——孙寅。

孙寅独自站起身，留下张边关一个人坐着，望向首辅大人的爱女张高峡，无视她那冷漠的表情，问道："张姑娘，孙某有句话不知当讲不当讲？"

张高峡冷冷地说道："那你就闭嘴。"

张边关缓缓起身，抛着银袋子，露出幸灾乐祸的表情，过河拆桥地说道："孙寅啊孙寅，姚祭酒把你说成是连中三元的大才子，可惜我这妹妹向来不喜欢舞文弄墨的读书人，你就别奢望她会对你另眼相看了。要是非要说大道理呢，那就是'你厉害是你的事情，我不喜欢你是我的事情'，不过你要是真的想要娶我妹妹过门，我是无所谓，但你得先用武力战胜她，还得被她看得顺眼，再得是我爹认可的女婿，这样凤毛麟角的年轻俊彦上哪儿找去，你这个自己送上门的肯定不算。”

孙寅略显无奈地说道：“我喜欢一个早就心有所属的女子做什么？”

张高峡冷笑道：“孙寅，你倒是知道得不少。”

孙寅不以为意，平静地说道：“我这辈子注定跟首辅大人说不上半句话，能跟首辅大人的儿子说上一说，就当弥补遗憾了。至于跟你张高峡张女侠说上话，只是意外之喜。放心，你喜欢的人我也喜欢，我却不会跟你抢。”

张高峡讥笑道：“你喜欢男人？”

孙寅笑了笑，说道：“喜欢是喜欢，却不是女子喜欢男子的那种喜欢，打心眼儿里欣赏一个人，也算喜欢。打个比方，就像我很喜欢首辅大人没能写出的‘安得广厦千万间，大庇天下寒士俱欢颜’这样的绝好诗词，但他脚踏实地地做到了这件前无古人的壮举。六部衙门，总计四千间屋子，以后豪阀世族子弟越来越少，寒庶子孙越来越多，这不异于前辈李淳罡在江湖上的剑开天门，为后辈开山。”

孙寅转身离去，缓缓说道：“想当然地觉得别人会喜欢什么，就送给对方什么，好像这就是付出了，却从不问一问对方想不想要、愿不愿收，这种人，再掏心掏肺，也不过是自以为是，自以为豁达、大度、问心无愧了，其实还是自私。男女情爱也好，兄弟交往也罢，都可以去套。因为对人好虽然不容易，但也不算太难，真的能设身处地地去尊重别人就很难了。古人以‘知己’这个说法来形容至交好友，因此如何才算‘知己’，是大学问啊。孙寅是个蠢人，不知将来千百年是怎样的世道，但是咱们身处的这个世道，我还算看得透，浑人不少，可总归还是有些人不重利，不重名，不重好剑不重谥号，不重朋友的好心好意，不重死得其所，不重一家一姓的香火传承，乃至不重一人之社稷江山……”

张高峡皱起眉头，问道：“这家伙胡言乱语什么，是在骂咱们爹，自顾自地成全了‘忠义’二字，却独独对不住桓伯伯？可后头好像又在夸啊，这岂不是自相矛盾？”

张边关漫不经心地说道：“恐怕他自己也犯迷糊了。人太聪明了，就喜欢自己跟自己对着干，翻来覆去，两手空空。”

张高峡瞪眼道：“孙寅胡说八道什么我不知道，你在骂咱们爹，我还听得出来！”

张边关解下那只鸽铃，将其随手丢入锁龙井，露出一副玩世不恭的表情，笑道：“爹懒得骂我，我就偷偷骂他，你又不会去告状，我怕什么？”

张高峡的语气变得沉重了几分，她问：“你真不顺着爹的意愿去辽东投军？”

张边关轻轻摇头，说道：“做儿子的，既然帮不上什么忙，总得送一送爹。生儿无非为养老、送终两件事，我这个儿子总得尽力做成其中一件吧？”

张高峡坐在井口上。

张边关讶异道：“跟你说这种事，你也不哭一哭？”

张高峡淡淡地说道：“我不是那样的女子。”

张边关嗯了一声，说道：“其实我们都不如你像爹。”

张边关似乎记起了什么，说道：“你马上要离京游历江湖，听哥一句话，爹嘴上说不让你去哪里，其实就是想让你去哪里。”

张高峡低下头，说道：“别说了，再说我就真要哭了。”

张边关伸出双掌狠狠地拍了拍脸颊，说道：“你一个女子还没哭，哥哥一个大老爷们儿就已经先扛不住了。有个人有句话，说得果然千真万确！哥哥这辈子就没听过比这句话更有道理的话，张圣人听了也得心服口服！”

张高峡抬起头，不解地看向张边关。

张边关眨了眨眼睛，说道：“他说‘大丈夫流血不流泪算个屁英雄好汉，天下的女子每个月都流血不流泪’！”

张高峡深呼一口气，又深吸一口气，这才压下想杀人的冲动。

张边关柔声说道：“你去吧！天下大乱，到时候肯定会是英雄、枭雄、狗熊一窝蜂冒头的情景，你别错过，就当给咱们爹多看几眼了。”

张高峡没有答应，也没有拒绝。

只是，这一天太安城内不复见那佩着剑的张女侠。

张边关跟往常一样，在夜色中走回斜眼街。院子里亮着昏黄的灯光，说明她在等他回家。他那个不算太漂亮的笨媳妇儿就算恼极了他喝花酒，仍是这么等着，日复一日，大概她会觉得这辈子都没有盼头更没有尽头了。

别的女子，不说嫁到了张家这样整个离阳王朝独此一家别无分号的高门，就算嫁给三四品官员的子弟，那也是风风光光的，不光她自己锦衣玉食，她将来的孩子也能一辈子衣食无忧，以后长大成人，想要鲜衣怒马就鲜衣怒马，想要经国济世就经国济世。

张边关正要像以往那样大大咧咧地推开院门，吆喝着要媳妇儿好酒好肉地伺候他。他没来由地猛然蹲下，然后就听到有脚步声，又赶忙起身，推门归家。

女子一如既往地默不作声，端上冷热适宜的饭菜，夹菜吃着，偶尔打量一眼那个一只脚架在长凳上，只顾自己狼吞虎咽的男子。从不愿与她多说一句话的男子，便是她的夫君了。

却也从来不见她如何把幽怨、委屈摆在那张清秀的脸上。

张边关总喜欢说她之所以这般好脾气，是因为畏惧他的家世——瘦死的骆驼比马大，他张边关再没出息，也是张巨鹿的儿子，她能不小心翼翼地伺候着？只是每次说到这点，张边关总要自己给自己一个耳光，说花鸟鱼虫才用“伺候”这两个混账字。然后她就偷着笑，直到张边关瞪她，她才转过头，只是嘴角的那抹淡淡的笑意不见减少。

这一日的深夜，张边关在她熟睡之后，悄悄呜咽起来。

“我是怕自己喜欢你，更怕你喜欢上我，才这样的啊。

“我怎么会不想要一个听话、懂事的孩子？无论是儿子还是女儿都行啊。

“可我是张巨鹿的儿子，我做得越多，错得就越多。如果我把真相跟你说了，你会逃走吗？可你能逃到哪里去？不逃，你就能活得比当下更轻松吗？你再笨，陪着我死的时候也会醒悟过来，可我宁肯到那个时候你再来恨我。只想着让你这会儿糊糊涂涂地埋怨着我不争气、没出息、不当家。媳妇儿，这辈子就当我欠你了，如果真有下辈子，我肯定还你……”

张边关满脸泪水，胡乱地擦干净以后，昏昏沉沉地慢慢睡去。

那个背对着他面墙而睡，整夜纹丝不动的温婉女子，直至听到夫君的鼾声才缓缓睁开眼。她的眼神依旧温柔。一如她当年走下轿子的那一天，被他掀起红盖头的那一刻。

第二天清晨，张边关又没心没肺地吃过早点后大踏步出门离家。

张边关出门之后，走在斜眼街上，望向西北方，轻声说道：“高峡，一定要去北凉啊。只有那里才会乱在一时，而非一世。”

今天，首辅大人的幼子依旧是太安城甚至是天底下最值得嘲弄的世家子。

可那女子呢？

女子安安静静地做着一件又一件的琐碎家务，她手头没有事情的时候，就斜着坐在内院的门槛上，望向院门，等着夫君回家。

如果说去年的陵州官场，那会儿还是兼着陵州将军的世子殿下那番搅局仅是暗流涌动，最终是一场雷声不大雨点更小的闹剧，那么此刻的幽州官场就完全是一场导致风雨飘摇、人人自危的惨剧了。

春雨贵如油，北凉暮春的雨水更是如此，雨水一落，血水一冲，也给幽州的大小衙门省去了不少麻烦。要知道在这次前所未有的变故中，北凉光是校尉就死了三个，死去的都尉更是一双手都数不过来，被剥去一身官皮充军边关的达官显贵则不下百人。幽州境内盘根错节的所谓八百将种门户，虽说肯定是个夸大的虚数，但三百户肯定有，结果一大半被波及，卷入惨案的家族竟是毫无还手之力。其余那些耐着性子在等燕文鸾大将军雷霆震怒的人更是心寒，大将军不光是袖手旁观这么“好说话”，更是亲自调动六营燕家嫡系步卒，凭此控扼幽州北地的几处关隘，这就已经不但是翻脸不认人，还算是自己往自己的身上捅刀子了。有大雪龙骑军深入幽州腹地，凉州东边还有老北凉王的义子齐当国亲自出马，陵州北方则有汪植和辛饮马率领的两支属于北凉不同序列的骑军秣马厉兵，步军副统领顾大祖这个北凉“新贵”，以及刘元季、尉铁山这些不管退位的还是在位的功勋卓著的老将哪怕跟幽州有千丝万缕的牵连，仍然都毫不犹豫地选择公开支持新北凉王。这时候，幽州的将种就算不明白为什么新北凉王在陵州那么好说话，到了幽州就如此不念旧情了，但都明白了一件事：北凉姓徐。在北凉有本事、有资历跟那个年轻藩王掰腕子的老家伙、老军头，就没一个肯给他们说句公道话。

总之，一切晚了。

旧人去，新人来，而且一来就来了数批人。有的是被徐凤年喊来的，有的则是不请自来的，后者还都不太客气。隐约成为北凉台面上士子领袖的黄裳就差跳脚骂人了，上阴学宫的王大先生则优哉游哉，劝说着黄裳“怒伤肝”这类废话。两位儒雅的老人都是刚在边境欣赏了大漠风光，就马不停蹄地赶往幽州沂河的。不过越是临近沂河，王大先生就越是气定神闲，照理说最乐于见到此时此景的文人黄裳，却成了那个骂北凉王骂得最凶的家伙。黄裳骂徐凤年戾气太重，还骂他才是真正的“人屠”，比徐骁还心狠手辣，说他有本事到北莽杀人去，杀自己人算什么本事？徐凤年没笑没恼没说话，只是在幽州将军府邸全权处置军政，对黄裳的痛骂全然无动于衷，连眼皮都没有抬一下。

在王大祭酒跟黄裳二老之后，又有从流民聚集之地火急火燎地赶来的新任流州刺史杨光斗，这位墨家巨匠倒是没半点儿大动肝火的模样，只是说了两句话：“差不多就行”，“陈锡亮做得相当不错”，之后便来也匆匆去也匆匆，甚至没来得及喝上一口热茶吃上一口热饭。除了这几位白发苍苍的老头子，剩下的人就要起码年轻一辈了。凉州刺史胡魁——白马斥候前身列炬骑的真正缔造者，他的身边还跟了一个曾经写出过《凉州大马歌》的郁鸾刀。郁鸾刀是殷阳郁氏的长房长孙，这家伙单枪匹马地去流民聚集之地兜了一大圈，似乎既没被杀，也没杀人。还有才当上陵州别驾的宋岩，以及陵州黄楠郡水经王氏的家主王熙桦。这两位曾经是一个郡内政见不同的对手，倒也谈不上是什么死敌。以一手道德文章闻名北凉的王熙桦跟一心钻营“事”“功”二字的经略使大人李功德，这一对才算真正的死敌。

这些人齐聚幽州将军府邸后的第二天清晨，风雨如晦，徐凤年喊上他们一起前往新建成的青鹿洞书院。最近都没有机会露脸的皇甫枰负责带一百亲骑护驾，他面色平静，看不出丝毫悲喜。短短一旬内就摊上“乐大刽子手”这个骂名的幽州副将乐典更是忧心忡忡。只有那个幽州文官之首——刺史大人王培芳，吊尾在队伍后头，高坐在马背上，并没有武人健壮的清瘦身躯随着马背起伏，一晃一晃，难掩脸上的喜气。福祸相依，尤其是由祸转福，他王培芳就算定力再好，如何能够不倍感喜庆？

幽州大乱，可青鹿山上的这座书院称得上幽州仅剩的一块净土，已经有将近一百位书生入此安心求学，低头则埋首典籍，聚首则切磋学问。新北凉王要暂任书院领袖的两位先生每月拿出一篇有急功近利嫌疑的事功文章，字数越多越好，比如北凉盐铁应该如何，如何应对朝廷的漕运约束，如何根治党争桎梏，如何解决胥吏之祸，如何界定名相、权相，甚至还有如何制衡相权，等等，许多题目无疑是做学问之人的禁地，可还是有士子实在抵不过每篇当月夺魁的文章的作者可得白银一百两到五百两不等的巨大诱惑。古语有云，书中自有黄金屋、千钟粟、颜如玉，且不说黄金屋，后两者难道不都需要真金白银吗？先贤不过是把话说得含蓄了一点儿而已，其中的道理再实在不过了。青鹿洞书院虽然还只是个粗坯子，一座书院最重要的精气神更是空落落的，但黄裳在登山之后心情显然很好，也顾不上对北凉王摆什么脸色了，捻须微笑，满怀欣慰。朝廷虽说不禁名士清谈，但北凉更是连大逆不道的言辞都可以说、写，甚至反过来助长其气焰。在老言官黄裳看来，这才是读书种子真正需要的土壤，心有所想便可以口有所言，付诸笔端，从而留书青史，任由后世评点，这就是天下读书人真正的大幸事。

黄裳站在书院门口，没有急着跨过门槛，仰头看着那块北凉王徐凤年亲手书写的匾额，驻足不前，一下子热泪盈眶，嘴唇颤抖，问道：“你当真能容下我辈书生有一天像黄裳昨天那般，痛痛快快地骂你徐凤年，骂北凉？”

徐凤年点头道：“骂人无妨，只要你们读书人能够独善其身就够了，要是还能想着真心实意地去兼济天下就更好了。如果有一天，哪个北凉擅权的武夫敢拿刀杀你们，只要道理在你们的心里、嘴里，不在他们的手上、刀上，我就护着你们。”

黄裳接连说了几个“好”字，大袖飘摇，与王大祭酒一同大踏步走入青鹿洞书院，走出一段路程后，猛然间发现那个年轻的徐家人并未跟上，而是站在原地。黄裳转过头，一脸疑惑地看着徐凤年。

徐凤年解释道：“从今往后，北凉武人只要是披甲佩刀，就一律不得入书院半步，你们读书人放心去做学问。我不奢望北凉境内的文人、武人明天就可以融洽相处，但最不济也得井水不犯河水。但是丑话说在前头，读书人沽名钓誉，借此博取名望、清誉，我徐凤年可以睁只眼闭只眼，但要是敢以三寸不烂之舌和手中的笔乱政扰民，肯定是要掉好几层皮的。到时候别说你黄裳骂我食言，就算你跟我拼命，我翻脸无情还是轻的，杀了你黄裳都半点儿不会手软。”

黄裳欲言又止。

早早上了北凉贼船的王祭酒在黄裳身边轻声笑道：“黄老头儿，你哪儿来的那么多迂腐酸气？要不得啊。书生穷不怕，可文人一酸，写出来的东西就要比酸菜还不值钱了。”

黄裳叹了一口气，不再坚持。

郁鸾刀想要跟着走进书院，凉州刺史胡魁悄悄拉住这名从豪阀门第里走出来的年轻才子，轻轻摇头。不承想郁鸾刀摘下家传名刀“大鸾”，交给胡魁，然后微笑着说道：“我就是无聊了想进去瞅瞅。我读书读了二十几年，读得够多了，以后就是战死沙场的命，按照北凉王的说法，这辈子多半没机会再踏足这里半步，还不得趁着没披甲又没佩刀，多看书院几眼？风声雨声，做什么都不耽误听见，马蹄声厮杀声更是能听到耳朵起茧子，可从小就熟悉的读书声，以后真没机会听了。”

徐凤年望着那个与自己差不多岁数的年轻人的背影，从胡魁的手中要过那柄刀，没有拔刀出鞘，只是屈指轻轻弹着刀鞘，笑着问道：“你叫郁鸾刀？”

在广陵道上被誉为曹长卿之后“郁氏又得意”的年轻人转过身，笑道：“是啊。”

这段时日一直给人阴沉印象的年轻藩王轻声笑道：“哪怕你是离阳的谍子，就凭你的相貌，本王也愿意捏着鼻子收下你。”

郁鸾刀一脸哀怨，说道：“我又不是待字闺中的女子，北凉王以貌取人，我委实开心不起来啊。”

徐凤年把大鸾刀交还给胡魁，然后笑着摆摆手，示意郁鸾刀进入书院。

等郁鸾刀慢悠悠地走入青鹿洞书院后，徐凤年转身走到书院前头的广场的围栏处，朝王培芳招了招手。这位幽州刺史身为正儿八经的文人名士，却没有进入书院，外头这帮人又都是货真价实的武将，王培芳有些里外不是人的尴尬。要说以往，王刺史怕归怕，可那是怕徐凤年是大将军徐骁的嫡长子，是怕这个年轻人板上钉钉的世袭罔替，即使后来徐凤年成功当上北凉王，王培芳自认以臣子的身份面对新北凉王时还能留下一点儿傲骨。可惜这点儿气魄，在亲眼看着新北凉王在幽州大开杀戒之后就半点儿不剩了！

王培芳小心翼翼地站在新北凉王身后。

徐凤年眺望远方，说道："你跟胡魁对调官位。凉州刺史一直比幽州刺史高上半阶，你王培芳在外人眼中也算升官发财，不过你与名义上被贬官的胡魁，你们两人在本王心中的轻重，你心知肚明。"

王培芳的额头渗出汗水，腰又弯了几分，他小声答道："卑职清楚。"

徐凤年嗯了一声，说道："你去书院。"

王培芳赶忙转身小跑进入书院。

徐凤年的眼皮跳了跳，他微微转移视线，望向山脚。片刻后，他开口对胡魁说道："胡魁，你是武将出身，知道幽州这么个地方不比有李功德坐镇的陵州。这里差不多已病入膏肓，遍地的将种门庭。这帮家伙都习惯了拿拳头拿刀讲道理，跟他们磨破嘴皮子也没用。接下来就看你的本事了。"

历经起伏的胡魁重重地点头，没有说半个字。

徐凤年继续说道："乐典，你明日就去凉州边境，给袁左宗打下手，本王知道这次你最憋屈。"

幽州副将乐典低头抱拳道："末将领命！末将是个粗人，不会说好听的话，只愿为北凉效死！"

徐凤年转过身，盯着皇甫枰，说道："你还是当你的幽州将军。其实那天在酒楼，你说得没有错，只不过有些事谈不上对错。本王跟你、跟胡魁又不太一样，也不用说什么废话，把你摆在幽州将军这个位置上，该说的就已经说完了。但是有一点你该明白，你皇甫枰已经不是那个做任何事情都得束手束脚看人脸色的江湖人，在北凉，本王不给你脸色看，谁能给你脸色看？谁又敢给你脸色看？"

一直在徐凤年面前夹着尾巴做条狗的皇甫枰破天荒地嘿嘿一笑，说道："有这几句话，就是让皇甫枰去油锅里炸上一百回，皇甫枰也赚回本了。"

第十章

天地之间逍遥游
来时无忧去无忧

徐凤年在斜风细雨中不动声色地独自下山。

他迎向登山的两人。

千里迢迢地从京畿之南赶赴北凉的老宦官赵思苦，还有身上连那张开山符都已在登山之初退散的高树露。

徐凤年知道这场相逢才是真正的生死未卜。但是只有过了这一关，徐凤年才能心无杂念地面对北莽铁骑，才能在最糟糕的局势中再次孤身走一趟北莽。

呵呵姑娘不知何时跟在了他的身后，徐凤年停下脚步，对她摇头。

她也摇头。

徐凤年笑着骂道：“你傻啊？”

少女刺客呵呵一笑。

这回她竟是真的在笑。

风声雨声还在，没有了读书声，不过有呵呵声。

徐凤年走近这个小姑娘，帮她摆正插在发髻上的一支熟悉的金钗，说道：“你像你娘，也好看。”

少女皱了皱鼻子，也不知道是开心了还是伤心了。

她看了他一眼，蹲在台阶上，不跟着他下山了。

徐凤年转过身，双手按住春雷跟过河卒，毅然下山。

离山脚不远处，高树露扯住赵思苦的袖口，将他往山下一丢，就将其飘然扔回了山脚，身子骨孱弱无比的年迈宦官毫发无损。

高树露张开双臂，尽情地呼吸了一大口气。

然后他就将尚未坠地的雨滴全部托回了更高的九天之上。

与此同时，两袖青蛇从山上滚落而下。

高树露视野所及，皆是银河倒泻一般从山上汹涌滚落的青色剑气。这些剑气向他迎面扑来。高树露神情恬淡，双手负后，不退反进，继续登山，只是当他的左脚踏到石阶上后，右脚才抬起，浩然充沛的青蛇剑气便扑杀而至。高树露虽然没有做出任何动作，剑气却恰如洪水触礁，从他的两侧滑过，但是他双鬓处的发丝仍是剧烈飘拂着，而悬空的右脚也没能落在台阶上，而是撤回低于左脚一级的台阶上。高树露伸出右手，横向截住青蛇剑气的一些余韵，收手后攥在手心里。剑气游走、萦绕于指间，单手负于身后的高树露低头望去，略微讶异地咦了一声，如同行家见到了心动之物，又伸出一只手，双手掌心相对，轻轻一抹，形成一柄犹如剑坯的三寸剑气。高树露将这柄由青蛇的剑气凝聚而成的飞剑抵在食指的指尖，缓缓凝视。这个“苟延残喘”四百年的魔头，竟是目中无人到了看也不去看下山之人的地步。

与此同时，以两袖青蛇开门见山的徐凤年双刀出鞘，左手倒提春雷，右手的过河卒对着高树露当头劈下——是那脱胎于剑气滚龙壁的开蜀式。高树露手指轻弹，用作揣摩第一道浩大剑气精髓的三寸剑气瞬间烟消云散。他伸出手掌破开刀锋，轻描淡写地按住那柄锋利无比的过河卒，五指的指肚裂出一丝血痕，但不等绽出血花便恢复常态。眨眼之间，如此反复了不下六次，过河卒始终没能割掉此人的五指，甚至都没有见血！这已经不仅仅是金刚体魄那么简单，而是一品四境中金刚境与天象境的圆满契合，恐怕只有龙树僧人的大金刚才能与之媲美。过河卒受制于高树露纹丝不动的五指，但是他也并非真的全然纹丝不动，至少他一前一后的双脚就下陷了一尺有余。他被磅礴的刀气压顶，最终踩裂了台阶。高树露的视线一直停留在那柄将出未出的被倒提着的短刀之上，显然在他看来，高手搏命对决，真正值得上心的都是那些蓄势待发的后手。再好的先手，高树露也觉得就那么回事，四百年前被他杀掉的江湖顶尖高手中，陆地剑仙就有两位，他领教过的玄妙招数、上乘手段还少吗？不过明知他是高树露，还敢如此近身厮杀的所谓高手，在四百年前那乌烟瘴气的江湖里屈指可数。那被倒提着的短刀，才提起几寸就蓦然收刀，不仅如此，头顶上的那柄长刀也被那人从指缝间拔出。高树露皱了皱眉头，一个胆敢出窍神游到他面前的家伙，空有不俗的开端，这么快便技穷了？难道又是四百年前江湖上那些只懂三板斧的半吊子武夫？若真是如此，四百年后的江湖又有何趣味，值得他剥去开山符希冀着能够全力一战？难道真是来北凉不如去东海武帝城？不过，懒得乘势追杀的高树露才皱眉就露出笑颜，不知何时，他的手背上出现了几尾形同赤蛇的红绳，如同春天里的野草，长势疯狂。不仅如此，九柄剑胎圆润如意的飞剑在他的四周嗡嗡飞旋，搭建起一座看似不可逾越的雷池。当然，在高树露看来这些都是障眼法，真正的杀招在于那当头一刀，从青色的剑气滚落下山起，那年轻人就开始铺垫这一刀了。

徐凤年身形倒退飘摇，面朝高树露，倒着飘掠上山。一步一个台阶，有着说不尽的写意风流。

春雷归鞘。归鞘之时，远处方寸起雷！

高树露第一次双手同时挥袖，瞬间在身边连拍五次，云淡风轻，不像是什么杀机四伏的见招拆招，反而像是一个风流的名士随意随心地指点江山。片刻过后，青鹿山五声雷响，炸出五处大坑，几欲震破耳膜。在高树露拍退方寸雷之后，剑阵收缩。高树露兴许是忙于剥去手背上的红绳，并未出手阻挡，更多的是躲避，竟是没有再度自负到不理不睬。徐凤年站在高处，双指并拢，驾驭飞剑。原本剑胎大成之后，飞剑随神意而动，不拘泥于剑招禁锢、剑术窠臼才算大成。只是徐凤年这回以气驭剑，出乎寻常地按部就班，一丝不苟，而那高树露也没有丝毫轻视之心。徐凤年对此没有露出得意的神色，两种手段，就招数而言，南辕北辙，但是追求的结局如出一辙，顾剑棠的方寸雷要杀的就是陆地神仙，而邓太阿在东海以飞剑钉杀的对象，正是龙虎山的出窍天人赵宣素！

徐凤年下山，高树露上山，两人相逢之后，细数徐凤年的迎客之礼，不可谓不惊世骇俗！有羊皮裘老头儿的两袖青蛇，以剑气滚龙壁开蜀，有天下用刀第一人顾剑棠的压轴绝学方寸雷，有“陆地神仙之下无敌手”“人猫”韩生宣的红绳，更有邓太阿的飞剑术。徐凤年对高树露真是一点儿都不客气，不过就目前的情形来看，高大魔头还是挺客气的。躲过了钉杀天人的飞剑，高树露没有恼羞成怒，反而有些不合时宜地怔怔出神，轻声感慨道：“天下武学，在高某看来，不过‘意’‘气’二字，大多数高人难免或者意长气短，或者气长意短，尤其是剑道之剑气、剑意之争，在高某名动天下之前的一百年里，吕祖便已有道剑、法剑之分。意气俱是风发，殊为不易。当年与高某同处一个江湖的高手，仅以剑而言，比较意气高低，似乎都要输给你偷师的两位用剑对象。先前剑气下山，自有先人不及的气概，随后飞剑钉杀天人窍穴，更是真正到了剑术的巅峰。敢问这两位剑客是谁？可还在世？”

徐凤年平静地说道：“一位叫李淳罡，无师门、无宗派，可惜已经死了。一位叫邓太阿，出自时任剑主为你所杀的吴家剑冢，现在出海访仙尚未归来。”

高树露微笑道：“剑道能够独步武林，确实不是没有理由的，千年以来，天下剑山历来是一峰更比一峰高，从未有过崇古贬今的恶习。”

高树露突然转头望向山外，说道：“你养刀意的路数很罕见，我等了这么久，是不是差不多了？”

徐凤年笑了笑，一手敲在春雷的刀柄上，连刀带鞘地刺入身后的石阶，不仅如此，还把原先拿在手里的过河卒也插入石阶，只剩下过河卒的刀鞘还悬挂在腰间。徐凤年身无所依，气势却骤然攀升，居高临下地说道：“一品四境的划分，沿用了整整四百年，如今的江湖人士，大多数不清楚一品四境的划分其实出自你高树露之手，我很好奇你如何看待伪境一说。”

高树露自有大宗师的气度、胸襟，哪怕此刻两人生死相向，仍是直截了当地说道："伪境不伪，关键在于谁在修行。"高树露停顿了一下，笑道，"人生在世不称意，求自在之人往往不自在，有所求必然是有所不得，道理再简单不过……"

说话间，两人相遇之后才跨上半步台阶的高树露瞬间长掠上山，直撞徐凤年。徐凤年记起当初在武当山上，骑牛的那一手揽雀在手雀不能飞之势。高树露一手探出，却被徐凤年双手握住，脚尖一拧，高树露双脚离地被甩了出去，但徐凤年亦是没能挣脱高树露的牵引，两人一起离开石阶，往山外坠落。高树露被徐凤年一记仙人抚顶砸下，徐凤年则被高树露一掌托住下巴，高高跃起。两人的距离顿时拉到四十余丈，高低相望。高树露凌空而站，潇洒依旧。徐凤年身形高抛的势头趋于平缓，双袖一卷，青鹿山上先前被高树露推回九天的万千雨点随着徐凤年的下坠同时砸落。天上的雨珠又有高低之分，同一条直线的雨珠子有气机的牵引，更高的雨点坠落的势头更为迅疾。于是雨珠串雨珠，珠珠相串成剑。若仅是成就一线雨水一柄长剑，那无非叩指悟天机的指玄境界，可当万千雨滴串联成一张珠帘剑网时，那无疑已是天象境界的恢宏气魄了。

这还不止，徐凤年伸出一只手，雨帘随之一扯，剑尖跟随徐凤年往下落的身影，一起指向了那位负手仰首的高树露。

借法天地，往往势之所去不由自己。这也是天象境之上还有陆地神仙的根源所在。

串珠成剑是指玄，雨剑成帘是天象，而下令剑帘所指则是当之无愧的陆地神仙。

青鹿山先前在高树露的天人手笔下，已经不复见风雨如晦的阴沉光景，此时剑幕当空盖顶，黑压压一片，大雨摧山。

青鹿洞书院内的众人先前不闻风声，也不闻雨水敲打屋檐之声，本就觉得妙不可言，此时更是停下翻书、窃窃私语，一起走出屋子，瞧见那条剑气龙卷急剧落下山去，都惊骇得面面相觑。

郁鸾刀急匆匆地跑出书院，跟胡魁、皇甫枰一起站在围栏旁边，抬头看着那位当空牵引龙卷的年轻藩王。这位广陵道上最得意的年轻世家子，此时此刻有些呆滞、神往。

郁鸾刀喃喃自语道："人生天地间，当顶天立地，才算真逍遥。"

高树露扯了扯嘴角，打了个哈欠，终于出窍神游。

高树露的身躯瞬间落地，应被称为"神游天人"的高树露则来到雨幕剑帘之上的九天云霄，地上之人托出一掌，天上之人则拍下一掌。

你徐凤年有法天象地万千剑，我高树露不过一剑而已。

此剑面前，有何陆地神仙，有何地仙一剑？

这与洛阳那天地一线剑有异曲同工之妙。

暂时落了下风的徐凤年毫无惧色，轻轻一笑，问道：“你真当我不曾饱览九楼之上的风光？”

徐凤年打了个响指，任由万千雨滴失去牵引，看似杂乱无章地坠落。他盘腿席地而坐，一手托腮，闭上眼睛。你高树露自成天地又如何？我就一直在等你此时此举！徐凤年轻轻一挥手，如临书桌，一手推掉桌上的杂物，之后又五次抬臂，跟他与王仙芝一战后的逍遥游如出一辙，轻声说道：“山岳，江河，城楼，草木，日月，众生，都且退散。”

“两位”高树露之间，天地气象异常扭曲，那些雨剑都被搅碎。

只是，这种乱象却在徐凤年说出一句话后起了变化。

“剑来。”

万千雨剑再度凝聚。

万千雨剑仅剩一剑，一剑成符。

符名封山。

四百年前有一符开山，四百年后有一符封山。

这一道符，来自李淳罡的两剑两愿，来自邓太阿的倒骑毛驴看江山，来自洛阳的雨水做剑，来自柳蒿师的雷池，来自韩生宣的无双指玄，来自宋念卿死前的地仙一剑，来自轩辕敬城的坦然赴死，来自曹长卿的观礼太安城，来自姜泥的驭剑直过十八门，来自徐凤年这辈子所遇的世间风流子的一切风流，以及来自他的第十次“出神”……他的坐昆仑观沧海，他的练刀养意，他在春神湖上请下的真武大帝，以及某次“出神”之时看到的四百年前的她，以及“自己”的那一符。

一符既出，徐凤年就不再去管，亦是出窍神游，来到高树露身边坐下。

那位神游天人没有露出任何气急败坏的神色，反而神色怡然，悠悠然俯瞰着天地。

徐凤年轻声问道：“高树露，你要是本本分分地跟我比试武道实力，我必败无疑，你为何要拣选境界来一较高低？”

高树露淡淡地说道：“必胜之局，对于我高树露而言有何妙趣？四百年前我未尝一败，四百年后尝试一场又能如何？”

徐凤年摇了摇头。

高树露平静地说道："登山之时，我只想知道这一代的忘忧之人是否真的可以忘忧。说实话，我先前对你并不看好，你若是能算忘忧，天底下就没有心怀忧虑之人了。我当初选择走火入魔来忘却一切，不知我者谓我何求，看似知我者谓我心忧，其实不过还是一知半解。四百年来，大概还是只有你真正知我。"

徐凤年缓缓说道："你高树露在四百年前曾经是大奉王朝即将登基的皇子，只是你一心求仙，不想做那百年人间帝王，才去访当时的道教祖庭武当山，问一个问题：'仙'字何解？当时吕祖转世尚未开窍，无人可解，你又去了龙虎山，也是无人可解，或者说只给出一字半解，直到后来那人应运而生，才帮你给出答案。'仙'之一字，有两解。如今两山，武当和龙虎，前者解半字'人'，后者解半字'山'。龙虎山之人想着成仙，就要上山做个山上人，一心成仙，不理会山下事。武当山之人则继承吕祖的意旨，在山上修道，但是得道于山下，修己更修他人，更契合你高树露所求。可惜当时山上的道士分明有这个心，却没能说出这个道理，不过就算说明白了，也未必全合你的心意。在你高树露看来，做仙不忘做人，过了天门位列仙班，已不是人，这个仙，想要下山降世，亦是要遵循世上气运，哪里称得上逍遥天和地？所以你想要做的，是陆地之上独一无二的天人，而不是九天之上的山上之人。"

高树露感慨道："是啊，天下分合，我有何忧？"

徐凤年笑了笑。

高树露收回视线，说道："海上有剑士反身，访仙归来，剑指南海某处，该是你所说的那个邓太阿了。我最后想问一问，你所求为何？"

徐凤年笼着手，平静地说道："不去想前世、来世，今生无憾就足够。"

高树露略显遗憾，说道："四百年后的江湖有趣太多了，可惜支撑我四百年形神不坏的意气终归是强弩之末。四百年前大奉王朝几乎一统天下，却被北地蛮子踏破京城。要不你给我解开封山符？"

徐凤年点头道："就等你这句话呢。"

徐凤年叩指一弹，解开了那道封山符。

地上的高树露一跃而来，与天上的高树露形神融合。

徐凤年第十一次"出神"之后也回神。

高树露站起身，回首看了一眼天下，笑着向徐凤年走去。

四百年前真正是一人就是江湖的高树露，跟徐凤年一个擦身，就此消散。

来时无忧去亦无忧。

我已知生死，又不惧死，奈何以死惧之？我已证长生，又不恋长生，奈何以长生诱之？

就在此时，天雷滚滚，紫气结云，电闪雷鸣。

青鹿山之上，隐约是大劫将至的气象。

似乎还有天人驾驭天龙于云雾之中时隐时现，绕雷而出，要替天行道。

徐凤年缓缓地抬起头，冷笑不止。

徐凤年的身后盘踞起一条由气运凝聚而成的长达数千丈的雪白巨蟒，巨蟒身具九爪，张开足可吞山的大嘴，朝天咆哮！

然后便没有然后了。

因为很快天地之间便变得彻底寂静无声了。

老宦官没有习过武，只是太安城皇宫里头从来不缺高手，老人又是巨宦，见多识广，眼力还是有些的，山上如此这般能叫风雨雷鸣听命于人的神仙打架，看得老人直抽冷气。北凉暮春的阴风阴雨又极其寒冷，赵思苦就越发难熬了，尤其是当老人看着那道修长的身影缓步下山，每走一步都像踩在他本就不堪重负的心口上时，只觉得牙疼得厉害。等那个佩着刀的年轻男子走到山脚处，赵老貂寺抱着早死早投胎的悲壮心情小跑上前，正要开口说几句奉承话，不奢望这位北凉王伸手不打笑脸人，在他手下有个痛快些的死法也是好的，不承想那人摆了摆手，率先开口道："本王替北凉百姓谢过赵老先生。咱们这儿比不得太安城繁花似锦，不过能让老先生安度晚年的地方，本王还是能腾出来的。"

赵思苦愣了愣，已经走近的那人继续笑着说道："徐家欠了赵长陵太多，但是还无可还，既然老先生是咱们北凉赵阳才的旧识，此番又为北凉冒死建功，没有让本王的师父失望，所以请老先生放心。本王说这么多，其实就是希望老先生真的能够放心。"

老人洒脱地笑了，略带自嘲地说道："咱家一个人人唾骂的宦官，也配'先生'这个称呼？王爷如此措辞，该不会是又要咱家卖命吧？真要是如此，仅凭'先生'二字可不太够啊。"

徐凤年哈哈笑道："本王就知道赵老先生不会真正放心。"

老人弯下腰，疑惑地问道："咱家真能在北凉想怎么活就怎么活，想怎么死就怎么死？"

徐凤年微笑着点了点头。

赵思苦重重地叹了一口气，抬头望向变作云淡风轻的青鹿山山巅，以宦官独有的尖细嗓音轻声说道：“既然王爷厚道，那咱家就斗胆说句大逆不道的心里话。当初小主子看好陈芝豹，陈芝豹最终没有在北凉掌权，也不能说小主子看错人了，但若是小主子真能活到今天，大概也不会有太多愤懑。”

徐凤年摇头道：“赵长陵要是不死，北凉多半就没有本王什么事情了。”

赵思苦深深打量了一眼年轻藩王，感慨道：“王爷心性如何，咱家一时半会儿看不透，可说出口的话倒是实在，让人听着舒服。”

老宦官转头望向太安城所在的方向，说道：“那儿的人，可就喜欢云遮雾罩了，头顶着再好的天气，也让人觉得阴森森的。”

徐凤年对此没有妄加评判，只是柔声说道：“北凉这边常年风沙不断，冬天酷寒也尤为难熬，不过站在哪儿视野都还算开阔，待久了，便是心里头有些郁气，大风一吹，大雪一压，总会少点儿。”

老宦官笑道：“借北凉王吉言，本来咱家只当是完成了小主子的遗愿就知足，不承想还能多活几年。”

徐凤年转身看到了双手空空的呵呵姑娘，这位少女正百无聊赖地晃着手腕。他又转回身对赵思苦说道：“老先生不妨去山上看看风景，到时候跟胡魁、皇甫枰几人一同下山便是。”

老人笑道：“是得趁着腿脚还利索多走走、看看。”

老宦官跟少女擦肩而过，老人自言自语道：“当年大秦失鹿，天下英雄共逐之。八百年分分合合，也就四百年前的大奉王朝有一统南北的迹象，到头来却开了被北蛮子南侵中原的先河，那之后的历朝历代，就没一个能对北边省心的，本朝更是不能例外。首辅大人张巨鹿执掌朝政二十年有余，有一半的时间盯着北地边境，联合大将军顾剑棠，也不过是把劣势拉成均势。如今离阳要自杀其鹿，天下又当如何？唉，这个世道咱家一辈子都没看懂，读书人容不得宦官，读书人还容不得匹夫，读书人最后甚至容不得读书人。张家圣人的传世典籍，咱家一本不落地看过，没瞧出这样的道理啊！思来想去，大概是上有所好下必甚焉，咱家倒真要睁大眼睛看一看这儿的书院、这里的读书人，是不是会稍稍不一样。”

徐凤年低声笑道：“不愧是从赵长陵所在的家族走出来的人物。”

少女歪着脑袋，徐凤年牵起她的手，柔声说道：“咱们不想那么多。”

她轻声说道：“老黄想得更多。”

徐凤年拉着她一起坐入停在山脚处的马车，始终没有出手的徐偃兵打量了徐凤年一眼，两人各自点头，尽在不言中。

徐凤年难得能够真正喘口气，跟这位少女随口闲聊般说道："就谋士来说，自身器格大小是一事，立足点高低又是一事。在其位谋其事，元本溪在春秋谋士中的排名一直比我师父李义山、阳才赵长陵，还有燕剌王幕后的纳兰右慈高出一筹，其实未必就是'半寸舌'元本溪的才学要高于其余几人，只不过他所站的位置决定了他可以有更大的谋划余地，手里头也能攥紧更多的东西，这就像巧妇有了丰足的柴米油盐，做出来的饭菜自会更为丰盛。我们北凉这边，目前有徐北枳跟陈锡亮，如果北凉能够不被北莽踏破，他们未来的成就肯定不低，但要说有多高，也很难。襄樊城的陆诩也是一样的。这也是钻研屠龙术的孙寅为何不愿留在北凉的症结所在。北凉池中有蟒无龙，他瞧不上啊。但是身在离阳朝廷，有好也有坏。坏处就是天子眼皮底下的可用之人实在太多，乱花迷人眼，就算有徐北枳、陈锡亮这样的天纵之才，一来很难像在北凉这样迅速脱颖而出。二来正如赵貂寺所说，读书人难容读书人，文人相轻，赵室朝廷那边规矩又多，许多文人的壮志难酬，绝大多数是无病呻吟，但到底还是真有些人怀才不遇。黄龙士如果生在当下，恐怕别说成为春秋大魔头的黄三甲，就是想当个上阴学宫的大祭酒，都会难如登天。"

徐凤年瞥了一眼呵呵姑娘，有些无奈地说道："瞪我做什么？我又不是在说你家老黄的坏话，夸他呢。我师父都说他是非常之人、超世之杰，我哪儿敢小看他？"

徐凤年的思绪随即飘远了一些，他说："赵铸这家伙运气好到可以说成是气运好了，能让黄龙士、袁青山和纳兰右慈这三位同时看上。死在铁门关外的那个赵楷，只有杨太岁和韩生宣两个师父，比起赵铸还是要差上好些气数的。至于四皇子赵篆，已经是一国储君，不用多说，反正以后离阳江山的主人，就在这两位中间了。"

徐凤年一行人在返回沂河城内幽州将军府邸的途中，遇到了两拨以卵击石的刺杀，甚至不需要驾车和坐车的三位出手，就被鹰隼、谍子截杀殆尽。北凉民风尚且彪悍，更不用说将种门庭豢养的心腹死士了。这些门户里的武人，多半性子刚烈，不把别人的性命当值钱玩意儿看待，甚至都不把自己的命当命，都讲究一个"你养我十几二十年，我便能报答你一命"，是豪气干云，是大侠风骨，这样的讲究，外人都不好说这是对还是不对。

徐凤年掀起帘子望向倒在血泊中死不瞑目的刺客，谈不上什么恻隐之心，只是想到了很多北凉之外的事。就说那赵家天子，仅就一姓天子而言，足以在青史上被当成百年一遇的明君，但是他登基之后就要杀徐骁，如今更是要杀离阳的功臣张巨鹿。这并非说明这个皇帝当得不好，此人能容翰林院士子风流，能容张、顾两庐，能容八国遗民以笔墨兴风作浪，实在是当家天下的皇帝，就必然有一家之主的难言之隐，他再愿意为天下苍生去日夜勤政，终归还是要先为赵氏考虑得失。张巨鹿可以不计自身得失，给天下寒士树起一扇鲤鱼化龙的进阶大门，甚至可以说，“碧眼儿”不光是以一人之死换来当世六部衙门的四千间屋子，更换来了此后的寒庶子弟在庙堂上的立足之地。恰巧赵家天子又不是那目光短浅之辈，就算他身后百年内，寒门士子依旧可以恪守君臣礼节，一心为帝王谋，但是两百年以后还能如此吗？若是庙堂之上人人皆如张巨鹿这般兼顾赵氏与天下，甚至将百姓看得重于君王，以至于只顾天下不顾赵氏，这扇大门一开，到时候谁能关门？这并非危言耸听。寒门士子不像豪阀子弟有这样那样的规矩，世族子弟穿习惯了好鞋子，就舍不得脱掉。可寒族本就是光脚的，若是不管不顾起来，反正又有才学傍身，辅佐谁不是辅佐，甚至干脆自己来坐龙椅！所以赵家天子杀张巨鹿，是杀离阳本朝的头一号功臣不假，却更是把大开之门尽力掩回一些的无奈之举。

这些事，师父李义山看得到，黄龙士、元本溪肯定也都看得到，张巨鹿本人更是如此。至于是好是坏，徐凤年不做皇帝，不用操这份心。

徐凤年自言自语道：“幽州这么一乱，离阳那边应该觉得是“耗子扛刀”窝里横。我刚好也要缓一缓。嗯，是得好好休养生息一下了。”

小姑娘伸出一只手掌，直勾勾地望向头发由灰白渐渐变黑的徐凤年。

徐凤年笑着摇头。

少女弯起一根手指，以眼神询问。

四？

徐凤年还是摇头。

她又缓缓弯下一根手指。

徐凤年继续摇头。

就在她剩下并拢着的两根手指的时候，徐凤年笑道：“没跟拓跋菩萨打过，第二还是第三不好说。”

少女神采奕奕。

徐凤年轻声说道：“但是只要王仙芝在世，是第二、第三还是武评垫底的第十，就都没有太大的意义。”

少女伸出手指，揉了揉徐凤年额心隐约浮现的一只紫金“眼眸”，不太像是夏秋时节向日葵花的金黄颜色，不过她还是挺喜欢的。

小时候，她家里除了她跟她娘，就只有那个只知道赌从不当爹的男人了。她还记得那块田地里有金黄金黄的葵花。那些被那个男人带回家的陌生男人，曾经在田地里糟蹋她的娘亲，她就只敢躲在远处。每次娘亲穿好衣裳理顺头发走出田地后，都会找到她这个哭都不敢哭的女儿，朝她轻轻笑，然后递给她一根向日葵秆子，与她一起回家。后来娘死了，她就只能一个人看着那些向日葵了。

幽州动荡，沂河又是波澜跌宕的中心地带。这场惨剧，仅沂河一城就有二十四个姓氏四十余个大小将种家族遭难，被当场杀死于沂河城内者不下七百，受株连却未死之人，大多充军边关。当初识趣地选择明哲保身的地头蛇，根据谍子密探的持续禀报，如今怨气倒是不大——很简单，死了人就多出了地盘，尽管大头被北凉官府拿走，剩下的也相当可观，都由他们这些墙头草接手。给粮给钱便是娘的扈从、仆役，原本便心仪、垂涎的别家妇人、婢女，被贱卖的古董、字画，都是实打实的好处。

徐凤年入城后，几次掀起帘子望出去，都能看到许多不同的眼神：麻木，憎恶，畏惧，仇恨，不一而足。

徐凤年回到将军官邸，宋岩跟王熙桦还未回府。沂河的收尾工作，这两个被临时调入幽州的陵州高官并不直接插手具体事务，更多的是将军皇甫枰和刺史王培芳两位幽州主官主持。徐凤年也不知道他们这对政敌怎么就能凑到一起，当时他打定主意要将宋岩喊来幽州，有意让宋岩担任幽州别驾，辅佐武将出身的新任刺史胡魁。倒不是信不过在凉州刺史任上事功极其突出的胡魁，而是未来北凉道四州，文武相互补充以及相互制衡是大势所趋。这种趋势，不仅仅局限于表面上的将军、刺史两职。至于文章学问在北凉出类拔萃的王熙桦，有点儿像是为腥风血雨白事不断的幽州“冲喜”，而且青鹿洞书院也需要拿得出手的文坛大家镇场子。万事开头难，士子赴凉，不可能一下子将他们全部塞进北凉官场。这是一个循序渐进的过程，何况读书人之中不乏滥竽充数之徒，先在书院这个筛子里晾晒抖搂一番，以便分出一个大致准确的三六九等。徐凤年坐在皇甫枰那间异常简陋的书房中，书房内书籍没有几本不说，连装饰摆设都欠奉。这是一间阴冷的屋子，跟皇甫枰的性子确实很像。

有脚步声响起，来人在书房门口止步。

徐凤年正在翻阅一本不入流的相书，见状，头也不抬地说道："进来。"

入屋之人姓柳，是沂河城的谍子头目，跟北凉王禀报了今日搜集到的见闻。所说都是宋岩、王熙桦两人的零碎言谈。原来这两位在目睹幽州的血腥事件后，又知晓了事情的缘由，对于对沂河黄氏的处置并无异议，但是对酒楼听客被抄家一事，两人有了严重的分歧：王熙桦坚持认为那六十五个听说书之人，不论百姓还是豪绅，都罪不当被北凉王如此重罚，一向推崇法家的宋岩则以为人人罪有余辜。两人赶赴幽州，原本不出意外宋岩是担任幽州别驾，王熙桦则掌管一州学政，两人争执不下，就有了一个赌约，若是王熙桦胜出，两人交换官位，而宋岩竟说他必赢，以后官职照旧，不过王熙桦以后见到他宋岩便必须执下官拜见上官的礼节。

听到这里，徐凤年放下书，笑道："两位大人还真是有闲情逸致，难不成六十五人一一查询过去？"

柳谍子轻声说道："并非如此，王熙桦只拣选了三人。"

徐凤年点头道："书生意气，是怕胜之不武。你继续说，拣选了哪三人？"

貌不惊人的沂河大谍子恭敬地说道："分别是沂河曹氏子弟曹升、齐记绸缎铺的掌柜戚丰年、村夫韩来财。三人中曹升是静怡轩酒楼的老主顾，曹氏则是沂河将种门户中的末流门户。戚丰年是个上门女婿，在沂河西大街风评不错。韩来财则是假意入楼买酒喝，实则囊中羞涩，躲在后头借机听那说书。这些事情，宋岩、王熙桦在立下赌约之后都曾仔细翻阅档案，王熙桦在一炷香的工夫内挑选出三人，宋岩点头认可。"

徐凤年起身说道："王熙桦相信人性本善，人人有恻隐之心，宋岩所学却是人性本恶。两人之争，不是道德文章之争，说到底是书籍之外的人性之争。要我猜，肯定是道德家王熙桦输了，但胜之不武的是老狐狸宋岩，若是换过来，从恶人堆中找寻善事善举，输的自然会是宋岩，只不过宋岩也不会答应这样的赌约。"

姓柳的谍子头目犹豫了一下，还是鼓足勇气说道："在卑职看来，宋岩也非胜之不武。除了曹升身负两桩命案之外，像那富商戚丰年与村野百姓韩来财，按律本就该有牢狱之灾。"

徐凤年摇了摇手，说道："咱们北凉这种地方侠气是重，但侠骨未必重，犯事很容易，不犯事就难了。"

谍子默然。

徐凤年笑道："这次，沂河城的许多家族在忙着大捞油水，柳景兴，你不妨从他们手上截下些金银，就当犒劳你的兄弟们了，没理由你们辛苦做事的干瞪眼，不办事的占尽便宜，谅他们也不敢不松嘴吐出些肥肉。不过本王事先与你说好，这回只是特例，不是你们以后做事的新规矩。"

柳景兴咧嘴笑了，依旧没有半点儿外人印象中精明的谍子该有的狡黠，倒是看起来越发憨厚朴实了，哪里像是一个直呼宋岩、王熙桦名讳的谍子？徐凤年继续拿起书，柳景兴便识趣地告辞，在他跨过门槛并且轻轻掩门的时候，余光瞥见一个小姑娘，吓了他一大跳。从头到尾，柳景兴就没有留意到这么个少女。她的头上斜插着一支金钗，她蹲在一个半人高的青花瓷瓶旁边，跟柳景兴对视。柳景兴迅速收敛视线，低下头，彻底关上门。

柳景兴走了没多久，暂时还是陵州别驾的宋岩敲门而入。

徐凤年握住书，指了指桌对面的椅子，宋岩坦然地坐下。

徐凤年打趣道："咱们王功曹还真自己一头撞进你设下的陷阱了。"

宋岩不奇怪今日之事被谍子知晓，这段时日沂河城眼线遍布，加上他跟王熙桦又惹眼，被谍子盯上是情理之中的事情，宋岩有些无奈地说道："王熙桦本来算是北凉道上比较圆滑的文官，他尚且如此，可见北凉之治任重道远。"

徐凤年对呵呵姑娘笑着说道："劳烦拎两壶酒来。"

少女悄无声息地离去，果真拎了两壶绿蚁酒回来。

徐凤年跟宋岩一人一壶酒，徐凤年感慨道："以前知道当家不易的道理，不过只有真正坐上这个位置，才能体会当家如何不易。与人斗，与恶人斗，像沂河黄氏这样的，还要跟好人斗，譬如黄裳、王熙桦这样的。更要与天斗，以往听雨、赏雪都是乐事，如今就得考虑辖境内的收成。我现在手头上就有一摞密信要处理，有说王府管事勾结官员，为侄子篡改谱品。陆家子弟侵吞良田，被人揭发，还有陆家一位长辈花重金购得的字画竟然是赝品，退换不得就要闹事。一名小宗师在凉州喝花酒，跟将种子孙争风吃醋，后者喊人围殴，前者痛下杀手，双方都不是什么好东西，照理说，两个都杀了才省心。更有步军副统领尉铁山的小儿子裹挟财物搬迁到隔壁的河州，光是违例的真金白银就装了八九箱，被巡关士卒扣押下，很快就有了边境甲士侮辱尉副统领儿媳妇在先的传言。还有，被顾大祖器重的一名年轻都尉，在关外莫名其妙地就被人打得半死。"

宋岩淡淡地说道："只要拖家带口就会有矛盾，父子之间、夫妻之间尚有嫌隙，何况是这么大的一个北凉？"

徐凤年笑道："以后，幽州的政务就都交给你跟胡魁、皇甫枰这两位大人一同劳心劳力了。经略使大人一直为你打抱不平，说你宋岩空有法、术、势，却没有用武之地，希望把你弄到幽州以后能够有些用武之地。"

宋岩点头道："理当鞠躬尽瘁。"

徐凤年不去拎起还剩大半壶酒的酒壶，站起身，跟宋岩一起走出书房，宋岩告辞离去。徐凤年找到暂时住在将军官邸一栋偏院的王熙桦，跟他说要去见一个人。王熙桦一头雾水地跟着走出府邸，坐入马车，离开沂河城来到郊外。这里有一条灌溉沟渠，养育出一片还算茂盛的芦苇荡，北凉土地贫瘠，用处还算颇多的芦苇就成了千金草。芦苇荡附近有几座临河而聚的小村落，凉风习习，春晖融融，走在狭窄的泥路上，空气中都是芦苇的香味。有三五成群的稚童在采撷嫩芽，徐凤年跟王熙桦缓缓来到河边的一座小渡口处，一丛丛的芦苇婀娜依偎，是北凉少见的旖旎风光。徐凤年手中有一截青绿色的芦苇空茎，形似一支粗糙的芦笛，徐凤年坐在由鹅卵石砌成的渡口上吹响芦管。王熙桦没有坐下，站在河边，心中想着，大概是年轻藩王不满于自己为何要跟宋岩立下那个赌约，为何要质疑他在幽州的举措，不过是念在自己还算半个心腹的情分上，才没有用常见的官场御下手腕收拾自己。

徐凤年停止吹奏芦笛，抬起头，伸手指了指东北方向，说道："有个北凉寒士，赴京七年终于出人头地，前年已经当上了起居郎，去年又当上了考功司郎中，辅佐吏部尚书赵右龄跟储相殷茂春主持京评，今年更是要参与大评离阳地方四品官员，初春时跟太子到南方私访，回京之后大婚，皇帝亲自赐下府邸，太子殿下与太子妃一同出席婚礼。新婚之夜，大红烛，红盖头，那新娘是姓赵的金枝玉叶。这名读书人以后注定是要平步青云的，即使入阁拜相也都指日可待。七年中，送给北凉的密信仅两封，一封关于太子人选，一封关于赵家皇帝的身体状况。这么一个有大功于北凉的读书人，只是在两封密信的结尾处分别写了两个字，让收信人转告给一个人。"

徐凤年停顿了一下，淡淡地说道：

"勿念。

"勿等。"

王熙桦叹息一声。

徐凤年继续缓缓说道："在这名读书人飞黄腾达之前，这里就来了个赵勾谍子盯着，盯了很多年。所以哪怕是这么简单的四个字，那个挂念、等候之人仍是从不知道。”

王熙桦轻声问道：“那痴情女子还在等？”

徐凤年点了点头，伸手拍了拍身边渡口处的石头，说道：“当初她就是在这里送读书人去京城赶考的，然后不曾婚嫁，若是想念，就会来这里等一等，因为他当年亲口答应过她，不论能否考取功名，都会返乡迎娶她入门。”

王熙桦由衷感叹道：“这样的读书人，这样的女子，本该结成良人美眷，便是北凉王亲自为他们主持婚事也不为过。”

徐凤年置若罔闻，说道：“去年年底，女子就不再来渡口等人了。”

王熙桦愣了愣。

徐凤年把芦苇的空管抛入水中，没有转头，但是伸出手指，指向王熙桦身侧的远处，说道：“她死在了芦苇荡里，也葬在了那里。”

徐凤年将双手伸入袖口，说道：“我来幽州，来沂河，就是来杀人的。你王熙桦在心底说我滥杀无辜，我想那些权贵再无辜，总不如这个女子无辜。何况，这样的女子，这样的惨事，幽州数都数不过来。你们读书人口口声声说一心为天下谋太平，我徐凤年觉得天下太平实在太远，身边太平这么近，总要先做好。”

王熙桦的脸色变得苍白。

徐凤年起身抖了抖袖子，面朝芦苇荡里的一座小坟头作揖。

然后，他转身离去，留下颓然坐地的王熙桦。

徐凤年边走边沉声说道：“有幸生而为人，却不把别人当人，既然自己不做人，在北凉，本王就见一个杀一个。”

芦苇荡里有百余名幽州死士现身，自以为逮住了机会，要把这个落单的藩王斩杀在当场。

徐凤年双手负后，一气呵成，把百人皆是一撞分尸。

幽州胭脂郡因为靠近边境，跟沂河城有些远，便是有些人被祸事牵连，比起幽州腹地那边的血流成河，几乎也算是世外桃源了，不过还是有些将种子弟被殃及，丢了官帽子。于是，这段时日不断有外地士子带着官文拥入此郡，占据衙门里的大小位置。这些新登龙门的读书人大多有出自刺史府邸的印信，以及黄裳等文坛大佬的推荐信。

胭脂郡郡守洪山东这一旬以来迎来送往，忙得焦头烂额，才入夏，便不知道喝掉了多少壶降火茶，就怕怠慢了任何一个有靠山的不知名大人物。如今新北凉王崇文抑武那是明摆着的，在幽州被杀的不都是武人？洪山东哪儿敢在这个节骨眼儿上摆架子？

胭脂郡境内辖有七县，上县只有一个。离阳律例产粮十万石才属上县，北凉这儿折半是一等一的大县了。这趟士子进入本郡为官，担当县令者一人，担当县丞者三人，担当主簿者六人，担当县尉者一人，所幸都在中县、下县任职，算是没有往郡守大人的心窝子上捅刀子。新官上任，拜会一郡主官洪山东是人之常情，也是该有的规矩，不过仍是有一位主簿、一位县尉没有露面，约莫是文人风骨作祟，直接前往当地赴任，本就是读书人出身的洪山东也懒得计较这类繁文缛节，境内勉强太平就很知足了。

碧山县是个鸟不拉屎的贫瘠下县，空有胭脂郡最大县的架子，加之地方势力抱团厉害，官员历来在这里当县令当得憋屈，更别提什么“三年清知县，十万雪花银”的好事了。这回幽州官场巨震，碧山县从上到下不用谁发话，从县令到县尉自己跑了个一干二净，能去别的县高就是最好，没这份能耐的，也都趁机自降一阶去别处当肥差捞油水。结果这个县的那座老旧县衙里，县令、县丞、主簿等父母官们会聚一堂后大眼瞪小眼，相互都不认识。县令冯瓘，是上阴学宫的读书人，才至而立之年，据说是连王大祭酒也瞧得上眼的美玉良材，在如今的北凉道上自然成了一等一的抢手货，洪郡守收了此人的见面礼，却悄悄送了一份更重的回礼。县丞左靖，名头上就要稍逊一筹了，当初是跟随青州陆家一起入凉的读书人，无甚功名傍身，不过既然能跟作为“皇亲国戚”的陆家人搭上线，也无人胆敢小觑他。都尉白上阕，喜好悬佩一柄私家刀，正是那个没去拜会洪郡守的胆大之人，身材魁伟，不以士子自居，就是在县衙大堂之上，亦是斜眼看人。剩下一个主簿，官职在一县之内坐头几把交椅的大人物中最低，叫徐奇，不佩刀剑也不悬玉，年纪轻轻，倒是有一副真正的好皮囊。

四位父母官中，冯瓘恃才傲物，又是县令，对谁都不冷不热。左靖有过与白上阕交好的举止，可惜后者不领情，只好退而求其次，跑去跟徐主簿称兄道弟。总算没白费工夫，几次往还下来，二人也就熟识了，闲来无事时就一起离开衙门去街上喝酒。其间左靖言语中三番五次试探，获悉徐奇是跑来穷乡僻壤避祸的将种子弟，一开始喝酒都是左大人做东的，后来就转为都让那位年轻主簿掏钱付账了，起先左靖还有些忐忑，生怕这个小将种身上草莽气太重，一言不合就对自己拳脚相向，后来喝酒的次数一多，二人的关系越发友好了，左靖就确定这只官场雏儿极好说话，肯吃亏，但在心底也就越发看轻他了，只将他当作一个冤大头。要不然，士子执掌北凉政务是大势所趋，你徐奇一个里外不是人的小小将种子弟，日后有个屁的出息？但徐奇有一点很对左靖的胃口，那就是自己针砭时弊的时候，徐奇不懂便是不懂，乐意竖起耳朵听他这位县丞大人授业解惑。反正碧山县的事务并不繁忙，冯县令又抢着去做，白县尉则成天神龙见首不见尾，左靖跟徐奇两位有的是喝酒、聊天的工夫，忙里偷闲？闲里偷忙还差不多！

县衙正门对着的轱辘街不长，店铺也是小猫小狗三两只，而且仅有一栋酒楼，卖来卖去也就只有绿蚁酒等寥寥几种酒。左靖实在是喝不惯入口烧喉的廉价绿蚁酒，今天就跟酒楼的掌柜要了一壶刚到店里的剑南春酿。要酒时，他特意瞥了一眼徐奇的脸色，见到他有些肉疼又刻意遮掩的表情之后，左大人忍着笑意，之后大口喝酒的时候心情就越发舒坦了。喝着解馋的好酒，左靖只觉得豪气盈胸，直扑牙关，不吐不快，才喝完一杯，那徐奇就又识趣地赶忙伸手给他倒满一杯。左大人端起酒杯，也不急于饮酒，悠悠地说道：“上回与你说到‘碧眼儿’跟‘坦坦翁’公然决裂，大快人心，今日就要好好说上一说后续。这位张首辅把持离阳言路，终于派上了用场，咔嚓一声，这柄刀在朝堂上猛然一落，虽未死人，却让有资格入殿参与朝会的庙堂诸公丢了两个爵位，外加十六顶官帽子！徐奇，你说厉害不厉害？”

徐奇轻声笑道：“厉害，确实是杀了一记霸道至极的回马枪，不输给陈芝豹的‘梅子酒’。”

左靖本是想自问自答的，被打断后，下意识地就想瞪眼，不过迅速收敛，眼前所坐之人毕竟是与他品秩相同的官员。他慢慢饮下一口酒，酝酿了一下情绪，这才继续说道：“庙堂群臣那是既灰头土脸，又惴惴不安，但是这不打紧，很快就柳暗花明又一村了！那位‘碧眼儿’有意开凿莲子河以启广陵水患，以修炼闭口禅著称的工部尚书破天荒地直言上书，陈述利害时条理清晰，竟是竭力驳回了首辅大人！要我看啊，本朝的两个‘站皇帝’，‘人猫’不管怎么个死法，终归是死了，还顶着首辅头衔的这位紫髯公，也已是摇摇欲坠的暮色光景。”

说到这里，县衙之内最有望接任县令的左靖也是唏嘘不已。既然是文人，不论嘴上如何置评“碧眼儿”，心中又如何不会向往？习武不登武帝城，不算英雄；从文不识“碧眼儿”，何谈为官？左靖喝了一口酒，啧啧出声，结果听到一句大煞风景的话。

“左大人，张首辅离我徐奇太过遥远，我反而更好奇如今的江湖。”

左靖难免腹诽你徐奇算个什么东西，别说“碧眼儿”，就是太安城都跟你离了十万八千里。至于江湖，你就真的能近几分了？不过左靖心中不屑归不屑，喝着人家请的好酒，脸上还是笑意吟吟的，缓缓说道：“江湖嘛，本官也有所耳闻，虽未上心，可既然你问起了，给你说上几句闲话也无妨。如今恰逢朝局变动，从广陵道那边流传出了天下新三评，将相评且不去说，都是意料之中的人物，也就本朝的殷茂春与北莽的董卓两位略有新意。就说你问及的这份武评，委实是百年不曾有过的大手笔，由十人增添为十五人……”

徐奇那厮又拆台般笑着问道：“这么多，是不是不值钱了点儿？”

左靖冷笑道：“不值钱？这回比历届武评都要值钱！以往离阳武评十人，以及上一次在北莽出炉的武评，都不曾把三教中人加入此列，更不敢去碰武帝城和吴家剑冢这些地方。这次的武评十五人，那才算真真正正的世间顶尖高手！”

徐奇低头喝了一口酒，然后眯眼笑着。

左靖瞥了一眼桌对面的年轻主簿，相貌平平的左县丞心里难免有些愤懑，这个公子哥儿倒是生了一副容易拐骗女子的皮囊。

不知何时酒楼的少东家也凑了过来，也不知道带一壶反正卖不了几枚铜钱的绿蚁酒，就那么干坐着，不蹭酒，就是傻笑。

左靖瞧着心烦，只得眼不见为净，不怎么想浪费口水，拗不过那寒酸少东家的渴望眼神，左靖抽了抽嘴角，见到徐奇又跟掌柜要了一壶剑南春酿，这才展颜一笑，说道：“王老怪王仙芝依旧是当之无愧的天下第一，无人能撼动，哪怕是访仙归来一剑翻南海的‘桃花剑神’邓太阿也只得乖乖屈居第二。”

浓眉大眼的酒楼少东家一惊一乍，大声问道：“咋回事，拓跋菩萨变作第三了？”

左大人懒得理睬这只学浅眼拙的井底之蛙，慢悠悠地说道：“有何稀奇？北莽的拓跋菩萨被邓太阿赶到第三了呗，武道巅峰前三，位次有变，但人还是那三人。说过了这三位陆地神仙，接下来本官且说后五人，评点之人约莫还有些忌讳，三教中的佛、道领袖都没进入前十名，像那已经被封山的两禅寺白衣僧人——天下无禅李当心，北莽国师——麒麟真人袁青山，武当新掌教李玉斧，就都在前十名之外，跟断矛邓茂和咱们北凉的徐偃兵不分先后，并列占据这五席位置。若是搁在十年前，这五人谁不是稳居前五名的神仙人物？”

酒楼少东家乐呵呵地说道：“咱们北凉了不得呀，李掌教跟徐将军都上榜啦。哥今儿高兴，等下请你们喝酒，绝对是上好的绿蚁，找遍碧山县，保准没第二个地儿能卖！左大人，快说快说，其余的七位英雄好汉到底是哪些人？”

左靖有心逗乐，说道：“先拿酒来，否则免谈。”

少东家急不可耐地说道：“急啥，稍后一定请县丞大人喝两壶绿蚁酒！小的还有胆子坑你左大人不成？”

徐奇启封第二壶剑南春酿。左靖手中的酒杯被倒满之后，左靖也就不去跟一个乡野村夫斤斤计较，猛喝半杯，满脸惬意地喝了一口，这才说道：“第四是西楚儒圣曹长卿，第五是逐鹿山魔头洛阳，第八是更漏子洪敬岩，第九是大柱国顾剑棠，第十是素王剑之主——吴家剑冢的当代家主！”

少东家愣神，掰了掰手指头，纳闷儿地问道：“还有第六、第七跑哪儿去了？县丞大人，他们被你老人家喝酒喝掉了？”

左靖正要伸筷子去小瓷碟里夹一粒花生米，闻言，作势要打这憨子，翻了个白眼，说道：“第七正是从你们北凉走出去的新蜀王，陈芝豹。”

那年轻人嘿嘿笑道：“啥叫‘你们北凉’？县丞大人你喝酒喝糊涂了吧？是‘咱们北凉’才对。”

左靖微微悚然，酒劲儿散去一大半，很快恢复泰然的神情，微笑着说道：“第六嘛，则是咱们北凉王了。”

年轻人张大嘴巴，瞪圆眼珠子。

左靖斜眼瞧着这厮，不掩饰满脸的讥讽，冷哼道：“不信？裴矩，你小子是不敢相信还是不愿相信啊？嗯？”

姓裴的小伙子咧嘴傻笑道：“天大的好事，信信信，不信我就跟你左大人姓！”

左靖忍不住开始掉书袋，嗤笑道：“裴姓放在二十年前是大姓不假，可今非昔比，比本官之左姓在本朝谱品上差了六十好几名。”

裴矩小鸡啄米般频频点头道：“对对对，现在姓裴就是丢人现眼，走到哪儿都不受待见，我现在就恨不得哪天找位大家闺秀把自己送出去，入赘改姓才好。”

徐奇低声感慨道：“第六。看来是黄三甲有意手下留情了。”

左靖疑惑地问道：“你说什么？”

徐奇摇头笑道：“我只是觉得不管第几名，能登榜武评就很能吓唬人了。”

裴矩面对鼻孔朝天的县丞大人时，还有些老百姓对父母官该有的敬畏，对于这个对谁都和和气气的徐奇也就习惯了顺杆子往上爬，这些日子偶尔相处，一向大大咧咧，言行无忌。他抓了一把花生米丢到嘴里，含混不清地说道：“何止是吓唬人？我要是见到一个，那还不得被吓破胆？要是没被吓死，就是抱住他们的大腿，也得哀求他们收下我做徒弟，侥幸学成了一招半招，再出门行走江湖，打谁不是打？打不过也能把师父搬出来撑腰镇场子，谁还敢欺负咱？那可不就是急着投胎？”

徐奇欲言又止，终于还是忍不住开口说道：“你有这样的想法，是练不成好剑，做不成高手的。”

裴矩翻了翻白眼，没好气地说道：“我也不练剑，你看看，天下前三名中练剑的就一个。算上十五大高手，也就还有个吴家剑那个啥字来着的老家伙也练剑，还是前十名里垫底的。”

徐奇笑道：“也对。”

裴矩突然眼睛一亮，死死盯住那位学识渊博的县丞大人，猴儿急地问道：“那胭脂评呢，有哪些大美人上榜？”

左靖到底是男人，会心一笑，小酌一口醇酒，回味片刻，说道：“这份胭脂评倒是没如何更改，无非是少了个殉情的靖安王妃裴南苇，多了个西楚的亡国公主姜姒。”

裴矩想了想，说道：“这位我晓得的，驭剑直过皇城十八门嘛，以后谁敢娶？那咱们的武林盟主轩辕青锋呢，不都说她也生得倾国倾城吗？”

左靖低声笑道：“西楚公主不敢娶，这位大雪坪的女主人就有男子敢娶了？你要清楚，轩辕青锋虽未跻身武评十五人之列，却跟南宫仆射一起被点评之人拎了出来，说前者只差一关，后者只差一楼，都有望登顶武林，就看谁更快一步了，谁慢了一步，便步步慢，再难与那快一步者并肩。要本官看哪，这作评的老狐狸也是一肚子坏水儿，恨不得让这两位大美人打起来。裴家小子，本官问你，不去说高不可攀的她们，就说你假使认识两位临街的美娇娘，你自己吃不到，乐意不乐意瞧见她们在大街上扭打起来？”

裴矩只顾着嘿嘿笑，答案不言自明。

既然有不用花钱的酒喝，左靖说的话就多了，这之后又给孤陋寡闻的两个后生说了江湖上新近发生的许多事。比如东越剑池的宋念卿无缘无故死了，西蜀春贴草堂的剑法大家谢灵箴也死得蹊跷。这些宗门失去了定海神针，江湖地位一落千丈，已经没有了傲视江湖的资本，被龙虎山、吴家剑冢远远甩开，只得跟许多新崛起的宗门并称“十大门派”。北凉这回确是不折不扣的大赢家，在这一份离阳是离阳、北莽是北莽的评点上，又有一个原先谁都没听说过的鱼龙帮一鸣惊人，虽然是垫底，可第十又如何？出门在外，自报名号时那总是自称“咱鱼龙帮是整个离阳江湖的十大门派之一”，而不会傻到说是第十的。县丞大人说到这里的时候，裴矩就已经寻思着是不是该跑去陵州加入鱼龙帮了。最后，裴矩一拍大腿，后知后觉地问道：“左大人，那个大魔头‘人猫’咋没上榜？他被人比下来了？他落魄到前十五名都挤不进去了？”

左靖哭笑不得，用筷子指了指这个偏居一隅只能一辈子坐井观天的年轻人，说道：“你傻啊！”

碧山县主簿徐奇一笑置之。

裴矩突然捂住肚子，说要去蹲茅厕，脚底抹油就不见人影了。

左大人等喝完最后一杯剑南春酿，才猛然醒悟——这傻小子不是真傻，而是耍小聪明躲那两壶事先说好的绿蚁酒去了。左靖笑了笑，起身离桌，那徐奇说要再坐一会儿，县丞大人便独自走出酒楼，嘀咕道：“傻便是傻，酒楼在这儿，他能跑到哪里去？他躲得过初一躲不过十五。本官堂堂六品县丞，别说要喝你两壶破酒，便是要你半座酒楼又有何难？”

等左靖离开酒楼，裴矩马上跑回酒桌边坐下，笑道：“徐奇，你说这家伙笨不笨？朝三暮四的道理也不懂，白读那些圣贤书了。”

徐奇笑着问道：“朝三暮四难不成还有额外的道理？”

裴矩跷着二郎腿，拎起剑南春酿的酒瓶，仰起头，就喝了瓶底上的几滴酒，但也心满意足了，抹了抹嘴，说道：“你读的书肯定比我读的还少。朝三暮四是说啊，一个耍猴人给猴子早上三颗橡子晚上四颗，猴子不答应，耍猴人就说早上四颗晚上三颗，于是猴子答应了。我小时候一听这别人眼中的笑话，就觉得这猴子真聪明。早上就能多拿到手一颗橡子，早到手早省心，不是比啥都强？再说了，咱们这世道，做生意的人谁不是鬼话连篇？所以说嘛，猴子聪明着呢！那位县丞大人就很笨了，也不晓得他是咋当上的县丞，要我看，还不如要我去当这个父母官。”

徐奇望向窗外，平静地说道：“是你说的这个理。可其实有些时候做事、做人都不用这么聪明的。”

裴矩呸了一声，讥笑道：“徐奇啊徐奇，你这话就没意思了啊，不聪明点能出人头地？街上的野狗都知道逮着穷酸乞丐咬，你看它敢不敢咬我，敢不敢咬县丞大人？”

徐奇默不作声地走出酒楼。

走在行人稀少的大街上，他抬起头，即使阳光刺眼也无动于衷。

裴矩趴在窗户上，看着那道渐行渐远的身影，心底一直忌妒主簿衣衫、相貌还有官身的酒楼少东家撇嘴嘀咕道：“人模狗样有卵用，你也配跟老子讲道理？”

徐奇独自走着。

喂。

温华。

你的兄弟已经是名义上的天下第六高手。

如果将来那一天，我还能不死，你也还活着。那么你不要的那一份，我也自作主张地帮你加上。

咱俩加在一起，弄个天下第一不过分吧？

徐奇自然就是徐凤年。

他这个主簿没有住到县衙后堂。县令冯瓘携带的藏书多、仆役多，占去了许多屋子，县尉白上阕也额外清理出了一间习武房，也不跟谁客气，一副“谁不满意谁来问本官腰间的刀”的架势。他这个主簿就很识趣地在外头置办了一栋小宅院，离县衙就一盏茶由热到凉的工夫。巷弄僻静、幽深，院中有一口不易汲水的小井，有一架才泛新绿的葡萄藤，倒也勉强算是幽静宜人。

徐凤年回到住处的时候，一个头上斜着插着金钗的小姑娘正趴在井口上，撅起屁股蛋儿，也不管这个姿势是否雅观。徐凤年脱去嵌有从六品官补子的文官公服，搬了一把小竹椅坐在井边。原本他是没福气如此悠闲度日的，不过二姐知晓他目前的状况后，宁愿自己劳累些，也执意要他这个弟弟暂时不去触碰堆积如山的案牍政务。要知道这些奏疏文本，搬山一空之后，就可以马上再成一山，只是她说是下人劳力中人劳智上人劳人，就当是给他最后大半年的悠闲日子。反正讲道理时，徐凤年从没赢过她，也就安安心心地等待下一个春暖花开之时，到时候就算自己想偷懒，想必二姐也要揪着他的耳朵让他坐到书桌前。他这个不大不小的主簿，在胭脂郡碧山县当然是将种子弟出身的徐奇，这个化名在北莽、离阳江湖都曾用过，可等到一年守孝结束，等到穿上金缕织造局耗费大量人力、财力精心打造的那件衣服时，他也就该离开这里，离开幽州了。在碧山县，除了半旬一封的家书密信，不会有任何人打搅他的清修，所以类似武评、胭脂评、将相评这些事情，还真得从县丞左靖那里听说，以至当主簿的那点俸禄，被左大人喝酒喝得七七八八。这次新武评，无疑是黄三甲再一次故意掀起的妖风，这其中龙虎山是最大的输家，一对父子大真人联袂飞升，盛况空前，却好似掏空了这座道教祖庭的家底，此次无一人登榜。而至今杳无音信的武当李玉斧一跃入评，与袁青山、李当心并肩。武当山的地位肯定要水涨船高，而徐偃兵跟他的横空出世，北凉俨然成了最大的赢家。

他靠着藤架，自言自语道："十次'出神'逍遥游，居高临下，看过了许多地方，也见识到了一时一地的气运聚散。都说一方水土养育一方人，在这一方水土的局限中，人与人的言行相互渗透，所以此水土与彼水土，两地人士写出来的文章的味道都会不同。再放大了说，以广陵江为界，南北之分，南人北人的性格更是截然不同。

"'出神'看大，'回神'看小，就说我如今看北凉新人左靖，看旧人裴矩，看他们的一言一行，最终气数混淆，都融为北凉的气运，都有启发。如今北凉身负气运之地，有武当山，不过得等到李玉斧回山。清凉山在姜泥跟羊皮裘老头儿走后，换成了雌雄莫辨的白狐儿脸和呼延观音。但是这几人在或不在，都遵循'天理昭昭'四个字，强求不得。

"很多故人，真的成了已故之人，还有些也不知道哪天就要成为作古之人，像那跟在刘松涛身边的王小屏，不知为何依旧没有登榜武评的隋斜谷。还有不知所终的李子姑娘和南北和尚。不过说起来，跟我沾上关系的人多半没有好下场。"

一直听徐凤年念叨的呵呵姑娘抬起头，扶了扶微微倾斜的金钗，平静地说道："我十几年前就该死了。"

徐凤年被逗笑，好奇地问道："我既然是你的救命恩人，那你为什么还要杀我？那几次你有手下留情，但也有的确是痛下杀手的时候啊。"

少女一屁股坐在井口上，望着他，眨了眨眼睛，说道："老黄说你活得那么惨，死在我的手上，总好过死在别人的手上。我觉得……"

徐凤年无奈地说道："你觉得挺有道理的？"

少女呵了几声，显然挺高兴。

她突然像是记起了一件事，一闪而逝，说走就走，留下徐凤年"独守空闺"。

徐凤年不知道她要去哪里，却感觉得到她一时半会儿不会再露面。他叹了一口气，坐在小板凳上发呆。这些时日，他大体就是去县衙点卯，与众人打个照面，然后便没有他主簿大人什么事情了。

碧山县新老交替百废待兴，县衙的事务本该是极其繁忙的，不过县令冯瓘强势无比，独揽大权，左靖几次明争暗斗皆争权落败，也就无所事事，似乎是想从靠山那边谋求一些支持，暂时选择蛰伏，且看冯大人横行到几时。白上阕志不在一县一郡，多去胭脂郡一处关隘游历“散心”，结交北凉道拥有实权的都尉——如今的北凉道，不说十四名新校尉，任何一位手握兵符的都尉都已是炙手可热的大贵人。徐凤年之所以选择碧山县作为落脚点，一是因为幽州风波余韵犹在，他还得盯着新刺史胡魁和幽州将军皇甫枰能否一起唱好红白脸，二是因为胭脂郡临近边境，徐凤年对幽州境内的戍守将卒大失所望，顺带着对幽州边军也信心不大，想着有空就去边关瞧一瞧，再就是更想亲身体会、亲眼见识一下北凉官场的新气象，见微知著，比起道听途说甚至是谍子密报都更准确、全面。就像现在的情形，碧山县内冯瓘跟左靖的内耗，以及县尉跟县令、县丞的离心离德，就已经让徐凤年心生忧虑。

徐凤年看了一眼天色，起身去灶房，无奈发现米缸已经见底。虽说如今他已经与道教真人的辟谷无异，玄妙境界甚至远有超出，不过自古圣贤皆言修道而不说修仙，再说为了得证长生，在未修成仙人之前，就早早地把自己修得不是个人，又有何裨益？这段时日，徐凤年吃、喝、睡一样都没有落下。他拿上一袋银钱，打算出门去买一袋子米。大概是碧山县穷山恶水出刁民的缘故，当地盘根错节的豪强家族，对于他们几个新官上任一把火也烧得挺旺的父母官都没什么好脸色，以朱氏为首的家族更是迄今为止见到头面人物就闭门谢客，打定主意要跟他们划清界限。

徐凤年才要出门，就有一个年轻人风风火火地撞入小院。年轻人的肩上扛了一袋子米，徐凤年也不跟他客气，笑着接过米袋子，回身倒入米缸。徐凤年身边的年轻人就姓朱，名正立，是徐凤年喝酒时认识的，是个土生土长于碧山县的当地人，自称是被胭脂郡大户人家拒婚的小门小户子弟，只不过凑巧与碧山县的大家族朱氏同姓。徐凤年哪里猜不到他便是个货真价实的朱氏子孙？不过既然朱正立不愿意承认，他也就不去揭穿。朱正立性情洒脱，是少有的作风正派的大族子弟，约莫是那北凉游侠风骨作祟，在碧山县跟其他膏粱子弟厮混不到一块儿，反而与那些人多有争执，前些年因为一件事还牵连族人跟上一任县令闹得不可开交。须知千万别不把县令当官，“破家县令”可不是白叫的，县令官不大，却是刺史、郡守之下的土皇帝，一般能够坐上这个位置的人，既有不容小觑的背景，也有不俗的官场学问，让老百姓家破人亡那是易如反掌。朱正立敢惹县令，他自己不谙人情世故是一个原因，关键的因素是碧山县朱家也确实有这份底蕴。若是朱家的当家之人发话，别说县令，就连胭脂郡郡守洪山东也要乖乖噤声，只是朱家这些年的退隐，才使得碧山县的官老爷猴子称大王。朱正立是个喜欢碎碎念的家伙，此时在笑话徐奇这个主簿做得太寒碜，捞不着油水，想不两袖清风都难，还说徐奇肯定是家里人掏光了积蓄才捐了这么个芝麻绿豆大小的破官，否则哪里会沦落到炊而无米的凄凉地步？徐凤年也不反驳，只是笑着提醒这家伙在矮子面前不说揭短的话，朱正立哈哈大笑，却也不再念叨徐奇的落魄处境。徐凤年拿出一壶绿蚁酒，两人坐在葡萄架下一人一个大白瓷碗碰起来。北凉的日头尤为毒辣，才入夏便如江南酷暑时那般难熬，只是有一个好处，那就是只要待在阴凉处，风一吹，就可燥热顿消，加上一人一碗绿蚁酒，两个同龄人更是逍遥胜神仙。

徐凤年喝了一口酒，眯着眼笑着问道："如今幽州哪里都缺官员，你跟长辈说一说，去钻钻空子？狠下心，拿出几百两银子去找个后门，再找个有点儿声望的名士讨要一封举荐信，不说如我这般的一县主簿，谋个官身总不是难事。以前游侠在北凉道上就混不出大出息，以后更没这个可能了，还是当个文官有前途啊。"

朱正立连连摇头，说道："当官有啥好的？骑在老百姓的头上拉屎撒尿，也不算有出息。不说我是破落户出身，就算真有钱，也不花这个冤枉钱。若是真想当官，还是去边关从军，靠本事弄到实打实的军功才舒服。"

徐凤年打趣道："就你这三脚猫的身手，寻常战事还好说，否则不说碰上乌鸦栏子，就是撞上北莽的二流骑兵，也跟送死差不多。当官无趣，当个死人就有趣了？"

朱正立叹息一声，使劲儿揉了揉下巴，说道："所以我奶奶说什么都不愿我去投军，说宁肯我在碧山县混吃等死，也好过她白发人送黑发人，还说只要我敢偷偷溜出胭脂郡，她就找人打断我的一条腿。嘿，我奶奶向来说话算数，我们家的人都怕她，见了她都跟老鼠见了猫似的。我小时候倒是不怕她，长大以后越来越怕。"

徐凤年问道："你那个对白县尉一见钟情的妹妹如何了？"

朱正立一听到这个就牙疼，苦着脸道："我就纳闷儿了，你小子跟白上阕那绣花枕头好歹是一样大的官，而且长得也比那小白脸俊俏几分。奇怪了，我这妹妹就是不待见你，非要凑到那姓白的家伙身边去，女子该有的矜持都没了。这也就罢了，古话都说男追女隔座山，女追男一层纱，我也没觉得那个姓白的给我妹妹一点儿好脸色了啊。愁，愁死了。而且那个整天摆着一张臭脸的家伙真要是成了我的妹夫，我非要跟他们……徐奇，有句话怎么说来着？"

徐凤年笑道："鸡犬之声相闻，老死不相往来。"

朱正立一巴掌拍在徐主簿的肩膀上，还不忘趁机揩去手上的酒渍，笑道："徐奇，怪不得你能当上咱们碧山县的主簿，还是读过几天书的嘛。我就不行，一碰书就发昏，想睡觉。让我练武的话，几天几夜不休息都没问题，不过我奶奶死活不肯让我去习武，唉，兄弟我空有一身天赋、天资啊。"

徐凤年微笑着直言不讳道："你天资平平。是朋友才跟你说实话。"

朱正立也不生气，瞪着眼道："王仙芝刚出道那会儿，还被江湖前辈说成'天赋平常'呢！再说了，我习武又不是非要做那名动天下的大侠，在乡里能揍几个欺男霸女的无赖混子也行啊。"

徐凤年点了点头。朱正立喝完一碗酒，摇晃了一下酒壶，大概还剩下半碗，就搁下碗，说这趟是从家里偷偷跑出来透气的，还得回去跟那些圣人典籍打交道，要是被奶奶发现，下次见面时他就是瘸子了。

徐凤年也没有送他，笑道："下次登门记得带酒来。"

小跑着离去的朱正立转身竖起一根中指。

徐凤年笑着又给自己倒了半碗酒，独自坐在葡萄架下，微风拂面，心情舒畅。在快喝完碗中的绿蚁酒之前，他把酒碗搁在小竹椅上，站起身迎客。

一位白发苍苍的老妪拄着一根拐棍儿缓缓走入院子，见到徐凤年后愣了愣，然后坐在徐凤年身前。

在她坐下后，徐凤年才坐下。

老妪便是碧山县朱氏的当家之人。朱氏四代同堂，上三代尤其阴盛阳衰，朱正立这一辈就他一根独苗，在祖祠的族谱上叔伯倒是应该有六七个，不过如今无一人在世，再往上一辈也是如此。老妪当年身为朱氏的长媳，随着岁月的推移，就成了碧山县朱家名副其实的主心骨，是一位在整个胭脂郡都算德高望重的掌门主妇。都说当初徐家入主北凉，大将军徐骁及其夫人吴素都曾经在朱家下榻过，仅凭这一点，别说在胭脂郡，就是在幽州，谁敢轻侮朱家？更何况朱氏男丁两代十二人，二十年中尽死于边关！

老妪略微出神，望着徐凤年，轻声说道："真像。"

徐凤年欲言又止。

老妪摆了摆手，双手拄着拐棍儿，望向院门，说道："老身起先是想见一见能让老身那孙儿愿意与之称兄道弟的主簿大人的，见过以后，也就恍然大悟。当年，朱家的家主遇上大将军，差不多也是这般情景。大将军没架子，我那夫君恨不得以死相报，他口拙，没说什么，但是做到了。”

徐凤年沉声说道：“老夫人请放心，我绝不会让朱正立步他先辈的后尘。我这趟扎根碧山县，甚至不敢前往朱家拜访老夫人，与朱正立相遇是偶然。以后某天我离去了，与朱正立多半就再无相逢的时日了，还望老夫人安心。”

老妪嗯了一声，不再说话。

老妪安安静静地坐了一炷香的工夫后缓缓起身，徐凤年起身将她送到院门口，老妪突然问道：“真的守得住？”

徐凤年平静地答复道：“如果没能守住，就劳烦老夫人跟朱正立说一声，徐奇跑去中原做官了。”

老妪颤颤巍巍地伸出手，摸了摸徐凤年的脑袋。

老妪缓缓走向停在巷弄拐角处的马车，上车之前，看到门口默然目送她的年轻人，呢喃道：“真像。”